VÊ SE
CRESCE,
EVE
BROWN

TALIA HIBBERT

VÊ SE CRESCE, EVE BROWN

Tradução
LÍGIA AZEVEDO

Copyright © 2021 by Talia Hibbert

A Editora Paralela é uma divisão da Editora Schwarcz S.A.

Grafia atualizada segundo o Acordo Ortográfico da Língua Portuguesa de 1990, que entrou em vigor no Brasil em 2009.

TÍTULO ORIGINAL Act Your Age, Eve Brown
CAPA E ILUSTRAÇÃO Ashley Caswell
PREPARAÇÃO Laura Chagas
REVISÃO Camila Saraiva e Márcia Moura

Dados Internacionais de Catalogação na Publicação (CIP)
(Câmara Brasileira do Livro, SP, Brasil)

Hibbert, Talia
   Vê se cresce, Eve Brown / Talia Hibbert ; tradução Lígia Azevedo. — 1ª ed. — São Paulo : Paralela, 2022.

   Título original: Act Your Age, Eve Brown.
   ISBN 978-85-8439-278-0

   1. Ficção inglesa I. Título.

22-116489   CDD-823

Índice para catálogo sistemático:
1. Ficção : Literatura inglesa 823

Eliete Marques da Silva – Bibliotecária – CRB-8/9380

[2022]
Todos os direitos desta edição reservados à
EDITORA SCHWARCZ S.A.
Rua Bandeira Paulista, 702, cj. 32
04532-002 — São Paulo — SP
Telefone: (11) 3707-3500
www.editoraparalela.com.br
atendimentoaoleitor@editoraparalela.com.br

Para Corey, que deixou sua marca no mundo... e que marca!

Nota da autora

Este livro menciona negligência familiar e posturas capacitistas em relação ao autismo. Se estes forem temas sensíveis para você, leia com cuidado. (Mas saiba que tudo dá certo no final.) Também é importante dizer que escolhi ignorar a pandemia de covid-19 na escrita deste livro. Espero que ele sirva como uma válvula de escape para você.

1

Eve Brown não tinha uma agenda. Tinha um diário. O que era bem diferente.

Agendas eram excessivamente organizadas e prescritivas. Envolviam datas, planos e anotações regulares, trazendo consigo o peso sufocante do compromisso. *Diários*, por outro lado, eram deliciosamente indômitos e sem lei. Podia-se deixar um diário de lado por semanas e então abri-lo sem um pingo de culpa numa noite de sábado, depois de um pouco de vinho e marshmallows. Podia-se escrever sobre o sonho da noite anterior, as ansiedades relacionadas à falta de direção na vida, ou o ressentimento contra a autora da empolgante fanfic *Provando o Capitão América* por não ter adicionado um novo capítulo desde o gancho da cena de sexo picante de dezembro de 2017. Por exemplo.

Em suma, por sua própria natureza, fracassar em manter um diário era algo impossível. Eve já havia tido muitos, e gostava bastante deles.

Por isso, que jeito melhor haveria de passar uma gostosa e preguiçosa manhã de domingo de agosto do que escrevendo sobre sua impressionante ascensão e decisiva queda em seu último trabalho?

Eve se sentou, se espreguiçou, saiu da cama queen size e abriu as cortinas de veludo das janelas que iam do chão ao teto. Quando a luz forte do verão inundou o quarto, ela tirou o lenço de seda que tinha na cabeça, arrancou dos pés as máscaras de manteiga de karité com as quais havia dormido, pegou seu diário da mesa de cabeceira e folheou as páginas de borda dourada. Depois se reacomodou na cama e começou.

Bom dia, meu bem.

Claro que ela chamava o diário de "meu bem".

Já se passaram oito dias desde o casamento de Cecelia. Sinto muito por não ter escrito antes, mas você é um objeto inanimado, então não tem problema.

Sinto informar que as coisas não correram totalmente de acordo com o plano. Rolou uma pequena confusão porque a cor do corpete do vestido era casca de ovo, e não marfim, mas resolvi a questão incentivando Cecelia a aceitar um comprimido de alprazolam da Gigi. Depois, rolou uma discussãozinha sobre as pombas, que deveriam ser soltas durante a sessão de fotos da Cecelia e do Gareth. Acontece que pouco antes da cerimônia eu descobri que a pessoa responsável (pelas pombas, e não por Cece e Gareth, por quem na verdade eu é que era responsável) não dava comida a elas fazia dois dias (!!!), para que não cagassem nos convidados. Sinceramente, quando se quer trabalhar com as maravilhas do mundo animal, é preciso respeitar os modos deles e se resignar aos eventuais respingos de cocô. Com certeza não é o caso de deixar as pobres criaturas morrendo de fome para evitar o dito respingo. Qualquer pessoa sensata sabe disso.

Talvez eu tenha perdido a paciência e soltado todo mundo. As pombas, digo. Elas nasceram para ser livres, é claro, já que têm asas e tal. Infelizmente, exigiram que eu pagasse por elas, o que imagino que seja justo. Só que pelo visto pombas são animais bem caros, então tive que pedir um adiantamento da minha mesada. Espero que minha mãe não fique sabendo.

Enfim, meu bem, a questão é: Cecelia e eu nos desentendemos. Parece que ela estava muito animada com a ideia das tais pombas, e talvez o remédio tenha soltado sua língua, porque ela me chamou de vaca egoísta e invejosa, e eu a chamei de ingrata e de desperdício de espaço e dei uma rasgadinha na cauda do vestido Vera Wang dela. Por acidente, óbvio. Eu consertei — mais ou menos — a tempo da cerimônia, então não sei direito qual é o problema.

Mas conhecendo Cecelia como conheço, tenho certeza de que ela vai passar a lua de mel em Fiji detonando meus serviços em todos os fóruns de noivas malucas, só para acabar com a carreira dos meus sonhos. Mal *sabe ela que não tenho uma carreira dos sonhos e já apaguei a Eve Antonia Casamentos da face da Terra. E Chloe ainda acha que não sou eficiente...*

Rá!

Eve fechou o diário com um sorriso satisfeito no rosto — ou melhor, um sorriso que *deveria* ser satisfeito, mas em vez disso parecia um pouco triste e nauseado.

Ela conhecia Cecelia desde a escola. Sempre se sentira um tanto nervosa perto dela, como muitas vezes se sentia perto de... bem, da humanidade em geral. Como se caminhasse na beira de um precipício, no limite entre ser a amiga tranquila e divertida que todos queriam ter por perto e a pessoa confusa e irritante que elas empurravam morro abaixo.

E agora a própria Eve tinha pulado do precipício no que se referia a Cecelia, o que fazia seu estômago se revirar.

Ela claramente não estava bem. Talvez devesse voltar a dormir, ou passar o dia lendo um romance, ou...

Não. Nada de curtir uma fossa. Bem ou mal, ela tinha responsabilidades. *Alguém* precisava alimentar os peixes exóticos da Gigi, ainda que a Gigi raramente se esquecesse de fazer isso, e os peixes já estivessem bem gordinhos. *Alguém* precisava...

Hum. Eve tinha certeza de que fazia outras coisas úteis, mas nenhuma lhe vinha à cabeça.

Ela deixou o desânimo para lá e escolheu sua música do dia — "Don't rain on my parade", para dar uma animada. Deixou no *repeat* e colocou o fone de ouvido sem fio. Com a trilha sonora definida, Eve se levantou, se vestiu e foi para a enorme cozinha de mármore e metal da família, onde encontrou o pai e a mãe em um estado sombrio.

"Xi", Eve murmurou, parando à porta.

A mãe andava de um lado para o outro perto da torradeira. Seu terninho azul-claro fazia sua pele dourada reluzir e destacava a fúria em seus olhos cor de avelã. O pai se mantinha estoico e sério perto da máquina suíça de café, enquanto a luz do sol entrava pelas janelas francesas e banhava sua careca negra.

"Bom dia, Eve querida", ele disse. Sua expressão solene oscilou e deixou transparecer uma ponta do sorriso costumeiro. "Camiseta legal."

Eve olhou para a própria camiseta, que tinha um tom lindo de laranja e DESCULPA, CANSEI escrito em turquesa no peito. "Valeu, pai."

"Não sei onde você encontra..."

A mãe revirou os olhos, jogou as mãos para o alto e disse: "Pelo amor de Deus, Martin!".

"Ah, é, sim." Pigarreou e tentou de novo. "Eve", disse, sério, "sua mãe e eu gostaríamos de conversar com você".

Que ótimo, eles também tinham acordado de mau humor. Como Eve estava precisando se esforçar muito para manter a animação, aquilo não era bom. Ela suspirou e entrou na cozinha, seus passos em sincronia com o ousado staccato de Barbra Streisand na música. Gigi e Shivani estavam na bancada de mármore do outro lado do cômodo. Shivani comia o que parecia ser um omelete de espinafre, do qual Gigi roubava umas garfadas entre golinhos de sua habitual vitamina de Bloody Mary.

Decidida a não se contaminar com a rabugice dos pais, Eve cumprimentou as duas com um trinado. "Oi, vovó. Oi, Shivani." Pegou uma garrafa de água Perrier na geladeira. Depois, finalmente, se virou para encarar os pais. "Achei que vocês tinham aula de spinning hoje de manhã."

"Ah, *não*, meu limãozinho", Gigi interrompeu. "Eles não podem ir pro *spinning* quando têm uma filha adulta pra *encurralar* na cozinha."

"É assim que eu lido com os desentendimentos que tenho com minha cria de vinte e seis anos", Shivani murmurou. Quando a mãe de Eve olhou feio na direção dela, Shivani retribuiu com um sorriso sereno e sacudiu seu rabo de cavalo comprido e grisalho.

Gigi sorriu em aprovação.

Então era oficial: Eve estava mesmo sendo encurralada. Mordendo o lábio, ela perguntou: "Fiz alguma coisa errada? Ah, não... esqueci a torneira aberta de novo?". Já fazia oito anos que Eve tinha inundado acidentalmente o banheiro de sua suíte a ponto de fazer uma pequena parte do piso/teto cair, mas ela continuava meio nervosa com a possibilidade de que isso acontecesse de novo.

A mãe soltou uma risada amarga. "A *torneira*?", repetiu, exagerando no drama. "Ah, Eve, bem que eu queria que fosse algo simples assim."

"Calma, Joy." Gigi bufou. "Suas vibrações ruins estão me dando dor de cabeça."

"Mãe", o pai disse, como em aviso.

"Sim, querido?", Gigi respondeu, inocente.

"Pelo amor de Deus", a mãe disse — fu-ri-o-sa. "Eve, vamos conversar no escritório."

O escritório na verdade era da mãe. Ficava no térreo da casa e estava sempre arrumado. Exalava foco e sucesso, duas coisas que Eve considerava especialmente opressivas. Ela ficou se mexendo nervosa sob o olhar dos pais.

"Cadê seu site?", a mãe perguntou, indo direto ao ponto como sempre.

Eve piscou. Já havia tido muitos sites. Sua irmã mais velha, Chloe, era web designer, e Eve sempre foi uma fiel cliente dela. "Hã..." Antes que Eve conseguisse elaborar uma resposta — uma boa resposta, precisa, que cobrisse todas as informações relevantes exatamente como ela queria —, sua mãe voltou a falar. Aquele era o problema da mãe. Na verdade, da maior parte dos parentes de Eve. Eram todos tão *rápidos*, tão implacáveis, que o intelecto deles a golpeava como se ela fosse um dente-de-leão no meio de um tornado.

"Eu indiquei sua empresa para a minha grande amiga Harriet Hains", a mãe disse, "porque a filha dela acabou de ficar noiva, e eu fiquei muito orgulhosa com o sucesso que, graças a você, foi o casamento da Cecelia, na semana passada".

Por um momento, Eve se deleitou com aquela palavra: *orgulhosa*. Sua mãe tinha ficado orgulhosa. Por um dia, Eve tinha feito algo que sua mãe brilhante e realizada considerara um *sucesso*. Um calorzinho vertiginoso se espalhou por seu peito em ramificações cuidadosas — até que Eve se lembrou de que seu sucesso era coisa do passado. Por trás das cenas, ela tinha estragado tudo. De novo.

Por que se dava ao trabalho? Por que tentava?

Você não tenta de verdade. Não mais.

"Harriet me disse", a mãe prosseguiu, "que aparece uma mensagem de erro quando tenta entrar no seu site. Eu mesma fiz uma pesquisa na internet e não consegui encontrar nenhum rastro da sua empresa de assessoria de casamentos". Ela fez uma pausa, de repente parecendo intrigada. "A não ser por uma postagem bastante incoerente em um fórum dizendo que você roubou um bando de pombas brancas, mas é claro que isso é uma acusação infundada."

"É claro", Eve concordou. "Eu paguei pelas pombas. Aquela vaca mentirosa."

A mãe lhe lançou um olhar gelado. "Como assim, Eve Antonia Brown?"

"Vamos focar na questão principal, pode ser, meu amor?", o pai interrompeu. "Eve. O que aconteceu com a sua empresa?"

Ah. Pois é. Bom. Tinha aquilo. "O lance é que... decidi que assessoria de casamentos não é pra mim, no fim das contas. Então fechei a empresa, deletei o site e fechei todas as contas nas redes sociais." Eve achou que era melhor arrancar o band-aid de uma só vez.

Seguiu um silêncio. Então a mãe disse, tensa: "Você desistiu. De novo".

Eve engoliu em seco, de repente desconfortável. "Bom, não, não é bem isso. Foi só uma experiência que caiu na minha mão... A assessora de casamento que Cecelia tinha contratado originalmente era péssima, e..."

"A assessora era uma mulher normal que não aguentou lidar com uma pirralha mimada como Cecelia Bradley-Coutts", o pai a interrompeu, com a testa franzida. "Mas você sabia lidar com ela. Você lidou. E parecia estar gostando, Eve. Achamos que... você tinha encontrado sua vocação."

Ela sentiu um suor frio começar a escorrer lentamente pelas costas. Vocação? Eve não era o tipo de mulher que tinha uma vocação. "É pro meu próprio bem, sério", disse, tentando manter o tom de voz leve, mas ela saiu rouca. "Tudo correu estranhamente bem. Vocês sabem que eu não conseguiria repetir um sucesso desses de novo. Não suportaria me decepcionar."

O pai ficou só olhando, desalentado. "Mas, Eve, assim você está decepcionando *a gente*."

Ai. É, eles não iam pegar leve.

"Você não pode deixar de tentar algo só pra não fracassar", ele disse, com delicadeza. "O fracasso é uma parte necessária do crescimento."

Ela queria dizer: *É o que você pensa*. Os pais de Eve nunca tinham fracassado em nada. Os pais de Eve sabiam quem eram e do que eram capazes, assim como as irmãs dela. Mas quanto a Eve? Ela só sabia ser uma pessoa divertida, e a experiência lhe ensinara que era melhor se ater àquilo em que era boa e evitar mirar muito alto.

Eve já tinha mirado mais alto, no passado distante. Mas a queda fora terrivelmente dolorida.

"Já chega, Eve", a mãe disse, quebrando o silêncio. "Você tem vinte e seis anos, é perfeitamente inteligente e capaz, mas fica perdendo tempo e as oportunidades que aparecem como... como uma menina mimada. Igualzinho à Cecelia."

Eve inspirou com força, indignada. "Eu *não* sou mimada!" Refletiu por um momento. "Bom, talvez eu seja um pouco mimada. Mas eu diria que sou mimada de um jeito encantador, não acham?"

Ninguém riu. Nem mesmo o pai. Na verdade, ele parecia bem irritado quando disse: "Quantas carreiras diferentes você pretende experimentar enquanto mora aqui em casa e sobrevive só com o dinheiro que *a gente* te dá? Suas irmãs já se mudaram e trabalham — pra caramba —, mesmo sem precisar. Mas você... você abandonou a faculdade de artes cênicas. Abandonou o curso de direito. Desistiu de dar aulas. Tentou ser designer gráfica, depois vender cupcakes, depois fazer aqueles violinos minúsculos...".

"Não quero falar sobre os violinos." Eve fez cara feia. Gostava deles, mas sabia que não devia seguir carreira fazendo algo de que *gostava*. Aquele tipo de fracasso era o mais dolorido.

"Você não quer falar sobre *nada*!", o pai explodiu. "Você pula de um trabalho para o outro e larga tudo e foge antes que as coisas fiquem sérias. Sua mãe e eu não economizamos dinheiro pra vocês ficarem à toa", ele disse. "Fizemos isso porque, quando eu era pequeno, Gigi e eu não tínhamos nada. E porque há muitas situações na vida das quais não há escapatória sem uma rede de segurança. Mas você está abusando do seu privilégio, Eve. E estou decepcionado."

Aquelas palavras queimaram. O coração dela batia forte, pulsando tão alto que ela já nem ouvia direito a batida reconfortante da música de Barbra. Eve tentou processar o que estava acontecendo, encontrar as palavras certas para se explicar, mas a conversa já havia avançado demais à sua revelia, como um trem que ela nunca seria rápida o bastante para alcançar.

"Decidimos cancelar sua mesada", a mãe disse. "O que tiver na poupança vai ter que bastar até você encontrar um emprego."

Poupança? Quem no mundo tinha *poupança*?

O pai completou. "Pode ficar aqui por três meses. Deve ser mais que o suficiente para encontrar outro lugar."

"Espera aí... quê? Vocês estão me botando pra fora?"

A mãe prosseguiu como se Eve não tivesse dito nada. "Andamos conversando, e seu pai e eu queremos que se mantenha no mesmo emprego por pelo menos um ano antes de voltarmos a pagar sua mesada. A gente sabe que pode ser difícil encontrar um bom trabalho com um currículo tão... diferente, por isso pensamos em algumas possibilidades nas nossas próprias empresas."

Eve se afastou no assento, tentando acompanhar, mas com a cabeça girando. "Mas... eu desisti do direito." Ela só tinha precisado de algumas aulas com gênios hiperfocados para se dar conta de que não era inteligente o bastante para entender a constituição material.

Os lábios da mãe se franziram. "Bom, sempre há a firma de contabilidade do seu pai."

Agora Eve ficou verdadeiramente chocada. "Contabilidade? Mal sei contar!"

A mãe estreitou os olhos. "Sem gracinhas, Eve."

"Tem razão. Eu não *quero* contar. E não quero que meus pais me deem um trabalho porque sou inútil demais pra conseguir um sozinha. Porque *não sou*." Mesmo que de vez em quando ela se sentisse assim.

"Não é", a mãe concordou. "Mas é irresponsável demais para ficar num trabalho. Para fazer o trabalho duro depois que a empolgação e o glamour acabam. Você é imatura demais para uma *adulta*. Quando vai crescer, Eve? Juro, chega a ser constrangedor..."

Pronto, lá estava. Eve inspirou fundo e piscou para segurar as lágrimas quentes que se insinuavam nos cantos dos olhos. Eram mais de choque que de dor, como as lágrimas que escapam quando se bate o cotovelo. Mas ela não devia estar chocada, devia? Claro que seus pais a viam desse jeito. Claro que achavam que ela era uma pirralha imatura. Eve nunca havia dado motivos a ninguém para que pensassem diferente.

"T-tenho que ir", ela disse, se levantando rápido, a voz grossa por causa do choro. Era constrangedor. Era mesmo bem constrangedor, chorar como uma criança porque a mãe havia dito a verdade, fugir de tudo porque não era forte o bastante para lidar com a pressão.

"Eve, querida", a mãe começou, já com a voz mais gentil, arrependida. Em seguida, ela diria: *Desculpa, não foi isso que eu quis dizer.* Então todo mundo decidiria deixar por isso mesmo, e a pobre e delicada bebezinha da família escaparia, porque todo mundo sabia que Eve era incapaz de lidar com conversas difíceis.

Ela queria ser mais do que isso. Queria mesmo.

Só não sabia como.

"Não se preocupa", Eve disse, de modo cortante. "Ouvi tudo o que me disseram e levei muito a sério. Não precisam mais me tratar como uma criança. Vou lidar com isso sozinha e vou tentar não decepcionar ou... ou *envergonhar* vocês no processo." *Mas agora tenho que ir antes que perca todo o crédito me debulhando em lágrimas.* Deu as costas para os pais preocupados e foi embora.

2

Eve só passara na prova de direção na sétima tentativa. Aparentemente, ela tinha um problema sério de noção espacial, que apenas quatro anos de aulas semanais foram capazes de contornar. Mas dirigir era uma das poucas coisas de que Eve se recusara a desistir, porque ter carta era sinônimo de liberdade.

Por exemplo, a liberdade de dirigir rápido e sem objetivo por estradinhas vazias enquanto ouvia no último volume uma playlist que começava com "Big for your boots", do Stormzy. Seu humor tinha decaído muito, e Barbra não servia mais.

Enquanto acelerava, passando pelas saídas que a levariam de volta à via principal — à cidade e às suas irmãs —, Eve comparou os prós e os contras de correr para Chloe ou Dani em busca de ajuda. O que ela diria exatamente? *Mamãe e papai foram cruéis comigo e exigiram que eu arrume um emprego e assuma algumas responsabilidades da vida adulta?* Rá. Chloe era terrivelmente sincera e Dani era viciada em trabalhar. As duas eram diretas de uma maneira intimidante e tinham a tendência de dizer a Eve a verdade sem nem uma xícara de chá ou um pedacinho de chocolate para acompanhar. Revirariam os olhos para ela, que com certeza merecia aquilo.

Ela havia dito aos pais que ia lidar com aquilo sozinha e manteria a promessa. Assim que terminasse de lidar com o pânico instintivo que a conversa daquela manhã desencadeara, claro.

Eve aumentou ainda mais o volume da música e continuou dirigindo. O sol desapareceu atrás de nuvens cinzentas. A umidade que antecede a chuva penetrou em sua pele através da janela aberta, e mais de duas horas se passaram sem que ela notasse. Bem quando começava a sentir as primeiras pontadas de fome, viu uma placa que dizia SKY-BRIAR: 25 KM.

"Skybriar", Eve murmurou por cima das batidas de "Hometown", de cleopatrick. Parecia um conto de fadas. E contos de fadas tinham finais felizes para sempre.

Eve pegou a saída.

Skybriar parecia mesmo saída de um conto de fadas. A rua principal descia uma colina gigantesca, do tipo que costuma haver em livros ou em folhetos de viagem do País de Gales. Uma floresta misteriosa ladeava o asfalto, como se guardasse fadas, unicórnios e outras coisas fabulosas. O ar que entrava pela janela aberta parecia fresco, terroso e limpo, enquanto Eve se embrenhava na cidade, passando por adoráveis casinhas antigas de pedra e pessoas usando galochas e levando cachorros bem-comportados para passear. Eve viu uma placa em meio ao verde, um retângulo azul cintilante com uma imitação de renda nas bordas que anunciava: FESTIVAL DO BISCOITO DE GENGIBRE DE PEMBERTON: SÁBADO, 31 DE AGOSTO. Era uma gracinha e talvez fosse delicioso. Mas ainda não era 31 de agosto. Deixa pra lá.

Ela fez uma curva aleatória e se deu bem. Mais adiante, guardada por um carvalho imponente e um muro baixo coberto de musgo, havia uma impressionante construção vitoriana de tijolos vermelhos com uma placa cor de vinho que dizia: CASTELL COTTAGE: ACOMODAÇÕES EXCELENTES, COMIDA DELICIOSA.

Eve já se sentia melhor.

(Era totalmente mentira, mas ela *ia* se sentir melhor depois de comer, refletir e parar de fazer drama. Estava certa disso.)

Parou o carro no primeiro lugar que parecia uma vaga — bom, era um espaço vazio no asfalto, ia ter que servir — e desligou o rádio. Então colocou o fone de ouvido sem fio, escolheu uma música — "Shut up and groove", do Masego — que combinasse com o bom humor que estava determinada a assumir e apertou o play. Baixou o espelhinho do carro, enxugou os olhos vermelhos e notou com reprovação que não estava usando batom. Sem graça demais. Suas tranças, que iam até a cintura e eram cor de lavanda e castanhas, ainda estavam presas no coque que fazia para dormir. Eve as soltou e deixou que se espalhassem sobre os ombros, depois revirou o porta-luvas e encontrou um gloss laranja com glitter, da Chanel.

"Pronto." Ela sorriu para seu reflexo no espelho. "Muito melhor." Na dúvida, era sempre bom acrescentar uma corzinha. Satisfeita, Eve saiu do carro e se aproximou sob a leve garoa do que parecia ser um restaurante campestre e fofo. Quando chegou à porta grandiosa, acima da qual ficava mais uma placa cor de vinho, percebeu que não era bem aquilo.

CASTELL COTTAGE

PERNOITE E CAFÉ DA MANHÃ

Eve deu uma olhada no relógio e descobriu que o café da manhã já tinha terminado havia tempos.

"Meu Deus do céu, você *só pode* estar brincando." Ela olhou para seu reflexo distorcido no vitral da porta da frente. "O trauma dos eventos da manhã matou seus últimos neurônios, Eve? É isso?"

O reflexo não respondeu.

Ela soltou um grunhido faminto e fez menção de voltar — quando um aviso laminado afixado ao lado da porta chamou sua atenção.

ENTREVISTAS PARA CHEF

PRIMEIRA PORTA À DIREITA

Ah, bom. *Aquilo* era bem interessante. Tão interessante que a irmã bruxa de Eve, Dani, provavelmente consideraria esse sinal... *um sinal*.

Mas Eve não era Dani, claro, por isso considerou que era apenas uma coincidência.

"Ou uma oportunidade", murmurou devagar.

Afinal, Eve sabia cozinhar. Era forçada a fazê-lo todos os dias para sobreviver e cozinhava muito bem, já tinha até alimentado fantasias de abrir um restaurante com estrelas Michelin antes de assistir a *Hell's Kitchen* e criar aversão por Gordon Ramsay. É claro que, apesar de seus esforços no âmbito privado, ela nunca tinha cozinhado profissionalmente — a menos que se levasse em consideração uma incursão irrefletida no mundo dos bolos com genitais em 3-D. Tratava-se certamente de confeitaria, o que devia dar na mesma. Mais ou menos.

Quanto mais Eve pensava sobre aquilo, mais parecia perfeito. A assessoria de casamentos tinha sido envolvente demais, o tipo de carreira pela qual ela poderia se apaixonar. O tipo de carreira cujo fracasso a deixaria devastada. Mas cozinhar em uma pousadinha de cidade pequena? Eve com certeza não se apaixonaria por esse trabalho.

Seu pai e eu queremos que se mantenha no mesmo emprego por pelo menos um ano antes de voltarmos a pagar sua mesada.

Seus pais não achavam que ela conseguiria arrumar um emprego sozinha e claramente duvidavam de sua habilidade de se manter em um. Achavam que ela sempre precisava de supervisão, e, se fosse sincera consigo mesma, Eve entendia o motivo. O que não significava que a dúvida deles não a incomodasse. Conseguir trabalho sozinha no mesmo dia em que saíra de casa... e convenientemente *não* ter que voltar com o rabo entre as pernas depois do chilique e da fuga da manhã? Parecia perfeito.

Eve tinha um ano para se provar. Era capaz de fazer isso, certo?

Ela abriu a porta.

Ao contrário do que diziam, Jacob Wayne não criava situações desconfortáveis de propósito. Tome este momento como exemplo: Jacob não queria submeter o último entrevistado a uma pausa longa e glacial, que deixou o outro homem pálido e nervoso. Mas Simon Fairweather era um notório otário, e suas respostas para as perguntas cuidadosamente elaboradas por Jacob tinham sido uma baboseira atrás da outra. A cada resposta sem sentido, Jacob sentia que ficava ainda mais frio e distante que de costume. Condições perfeitas para uma pausa incômoda acidental.

Simon ficou olhando para Jacob. Jacob, mais irritado a cada segundo, ficou olhando para Simon. Simon começou a ficar irrequieto. Jacob pensou em como o outro homem o irritava, e não fez nada para evitar um franzir de lábios sarcástico. Simon começou a suar, o que era desagradável. Jacob ficou horrorizado, tanto pelo DNA pernicioso que escorria pelas têmporas do outro quanto por sua óbvia falta de coragem.

Então o melhor amigo de Jacob (ok, o *único* amigo de Jacob), Montrose, soltou um suspiro e veio socorrê-lo. "Legal, Simon", ele disse. "É só isso, cara. A gente entra em contato."

"É", Jacob disse, tranquilo, porque era só aquilo mesmo. Ele ficou olhando em silêncio enquanto Simon se levantava da cadeira e saía da sala assentindo e gaguejando.

"Ridículo", Jacob resmungou. Depois que a porta da sala onde o café era servido se fechou, ele escreveu cuidadosamente no caderno: FODA-SE. TUDO.

Não era a coisa mais adulta a fazer, ele sabia, mas parecia mais maduro do que virar a porcaria da mesa.

Ao lado dele, Montrose pigarreou. "Tá. Não sei por que me dou ao trabalho de perguntar, mas... o que achou do Simon?"

Jacob suspirou. "Tem certeza de que quer saber?"

"Acho que não." Montrose revirou os olhos e tamborilou com a caneta no próprio caderno. Jacob notou que ele havia escrito uma porção de coisas inteligentes e sensatas sobre os candidatos do dia, organizadas em tópicos. Num passado remoto, Jacob também fora capaz de escrever coisas inteligentes organizadas em tópicos. Até a semana anterior, na verdade. Mas então fora forçado a assistir ao desfile de incompetência de sete dias seguidos que aquelas entrevistas tinham se tornado, e seu cérebro havia derretido e escorrido pelas orelhas.

"Bom", Mont prosseguiu, "eu achei que Simon tem bastante experiência, mas não parece muito brilhante. É um pouco convencido, o que significa que no futuro vai ter confiança o suficiente pra aguentar esse seu lance."

Jacob estreitou os olhos e se virou bem devagar para encarar o amigo. "E qual seria o meu *lance*, Montrose?"

"Esse lance, sr. Pentelho Chatonildo", Mont disse, alegre. "Você é um pesadelo quando entra em pânico."

"Sou um pesadelo o tempo todo. Esse é meu comportamento normal." Jacob fez cara feia. "*Pânico* é para os despreparados, descontrolados e inconsistentes."

"É, já ouvi isso. De você. Sempre que entra em pânico."

Jacob se perguntou se aquele seria o dia em que mataria o melhor amigo e decidiu, depois de um momento, que era perfeitamente possível que sim. A indústria hoteleira era conhecida por levar as pessoas a fazerem coisa muito pior. Como colocar cortina de plástico no chuveiro e carpete marrom no piso.

Para diminuir o risco iminente de homicídio, Jacob empurrou os óculos de armação fina mais para cima no nariz, se levantou e começou a andar em torno da mesa antiga que ficava bem no meio do restaurante espaçoso da pousada. "Que seja. E você está errado quanto a Simon. Ele não é a pessoa certa para trabalhar aqui."

"Você acha que ninguém é", Mont disse, seco. "É meio que por isso que estou aqui. Pra ser a voz da razão e tudo mais."

"Na verdade, você está aqui porque é proprietário de um negócio local respeitável e boas entrevistas exigem mais de uma perspectiva..."

"Qual é o problema do Simon?", Montrose interrompeu.

"Ele é um tarado."

Mont, que tinha o hábito de se recostar no que quer que fosse — o que provavelmente tinha a ver com sua altura ridícula e os efeitos naturais da gravidade —, uma vez na vida se sentou direito. "Quem te disse isso? As gêmeas?"

Um palpite razoável, já que as irmãs de Mont estavam entre as poucas mulheres da cidade que falavam com Jacob, além de tia Lucy, claro. "Ninguém me disse. É só observar um pouco o cara. As mulheres evitam a todo custo ficar sozinhas com ele."

"Meu Deus", Mont resmungou e arrancou uma folha do caderno. "Tá. Sei que você odiou os primeiros dois de hoje e já descartou todos os *outros* candidatos." Ele fez uma pausa significativa. Se achava que Jacob se sentiria mal por isso ou algo do tipo, podia esperar sentado. "Então só nos resta Claire Penny."

"Não", Jacob disse, curto e grosso. "Não quero ela." Ele parou de andar, notando que um dos quadros na parede cor de berinjela — uma paisagem encomendada a um artista local — estava ligeiramente torto. Jacob franziu a testa e foi endireitar o quadro. A causa eram as portas batendo o dia todo, tirando as coisas do lugar. "Não quero chefs que fiquem batendo minhas portas", ele resmungou. "Não contribui pra criar um clima tranquilo. Idiotas."

"Era esse o problema da Claire?"

"Quê? Ah." Jacob balançou a cabeça e voltou a andar em círculos. "Até onde sei, Claire sabe fechar uma porta direito. Mas ela sorri demais. Ninguém sorri tanto assim. Tenho quase certeza de que usa drogas."

Mont olhou feio para Jacob, de um jeito incomparável, o que era um talento natural dele. "Você não pode estar falando sério."

"Estou sempre falando sério."

"Ela tem sessenta e quatro anos."

Jacob revirou os olhos. "Você acha que as pessoas param de tomar decisões ruins quando chegam aos sessenta? De jeito nenhum. Fora isso, lembra que ela trabalhava no Betty's antes de eu me mudar pra cá? Uma vez pedi uma fatia de torta de maçã lá e veio com um cabelo."

"É *por isso* que você não quer chamá-la pra trabalhar aqui de novo?"

Jacob franziu a testa para o amigo. "Por que você está usando sua voz de quando não estou sendo razoável? Não quero torta com cabelo, Montrose. Você quer torta com cabelo? Porque, se estiver muito a fim de torta com cabelo, eu faço uma torta com cabelo pra você."

"Nem se você me pagasse eu comeria sua comida, e esse é meio que o motivo de estarmos aqui." Mont passou uma mão pelo rosto e fechou os olhos por um segundo. "Qual é, cara. Faz anos que você se mudou. Acha que em cinco anos ela não aprendeu a usar rede no cabelo? Chama a mulher de volta e deixa ela cozinhar pra gente, dá uma chance."

"Não." Jacob sabia que estava parecendo um babaca. Sabia que até mesmo Mont, que o entendia como ninguém, devia achar que ele estava sendo um babaca. Às vezes era mais fácil guardar sua linha de raciocínio para si mesmo, porque os outros tinham dificuldade de segui-la, ou a achavam desnecessariamente franca.

Mas a franqueza nunca era desnecessária.

No caso de Claire Penny: ela era simpática e educada, mas tinha a porra da torta. Jacob não gostava de falta de higiene na cozinha, não gostava de trabalhar com gente simpática — que era fácil demais de magoar sem querer — e não queria fazer concessões quando precisava do melhor entre os melhores. Ele tinha planos. Planos cuidadosamente elaborados, altamente detalhados, que de repente tinham saído dos trilhos por causa da porcaria da lei de Murphy. Planos que envolviam o Festival do Biscoito de Gengibre de Pemberton, gastronomia de alta qualidade e um puta sucesso profissional. Dar trela a uma candidata que não atendia aos critérios necessários para atingir seus planos seria perda de tempo, e ele não tinha tempo a perder.

"Então o que é que você vai fazer?", Mont perguntou. "Porque o festival é daqui a quatro semanas e... merda, não tem uma reunião na semana que vem? Se você não aparecer com um chef, vai perder a oportunidade."

"Eu sei", Jacob disse, entredentes. Era só nisso que ele pensava. E em como era típico que, na única vez em que ele conseguira extrair algo de útil de alguém, sua chef tinha estragado tudo se mandando para a Escócia.

"Além do mais, a pousada vai estar lotada nos próximos cinco dias", Mont disse, "e não posso continuar..."

"Eu sei que você não pode continuar cozinhando pra mim. *Eu sei.*" Jacob se jogou na cadeira, tirou os óculos e apertou a ponta do nariz.

"Se não relaxar e contratar alguém, você estará fodido."

"Não preciso desse tipo de negatividade." *Foder* não fazia parte do vocabulário de Jacob Wayne. Bem, não *naquele* sentido — óbvio que às vezes ele era... mas de outro jeito, mais interessante. Embora não com a frequência que gostaria, mas... ah, esquece. "Olha, fracassar... não é uma opção." Não quando ele havia passado anos trabalhando nos melhores hotéis para aprender tudo que precisava para fazer aquilo funcionar. Não quando havia colocado todas as economias naquele novo negócio. Não era uma possibilidade.

Uma batida brusca na porta interrompeu aquela conversa deprimente. Jacob franziu a testa, se endireitou na cadeira e perguntou: "Quem é?".

A porta se entreabriu, o que era irritante pra caralho, já que ele havia dito "Quem é?", e não "Entra, por favor". Não estavam esperando mais candidatos naquele dia. Embora Skybriar viesse crescendo, ainda era uma cidade pequena, e não era como se sobrassem chefs desempregados ali. O que significava que podia ser um hóspede que estava procurando por ele. Jacob assumiu uma expressão neutra (Mont havia sugerido que tentasse ser *simpático*, mas Jacob não entendia por que deveria ser simpático com pessoas que não eram suas amigas) e esperou.

Depois de um momento de hesitação, um rosto desconhecido surgiu na fresta da porta. Jacob presumiu que estivesse ligado a um corpo, mas, no momento, tudo o que conseguia ver era uma cabeça, uma parte do pescoço e um monte de tranças roxas.

"Oi", a cabeça flutuante disse. "Vim pra entrevista."

Assertiva e direto ao ponto: ótimo. Uma completa desconhecida sem horário marcado: péssimo. Com o sotaque empolado que Jacob em geral ouvia dos hóspedes: um problema em potencial. Pairando à porta como uma criatura sobrenatural: inconclusivo.

Como estava interessada no trabalho, Jacob começou a catalogar os detalhes visíveis. Olhos grandes e escuros de princesa da Disney, tranças roxas, bochechas cheias e pele lisa e negra. Era jovem, o que sugeria que não devia ser confiável. Usava gloss laranja, que contrastava com o cabelo roxo, mas, como os chefs não davam as caras, ele podia deixar passar. Ela sorria para Jacob, o que ele achou muito suspeito. Mont o chutou por baixo da mesa, e ele se lembrou de que devia relaxar. Talvez a expressão vazia dela ajudasse: alguém naquele lugar tinha que parecer acessível aos hóspedes, e Jacob definitivamente não era essa pessoa.

"Oi", Mont disse. "Quer entrar?"

"Claro, obrigada." A cabeça e o pescoço se tornaram uma pessoa completa. Ela entrou na sala, fechou a porta atrás de si e agrediu Jacob com sua camiseta. Era laranja bem forte, como o gloss, com letras maiúsculas em turquesa que diziam: DESCULPA, CANSEI.

Roupas irônicas. Roupas irônicas e *mal-educadas*. Roupas irônicas, mal-educadas e *desinteressadas*. Era tudo ruim. Ele não conseguia tirar os olhos da camiseta. Era como um acidente de trânsito. Para piorar, devia estar chovendo lá fora, porque a camiseta estava molhada. Ela estava toda molhada, na verdade, os braços lisos à mostra brilhavam detestavelmente. Tinha saído na chuva sem a droga de um casaco? Ridículo. E ele conseguia ver o sutiã dela por baixo da camiseta, o que era ainda mais ridículo. Ninguém devia se molhar assim. Ela poderia ficar doente. Então Mont o chutou de novo, e Jacob se deu conta de que devia estar encarando os peitos da entrevistada. Minha nossa. Ele baixou os olhos para o caderno, pigarreou e rabiscou OOO e um X. Três pontos positivos e um negativo. Tinha dado um ponto positivo a mais para compensar o fato de que havia secado seus peitos.

"Meu nome é Eve Brown", ela disse, indo se sentar. Mais confiante. Ótimo. Ele voltou a circular uma das bolinhas.

"Sou Eric Montrose", Mont disse. "Eu administro o Rose and Crown, em Friar's Hill. E meu amigo calado aqui é o dono do Castell Cottage, Jacob Wayne."

Calado? Ah, sim. Jacob não dissera nada. Estava absorvendo tudo. Tinha a cabeça cheia. Ela dissera que seu nome era Eve Brown, que parecia tão despretensioso em comparação com o gloss, a camiseta e as tranças finas e compridas espalhadas de maneira muito dramática sobre os ombros. Molhada, a pele dela parecia menos pele e mais algum tipo de metal precioso, ou seda ou o que quer que fosse. O pescoço dela lembrava o peito de um pombo-torcaz, por causa de sua curvatura suave. Não tinha penas, Jacob imaginava, mas parecia aveludado. Ele ainda estava circulando a bolinha em seu caderno. Droga.

Jacob deixou a caneta de lado e pigarreou. "Desculpa. É o hiperfoco do autismo."

Ela assentiu e não disse nada. Não contou nenhuma história emocionante sobre o filho autista de cinco anos dos vizinhos da prima do marido da irmã. Maravilha. Outra bolinha.

Jacob fez a marca e foi direto ao ponto. "Não estávamos esperando você, como sabe."

"Não." Ela sorriu. De novo. Jacob não tinha ideia do motivo. Talvez estivesse tentando ser charmosa? Muito suspeito. "Na verdade, eu estava de passagem quando notei o aviso na porta."

Jacob ficou tenso. Desorganizada, sem propósito, *de passagem*. Tudo ruim, *XXX*. "Você costuma andar pelos lagos e passar por cidadezinhas aleatórias em busca de trabalho?"

"Os lagos?" Ela piscou e voltou a sorrir. "É aqui que estamos? Nossa, dirigi bastante."

Jacob mudou de ideia. O pescoço dela não parecia o peito de um pombo-torcaz. Parecia com o restante dela: pouco confiável, muito irritante e talvez sob o efeito de drogas. Ele tinha verdadeira alergia a viciados. Fora exposto a eles na infância, e agora eles o deixavam desconfiado. "Você nem sabe *onde está*?"

Montrose o chutou *de novo* por baixo da mesa. Então olhou feio para Jacob, de um jeito que ele sabia o que significava: *Olha o tom, cara*. Eve estreitou os olhos até que deixassem de parecer os olhos grandes e inocentes de um cachorrinho e se aproximassem de duas fendas brilhantes de noite. Então eles voltaram ao normal tão rápido que Jacob ficou em dúvida se não tinha imaginado aquela mudança. "Receio que não", ela disse, com doçura. "Quer dizer, não sabia até agora. Até você ser tão cavalheiroso comigo e me dizer."

Jacob a encarou, perplexo. Então Mont disse: "Hã... você não quis dizer cavalheiro?".

"Não", ela respondeu, calma. "Tenho certeza de que quis dizer o que disse. Vocês gostariam de saber da minha experiência de trabalho?"

A resposta deveria ser "não". Ela era desorganizada e pouco confiável, de modo que Jacob não a queria perto de sua obra-prima da hospitalidade. Por outro lado, ela claramente respondia bem à pressão e era muito segura de si. Ele gostou da convicção com que ela havia dito um total absurdo. Convicção era uma qualidade muito importante. Ele desenhou outro O. Os prós e os contras quase se equivaliam, embora o mero fato de que houvesse qualquer contra já devesse excluí-la automaticamente.

Jacob abriu a boca para dizer isso a Eve, mas o cretino do Mont interferiu.

"Claro. Pode falar."

"Você trouxe um currículo?", Jacob perguntou, porque *ele* não ia deixar que aquilo virasse uma zona.

"Não", Eve disse, com outro sorrisinho doce. Ela parecia mesmo uma princesa da Disney, só que suas roupas eram horríveis e tudo que saía de sua boca era equivocado. Jacob ficou um pouco tonto, o que o deixou mais que um pouco irritado.

Quem diabos era aquela mulher para aparecer do nada na pousada com sua pronúncia refinada, fazendo com que ele desenhasse Xs e Os demais? Rápida como um chicote, a mente de Jacob mudou de opinião, e ele decidiu que não gostava dela. Não gostava nem um pouco dela.

"Estudei em uma escola de confeitaria em Paris por, hã, um tempo", Eve prosseguiu, a baboseira mais vaga que Jacob já tinha ouvido. "Sou uma excelente confeiteira. Na verdade, como se trata de uma vaga prática, pensei em simplesmente levar vocês pra cozinha e provar minhas habilidades."

Jacob ficou escandalizado. "Não. Não. Não. Pra começar, a prática não vale por coisas com noções de saúde e segurança."

"Ah, mas eu tenho tudo isso", ela afirmou, animada. "Precisei ter, pra participar da Experiência de Produção de Sucos com Atenção Plena da minha amiga Alaris, em 2017. Elaborar receitas de suco", Eve disse, em um tom conspiratório, "é uma forma subestimada de meditação".

"Sério?", Mont perguntou.

"Mont", Jacob disse, "por que está dando trela pra essa loucura?".

Eve o ignorou, ou talvez não o tivesse ouvido. Por entre as tranças, ele tinha visto que ela usava aquele fone de ouvido sem fio, como se a camiseta não fosse ofensiva o bastante.

"Ah, sim", Eve disse, olhando para Mont e assentindo animada. "Funciona mesmo. Minha avó é uma grande fã."

"Hum… Sabe, andei pensando em maneiras de transformar o pub em uma casa de eventos para a cidade. Talvez algo assim funcione. Fazer umas aulas ou…"

"Podemos conversar a respeito", Eve disse. "Posso até te dar o contato da Alaris. Ela é uma pioneira na área."

Jacob conjecturou se, ao se levantar para andar de um lado para o outro vinte minutos antes, não tinha na verdade caído, batido a cabeça e entrado em coma. "Olha", ele disse, cortante, tentando trazer a conversa de volta ao universo do bom senso e da lógica. "Não posso te entrevistar sem um currículo. Você não tem referências, não há nenhuma prova de que tenha estudado ou trabalhado…"

"Estudei na St. Albert's", ela disse, um pouco mais fria, "de dois mil e…".

"Não precisa", ele voltou a interromper. "O que estou tentando dizer é que a vaga continua aberta. Se estiver seriamente interessada, tenho certeza de que vai me mandar seu currículo assim que puder usar um computador." *Se estiver seriamente interessada*. Rá! Estava claro que aquela mulher nunca havia levado nada a sério na vida.

O que a tornava exatamente o tipo de pessoa que Jacob desprezava.

Ela franziu os lábios, como se ele tivesse exigido algo totalmente disparatado, como que ela lhe entregasse um pergaminho mágico dos Andes na tarde seguinte. "Mas", Eve disse, "eu não tenho um currículo. Nem tenho um computador no momento. Na verdade, tinha esperança de chegar e deslumbrar vocês com minhas incríveis habilidades culinárias, minha boa aparência e meu charme, ser contratada, receber um salário, ter uma casa e todas essas coisas ótimas".

Jacob só ficou olhando.

Montrose riu.

Jacob se deu conta de que devia ter sido uma piada. "haha. Muito engraçado." Então ele se lembrou de que às vezes piadas tinham uma ponta de verdade, e se perguntou se ela não tinha um computador porque não tinha uma casa, e se estava procurando trabalhos a esmo porque precisava muito de um.

Mas Eve falava como a rainha, e ele notara que os sapatos dela eram Doc Martens brancos com corações vermelho, provavelmente uma edição limitada e muito cara. Se ele não tivesse onde morar, venderia seus sapatos caros. Não, na verdade não venderia, não se eles fossem quentes, à prova d'água, resistentes e o único par que ele tinha, porque no longo prazo não faria sentido.

"Você é uma sem-teto?", ele perguntou.

Eve piscou algumas vezes.

"Jacob", Mont o repreendeu e depois olhou para Eve. "Você não precisa responder. Olha, Eve, vou jogar a real."

"Ah, não." Jacob suspirou, porque, para Mont, *jogar a real* costumava envolver uma honestidade brutal totalmente desnecessária. As pessoas reclamavam que Jacob era franco, mas pelo menos ele tinha aprendido a identificar quando era melhor mentir. (Na maior parte das vezes.)

"O Jacob aqui está na merda", Mont disse, animado.

Ótimo. Absolutamente *maravilhoso*. O subcomandante de Jacob tinha se rebelado.

3

Eve nunca tivera o prazer de dormir em uma pousada. Na verdade, raras vezes ficou em qualquer tipo de hotel. Por que ficaria, se a casa do avô em Saint Catherine estava sempre de portas abertas? Portanto, a imagem que ela tinha de proprietários de pousada vinha da junção de ideias vagas e talvez de alguns livros que havia lido quando pequena. Jacob Wayne deveria ser um casal de velhinhos com olhos simpáticos que via o mundo com gentileza e boa vontade e ficaria feliz em contratar Eve para que ela pudesse começar sua jornada de autorrealização em um trabalho ao qual nunca se apegaria muito.

Em vez disso, Jacob Wayne era um homem solteiro, não muito mais velho que ela, com olhos de aço e que via o mundo com reprovação. Ou talvez fosse só a luz refletida na armação prateada dos óculos dele. Óculos que estavam apoiados em um nariz forte e romano que alguém deveria quebrar, porque os traços de Jacob eram todos fortes e romanos e isso devia ter alguma relação com o fato de ele ser tão arrogante. O cara era irritantemente, inescapavelmente e absolutamente bonito, e era como Gigi costumava dizer: *Um homem bonito é um problema terrível para todo mundo, menos para si mesmo.*

Jacob tinha as maçãs do rosto pronunciadas, um queixo duro e pontudo, lábios que nunca sorriam, pele clara e olhos cinzentos que perfuraram o peito de Eve assim que ela entrou na sala. Tudo nele, do cabelo loiro rigidamente repartido de lado à camisa azul com as mangas bem dobradas, sugeria eficiência. Até seu jeito de falar, em rompantes curtos que iam direto de um ponto a outro, indicava que ele se irritava com o papinho irrelevante com o qual o resto do mundo perdia seu tempo.

E ele parecia irritado sobretudo com Eve.

O que, sinceramente, era problema dele. Eve era *encantadora*, todo mundo sabia disso. No entanto, tinha ficado bem claro que Jacob acreditava ser melhor do que ela. E talvez, em certos aspectos, ele estivesse certo... mas Eve não era muito fã de pessoas que julgavam as outras sem fundamento. Não era nem um pouco fã, na verdade.

Honestamente, ela *mal* queria trabalhar ali. O que queria mesmo, dez minutos depois de ter conhecido Jacob nariz empinado Wayne, era bater com uma frigideira na cabeça do cara.

Mas ela gostou de ver um rubor escarlate subindo por suas bochechas cinzeladas quando Mont disse "O Jacob aqui está na merda", por isso decidiu ouvir o que eles tinham a dizer em vez de se mandar.

"Semana passada, a chef de Jacob comprou um bilhete de loteria aqui na esquina e ganhou", Mont explicou. "Cinquenta mil. Ela largou o trabalho e voltou pra Escócia, pra se casar com o cara que namorava à distância e abrir o próprio negócio."

Eve arqueou uma sobrancelha, cética. "Que bom pra ela. Mas acho que esses cinquenta mil não vão durar muito."

"Foi o que *eu* disse", Jacob explodiu. "De que adianta dar entrada numa casa e não ter renda garantida pra pagar as prestações?" Ele franziu a testa e fechou a boca assim que as palavras lhe escaparam, parecendo muito contrariado em ter concordado com Eve no que quer que fosse.

É claro que Eve não tinha se dado conta de que cinquenta mil era o suficiente para dar entrada numa casa. O que ela quis dizer é que cinquenta mil não era nem metade do orçamento do casamento que organizara para Cecelia. Mas preferiu guardar aquele pequeno detalhe para si.

Você fica perdendo tempo e as oportunidades que aparecem como... como uma menina mimada.

Eve franziu os lábios, deu as costas para a energia cortante e direta de Jacob e se concentrou em Mont, que era muito menos perturbador em todos os sentidos. Ah, ele era tão bonito quanto Jacob, com um sorriso no rosto, pele escura e olhos calorosos, mas não exalava o mesmo controle ferrenho nem era tão crítico em relação a tudo, o que fazia com que fosse muito mais fácil olhar para ele. "Por favor", ela disse, educadamente, "continue."

O sorriso de Mont se alargou um pouco. Jacob, por outro lado, estreitou seus olhos gelados. Não que Eve estivesse reparando.

"Resumindo: a chef foi embora e Jacob não sabe nem cozinhar um ovo", Montrose concluiu.

"Sei, sim", Jacob resmungou.

"Correção: Jacob foi amaldiçoado por uma bruxa ao nascer. Não importa o cuidado com que ele siga uma receita, sempre sai uma merda."

Jacob abriu a boca como se fosse discutir e voltou a fechá-la, como se, pensando melhor, não tivesse argumentos. Eve ficou feliz por não ter ido embora. Não tinha intenção de aceitar o trabalho, mas ouvir sobre os problemas de Jacob era bastante divertido.

"Além disso", Mont continuou, "no fim do mês tem o Festival do Biscoito de Gengibre de Pemberton". Ele deve ter visto algo na expressão de Eve, porque explicou: "Confeitaria das antigas que virou meio que um culto. Você devia experimentar, é bom pra caramba. Enfim, eles fazem um evento anual pra quem gosta de comida, e a pousada vai ter uma barraquinha servindo café da manhã o dia inteiro".

Eve não sabia que consumir comida de café da manhã no restante do dia era algo comum, e não somente a prova de como seu estilo de vida era caótico, mas decidiu apenas aceitar aquilo. "Então eles escolheram sua pousada..."

"*Minha* pousada", Jacob interrompeu. Nossa, ele era mala.

"... *esta* pousada", Eve prosseguiu, tranquila, mas na verdade muito orgulhosa de si mesma, "para fornecer a comida do evento, apesar de nem ter um chef?"

O maxilar de Jacob ficou tenso e a irritação lampejou em seus olhos frios, e foi divertido de ver. Era raro que o talento natural de Eve para amolar os outros lhe rendesse tanta satisfação. "*Tínhamos* uma chef quando a oportunidade surgiu", Jacob a corrigiu. "Uma chef excelente."

"E vão ter outras barraquinhas de comida, com temas e fornecedores diferentes", Mont disse. "O evento apoia os negócios locais, tipo como antigamente os reis faziam com... tocadores de harpa. Ou sei lá o quê." Ele ergueu os ombros largos. "O fato é que vêm turistas de toda parte, então é uma chance imperdível de conseguir novos clientes. Fora que sempre há imprensa. Jacob quer que tudo corra bem. Muito. Mas, como você falou, pra isso ele meio que precisa de um chef."

Eve achou que aquela última frase tinha sido o maior dos eufemismos.

"Nem preciso dizer que não podemos ser muito exigentes no momento. Então acho que é melhor a gente ir pra cozinha agora e..."

Jacob virou a cabeça e olhou feio para o amigo na mesma hora. "*O que* você está fazendo?"

Montrose ignorou o tom rígido na voz do outro. Na verdade, simplesmente o ignorou e sorriu. "Mostra pra gente o que você sabe fazer, Eve, e se você for mesmo boa..."

"Mont, não."

"Se for mesmo boa", Mont retomou, com firmeza, "talvez Jacob pare de bater a cabeça na parede e te leve a sério."

"De jeito nenhum", Jacob rebateu.

Ela estava perdendo a paciência. Abriu seu sorriso mais doce e disse: "*Não* vai mesmo parar de bater a cabeça na parede? Não tem medo de ficar com um galo?".

Um músculo do maxilar dele começou a pulsar. "Eu... você... isso *não*..." Jacob interrompeu a própria fala atabalhoada inspirando fundo. Em um instante, passou da irritação agitada ao desdém rígido, e seu olhar a penetrava.

Por algum motivo, a respiração de Eve ficou acelerada. Como se aquele foco intenso fosse algo além de grosseiro e alienante. Não era.

"Sinto muito, srta. Brown, mas meu amigo está equivocado", Jacob começou a dizer, cada palavra feita de puro aço. "Com base em nossa entrevista, ficou claro para mim que nós dois não trabalharíamos bem juntos."

"Estou totalmente de acordo", Eve disse, com calma, o que lhe deu a grande satisfação de ver Jacob Wayne com cara de quem tinha engolido uma vespa. Ela se levantou e disse para Mont: "Foi ótimo conhecer você. Talvez eu dê uma passadinha no seu pub esta noite. Onde você disse que ficava?".

Mont vinha fulminando Jacob com o canto do olho, o que também era divertido, mas agora tinha voltado toda sua atenção para Eve e abriu o tipo de sorriso charmoso e indulgente que sempre deveriam dirigir a ela. "Friar's Hill. Passa lá, sim, e me procura. E não se preocupa", ele acrescentou, com outra olhada feia para o amigo, "Jacob não vai estar lá".

Eve sorriu. "Mal posso esperar para falarmos sobre... suco."

Jacob jogou as mãos para o alto, claramente enojado. "Você está dando em cima dela?", perguntou a Mont.

"Claro que sim", Eve disse, adorando a situação. "Sou irresistível." Ela deu meia-volta e avançou pela sala, lançando uma última olhada para Mont por cima do ombro ao chegar à porta. *Me liga*, disse, sem produzir som, com uma piscadela ostensiva.

"A gente nem tem o seu telefone!", Jacob gritou para ela.

"Querido", ela respondeu, "se queria tanto meu telefone devia ter pedido!".

Eve teve quase certeza de ter ouvido um *bum!* vulcânico na sala ao sair. O que a fez continuar sorrindo... até chegar ao carro e se dar conta de que encontrara a oportunidade perfeita de se provar para os pais e tinha ferrado com tudo instantaneamente, como uma criança insensata.

Então toda a sua satisfação foi por água abaixo.

No minuto em que Eve fechou a porta atrás de si, Mont se virou para Jacob e perguntou: "Que porra foi essa?".

"Você pergunta pra *mim*? A entrevista toda foi uma traição, Mont. Uma traição total e absoluta. Digna de guilhotina. O que *você* estava fazendo, seu merda? Se curvando pra essa... esse *demônio do caos*."

"Aquela mulher podia ser a sua salvação", Mont disse. "Ela era perfeita!"

"Ela estava despreparada, não foi nem um pouco profissional e..."

"Ah, e você se saiu superbem", Mont comentou. "Aposto que sabe até dizer que número de sutiã ela usa."

"*Eu estava lendo a droga da camiseta!*", Jacob retrucou.

"Você estava dando uma de pirado, isso sim. Nunca te vi tão..." Mont deixou a frase no ar e estreitou os olhos.

"O quê?", Jacob perguntou. Ele odiava quando deixavam as frases no ar. Odiava quando as pessoas não as terminavam. Odiava elipses sugestivas que as outras pessoas completavam mentalmente, mas que o deixavam no escuro.

Mont continuou, parecendo desconfiado de algo. "Nunca te vi falando tanto com uma completa desconhecida."

Jacob sentiu um calor subir pela nuca e seus cotovelos formigaram. "Perdi a paciência. Você sabe melhor que ninguém que isso me deixa falante." A verdade era que o comentário de Mont tinha sido acertado. Jacob não costumava gastar tanto fôlego interagindo com desconhecidos, porque noventa por cento da humanidade acabava se provando inútil e/ou irritante sem que ele precisasse fazer qualquer esforço. Jacob desconfiava que Eve Brown fosse ambas as coisas, mas tinha se esforçado com ela e se comportado bem mal.

Devia estar no limite.

Mont deu de ombros e balançou a cabeça. "Esquece. Olha, sei que você não gostou dela, mas pensa a respeito por um segundo. Ela é charmosa pra caralho, que é algo que a pousada precisa e que *você* não pode dar... Desculpa, cara, não estou criticando, mas é verdade."

"Eu sei", Jacob disse, seco. Aquilo nunca tinha sido um problema nas redes de hotéis luxuosos da cidade nas quais adquirira experiência. Precisão, perfeccionismo, comunicação clara: tudo isso havia contado a favor dele. Mas, no mundo das pousadas, as exigências eram diferentes. As pessoas queriam se sentir acolhidas, *em casa*. Jacob tinha conseguido isso com a decoração, as instalações, a propaganda... mas seus modos não lembravam em nada lenha estalando na lareira e chá quente.

"E não é só isso", Mont prosseguiu. "Ela não baixou a cabeça pra você nem por um instante."

"Isso é ruim, Montrose."

"Não é, não, você é um tirano. Por *último*...", ele começou a dizer com um floreio, "sei que ela cozinha bem".

"Como você pode saber?", Jacob perguntou.

Mont tinha uma expressão familiar e irritante no rosto, de teimosia e superioridade. "Eu só sei."

"*Como?*"

"Não importa, porque nós vamos correr atrás dela e pedir desculpas, e ela vai cozinhar pra gente e provar que estou certo."

Jacob lhe devolveu um olhar de repulsa. "Odeio quando você faz isso."

"Quando estou certo, você diz?"

"Quando você vem com essas bobagens." Jacob tirou os óculos e os limpou na barra da camisa, com a cabeça a mil. O fato era que os três argumentos de Montrose não chegavam a ser equivocados ou ilógicos. Não dava para negar que Eve *era* calorosa, até demais, na opinião de Jacob, mas ele tinha consciência de que seus parâmetros eram incomuns. Ela também parecia divertida, para quem gostava daquelas besteiras. Por mais que Jacob detestasse admitir, podia vê-la fazendo os clientes rirem, podia ver as críticas no Trip Advisor mencionando a "cozinheira encantadora". E a postura dela, embora fosse enervante, sugeria que ela não se derramaria em lágrimas quando estivesse sob pressão. Jacob não admitia lágrimas na cozinha. Não precisava de DNA alheio nos ovos dos hóspedes.

Na época em que trabalhava em hotéis, nunca teria contratado Eve, mas a dinâmica de uma pousada era diferente, e quem não se adaptava... bom, morria na praia. Se bem que, se ele passasse muito tempo com uma mulher tão irritante, talvez acabasse morrendo de todo modo, de tanta frustração. Ou raiva frustrada. Ou... o que quer que fosse.

O que era mais importante: a sobrevivência dele ou da pousada?

Jacob não tinha dúvidas.

Ele suspirou, voltou a colocar os óculos e se levantou. "Se ela não cozinhar bem, eu te mato."

Quando saíram pela porta da frente da pousada, caía uma garoa forte, bastante típica da região dos lagos, mesmo em agosto. Menos típico era o tom amarelado das nuvens, os trovões à distância e os raios que se seguiam quase instantaneamente.

"Puta merda", Jacob murmurou, enquanto gotas de chuva cobriram as lentes de seus óculos em tempo recorde. "Uma tempestade elétrica", gritou por cima de um trovão. "É melhor entrar, Mont. Você vai atrair raios."

"Sério? Vai tirar sarro da minha altura *agora*?"

"Sempre."

Mont revirou os olhos. "Vai pra esquerda, eu vou pra direita."

Eles se dividiram, enquanto o céu parecia se abrir. A chuva castigava a terra como se cada gota pesasse uma tonelada, e nos poucos segundos que levou para chegar ao pequeno estacionamento da pousada, Jacob ficou ensopado. Sua camisa estava colada ao corpo, seu jeans ficou pesado e rígido, seus óculos escorregavam pelo nariz molhado. Ele xingou, ajeitou os óculos e apertou os olhos para os carros estacionados. As vagas estavam todas ocupadas por veículos familiares, de hóspedes. Ele trotou até a rua e virou à esquerda.

"Essa maldita mulher!", Jacob gritou na chuva, para ninguém em particular. Uma vozinha irritante no fundo de sua mente o lembrou de que ele não precisaria estar correndo atrás dela se não tivesse sido hostil, mas Jacob a ignorou, sentindo só uma pontinha de culpa. Quem usava uma camiseta irônica em uma entrevista de emprego, aparecia sem currículo e ficava divagando sobre as experiências com suco da amiga? *Quem?* Pessoas displicentes, preguiçosas e irresponsáveis. Ele conhecia o tipo. Sofria as consequências das ações dessas pessoas desde o nascimento, as mesmas consequências das quais *elas* pareciam sempre escapar.

Mas ele estava mesmo desesperado e tentava ouvir Mont a cada seis meses, mais ou menos, o que significava que não tinha escolha além de continuar procurando. Jacob passou por alguns carros estacionados na rua, sem ninguém dentro, e parou ao se deparar com um fusca azul-escuro que nunca tinha visto, estacionado em um ângulo absurdo a uns bons sessenta centímetros do meio-fio. Tinha um adesivo rosa no vidro de trás em que estava escrito VADIAS DE SEYCHELLES 2016 — *minha nossa* — e ele reconheceu a silhueta que ocupava o banco do motorista.

Ótimo. Ele a tinha encontrado. Agora tinha que *dizer* algo a ela, algo que a convencesse a voltar e tentar de novo.

Mont claramente não tinha pensado direito no que estavam fazendo, ou não teria deixado Jacob sozinho.

"Anda logo com isso, Wayne", Jacob murmurou para si mesmo e passou as duas mãos pelo cabelo molhado para tirá-lo do rosto. Desceu da calçada para dar a volta no carro e bater no vidro dela.

Só que, no fim, nunca chegou a fazer isso. Porque, assim que Jacob pisou no asfalto, os faróis se acenderam e o carro saiu de marcha à ré. Para cima dele.

Com tudo.

Graças à porra da Eve Brown.

4

Jacob não era especialista em física, mas não achava que ser atingido por um fusquinha devia doer tanto. Por outro lado, fora pego totalmente de surpresa, de modo que não fizera muito para se proteger.

Primeiro, o para-choque do carro o jogou com tudo contra o Porsche Cayenne atrás dele. A cabeça de Jacob bateu contra o para-brisa com tanta força que foi um milagre o vidro não ter quebrado — ou talvez tenha quebrado. Ele não tinha certeza, porque caiu logo em seguida como um saco de batatas. A queda foi esquisita pra cacete, seu peso recaiu quase todo sobre o pulso direito, que ficou dobrado de um jeito horroroso. Então ele desistiu da ideia de "ficar de pé" e deixou o corpo desabar na rua como se fosse um peixe.

Depois de tudo aquilo, Jacob decidiu que o mais sensato era ficar deitado imóvel e se certificar de que não estava morto.

"Ah, merda, merda, merda."

Era exatamente o que Jacob estava pensando, mas a voz que chegou até ele através da chuva forte não era a dele. Era elegante demais, bonita demais. Vozes podiam ser bonitas? Jacob não tinha certeza. Ele ia dar uma olhada na voz e checar.

Abriu os olhos e sentiu uma pontada de dor na cabeça, como se uma lâmina tivesse atravessado seu crânio, então voltou a fechá-los. Seus óculos haviam sumido mesmo. Seus olhos não serviriam para nada. Droga de olhos. Quem precisava deles?

"Ah, não, ah, não, ah, não, ah, não." Era aquela voz de novo, ao mesmo tempo estranha e familiar. O cérebro de Jacob estava quente e derretido, como caramelo. Hum, caramelo. Seria um hóspede? Um hóspede com gosto de caramelo? Merda. Ele não podia ficar deitado na rua na frente de um hóspede. Era inapropriado, irresponsável e péssimo para os negócios.

Jacob tentou se sentar, mas vários pontos de agonia gritaram simultaneamente para que ele parasse com aquilo e voltasse a se deitar. Portanto ele parou com aquilo e voltou a se deitar.

Então a voz disse: "Será um cachorro? Tomara que não seja um cachorro." A memória dele voltou como um raio.

"*Eve*", Jacob conseguiu rouquejar em tom acusatório.

Ela devia morrer de culpa sob o poder da voz dele, mas tudo o que fez foi suspirar e dizer: "Ah, graças a Deus não é um cachorro".

A raiva era excelente para clarear a mente. Jacob se forçou a abrir os olhos, muito embora não conseguisse ver nada e se sentisse tonto. O céu tinha adquirido um tom doentio de amarelo e estava cheio de estática por causa da chuva que ainda caía. Ele não identificou nenhum borrão com o formato de Eve em seu campo de visão, mas esperava que ela pudesse vê-lo — ou, mais especificamente, que pudesse ver seus olhos ardendo de ódio. "Acha melhor ter me atropelado do que ter atropelado um cachorro?", ele perguntou. "A entrevista foi... ruim assim?" Suas palavras saíam com dificuldade. Droga. Ele não queria que suas palavras saíssem com dificuldade.

"Não seja egocêntrico", ela disse, com afetação. "Não tem a ver com você. Quis dizer que prefiro atropelar uma *pessoa* do que um cachorro."

A mente trôpega dele refletiu sobre aquela asneira por um momento antes de ele anunciar: "Você está brincando. É uma piada".

"É claro que não! Cachorros são pequenos, fofinhos e vulneráveis. Humanos são muito mais resistentes. Olha como você está lidando bem com o que aconteceu."

Talvez Jacob estivesse deixando o próprio corpo de tanta raiva, porque a dor parecia estranhamente distante e ele mal notou que a tempestade estava se acalmando com a mesma velocidade com que tinha começado. Tudo o que sentia era uma necessidade esmagadora de enterrar Eve Brown em um buraco qualquer, ou largá-la no fundo de um poço. "Como estou *lidando bem* com isso?", ele gritou, o que fez seus pulmões doerem. "Se eu me mexer de novo vou acabar vomitando sangue."

Houve uma breve pausa antes que Eve argumentasse: "Mas se você fosse um cachorro, talvez já estivesse morto".

Jacob tentava reunir forças para se arrastar e estrangulá-la, mesmo que isso fosse matá-lo, quando um borrão colorido apareceu diante de seus olhos: uma oval marrom cercada de fitas lilases. Conforme ela se aproximava, ele conseguia perceber os detalhes que preferia esquecer. As bochechas redondas, os olhos grandes e escuros por trás dos cílios longos e molhados da chuva. O queixo erguido de teimosia, a boca cintilante por causa do gloss. Ela mordia os lábios, se ele não estava enganado, com certa violência. Sem mencionar as linhas profundas que haviam surgido na sua testa antes lisa. Talvez estivesse mesmo se sentindo culpada.

Ou talvez só estivesse preocupada com a possibilidade de ser acusada de homicídio culposo, caso ele morresse.

Devia ser a segunda opção.

"Te ajudaria a se distrair se eu mostrasse meus peitos?", ela perguntou, do nada.

Deus, concussões eram muito estranhas.

"Jacob?"

"Quê?", ele disse.

"Você me ouviu?"

"Se eu...?" Ele parou. Ah, o comentário sobre os peitos não tinha sido uma alucinação auditiva? "Não sei", ele falou arrastado. "Talvez ajude. Espera, não. Qual é o seu problema?"

"Tenho vários." Ela desapareceu do campo de visão dele, o que, sinceramente, era uma bênção, e sua voz agora chegava de longe. "Só perguntei porque, quando cheguei pra entrevista, tive a impressão de que meus peitos te distraíram, então..."

"*Eu estava lendo a camiseta*", ele disse, pelo que parecia ser a milésima vez.

"Se você diz", ela murmurou, achando graça, o que era absolutamente enlouquecedor. Então ela gritou: "Ah! Encontrei!". Depois reapareceu em seu campo de visão. Devagar e com cuidado, Eve colocou os óculos de volta no rosto dele.

Os óculos. Ela tinha encontrado os óculos dele. Jacob nem precisou perguntar. E agora ela estava ali, ajeitando-os para ele.

É claro que a tarefa não era tão fácil quanto certos filmes e programas de TV faziam crer. Como regra geral, Jacob não deixava que ninguém colocasse os óculos nele. Do mesmo jeito, quando mulheres tentavam *tirar* seus óculos em arroubos de paixão ou sabe-se lá por qual motivo, isso o irritava a ponto de acabar com o clima, e ele precisava passar uns bons cinco minutos pensando em boquetes para voltar a se animar. Portanto, quando se deu conta de que uma completa desconhecida tentava fazer uma das coisas que ele menos apreciava no mundo, Jacob ficou todo tenso.

O que doeu pra caralho e acabou se mostrando um desperdício de energia, já que Eve conseguiu colocar os óculos nele sem qualquer problema.

Bom, mais ou menos. Pelo menos ela não cometeu nenhum dos erros fatais, como enfiar uma perna dos óculos no olho ou na orelha dele. Ela não conseguiu deixá-los no lugar certo, mas ele desconfiava que talvez fosse porque estivessem tortos mesmo. Além disso, uma das lentes havia rachado, o que era cem por cento culpa dela, e por isso ele se recusou a lhe dar uma nota dez. Mas, ainda assim, era impressionante.

O rosto de Eve voltou ao seu foco, e ele notou algo inesperado: os enormes olhos dela brilhavam por causa de algo que talvez fossem lágrimas de verdade.

Ela não deixou que as possíveis lágrimas caíssem. Abriu um sorriso que era apenas uma sombra do sorriso animado com covinhas que havia mostrado na pousada e disse: "Pronto. Agora você pode olhar feio pra mim direito".

Jacob devia estar mesmo com uma concussão, porque, em vez de mandar Eve se foder, ele só disse, baixo: "Obrigado".

Estava agradecendo a ela. Agradecendo a ela por ter devolvido os óculos quebrados a seu rosto depois de tê-los derrubado *com o carro dela*.

O sorriso dela já parecia mais amplo e real, e se o abrisse um pouquinho mais, as covinhas reapareceriam, e...

"Jake?" Era Mont quem gritava, ali perto. "Cadê você, cara?"

Eve levantou o rosto. Jacob piscou e se perguntou por que se sentia tão sem equilíbrio, agora que ela não olhava mais para ele.

Concussão. Só podia ser uma concussão.

"Montrose", Eve chamou, se levantando.

Por algum motivo, Jacob tentou se sentar, como se estivesse ligado a ela por um fio. Tinha chegado com dificuldade à metade do caminho quando sentiu um aperto de dor. Merda, merda, merda. Ele fechou bem a boca, porque se recusava a vomitar na frente de Eve, ou de quem quer que fosse, ou mesmo sozinho. Então terminou de se sentar, percebeu que tinha feito algo terrível com sua bunda e tentou rolar para ficar de joelhos.

"Meu Deus." Era a voz de Montrose vinda do alto. "Você está um caco. O que foi que aconteceu?"

"Atropelei ele", Eve lamentou, enquanto Jacob explodia: "Ela me *atropelou!*". Ele notou o tom de choro na voz dela e se sentiu um cretino.

Só que a cretina era ela. Ela! Meu Deus, qual era o problema dele?

"Vou chamar uma ambulância", Eve disse.

"De jeito nenhum", Jacob disse, bufando, e se arrependeu imediatamente de ter bufado. Era possível quebrar os pulmões? Porque os dele estavam quebrados. "*Ambulância*", ele chiou, com desdém. "Que exagero."

"Jacob", Mont disse, sério. "Não seja assim. Você precisa de atendimento médico."

"Eu sei", Jacob disse, "mas não precisa chamar uma ambulância." Seria um desperdício dos recursos públicos. Ele estava perfeitamente bem. Havia gente morrendo, pelo amor de Deus. "Posso ir dirigindo." Começou a se levantar, mas o mundo girou e uma trupe de fadinhas malvadas tacou fogo em seu crânio. Por dentro, tudo queimava e se desfazia, e ele voltou a se sentir completamente tonto. "Montrose pode ir dirigindo", se corrigiu e olhou para o homem em questão, evitando Eve de propósito. Tudo estaria mil vezes melhor se ela não estivesse ali, portanto ele decidiu fingir que era esse o caso. "Me dá uma mão, Mont."

Mont soltou um longo suspiro dramático e se ajoelhou para passar um braço pelas costas de Jacob — o que doeu pra caralho, mas não se podia fazer nada quanto a isso. "Se segura em mim", ele resmungou. "Direito. Estou falando sério, seu babaca."

"Sim, senhor." Jacob tentou soar rabugento ou talvez indulgente, e não pateticamente grato. No fim, passou longe das opções anteriores e só soou bêbado.

Enquanto os dois se levantavam juntos, Eve se agitava em volta como uma borboleta laranja especialmente irritante. "O que eu faço?", ela perguntou. "Ele vai dirigir, mas e eu, faço o quê?"

"Desaparece", Jacob sugeriu, cansado. "Cai num poço. Ou sobe uma montanha. Ou vai pra lua."

"Cuida da pousada", Mont disse.

"*Quê?*" Jacob não sabia ao certo quem havia dito aquilo primeiro, ele ou Eve.

"Bom, eu vou te levar pro hospital", Mont disse, olhando feio para ele, "minhas irmãs estão trabalhando, e sua tia Lucy também. Parece que Eve é tudo o que temos." Ele se virou para a demônia em questão. "Estávamos mesmo procurando por você, pra te deixar fazer um teste, então aí está. Vai ser um belo teste. Conta pros hóspedes o que aconteceu e se vira."

Jacob queria dizer que Mont havia perdido a cabeça, mas ficava cada vez mais exausto a cada segundo que passavam em pé, e a conexão entre sua boca e seu cérebro parecia ter se soltado em algum momento. Ele só conseguia balbuciar: "Mas... serial killer... golpista sofisticada... espiã industrial... ela vai *roubar meu fornecedor de xampu orgânico*".

Depois de uma pausa perplexa, Mont disse, triste: "Olha só o que você *fez* com ele...".

Eve fez uma careta e se concentrou em Jacob. Como se ele fosse uma criança, falou bem devagar: "Não sou uma serial killer, ou... qualquer uma das outras coisas que você disse, o que quer que sejam. Mas estou mesmo, mesmo, muito, muito mal de ter batido o carro em você. Prometo que vou cuidar da sua pousada como se fosse minha". Ou pelo menos foi o que Jacob pensou ter escutado. Era difícil ter certeza, com os ouvidos zunindo.

Ele tentou dizer: *Vou te dizer onde você pode enfiar sua promessa, dona espiã*. Mas o que saiu foi um resmungo rouco: "Ah, porra, minha cabeça".

Então a confusão ficou ainda mais confusa. Mont o arrastou para longe, e Jacob... meio que... se deixou levar.

Quentinha e seca dentro da pousada, Eve quase convenceu a si mesma de que os vinte minutos anteriores tinham sido um sonho. Claro que ela não havia atropelado o homem mais irritante do mundo! Claro que ele não tinha sido arrastado para o hospital pelo melhor amigo, deixando Eve para trás, cuidando de uma pousada. E por que não levar as coisas ainda mais longe? *Claro* que Eve não havia dirigido quilômetros e quilômetros em meio às lágrimas de orgulho ferido antes de se apresentar numa entrevista para o primeiro trabalho com que havia topado, como se aquilo fosse resolver todos os seus problemas! Só uma menina mimada, ou um cachorro fofinho com um cérebro bem pequeno faria aquele tipo de coisa, e Eve não era nem um nem outro.

O que não explicava por que seu jeans continuava molhado desde quando se ajoelhara ao lado do corpo encolhido de Jacob, por que suas mãos tremiam daquele jeito horrível, ou por que ela se encontrava sozinha e nervosa no saguão da pousada.

Ela tinha se metido numa bela merda...

Eve encontrou uma chaise longue convenientemente colocada perto da escada e desabou nela. Sua intenção fora se deitar com elegância, como Gigi faria, mas o jeans estava rígido, e seus ossos, duros de medo, de modo que ela acabou caindo como uma pilha de tijolos. A chaise longue era forrada de seda vinho e combinava com o papel de parede e os tapetes eduardianos — ou seriam vitorianos? Ah, quem se importava? Ela notou que havia um monte de tapetes naquele cômodo de pé direito alto, que o piso de mogno tinha sido encerado até reluzir e que arandelas brilhavam nas paredes, além de uma porção de outras coisinhas que passavam a impressão de *aconchego, conforto* e *seriedade.*

A pousada era mesmo de Jacob ou ele só a gerenciava? Eve o imaginara como um fã de decoração fria, impessoal, modernista. Uma atmosfera tradicional de que ela de fato *gostava* não era o que havia esperado daquele homem.

Ele devia ter contratado alguém para fazer a decoração.

E ela provavelmente deveria parar de pensar mal de alguém que estava indo para o hospital por sua causa.

Quando o celular vibrou no bolso de trás da calça de Eve, ela deu um pulo como só alguém com a consciência pesada faria. A vibração estourou a bolha do choque, de repente trazendo-a para a desconfortável realidade de que agora ela era responsável pelo lugar onde se encontrava. Era melhor mostrar um bom serviço. Babaca ou não, Jacob merecia que seus padrões obviamente elevados fossem atendidos. E ela havia dito... ela havia dito...

Prometo que vou cuidar da sua pousada como se fosse minha.

O que, em retrospecto, fora uma promessa imprudente. Já arrependida de suas palavras, Eve soltou o ar sem firmeza e se sentou direito (com o intuito de parecer mais no controle, e menos, hã, derrubada). O problema era que, independente de sua posição física, ela era incapaz de cuidar de uma mosca que fosse. Só naquela manhã, tinha fracassado em fugir, fracassado em sua primeira entrevista de emprego e fracassado em dirigir com segurança. Quando Jacob voltasse, ela provavelmente já teria tocado fogo no telhado.

Mordendo o lábio, ela tirou o celular, que ainda vibrava, do bolso. Ficara aquele tempo todo no modo avião, e talvez alguém tivesse ligado mais de uma vez. O nome FLORENCE LENNOX apareceu na tela. Eve suspirou, hesitou e então atendeu. Em sua experiência, a melhor maneira de lidar com sentimentos ruins era evitar encará-los sempre que possível. O que quer que Florence quisesse serviria como uma ótima distração.

"Alô?"

"Querida! Aí está você! Te mandei *duas* mensagens de texto."

"Duas?", Eve murmurou. "Nossa. Seus dedos devem estar cansados."

Florence soltou uma risada tilintante, o que era estranho, porque não costumava rir das piadas de Eve. No grupinho de Florence, Eve era a "amiga confeiteira", o que significa que ligavam para ela quando precisavam de um bolo para um evento, para o qual a convidavam como forma de pagamento. Depois voltavam a ignorá-la até a próxima festa.

Eve ocupava uma determinada posição em todos os grupinhos dos quais fazia parte. Era assim que conseguia se manter na periferia de todos eles.

"Ah, querida, você é *hilária*. Mas escuta, tenho uma proposta pra você."

Eve franziu a testa. Uma *proposta* não era exatamente como Florence costumava se referir a "um pedido para que traga um bolo de três andares irregulares para o aniversário de cinquenta anos da minha mãe".

"Siiim?"

"Não fique tensa!" Flo tinha o hábito encantador de notar e apontar imediatamente qualquer fraqueza. Parecia um lobo falando. "É sobre sua empresinha de eventos. Sei que você adora assumir a responsabilidade pelos bolos e outras coisas para as minhas festas."

"Adora" podia ser um exagero, mas Eve não *odiava*. Era praticamente impossível estragar tudo quando se fazia um favor, e as pessoas sempre se deliciavam ao experimentar seu fudge.

Deixar as pessoas felizes era meio que a única coisa que ainda a animava.

"*Achei* que você só soubesse fazer bolos", Florence continuou, "mas parece que você andou escondendo seus outros talentos, sua safada. Ouvi coisas maravilhosas sobre o casamento que você organizou." Ela fez uma pausa. "Bom, a não ser pelo boato bizarro de que você arrancou a cabeça de uma pomba com os dentes e cuspiu as penas na cara da noiva, mas deixa isso pra lá. O ponto é: Freddy faz aniversário em fevereiro, e ele talvez tenha acabado de passar uma pereba pra organizadora original, portanto precisamos de outra. Alguém pra quem ele provavelmente *não* vai passar uma pereba."

Freddy Lennox era o irmão de vinte anos de Florence. Eve pensou em diferentes respostas. Por exemplo: *Na verdade, acabei de fechar a empresa*. Ou: *Eu só soltei as pombas, aquela vaca é uma mentirosa*. Mas, por fim, gaguejou: "Hã, Florence, isso... bom, o que quero perguntar é... a parte da pereba é algum eufemismo, certo?"

Florence riu. "Claro que sim, bobinha!"

Eve relaxou.

"É um eufemismo pra dizer que Freddy dormiu com a organizadora da festa e passou gonorreia pra ela. A mulher deu o maior chilique."

"Entendi...", Eve conseguiu dizer. Era uma frase ótima, neutra. Muito mais aceitável socialmente do que: *Minha nossa, Florence, qual é o problema da sua família?*

Mas, sério. Se vai dormir com a pessoa que contratou, sexo seguro é o *mínimo*. Ou Eve estava sendo dura demais?

"É claro que a gente vai te pagar, querida. Agora você é uma empreendedora!", Florence trilou. Como Eve não era muito próxima de... bom, *nenhum* de seus amigos, ninguém tinha total noção de quantos empreendimentos ela já havia começado. Seus fracassos eram feridas particulares que ela lambia sozinha. "Como a festa é só em fevereiro", Florence prosseguiu, "não precisamos começar a planejar até... setembro".

Eve piscou. "Isso é seis meses antes da festa, Flo."

"É o aniversário de vinte e um anos de Freddy, Eve", veio a resposta gelada. "Se você não leva isso a sério..."

"Não", Eve soltou. O tom de reprovação fez seu estômago se revirar. Ela se lembrou de quando estava na escola e sua vida girava em torno de evitar chamar a atenção dos demais alunos ou dos professores. "Não, não foi isso que eu quis dizer. Mas, Flo... não sei se consigo me dedicar a isso no momento." Era o eufemismo do ano. Eve já tinha o bastante com que lidar, considerando a leve rejeição familiar daquela manhã e o leve atropelamento. Além disso, setembro já era o mês seguinte, e ela precisava usar aquele tempo para procurar um emprego.

Eve se preparou para o ataque do Furacão Florence e para o possível ostracismo temporário de um de seus muitos grupos de amigos. Em vez disso, depois de uma breve pausa, ouviu...

Uma fungada?

"Eve", Flo disse, parecendo chorosa. "Por favor. Sei que é um pedido do nada e que Freddy pode ser difícil, mas ele estragou tudo com a mulher, meus pais estão pirando e... bom, preciso da sua ajuda, Eve. Você não me decepcionaria, né? Quando preciso da sua *ajuda*. Seria muito cruel."

Eve mordeu o lábio e franziu a testa. Florence parecia bem chateada, e o estresse e o aborrecimento da situação fizeram o estômago de Eve se revirar de preocupação. O fato era que Flo tinha um problema e, ainda que sua vida estivesse um caos, Eve podia ajudar.

Depois de um momento de hesitação, ela cedeu, inevitavelmente. "Ah, tudo bem. Se precisa de mim, sabe que vou fazer meu melhor, Flo. Então... seis meses pra organizar a festa." Afinal de contas, para que serviam os amigos?

"*Sério?*", Florence gritou. "Ah, que maravilha, Eve, de verdade. Sabia que você entenderia." Seu tom passou do puro deleite aos negócios em um piscar de olhos. "Bom, já que estamos no telefone, podemos aproveitar pra discutir alguns detalhes. A localização é a prioridade no momento, claro. Quando você pode começar as visitas? Esquece, eu te mando um convite pelo calendário do Google."

Eve piscou. Minha nossa. Florence era bem focada quando se tratava de festas de aniversário.

Quanto mais Eve pensava a respeito, mais se dava conta de que aquilo no fundo talvez fosse justamente o que ela precisava. Organizar uma festa era diferente de organizar um casamento — demandava muito menos tempo e envolvia muito menos pressão —, mas ainda era um *trabalho*. A beleza daquilo a atingiu devagar, como o nascer do sol. Seis meses planejando o aniversário de vinte e um anos de Freddy, depois seis meses planejando alguma outra festa e pronto. Ela teria trabalhado por um ano seguido e provado que os pais estavam errados.

Talvez até os deixasse orgulhosos.

Não vamos perder a noção. Organizar algumas festas não era o mesmo que gerenciar um negócio, como Chloe fazia, ou ser um gênio profissional, como Danika. Mas Eve já tinha um trabalho garantido, ainda que não fosse bem o que seus pais tinham em mente. E, dessa vez, ela realmente pretendia mantê-lo.

Absolutamente nada daria errado.

5

Quando Jacob voltou, Eve estava começando a se preocupar, pensando que talvez o houvesse matado.

Horas tinham se passado. O sol estava baixo no céu, e muitos hóspedes tinham voltado depois de passar o dia fora. Ela sabia que, devido à falta de verbas, era preciso esperar bastante para ser atendido nos hospitais públicos, mas por favor... quanto tempo podia levar para verificar a cabeça de um cara e enrolar uma faixa nela?

Desde que Jacob e Mont tinham partido, ela encontrara a cozinha (que era impressionante e impecavelmente limpa), fizera um sanduíche (e uma pequena, minúscula batata assada com feijão e queijo, para jantar) e fora para a sala onde o café era servido, para evitar os hóspedes. Eve achava que interações indefinidas com desconhecidos eram muito estranhas e decidiu não expor ainda mais seus nervos delicados. De qualquer modo, era uma pousada que oferecia hospedagem e café da manhã para os hóspedes, e não "hospedagem e contato visual desconfortável com a desconhecida perambulando pelo saguão". Ela estava ali para impedir que grandes desastres acontecessem e atender a chamados urgentes, não para perguntar às pessoas voltando de suas caminhadas se precisavam de toalhas limpas.

Ainda que uma vozinha em sua cabeça sugerisse que ela devia, sim, perguntar sobre o lance das toalhas.

Bom...

Eve estava pensando em ligar para o hospital local para tentar descobrir se, sem querer, havia se tornado uma assassina quando ouviu a porta da frente se abrir. Ela correu até a janela, o que se tornara um hábito, e esticou o pescoço para ver quem era.

Não era um hóspede. Tampouco era um ladrão com quem ela teria que brigar para proteger o ganha-pão de Jacob. Era o próprio Jacob. Ela viu de relance os cabelos loiros apoiados no ombro forte de Mont, e então os dois sumiram de vista.

De repente, todas as horas desejando que eles chegassem logo se transformaram em um desejo desesperado de que *não* estivessem ali. Porque ocorreu a Eve, afinal, que a volta de Jacob provavelmente significava que ele ia acabar com ela por tê-lo atropelado. O que ela sem dúvida merecia.

Com uma careta, Eve seguiu na ponta dos pés até a porta da sala — que havia deixado entreaberta, para o caso de algum hóspede tocar a campainha da recepção e gritar "Ah! Houve um assassinato terrível!" ou coisa do tipo. Ela abriu um pouco mais a fresta e olhou para o saguão justo na hora em que Mont fechava a porta da frente com a mão livre. A outra mão, veja bem, estava ocupada segurando Jacob de pé.

Jacob visivelmente precisava de muita ajuda. A postura empertigada que ela havia notado antes havia desaparecido. Seu corpo magro e alto agora se balançava como uma pipa ao vento, a não ser pelo braço direito, que estava em um ângulo rígido e... ah, não, aquilo era gesso? Ela tinha literalmente quebrado o cara. Ótimo.

Ocorreu a Eve que sua mãe não ficaria muito contente com a festa que ia organizar se a notícia viesse acompanhada de um processo judicial por direção imprudente.

Ela suspirou. *Sempre decepcionando, Eve.*

Aquela era a mãe falando ou a própria Eve?

"Não, não, não." As palavras de Mont arrastaram Eve de volta à cena que se desenrolava diante dela. Ela reprimiu uma risada quando viu Jacob tentando ir para trás do balcão ornamentado da recepção. Tentando pular por cima dele.

Mont o segurou com ambas as mãos. Jacob grunhiu: "Sai. Tenho que ver os... os check-ins... ai!".

"Foi mal, cara. É meio difícil encostar em alguma parte sua que não esteja machucada."

Eve mordeu o lábio e tentou não morrer de culpa. Ela estimou que sobreviveria mais três ou quatro minutos. Então Jacob se virou e ela finalmente viu seu rosto. Sua estimativa de vida caiu para aproximadamente cinco segundos.

Ele estava completamente diferente. Eve mal conhecia o cara, mas a transformação tinha sido dramática o suficiente para ser óbvia. Por trás dos óculos — que ficaram tortos depois da tentativa de escalar o balcão da recepção —, seus olhos gelados azuis-acinzentados agora pareciam dois laguinhos nebulosos, com as pupilas tão dilatadas que ela podia vê-las de onde estava. As maçãs do rosto pronunciadas estavam coradas como sorvete de morango.

Morango era o sabor preferido de Eve. (O que não era nem remotamente relevante.)

O cabelo perfeitamente penteado dele, com a risca de lado, agora se parecia com as plumas de um filhote de pato. Era a única maneira de explicar. Jacob parecia uma criança pequena que passou a noite se revirando na cama. Uma criança pequena *bêbada*. Com gesso no braço.

A essa altura, o lábio de Eve estava quase sangrando, de tanto que ela o mordia.

"Agora venha", Mont disse. "Seja bonzinho, ou vou abrir sua gaveta de meias e trocar todos os..."

"Não!", Jacob gritou, como se a ameaça fosse terrível demais para suportar.

Eve levou uma mão à boca para reprimir uma risada. Meu Deus. Se alguém tivesse lhe perguntado naquela manhã se Jacob Wayne, o babacão, seria capaz de ficar uma gracinha, ela apostaria o peito esquerdo que não. E o peito esquerdo sempre foi seu preferido.

"Me deixa só fazer... o negócio", Jacob disse, fechando a cara enquanto Mont o puxava para a escada. "O negócio do trabalho... a coisa... Vamos pro meu escritório? É? É isso, Mont?"

"Jesus", Mont resmungou. "Quando foi que você ficou tão pesado?"

"Tenho ossos pesados", Jacob disse, orgulhoso.

Mont desdenhou. "Se eu soubesse que concussões eram engraçadas assim, teria pegado emprestado a GoPro da minha irmã. Não se preocupa com o trabalho, Jake. Eve está cuidando de tudo, lembra?"

A menção a seu próprio nome fez Eve pular. Então os olhos escuros de Mont encontraram os dela, do outro lado da fresta da porta, e ela pulou de novo. Não era uma espiã muito boa.

Mont arqueou uma sobrancelha como se dissesse: *Seria ótimo se você aparecesse agora.*

Eve balançou a cabeça como se dissesse: *Não, obrigada, sou a maior covardona.*

"*Eve*", Jacob murmurou, sombrio. Tão sombrio que, por um momento, ela ficou preocupada que ele também a tivesse visto. Mas não... ele olhava para o nada, com um foco impressionante em um ponto qualquer da parede. "*Eve*", Jacob repetiu. "Ela! Quebrou meu *braço!*"

"É, Jacob. Ela quebrou."

Bom... ela não achava mais que o babaca do Mont era fofo e bonzinho em comparação. Ele ainda tivera a audácia de sorrir ao falar!

"Ela não pode ficar cuidando da pousada", Jacob grunhiu enquanto Mont o arrastava escada acima. "É um desastre ambulante!"

"Não seja duro."

"Ela não tem ideia dos... dos *protocolos*!"

"Bom, não tinha jeito, então..."

"Ela é insuportável, desorganizada e *refinada*." O último adjetivo foi lançado como se fosse o pior crime de todos. "Fora que", Jacob continuou enquanto Mont o conduzia, "ela é *horrivelmente* linda".

Eve piscou. Ela... tinha escutado direito a última parte?

"Que frase interessante", Mont comentou. "Quer explicar melhor?" Sua voz foi ficando mais baixa à medida que os dois desapareciam de vista. Eve teve que se segurar para não chutar a parede. Ela também queria ouvir aquela explicação, droga! *Horrivelmente linda?* Que raios aquilo queria dizer? Jacob devia estar confuso. Devia ter falado errado. Provavelmente quis dizer *horrivelmente limpa* ou algo que soava parecido.

Ela balançou a cabeça e se afastou da porta, considerando suas opções. Com Jacob de volta e sendo supervisionado, em tese ela podia ir embora. Havia prometido cuidar da pousada, que agora não precisava mais de seus cuidados. Ela podia fugir da cena do crime naquele mesmo instante e voltar para casa a tempo de fazer aula de ioga com Gigi e Shivs e de contar os sucessos do dia aos pais, deixando de fora a parte em que se saía mal numa entrevista e atropelava o entrevistador.

Só que...

Bom. Só que aquilo parecia meio horrível. Jacob podia ser um babaca, mas nessa situação ela estava sendo ainda mais babaca, o que era bastante significativo. Era melhor ficar para se certificar de que ele estava bem, tentar se desculpar olhando diretamente para sua cara irritante de sorvete de morango e tal.

Além disso, uma vozinha sussurrou em sua cabeça, *nenhum trabalho no mundo vai ajudar a recuperar o respeito dos seus pais se continuar fugindo das confusões que* você *causa.*

Hum. Eve costumava manter aquela voz sensata e insuportável — que parecia bastante com a voz de sua irmã mais velha, Chloe — em reclusão estrita. O estresse do dia talvez a tivesse libertado.

Depois de alguns momentos respirando fundo e se preparando, Eve engoliu sua ansiedade e se forçou a sair de onde estava, cruzar o saguão e subir a escada. Ela não tinha se aventurado nos andares de cima da pousada durante o dia todo, e agora descobria que eram muito parecidos com o térreo, talvez só um pouco mais leves e claros, com corredores estreitos e bem iluminados, as paredes forradas com um papel cheio de florezinhas amarelas e o chão coberto de carpete macio cor de esmeralda. Ela procurou por Jacob e Mont enquanto subia para o primeiro e depois para o segundo andar.

Foi só no topo do terceiro lance de escada que viu a porta que talvez levasse à sua desgraça. Era um bloco imponente de mogno com maçaneta perolizada e uma placa dourada que dizia: restrito.

É. Jacob devia estar ali.

Ela ajeitou as tranças e a camiseta enquanto se aproximava. Depois ficou parada por alguns segundos, se sentindo desconfortável e hesitante, enquanto erguia uma mão para... bater? Ou abri-la de supetão, como uma detetive da tv?

No fim, não importava, porque a porta se abriu antes que Eve tocasse nela. Mont estava ali. Ele pareceu surpreso por um momento, depois satisfeito. "Ah", ele disse. "Você subiu."

"Bom..." Eve estava irrequieta. "Pareceu que precisávamos conversar."

Mont arqueou uma sobrancelha. "Interessante. E eu achando que você era do tipo que foge."

"Quê?", ela disse, com todo o ultraje de uma mulher que estivera prestes a fugir momentos antes. "Nunca."

"Nunca?"

"Nunca."

"Tá bom." Ele sorriu. "Então o que vou te dizer agora não vai te incomodar nem um pouco."

Eve teve um estranho e poderoso pressentimento. "Pode falar", ela disse, mas sua voz falhou na última palavra. Opa.

"Entra", Mont ordenou — claramente era uma ordem. Eve passou pela porta e deu um pulinho quando ele a fechou. Olhou em volta e confirmou que estava no que só podiam ser *os aposentos* de Jacob. Havia cinco portas ali: uma revelava uma bancada de banheiro e toalhas bem dobradas, outra era um armário aberto com uma lava e seca zumbindo, duas estavam fechadas e uma, no fim do corredor, seguia ligeiramente aberta, mas não o bastante para que ela pudesse ver alguma coisa.

Portanto, Eve não conseguia xeretar.

Mont a levou até uma das portas fechadas, que na verdade estava trancada. Ele pegou a chave e ela logo se viu entrando no escritório mais careta que já havia visto em toda a vida. Era quadrado e tinha uma escrivaninha diante de janelas largas e altas, um trio de arquivos alinhados à parede cor de creme, e absolutamente nada mais. Nenhum livro, nenhuma foto, nem mesmo um dos tapetes antigos e coloridos que estavam espalhados pelo resto da pousada. Era uma tela em branco.

"Este é... o *escritório* do Jacob?", ela perguntou.

Mont, que já estava do outro lado da escrivaninha, mexendo nas gavetas, olhou para ela. "Ajuda o cara a manter o foco."

Eve apostava que sim. A única distração possível era a janela, e Jacob pelo visto se sentava de costas para ela.

Mont se endireitou, com uma pilha de cadernos nas mãos. "Certo, veja bem. Não sei se Jake teve a chance de mencionar isso antes de ser atropelado..."

Uau. Então iam ser diretos. Ela respeitava aquilo.

"Mas estávamos procurando você pra te oferecer o trabalho." Eve só ficou olhando para Mont, sem expressão, por isso ele acrescentou: "O trabalho de chef. Aqui. Alguns segundos depois que você foi embora Jacob se deu conta de que você era nossa única esperança, então...".

Eve estava imaginando coisas ou ele estava jogando com o sentimento de culpa dela?

"Aí tudo deu errado", Mont prosseguiu, "e estou um pouco preocupado que você não tenha intenção de aceitar o trabalho que parecia querer tanto. E estou especialmente preocupado com o lance do Festival do Biscoito de Gengibre, pelo qual Jacob deu um duro danado... e porque, se você for embora e deixar a gente na mão, ele vai ficar numa posição ainda pior do que antes. Com o pulso fraturado e tudo mais. Isso seria zoado, não acha?"

Eve não estava nem um pouco enganada. Ele estava jogando com a culpa dela, e estava funcionando.

Trabalhar na cozinha da pousada era, pela lógica, uma péssima ideia. Eve não tinha ideia do que estava fazendo e o dono do lugar a tinha odiado de imediato, *antes* que ela o atropelasse. Fora que agora ela estava trabalhando para Florence — ou estaria, em setembro. Mas o peso de sua necessidade de reparação foi crescendo e crescendo, até arrancar uma resposta não autorizada de sua garganta.

"É claro que vou aceitar o trabalho", ela soltou.

E no mesmo instante quis se chutar.

Mont pareceu radiante. "Vai mesmo?"

Não vou. "Vou."

"Ah, *perfeito*. Obrigado. Isso... obrigado, de verdade, porque estamos meio encrencados aqui. Bom, odeio jogar tudo isso em cima de você, mas Jacob sofreu uma concussão, fraturou o pulso e machucou feio a bunda..."

Eve se segurou para não fazer uma careta.

"... então não é como se ele fosse acordar bem amanhã. Você acha que pode... assumir as coisas só até ele se recuperar?"

Eve piscou. "*Assumir?* Mas... a entrevista era só pra vaga de chef."

"É, mas aí você atropelou o Jacob."

"Tá, mas ele não tem funcionários?"

"Não."

"Não?!"

"Não", Mont repetiu, com toda a calma, atravessando o escritório para lhe entregar a pilha misteriosa de cadernos. "Aqui. Isto deve ajudar."

Eve abriu o primeiro caderno e se deparou com uma página de rosto escrita à mão, mas com uma letra impressionante.

COMO NÃO FODER COM A MINHA LICENÇA SANITÁRIA
Por Jacob Wayne

Ela ficou só olhando. "Isto são... manuais para os funcionários?"

"Basicamente."

"Que ele... que ele fez *sozinho*?"

"Pois é", Mont disse. "Agora preciso ir ao pub, e você precisa se preparar para o café da manhã de amanhã, então..."

Uma onda de terror tomou conta de Eve. "A *que horas* é o café da manhã?"

Mont a ignorou. "Bom, vou te mostrar tudo rapidinho. Tudo bem?"

Tudo bem? *Tudo bem?* Uma grande parte de Eve queria gritar que não, *não* estava tudo bem, principalmente porque, puta merda, ela tinha sete cadernos nos braços, aquele estabelecimento parecia ser bem administrado e no geral bom, o que era intimidante, e ela já sabia que não seria capaz de assumir o controle de uma maneira que agradaria a Jacob Wayne, o rei da perfeição.

Eles não tinham percebido que Eve não estava à altura? Não sabiam que ela nunca fazia as coisas direito? Colocá-la no comando do que quer que fosse já seria um erro, mas deixá-la no comando *disso...*

E no entanto... que outra pessoa poderia assumir?

Eve mordeu o lábio enquanto os fatos se amontoavam em sua cabeça. O básico era: Jacob não podia trabalhar; a culpa era dela. Antes mesmo que aquilo acontecesse, ele já estava precisando desesperadamente de gente.

Alguém precisava assumir o controle da situação, e parecia que Eve era a única pessoa sem mais nada para fazer.

"Tá", ela disse. Sua voz saiu um pouco trêmula, mas clara. "Tá. Eu faço. Me mostra tudo."

Ah, dormir era bom.

Enquanto se aconchegava ainda mais no ninho de travesseiros e cobertores, Jacob se perguntou por que insistia em acordar sempre às cinco da manhã. Blá-blá-blá, trabalho, blá-blá-blá, rotina. Ele tinha uma vaga lembrança de que fazia flexões antes do café, ou alguma baboseira do tipo. Mas, no momento, não conseguia compreender por que um ser humano sensato faria o que quer que fosse quando podia simplesmente...

Ficar na cama...

Para sempre.

Melhor ainda: quando podia *dormir* para sempre. Ele estava no meio de um sonho maravilhoso em que devorava uma laranja gomo por gomo, cada gomo doce e suculento, quando algo o acordou. Hum. Talvez devesse investigar aquilo.

Com a testa franzida, abriu os olhos.

Um leve indício de luar entrava pelas cortinas, mas a escuridão não importava, porque Jacob não enxergava nada sem os óculos. Foi pelo barulho que ele se deu conta de que havia alguém no quarto: o ranger de passos leves e lentos, a respiração suave e constante. Sua mão direita se cerrou em um punho, ou pelo menos tentou. Seu braço direito ainda estava quebrado — aquilo tinha mesmo acontecido? —, e ele acabou gritando de dor. Ou seja, *tinha acabado de se anunciar a um possível assassino.*

"Jacob?", a assassina sussurrou, a voz feita de veludo e fumaça.

Então ele teve o déjà-vu mais estranho.

"*Você*", Jacob rouquejou, fechando os olhos. Aquela... mulher... aquela... *criatura* lilás e laranja... aquela... destruidora de *mundos*...

"Só vim dar uma olhada em você", ela sussurrou. "Vi na internet que quando a pessoa sofre uma concussão a gente tem que ficar conferindo como ela está, ou ela pode, tipo, morrer."

Aquela *bola de demolição* humana...

"Você sabe que está falando em voz alta?", a demônia perguntou.

Aquela *desmiolada* maravilhosa do cacete...

"O que é isso, um jeito bizarro de tentar me manipular? É isso que você está fazendo?"

Os pensamentos de Jacob sacolejavam como uma série de vagões de trem desconjuntados, mas todos estavam voltados para o mesmo objetivo: se livrar de Eve Brown. "Fora", ele rosnou, tentando se sentar e fracassando. Aparentemente tinha quebrado a bunda também. Pelo menos era a sensação que tinha.

"O que tem sua bunda?"

"Para de ler meus pensamentos." Com a mão esquerda, ele procurou os óculos.

"Não estou lendo seus pensamentos! Você que está falando em voz alta, gênio."

"É isso mesmo", Jacob murmurou suavemente para si. "Sou um gênio. Está tudo bem. Achei, vou colocar meus óculos e ser feliz."

"Meu Deus, concussões são muito esquisitas."

Pela primeira vez a mensageira do mal dizia algo acertado. Jacob colocou os óculos, franziu a testa para a lente rachada e voltou ao importante trabalho de olhar feio para Eve Brown. "Vai embora."

Ela se aproximou, porque era a maldição da existência dele. Seus passos a levaram ao trecho de luar fraco que entrava pelas cortinas. Eve continuava mais bonita do que tinha o direito de ser, com seus olhos grandes e sua pele brilhante. Sua boca estava livre do gloss terrível, portanto ainda mais atraente. Ele queria mordê-la. Queria morder *Eve*. Ela tinha muitas, muitas partes mordíveis. Jacob estava ocupado catalogando todas elas, do peito à cintura e aos quadris, quando se deu conta de que Eve não estava mais com aquela camiseta irritante. Agora usava uma camisa grande e solta, com...

Ele nunca descobriu com o que mais, porque, naquele momento, ela esticou a mão e o tocou. Sua palma fresca estava em sua testa, e a mente de Jacob ficou meio embaralhada.

Bom, um pouco *mais* do que embaralhada.

"Hum...", Eve murmurou. "Você está quente. Mas talvez seja só porque está debaixo de uns mil cobertores."

"É meu ninho", ele disse. O ninho o mantinha em segurança. Mesmo quando não sabia onde estava ou para onde seus pais arrastariam a família em seguida, o ninho sempre o ajudava a pegar no sono.

Mas Jacob nunca tinha contado a ninguém sobre seus ninhos. Muito menos depois de adulto, pelo amor de Deus. Ele cerrou a mandíbula para impedir que sua língua descontrolada revelasse mais segredos constrangedores.

Em vez de rir ou fazer perguntas, Eve só assentiu, distraída. "É", ela disse, "um ninho pode ser muito útil. Mas este aqui poderia ser um pouco menor". Então ela... destruiu o ninho dele!

Bem, ela tirou um cobertor. Depois outro, e outro, e embora Jacob tenha começado a sentir certo frescor — engraçado, ele nem tinha percebido que estava com calor —, também ficou absolutamente ultrajado.

"Pronto", Eve disse, doce. Doce, doce, doce. "Está melhor assim?"

"Sai...", ele começou a murmurar, "do meu... ninho...".

"Como?"

"Sai... do meu..." A frase foi interrompida por um bocejo.

"Acho que você está cansado." Jacob sentiu outro cobertor sendo tirado. "É melhor voltar a dormir. Tem água na mesa de cabeceira. Se precisar de alguma coisa, estou no cômodo ao lado, está bem?"

"Cai... fora... sua mulher horrível."

Ela riu. Ela *riu*. Pelo amor de Deus, Jacob ia atirá-la pela janela.

Depois de tirar uma sonequinha.

6

As manhãs de segunda de Eve eram sempre imprevisíveis, mas nem em um milhão de anos ela imaginaria algo como *aquilo*. Eram 5h56 e Eve estava de pé, na cozinha asséptica de aço de outra pessoa, com o conteúdo de milhares de manuais para funcionários girando na cabeça, prestes a fazer o café da manhã.

Minha nossa.

Não era como se ela nunca tivesse preparado café da manhã antes. Na verdade, Eve tinha mesmo concluído uma série de cursos de gastronomia. Só que havia feito os cursos por diversão, para passar o tempo, aprender algo diferente. Eles tinham sido úteis para impressionar os amigos, desenvolver o café da manhã perfeito para as manhãs de ressaca de Gigi ou pratos que reconfortariam Chloe.

Ela *não* havia feito os cursos para ser uma chef de verdade, uma profissional avaliada segundo padrões específicos, que carregava nos ombros o peso da experiência matinal dos hóspedes de uma pousada. No entanto, ali estava ela.

Maravilha.

Soltando o ar, ela se inclinou para verificar os pãezinhos e tortinhas que havia posto no forno, batendo nas coxas ao ritmo hipnótico de "Remember", de katie, que tocava alto em seus ouvidos. Mont havia chegado meia hora antes, para ver como ela estava se saindo, mas, como uma perfeita idiota, Eve o havia mandado para casa porque ele parecia *cansado*. E daí se o cara parecia cansado? *Ela* estava cansada. Tinha passado a noite no sofá-cama de Jacob, por sugestão de Mont, com travesseiros cheios de calombos que ele tirara de algum armário, usando o pijama que ele pelo visto pegara emprestado de uma irmã misteriosa que tinha braços e pernas enormes. Eve passara horas acordada, dando uma olhada nos inúmeros manuais para funcionários...

E no rosto adorável que Jacob tinha enquanto dormia.

... e procurando críticas negativas a pousadas para se torturar pensando nas diferentes maneiras como tudo podia dar errado. Ela se arrumara de madrugada coberta pela escuridão, tentando adiar o máximo possível o momento em que Jacob descobriria sua presença, porque *sabia* que ele ia reagir mal. Na verdade, sob circunstâncias tão estressantes, era só uma questão de tempo até que ela se desfizesse em lágrimas e contaminasse os croissants. Toda a empreitada estava prestes a ir pelo ralo, com ela no comando.

"Com licença."

Eve pulou tão alto que ficou surpresa por não bater a cabeça no teto. Ela alisou o avental, ajeitou a redinha de cabelo — COMO NÃO FODER COM A MINHA LICENÇA SANITÁRIA: capítulo 1, seção A, O BÁSICO: *use a porra da redinha de cabelo* — e se virou na direção da voz.

Havia uma janelinha na parede da cozinha, que os manuais para funcionários indicavam que devia ficar aberta. Eve fez isso quando desceu aquela manhã e descobriu que a janelinha permitia que ela visse a sala do restaurante. Agora havia alguém ali que parecia ser — *medo* — um hóspede.

"Bom dia", ele disse, animado. Era um homem de meia-idade, com bochechas rosadas, cabelo grisalho, um sorriso simpático demais para aquela hora do dia e uma jaqueta impermeável cobrindo o corpo. "Cheguei cedo demais para o café?", perguntou.

Eve só olhou para ele, descrente. Quem chegava antes do horário quando o café da manhã abria às seis e meia? "Sim", ela acabou dizendo, então se recompôs. COMO NÃO DEIXAR OS HÓSPEDES PUTOS: capítulo 3, seção B: *Trate com simpatia quem quebra as regras de maneira inofensiva, por mais difícil que seja.* "Mas tenho certeza de que podemos conseguir alguma coisa para o senhor. Os pãezinhos e tortinhas ainda estão no forno, mas posso preparar algo rápido." Eve se aproximou da janelinha, pegou seu caderno e endireitou as costas. *Não estraga tudo. Não estraga tudo. Não estraga tudo.*

Ela já não tinha tanta certeza de que se lembrava corretamente das instruções dos manuais. Sabia que havia decorado tudo, mas tendia a se atrapalhar em momentos cruciais, e por isso não podia confiar no que recordava e...

Opa, o homem estava falando. "... com a gema pra cima, e tomates."

Eve anotou tudo devidamente e torceu para que o que tinha ouvido fosse o fim de um pedido de café da manhã inglês completo. Porque era aquilo que o pobre homem ia receber. "Certo. Pode se sentar e já levo para o senhor."

"Obrigado, querida", disse, mas não foi se sentar. *Por que ele não foi se sentar?* "Essa janelinha não estava aberta ontem", ele comentou, puxando conversa.

Eve, que já estava pegando os ovos, congelou. "Não estava?" Mas era para ter estado, não? Ou ela havia lido errado, entendido mal ou...?

"Nem no dia anterior, quando cheguei. É bom ver quem trabalha nos bastidores. Me diga, onde está Jacob hoje?"

Ai. Eve estava com medo daquela pergunta. Tinha torcido para que não sentissem falta da presença gelada dele e não perguntassem a respeito, mas tudo indicava que ela não ia ter essa sorte. "Jacob está, hum, indisposto."

"Indisposto, é?" O homem deu uma risadinha. "Se fosse qualquer outra pessoa, eu acharia que está de ressaca."

Eve deu uma risada nervosa. "É, mas não o Jacob!"

"Nossa, não, de jeito nenhum. O que é que ele tem?"

"Hã..."

"Espero que ele não esteja muito mal. É um ótimo rapaz."

Eve piscou. "*Hã...*"

"Este é o único lugar onde sempre conseguimos um quarto no térreo. Sharon tem um problema nas juntas, coitada. Ele sempre nos dá tratamento especial."

A irmã de Eve, Chloe, também precisava de acomodações no térreo, e Eve sabia como as pessoas podiam ser pouco razoáveis com aquele tipo de pedido. Mas aparentemente esse não era o caso de Jacob. *Típico.* Ela se sentiria muito melhor em relação ao que havia lhe feito se ele fosse um pouquinho malvado. Saco.

"Barry?" Uma voz chegou da porta do restaurante, mas Eve não conseguia ver de quem era. O homem na janelinha se virou e abriu um sorriso que não poderia ser mais largo.

"Aí está você, Shaz! Dorminhoca. Já pedi meu café, amor, mas não sabia o que você ia querer."

Uma mulher apareceu na janelinha, tão sorridente e corada quanto o homem. "Olá, querida." Ela sorriu para Eve. "Vou comer o mesmo que ele."

Claro que sim. "Certo", Eve gaguejou. "Que é... é... digo, você quer seus ovos..."

"Com a gema para cima, por favor!"

"Perfeito." Eve ficou olhando para o casal com um sorriso rígido que ela esperava que os encorajasse a falarem mais. Mais alguma instrução? Não? Ok. "Querem beber alguma coisa? Chá? Suco? Temos várias opções."

NÃO É SÓ UMA POUSADA: capítulo 2, seção F: *Nada é demais.*

"Eu aceito um café", a mulher disse. "Ele toma um chá verde."

"Shaz!"

"Não começa." Ela deu uma batidinha no peito de Barry, depois engachou o braço no dele e o puxou na direção das mesas. "Agora vamos deixar a coitada trabalhar."

Sim, obrigada, Shaz. Eve se despediu deles com o que esperava que fosse um sorriso animado, mas assim que eles lhe deram as costas, voltou à sua ansiedade.

Certo. Café inglês completo. Ela supunha.

Eve tirou da geladeira as linguiças premium produzidas localmente — OS LOCAIS GOSTAM DE DINHEIRO: capítulo 8, seção N: *O nome do açougueiro daqui é Peter. Ele é muito velho, não questione seus cálculos ou Peter vai fornecer uma linguiça de má qualidade* — e começou a trabalhar. Sob condições normais, ela era uma ótima cozinheira. Apesar disso, ficou só olhando para as linguiças por um momento, dominada pelo medo de usar o óleo errado na frigideira. Ela cantarolava freneticamente, acompanhando a batida de "How you want it?", de Teyana Taylor, enquanto tentava recordar o uso básico do óleo, quando a porta da cozinha se abriu.

Eve congelou, tomada pelo pavor. Santo Deus. Jacob estava acordado. Jacob estava *ali*. E ela estava...

Surtada, para dizer o mínimo.

Mas também estava tentando, e isso devia contar. Eve pigarreou, ergueu o queixo e se virou — e descobriu que não era Jacob à porta, no fim das contas. Ela agora tinha a companhia de uma mulher alta e magra, com olhos azuis cortantes, cabelo loiro começando a ficar grisalho preso em um rabo de cavalo firme e uma jaqueta aberta sobre um tipo de uniforme.

A mulher encarou Eve. Eve encarou a mulher.

Então a mulher disse: "Você não é meu sobrinho".

Eve piscou várias vezes. "Hã", respondeu, "não. Não, não sou". Jacob não tinha mencionado uma tia no dia anterior? Tinha, sim. Qual era o nome dela? Laura, Lisa, Lilian...

A tia sem nome olhou bem para Eve. Era mais como se fosse um raio X. "Bom. Onde ele está, então?", ela perguntou.

"Lucy", Eve soltou.

A tia ergueu uma sobrancelha. "Sim?"

"Hã, desculpa, é que, hã..." Eve pensou que nunca havia dito tantos "hãs" antes. "Acho que Jacob está na cama. Foi o último lugar onde o vi pelo menos."

Um momento se passou. Lucy arqueou a outra sobrancelha também.

"Não", Eve disse, depressa, "que *eu*... eu o vi porque... o que eu *quis dizer* foi...".

"Se acalma, garota, ou vai engolir a própria língua." O fantasma de um sorriso passou pela boca fina da mulher. "Qual é seu nome?"

"Eve", ela balbuciou. Então um pensamento lhe ocorreu, e ela se virou na mesma hora. "Merda, a linguiça."

"Sou Lucy Castell, o que parece que você já sabe. Você é a nova chef?"

Castell. Hum. Então Jacob deu o nome da tia à pousada? Tinha que ser por um motivo sem graça, pouco criativo, esquisito ou meio sinistro. Se não fosse nenhum deles, podia ser fofo.

"Isso, sou a nova chef", Eve falou por cima do ombro, pegando uma lata de tomate na despensa. Droga, agora ela estava totalmente fora de ritmo.

"E Jacob está na cama porque...?"

Eve se perguntou se poderia escolher não responder à pergunta sem ser mal-educada.

"Ele está doente?", Lucy insistiu. Deus, a mulher era como uma broca diamantada.

"Não exatamente", Eve murmurou, despejando o tomate em uma panela e pegando os temperos. "Ele só... bom, ele meio que foi atropelado..."

A calma de Lucy evaporou. "Ele *o quê*?"

Eve se virou para encarar a mulher, torcendo para que a culpa que sentia não estivesse óbvia. "Ah, não foi nada de mais. Ele só quebrou o pulso e teve uma leve concussão, então..."

"E ele foi atropelado por *quem*?", Lucy quis saber. Como uma broca diamantada.

"Hã...", a voz de Eve saiu aguda. "Por mim?"

O olhar de Lucy se tornou bastante violento.

Eve começou a catalogar mentalmente todas as facas que havia na cozinha e a que distância estavam das mãos de Lucy.

Depois de um momento tenso, a tia de Jacob disse: "Está... está tentando me dizer que meu sobrinho, seu empregador, está na cama porque você o atropelou?".

Um novo hóspede apareceu na janelinha, como um alvo num videogame. "Quê? Jacob foi atropelado?"

"Não", Eve disse.

"Parece que sim", Lucy disse.

"Nossa. Tem batata rosti?", ele perguntou.

Eve mordeu o lábio. "Eu... posso fazer pra você se me der um..."

Lucy ergueu uma mão. "Não quero atrapalhar. Vou lá pra cima, ver se meu sobrinho ainda está vivo." E foi embora.

Ai.

Levando tudo em consideração, Eve concluiu que era melhor fazer um excelente café da manhã.

"Por que você não me ligou?!"

Apoiado na cômoda, Jacob fechou os olhos e pressionou as têmporas com os polegares. Não ajudou: a cabeça ainda latejava na mesma cadência da voz indignada de tia Lucy. Ele suspirou, abriu uma gaveta e revirou seu interior à procura dos óculos de reserva. "Porque você estava ocupada."

"*Ocupada?!* Alguns clientes e um encontro semanal do clube do livro não me deixam ocupada, Jacob!"

"Eu não queria preocupar você." Ele encontrou o antigo estojo e tirou dele um par de óculos idêntico ao anterior, exceto pelo fato de que não estava quebrado e a lente direita era 0,75 mais fraca. Jacob os colocou e piscou até que o leve desfoque se tornasse imperceptível. Aqueles óculos iam ter que servir por enquanto.

"É meu trabalho me preocupar com você, seu tonto", tia Lucy disse. Ele se virou para encará-la, agora enxergando claramente a testa franzida e o rosto pálido da tia. Suas entranhas se contorceram por causa da culpa. E também das dores na cabeça, nas costas e no estômago. A última era fome. Mas Jacob não tinha conseguido nem tomar banho, então ia ter que aguentar a fome.

"Desculpa", ele disse, porque sabia por experiência própria que ela não o deixaria em paz até que se desculpasse. "Em minha defesa, eu estava sofrendo de uma concussão quando disse a Mont para não te contar."

"Rá! Vou ter uma palavrinha com o jovem Eric muito em breve", Lucy disse, ameaçadora.

Foi mal, Mont.

"Mas antes: o que a mulher que te atropelou está fazendo na cozinha? Sou a favor de perdoar e esquecer, de verdade, mas sei muito bem que *você* não é."

Jacob abriu e fechou a boca. *A mulher que...?* "Desculpa, o quê?"

Devagar, Lucy disse: "A mulher... que te atropelou... está na... cozinha".

Ah. Merda. "*Eve?* Eve ainda está aqui?"

"É como ela disse que se chama. Cabelo roxo, desta altura, usando uma camiseta que tenho certeza que é de uma das gêmeas."

Uma das...

Jacob cerrou a mandíbula e inspirou fundo. Não. De jeito nenhum que Montrose contrataria o terror ambulante que tinha *literalmente* atropelado Jacob no dia anterior...

Só que alguém tinha que cuidar de tudo, e às vezes Mont é mais prático que você. É exatamente o tipo de coisa que ele faria.

"Merda", Jacob sibilou. "Desculpa, tia Lucy."

"Não se preocupe comigo, querido." Lucy já estava ajeitando o quarto perfeitamente arrumado dele, esticando as cobertas e abrindo a janela. Ela olhou para as cortinas, pensativa. "Se importa se eu tirar as cortinas pra dar uma passadinha? Ficariam ótimas com um vinco no..."

"Como quiser", Jacob disse, por cima do ombro. Não tinha tempo para discutir as qualidades de uma cortina bem passada. Precisava remover uma Eve.

Jacob saiu do quarto com uma indignação justificada, mas, ao chegar à escada, foi atingido pela realidade. Mais especificamente a realidade de seu corpo, que estava fodido. Ele agarrou o corrimão com a mão boa — que era a mão esquerda, ou seja, não servia para nada — e olhou com cautela para os degraus antes de encarar o primeiro deles.

A dor percorreu toda a coluna, da dor surda na região dos ombros até a pontada no cóccix. Quando seu pé fez contato com o degrau seguinte, ele sentiu a cabeça latejar, como se tivesse pulado do alto de um prédio.

"Puta merda", Jacob resmungou. "Só pode ser brincadeira." Ele com certeza não estivera tão dolorido no dia anterior.

Por outro lado, muito do que recordava do dia anterior não tinha grande coerência. A não ser pela parte em que Eve Brown interrompera suas entrevistas muito sérias com seu jeito nada sério, dera nos nervos dele, fizera com que Jacob fosse atrás dela como um cachorrinho ridículo e ainda por cima o atropelara. Sim, aquela parte estava perfeitamente clara.

Rangendo os dentes, Jacob desceu mais um degrau.

Graças a algum deus misericordioso, ele conseguiu descer os três lances de escada sem deparar com nenhum hóspede. Devia ter acordado no intervalo entre os madrugadores e os que gostavam de dormir até tarde — graças a Deus, pois, quando finalmente chegou ao piso de madeira do saguão, sentia o suor escorrendo pelas têmporas. Quando Jacob suava na frente dos outros, preferia que fosse de propósito: porque tinha escolhido correr, carregar peso ou sair no sol escaldante. Não porque perdera a habilidade de descer as escadas da própria pousada sem perder o fôlego.

Ele estava enxugando o suor com um grunhido irritado quando

ouviu passos se aproximando pelo corredor — o corredor da *cozinha*. Então, quem diria, a porra da Eve Brown apareceu.

Ela andava com eficiência e energia, carregando um prato fumegante de café da manhã em cada mão — um único, o que revelava que nunca tinha servido outras pessoas. Era um método ineficiente. Indicava falta de confiança. No entanto, ela segurava os pratos com firmeza e mantinha as costas eretas. Não dava para negar que estava focada enquanto seguia para o restaurante.

Até que o notou e congelou no lugar.

"Jacob?", Eve disse, com os olhos arregalados, como se ele tivesse morrido no dia anterior e ela estivesse se comunicando com um fantasma.

"Eve", respondeu. Ele pretendia falar com dignidade, talvez frieza — frieza era sempre uma escolha segura, afinal. Em vez disso, o nome lhe escapara dos lábios como um punhado de areia, a voz rouca e tensa.

Ela parecia diferente aquela manhã. Não era a falta da camiseta detestável, ou o avental da pousada que usava, era... outra coisa. A firmeza de seu andar, talvez. O queixo erguido. No dia anterior, suas tranças estavam jogadas sobre os ombros e até os cachinhos na linha do cabelo pareciam ter sido arrumados de certo modo, mas agora suas tranças estavam presas para trás, como era necessário por questões de higiene e segurança, e os cachinhos esvoaçavam ao redor do rosto. A pele dela brilhava, e Jacob desconfiou que, se a tocasse — não que fosse tocá-la, em hipótese alguma, a menos que desconfiasse que ela tinha uma febre mortal, então claro que a tocaria, por uma questão de decência, mas aquilo não importava, porque... o que estava dizendo? Ah, sim. Ele tinha a sensação de que, se tocasse a bochecha dela, seria quente como o ar de uma cozinha movimentada.

Embora Jacob soubesse muito bem que Eve não pertencia àquele lugar, por um segundo, parada no corredor, com as mãos ocupadas, pareceu que ela até poderia pertencer.

Jacob balançou a cabeça rápido. Devia ser a concussão.

"Você está bem?", Eve perguntou, franzindo a testa e se aproximando. Sua expressão mostrava uma preocupação tão óbvia — e inesperada — que Jacob baixou os olhos para o próprio corpo, só para verificar se o braço não tinha caído enquanto não prestava atenção.

Mas o que viu era ainda pior. Ainda estava usando a porra do pijama.

Com um sobressalto, Jacob se deu conta de que havia saído da cama e se apressado lá para baixo para mandá-la embora sem nem ficar apresentável antes. Ele tinha atravessado os corredores da pousada vestido de flanela cinza, o que significava que havia descido para o trabalho com roupas inapropriadas, o que fazia dele um péssimo profissional. Pior ainda: Eve Brown o olhava como se ele fosse um bicho fofo e ameaçado, o que, por algum motivo, era muito irritante.

Merda. Jacob passou uma mão pelo cabelo, cerrou o maxilar e endireitou as costas. Já estava lá embaixo e não ia subir a porra da escada sem uns dez minutinhos de descanso e uma xícara de chá, portanto era melhor agir naturalmente.

Aquele desastre, como tudo que havia de errado no mundo, era culpa de Eve.

Usando a frieza como armadura, ele disse, seco: "Estou bem". A parte que dizia *mas não graças a você* ele deixou no ar, esperando que ela subentendesse. "Precisamos ter uma conversinha."

Que se resumiria a duas palavras: *Vai embora.*

"Bom, isso parece apropriadamente onisciente", Eve murmurou. Depois fez uma pausa, balançando a cabeça. "Ou...?"

"Sei do que está falando", Jacob retrucou.

"*É mesmo?*" Ela pareceu cética, então revirou os olhos e ergueu os pratos. "Olha, se não for nada urgente, eu já volto, preciso servir isso aqui antes que esfrie. Ninguém gosta de tomates gelados, Jacob. Seja razoável. Tá bom?" Antes que ele pudesse formular uma resposta, ela foi para o restaurante.

Deixando Jacob e sua irritação com a desconfortável sensação de que tinham sido dispensados.

E com a constatação — óbvia — de que havia se atrasado para o café da manhã. De acordo com seus padrões, havia dormido até tarde. Ele olhou para o relógio e viu que eram 6h44. O café já tinha começado sem sua supervisão.

Jacob correu para a cozinha, esperando caos, caos e mais caos, além de um desrespeito flagrante aos cartazes de saúde e higiene que tinha colado nas paredes. Sujeira, desorganização, ratos saindo da despensa aberta, talvez. Pelo menos um pequeno incêndio no micro-ondas. Em vez disso, deparou com uma cozinha que parecia... absolutamente ok. Como deveria estar. Claramente em uso, mas organizada e segura.

Bom. Aquilo era meio anticlimático.

Eve tinha até aberto a janelinha que dava para o restaurante, que permitia aos hóspedes uma visão dos bastidores, e que Mont se recusara terminantemente a usar. *Não sou mais uma merda de um chapeiro*, ele tinha praguejado, *e fico ridículo nesse avental*. Blá-blá-blá. Bem, pelo visto Eve não dividia suas preocupações, porque a janela estava aberta, de modo que Jacob tinha vista direta para o restaurante.

E vista direta para *ela*, no momento. Eve entrou em seu campo de visão ao se aproximar da ponta de uma mesa com aquele sorriso enfurecedor. Apesar de que, agora que via o sorriso que ela dirigia aos hóspedes, Jacob era obrigado a admitir que sua beleza irritante e sua fofura objetiva tinha benefícios. Ficar atordoado por aquilo era incômodo, mas ver que tinha o mesmo efeito no casal Beatson não era nada ruim.

Jacob assistiu, meio fascinado, enquanto ela pegava o sal e a pimenta — que estavam a meio metro de distância — para os dois, como se não pudessem alcançá-los. Ele franziu a testa, genuinamente perplexo, enquanto Eve servia chá para um grupo de três pessoas, como se eles não somassem seis mãos funcionais. E ficou ainda mais furioso ao ver Eve perambular pelo salão sendo irritante, impressionante e inegavelmente útil.

Era como se Eve identificasse as necessidades das pessoas antes delas mesmas. O que era uma habilidade excelente para um funcionário da indústria hoteleira.

Mas, que diabo, ele não devia pensar naquele tipo de coisa. Não devia pensar em nada de bom sobre Eve. Tinha fraturado o pulso por causa dela, pelo amor de Deus. Se qualquer outra pessoa tivesse quebrado o braço de Jacob e atrapalhado sua habilidade de executar pontos-chave de sua rotina diária — fazer flexões, sudoku etc. — ele ficaria soltando fumaça pelas ventas por pelo menos uma semana.

E Jacob estava bravo com Eve. Estava *mesmo*. Ainda que de repente se lembrasse do tremor na voz dela quando se ajoelhou a seu lado na rua e fez um pedido de desculpas absolutamente insuficiente. O pedido que se danasse, e ela também.

Quando Eve voltou à cozinha, Jacob estava determinado a desprezá-la com a mesma intensidade com que fazia tudo.

"O que está acontecendo aqui?", perguntou quando ela entrou, mantendo a voz baixa para que os hóspedes não ouvissem e se aproximando de Eve, que foi para a pia.

"O que está acontecendo onde?", ela perguntou com leveza, passando uma água nos pratos que tinha trazido e depois... *colocando-os direitinho na lava-louça.*

Por algum motivo, aquilo só deixou Jacob ainda mais puto. "Aqui, droga. Aqui! O que é tudo isso? Essa... essa..." *Ordem, perfeição, proeza.* Qualquer uma daquelas palavras se aplicaria, mas ele não queria usá-las. Por fim, falou, num sussurro-sibilo: "Como é que você sabe o que está fazendo?".

Eve bateu os cílios compridos algumas vezes, então abriu um sorriso tão rápido e cortante que pareceu queimar os olhos dele. "Ah, entendi. Então o que está te deixando todo nervosinho é o fato de eu ainda não ter quebrado ou queimado nada?"

Ainda, ela disse. Algo naquela palavra teve o efeito de um elástico atingindo sua pele. Mas Jacob logo se distraiu com seu próprio constrangimento, porque ela estava certa em sua acusação e o fez parecer ridículo. "Bom", disse entredentes, "é claro que estou satisfeito com o que você está fazendo e... Quer saber? Foda-se". Ele fez uma pausa, depois disse, cortante: "Você estar se saindo bem ou não é irrelevante, porque você nem deveria estar aqui. Eu não te contratei".

Ela colocou o último prato na máquina e se virou para encará-lo, com os olhos estreitos e as mãos na cintura. "Mas ia contratar."

"Você não tem como saber o que eu ia fazer."

"Mont me contou", ela retrucou.

Depois de fazer uma nota mental para dar um tapa em Montrose — um não, dois —, ele prosseguiu: "Qualquer decisão a que eu tenha chegado antes de você me atropelar perdeu a validade no momento em que você me atropelou".

Eve pelo menos pareceu sem graça. "Hum, é, desculpa por isso." Ela se virou e correu para o fogão segurando uma caixa de ovos. "Pensei que ajudar você enquanto não estava se sentindo bem poderia compensar de alguma forma o que eu fiz."

Jacob franziu a testa para a nuca de Eve. Não havia nada pior que alguém que vinha com um bom argumento numa discussão que ele pretendia ganhar. "Olha", ele começou. Mas então Eve abriu a despensa, pegou um filão de pão e voltou a fechá-la — com o quadril.

E, meu Deus, que quadril.

Jacob cerrou o maxilar enquanto vários músculos de seu corpo se contraíam sem permissão. Seus olhos, que pareciam ter vontade própria, se fixaram nas costas de Eve, focando no lugar onde as pontas do laço do avental roçavam a pele nua entre a camiseta emprestada e o jeans. "Não faz isso", ele rosnou. De verdade, como se fosse um cachorro. Na mesma hora, ele quis dar um tiro em si mesmo.

Eve se virou, com uma ruga entre as sobrancelhas. "O quê?"

Agora ele tinha duas opções: dizer *Não usa o corpo que pertence a você para mover as coisas* ou fingir que tinha sido um ruído involuntário relacionado à concussão. "Nada", ele murmurou, mordendo a bochecha por dentro. "Olha, eu... fico feliz que as coisas estejam correndo bem por aqui. E por você ter começado o café da manhã e tudo mais."

Eve abriu um sorriso sincero — do tipo reluzente capaz de iluminar um cômodo inteiro, talvez até o mundo. Ele se sentiu meio atordoado. Como um homem que tinha acabado de acordar depois de sofrer uma concussão, não parecia seguro se expor àquele tipo de coisa. "Desculpa, isso foi um elogio?", ela perguntou, provocadora.

A resposta dele foi automática: "Não".

"Então um comentário positivo sobre mim? Opa, opa." Ela ergueu um dedo para impedir que ele respondesse. "Não precisa falar nada. Sei que foi." Ela lhe deu as costas e se virou para o fogão de novo, fazendo com que ele se sentisse... estranho. Quente. Talvez devesse voltar ao hospital. Suas reações estavam todas erradas naquela manhã, e ele começava a ficar preocupado.

"Essa conversa ainda não terminou", Jacob disse, o que não fazia sentido, porque era evidente que devia ter terminado. Ele estava indo ladeira abaixo, e Eve o empurrava com um dedo, rindo o tempo todo. "O fato continua sendo que eu não te contratei, e..." Ele parou ao lado dela, apertando os olhos ao vislumbrar algo branco escondido sob as tranças presas. "Puta merda, você ainda está usando esse fone de ouvido?"

Ela lhe lançou um olhar frio. "Cuidado, sr. Wayne. Tenho certeza de que os hóspedes não vão querer tomar chá ouvindo essa sua boca suja."

"Eu... você..." Jacob tinha certeza de que saía fumacinha de suas orelhas.

"Pode confiar em mim", ela disse. "É melhor que eu use o fone. A música me ajuda a me concentrar no que estou fazendo."

Aquilo não fazia o menor sentido.

Por outro lado, Jacob teve que reconhecer que os métodos que ele mesmo usava para se concentrar não faziam sentido para as outras pessoas.

"A alternativa é eu ficar cantando sozinha", ela prosseguiu. "Mas acho que isso ia incomodar bastante os hóspedes."

"Não consigo decidir se você está falando sério ou se só está sendo..."

"Voltando ao assunto, acho que tenho uma solução pro seu último chilique", ela disse, cortando Jacob. "Ontem, antes... bom, *antes*, você estava tagarelando sobre um teste, certo?"

"Errado", ele retrucou. "Eu não tagarelo."

Ela olhou para Jacob por um momento e murmurou: "Minha nossa, você é tão divertido".

Jacob não tinha notado nenhum dos indicadores habituais — como ênfase excessiva ou palavras inesperadas, por exemplo —, mas aquilo tinha que ser sarcasmo. Mesmo que Eve olhasse para ele como quem estivesse achando graça.

"Bom", ela prosseguiu, "a questão é: você queria fazer um teste. Então vamos fazer."

Ele franziu a testa. "Como?" Um teste? Certamente ela não estava achando que...

"Vou preparar o café da manhã pra você." Pelo visto, estava achando, sim. Interessante. "Aqui, pode sentar." Eve pegou o cotovelo de Jacob, que pulou como se tivesse levado um choque. Merda. Ela recolheu a mão. "Desculpa", disse na mesma hora. "Hã... desculpa mesmo. Você não gosta que... eu não deveria..."

"Estou machucado", ele mentiu por entre os dentes, porque não podia dizer: *Parece que contato físico com você tem um efeito atípico no meu sistema nervoso*. Mas tinha mesmo. Um efeito que deixou Jacob muito consciente da calça fina do pijama que estava usando, que não faria nada para esconder uma ereção.

Não que ele *tivesse* uma ereção. Aquilo seria ridículo. Seria obsceno.

Ele só estava um pouco preocupado com a possibilidade de que pudesse ter uma, por algum motivo. Vai saber. Todo cuidado era pouco com aquele tipo de coisa.

"Vou voltar lá pra cima", ele disse, indo para a porta. "Vou subir pra... me trocar. E tal. Mais tarde. Mais tarde eu desço. Pra... te testar. Hã... continua com o trabalho aceitável."

"Aceitável?"

"Foi o que eu disse", Jacob fungou, depois se mandou.

7

Jacob demorou tanto para voltar que Eve quase concluiu que ele tinha se esquecido dela.

Quase.

Mas um homem com aquele nível obstinado de concentração não devia esquecer muita coisa. A não ser, talvez, a conversinha que os dois tiveram na noite anterior, quando ele estava todo encolhido na cama, como um lobo fofinho. Porque ela tinha a sensação de que, se ele lembrasse, teria sido pelo menos cinquenta por cento mais babaca naquela manhã.

Quando, na verdade, foi quase cordial.

Eve se despedia dos últimos hóspedes com um sorriso quando a porta se abriu atrás dela. O brilho hesitante do sucesso desapareceu como o sol atrás de uma nuvem, porque o som da maçaneta a lembrou do desafio que lançara anteriormente e que agora voltava voando igual ao machado de Thor.

Você queria fazer um teste. Então vamos fazer. Vou preparar o café da manhã pra você.

Um teste. Ela tinha se voluntariado para fazer um teste — sua maior fraqueza e inimigo mortal.

Pelo amor de Deus, ela nem *queria* aquele trabalho. Em que diabos estava pensando?!

Que essa história de todo mundo presumir que você é inútil e incapaz está começando a cansar.

Hum. Bom. Tinha aquilo.

Ainda assim, Eve já começava a sentir o nervosismo que costumava acompanhar qualquer tipo de julgamento formal. Suas mãos estavam suadas. Seu coração estava acelerado. Ela sempre salivava tanto assim? Devagar, Eve se virou para o homem que sabia que estava esperando por ela.

E quase caiu dura ao botar os olhos nele. "Meu Deus", ela murmurou.

Jacob — ou melhor, o Super Jacob, porque era assim que ele parecia — arqueou uma sobrancelha. "Como?"

Se fosse qualquer outro homem, ela faria um comentário sobre como ele estava maravilhoso.

Depois de ter aparecido todo desarrumado mais cedo, o que ela sinceramente achara — surpresa! — *fofo*, Jacob tinha decidido lembrar o mundo de quão no controle ele podia estar. A precisão de seu barbear rente exibia suas maçãs do rosto divinas, e que lhe davam uma vantagem injusta. A risca retinha do cabelo loiro de alguma forma enfatizava o maxilar cortante, as feições injustamente simétricas e os olhos claros e lupinos. Apesar do gesso, Jacob vestira uma camisa cinza, a manga direita dobrada até o bíceps. A calça jeans envolvia a metade inferior de seu corpo de uma maneira que ela só poderia chamar de *sutilmente obscena*. Ninguém notaria o contorno do enorme volume em sua virilha, a menos que estivesse olhando (Eve não fazia *ideia* por que razão estivera olhando bem ali) — e nesse caso não havia como não *des*ver.

Nossa.

Ele balançou a cabeça. "Eve?"

Ela engoliu em seco, limpando a garganta. Era hora de dizer algo sério e muito profissional. "Como você conseguiu colocar a camisa?"

Ele estreitou os olhos.

Isso, genial, Eve. Pergunta sobre a roupa dele. Evoca imagens mentais do cara pelado. Boa ideia.

Depois de um momento gelado, ele murmurou: "Cortei a manga".

Ela não pôde evitar olhar para a manga em questão. "Sério?"

"Deixei mais curta, aí cortei ao longo da costura pra poder dobrar mais acima e costurei a barra pra ficar direitinho."

Quando ela se aproximou — para ver melhor aquele trabalho impressionante —, Jacob virou o corpo para esconder a manga dela. "Não é pra ficar inspecionando. Sou péssimo com a mão esquerda."

Ela fez uma pausa. "Então quando disse que *você* fez tudo isso..."

"É." Jacob suspirou, revirando os olhos. "Quis dizer que fiz pessoalmente. Costuma significar isso, quando as pessoas falam no singular."

"Mas seu pulso está quebrado!"

"Eu notei, pode acreditar", ele disse, seco.

Eve corou. Não tinha sido à toa que ele demorou horas para voltar. A julgar pelo que disse, devia ter levado todo aquele tempo para se arrumar. "Você percebe que quebrar um osso costuma ser uma desculpa válida pra se vestir de um jeito um pouco... diferente do normal?"

"Você percebe que desculpas não me interessam?", ele retrucou.

Sim, ela estava começando a sacar aquilo.

"Agora", Jacob prosseguiu, "se pudermos voltar ao ponto... você ia fazer o café da manhã pra mim".

Ah. Sim. Eve engoliu em seco e deu as costas para ele, virando-se para a geladeira de porta dupla. "Eu faria o café da manhã pra você de qualquer maneira, sabe?", ela disse, mas sua voz não saiu tão leve quanto gostaria. "Não precisava ter se vestido como se fosse pra uma prova."

"Se bem me lembro, a ideia do teste foi sua."

Sim, era verdade, e Eve desejou muito poder voltar no tempo para dar um chute em si mesma. Quando o encarou de novo, Jacob estava recostado na parede. Parecia uma pose casual, com as pernas compridas, os quadris estreitos e o corpo anguloso, de modo que levou um momento para que Eve notasse a ligeira careta de dor em seu rosto. Jacob escondia bem, mas continuava ali, uma sombra em seus olhos gelados, uma torção no canto dos lábios.

Colocando as linguiças na frigideira quente, ela disse: "É melhor você se sentar". Havia algumas banquetas na ilha da cozinha. Eram de metal e pareciam desconfortáveis, mas ainda dava para se sentar nelas.

Jacob grunhiu e se mexeu, um predador sinuoso tentando ficar mais confortável. "Não consigo."

Ah. É. Eve se lembrou do comentário de Mont sobre Jacob ter machucado a bunda e tentou não se afogar na nova onda de culpa.

"Não falei pra você tirar isso?", ele disse, acenando com a cabeça para ela.

Eve precisou de um momento para entender do que ele estava falando. Então levou a mão automaticamente à orelha, como para proteger a fonte de "Bad blood", de não, dos olhos malignos dele. "Não falei pra você que trabalho melhor com eles?" Ela soou bem mais confiante do que se sentia, porque, como descobrira, aquele era o truque para lidar com Jacob: parecer confiante.

Ele podia ser duro e implacável, mas não fazia aquilo porque queria acabar com todo mundo à sua volta. Fazia aquilo presumindo que, se fossem mais fortes, melhores e se estivessem *certas*, as pessoas iam reagir.

Jacob reagiu exatamente como Eve havia previsto: inclinando a cabeça como um lobo que examina uma estranha presa, ao invés de arrancar sua cabeça fora. Depois de um instante de reflexão, ele disse: "Você falou que em vez disso podia cantar".

Ela pressionou os lábios um contra o outro enquanto molhava o pão na mistura de ovo e canela. "*Podia* é a chave aí."

As pontas dos lábios dele se curvaram no que era quase um sorriso. Um sorriso que lembrava mel escorrendo devagar sob o sol quente. Eve hesitou, um pouco atordoada. A frieza podia cair bem em Jacob, mas aparentemente o calor caía ainda melhor.

Minha nossa.

"Já que é uma opção, prefiro que você cante, mesmo se for péssima, do que parecer que ignora os hóspedes", ele disse.

"Ignorar?! Estou usando um fone só."

Ele se endireitou, foi até a janelinha que dava para o restaurante e a fechou com a mão boa. Eve tentou não se ressentir pelo fato de que havia precisado das duas mãos e de alguns pulinhos para abrir o mesmo troço. "Eu vi, Eve. Assim como consigo ver a crítica no Trip Advisor com o título chef grosseira acaba com viagem de fim de semana. As pessoas tendem a achar hábitos incomuns mais encantadores quando *elas* são incluídas. Então, se cantar é uma alternativa viável pra você... faça isso."

As pessoas tendem a achar hábitos incomuns mais encantadores quando elas são incluídas. Em algum lugar de sua mente, Eve sempre soube disso, mas era algo de que se ressentia, por isso costumava ignorar. Agora, no entanto, ali estava Jacob apontando o fato como uma tática militar, e não uma diretiva moral. Como uma estratégia que ambos eram inteligentes o bastante para usar com pessoas que simplesmente não compreendiam, e não uma correção do comportamento.

"Eu... vou tentar", ela se pegou dizendo, devagar e com cuidado.

Ele olhou nos olhos dela por um momento. "Obrigado por isso." Então hesitou, como se não tivesse tido a intenção de dizer algo tão razoável. Em segundos, sua expressão familiar estava de volta, fulminando Eve, que não se importou.

Na verdade ela achava aquilo muito mais fácil de lidar do que ter Jacob tentando se passar por um cara legal. Todo o lance *nós contra eles* deixou suas regiões baixas sujeitas a algo terrível e agourento.

"Por enquanto você pode deixar a música tocando alto", ele prosseguiu, em um tom mais gelado. "A menos que seja melhor quando soa diretamente no seu ouvido."

Ele fez aquilo outra vez: apesar da frieza, demonstrou compreender como as necessidades dela funcionavam. Talvez fosse apenas uma *tentativa* de compreender, o que, por algum motivo, Eve considerou tão bom quanto. De qualquer maneira, ele precisava parar de fazer isso, antes que ela ficasse toda confusa e começasse a desfrutar um pouco da presença dele, mesmo sem querer. Aquilo era uma teste, poxa. Era para ela estar supernervosa e com ódio dele. Jacob estava estragando tudo e bem que merecia ter a mistura de ovo e canela virada sobre sua cabeça.

Mas agora Eve era uma mulher razoável, responsável e quase profissional, então deixou a mistura de lado, colocou o pão na frigideira, tirou o fone e aumentou o volume do celular. Notas cadenciadas de piano encheram a cozinha, acompanhadas da batida forte e das rimas de um rap em francês. Ela viu Jacob voltar a seu lugar na parede e explicou: "É...".

"Stromae", ele completou. "Como chama essa música mesmo?"

Eve ficou só olhando. *Stromae*, ele disse, como se fizesse todo sentido ele saber aquilo.

Ele estalou os dedos e assentiu. "'Papoutai'. Não é?"

Ela continuou só olhando. "Você ouve rap belga de 2013?"

"Não", ele disse.

Bom, pelo menos isso fazia sentido.

"Eu *ouvia* rap belga *em* 2013."

Ela voltou a encará-lo. "*Est-ce que tu parles français?*"

"*Oui. Toi aussi?*"

"*Passablement. Mon vocabulaire est faible.*"

"*Un enfant m'a appris, il y a des années, donc ma grammaire est pauvre.*"

"Sua gramática não me parece ruim", ela disse, impertinente.

"E não vi nenhum buraco no seu vocabulário. Acho que a gente teria que conversar um pouco mais pra notar essas coisas, mas isto não é um evento social."

Eve bufou. "Ah, claro. Como posso ter esquecido? Estou sendo testada e você é impossível."

"Em geral, candidatos a uma vaga de emprego são mais educados comigo."

"Cheguei à conclusão", Eve falou enquanto virava os ovos, "de que é extremamente difícil ser educada com você". *E não quero a droga do emprego.* Mesmo que naquela manhã ela tivesse, sem querer, passado a gostar da ideia, depois que pegara o jeito.

Eve foi arrancada desse pensamento inesperado quando Jacob soltou uma gargalhada. Foi tão repentina e tão surpreendente que ela se virou para olhar, como se pudesse descobrir que o som tinha vindo de outra pessoa.

Mas não: a julgar pelo fantasma de sorriso que permanecia em seus lábios e as rugas surgiram em volta de seus olhos penetrantes, tinha mesmo sido ele. Ainda que Jacob tivesse pigarreado e se enregelado mais rápido que uma poça d'água no inverno sob o olhar dela.

Eve teve que perguntar. "Você acabou de rir? Eu fiz você rir?"

"Você não conseguiria me *fazer* rir ou qualquer outra coisa nem com uma arma na mão."

Ela acreditou nele, apesar de tudo. Mas Jacob *tinha* rido. Ela ouvira. O som, irônico e enferrujado, parecera música.

"Se apresse em terminar o café, ok?", Jacob disse, e embora seu tom fosse relaxado, ela teve a impressão de que ele estava mudando de assunto. "Se você não estiver à altura, vou ter que encontrar outra pessoa, e o tempo está passando."

Eve deu as costas para ele e revirou os olhos. "Se eu não estiver à altura... São só ovos com linguiça."

"Na verdade", ele disse, cortante, "é muito mais que isso. É uma questão de hospitalidade. Hospitalidade é importante. Criar um lar longe de casa é importante. Prefiro ter funcionários que levam esse trabalho — essa *responsabilidade* — a sério".

Ela hesitou, absorvendo as palavras dele. Responsabilidade. Levar as coisas a sério. Era nessas coisas que Eve sempre falhava e que precisava mudar.

Ela engoliu em seco.

"Além disso", Jacob prosseguiu, "meus padrões sempre são elevados, mas precisam ser ainda mais quando estamos falando de gente do país inteiro vindo provar a comida da Castell Cottage".

Ela piscou depressa para afastar o desconforto enquanto fazia ovos mexidos. "Do país inteiro?"

"É. Lembra por que contratei... *considerei* contratar você? O festival?"

Ah, droga. "Sim", Eve disse, animada. "Claro." Dizer a verdade — *Não, na verdade, esqueci completamente* — talvez desse início a uma discussão. Mas, que merda, agora ela se sentia ainda pior, porque o Festival do Biscoito de Gengibre (e o que quer que isso envolvesse) era importante para Ja... para o negócio, e tinha lhe escapado totalmente. Eve planejava ficar por lá só até que o homem que ela havia machucado se recuperasse um pouco. Mas não podia fazer isso e desaparecer quando ele mais precisava dela. Por Deus, Eve o deixara tão mal que ele demorou horas para se vestir. Como ia encontrar outro sacrifício humano/chef disposto?

E lá estava a culpa de novo.

"O que eu teria... *tenho* que fazer?", ela perguntou casualmente, ainda de costas para ele. "Para o festival, digo. Como funciona?"

Jacob soltou um suspiro sofrido, como se ela tivesse lhe pedido para recitar a tabela periódica. (Embora, conhecendo a peça, ele provavelmente faria isso sem muita dificuldade.) "Não se preocupa", ele disse. "Vai ser bem simples, porque minha chef anterior já planejou tudo. Algumas opções de cardápio, parecidas com as que servimos aqui no café, ficarão escritas numa lousa. Algumas podem ser preparadas com antecedência, outras são simples de fazer no equipamento que já comprei."

Ele tinha comprado equipamento? Eve não era muito boa com dinheiro, mas sabia que um novo negócio não podia comprar equipamento e não faturar nada para compensar o gasto. Ela imaginou que aquele fosse mais um motivo para Jacob estar tão determinado a seguir em frente com o festival.

"Você vai preparar os pedidos, e eu vou atender os clientes", ele continuou.

"Ah, que bom, você vai poder usar essa sua personalidade cativante."

"Seu senso de humor não é muito bom", Jacob disse, firme. "No seu lugar, deixaria as piadinhas pra mim."

Eve revirou os olhos, mas estava ocupada demais brigando com seus próprios pensamentos para se ofender. Porque quanto mais Jacob falava, mais convencida ela ficava de que permanecer em Skybriar por mais tempo do que havia planejado era a coisa certa a fazer. Jacob precisava da sua ajuda, ainda que fosse provável que ele preferisse morrer a confessar aquilo. E Eve estava em dívida com ele, mais do que já tinha ficado com qualquer outra pessoa.

O que tornava sua escolha clara como o dia. Pelo próximo mês, gostando ou não, Eve Brown trabalharia como chef para Jacob Wayne. Ela serviria comida de café da manhã em um desfile de biscoitos de gengibre, ou o que quer que fosse aquilo, e só depois desapareceria em meio à fumaça e começaria a trabalhar como organizadora de festas. Levando tudo em conta, parecia o mínimo que podia fazer.

Jacob pigarreou, interrompendo a linha de raciocínio bastante séria dela. "Esse café vai sair ou você vai ficar aí carrancuda o dia todo?"

"Carrancuda?", Eve repetiu. "Eu nunca fico carrancuda. Minha expressão relaxada é de puro encanto."

"Sua expressão relaxada é de princesinha", ele murmurou.

Princesinha. Ela cerrou os punhos.

"Que foi?", Jacob perguntou, diante do silêncio dela. "Você está mesmo nervosa com o teste? Porque se passou a manhã toda servindo alegremente comida de baixo padrão aos meus hóspedes sem dizer nada..."

Por algum motivo, Jacob ficar duvidando do fato de que sua comida era deliciosa estava começando a irritá-la. "É difícil falar com um homem que está dormindo", ela comentou, cortante.

Ele ficou vermelho como sorvete de morango de novo. Só um pouco. Mas também endireitou a coluna e estreitou os olhos atrás dos óculos. "Tive uma concussão." Não precisou complementar com *Porque você me atropelou.*

"Sim, você teve uma concussão", ela respondeu, "mas foi um babaca comigo antes disso, então não vejo como isso possa ser relevante".

O queixo de Jacob caiu. Foi um tanto infantil da parte dela, mas Eve desfrutou da visão.

"Agora para de me encher", ela concluiu, colocando o café da manhã dele no prato. Engraçado como Eve havia feito a comida sem nem notar. Discutir com ele fizera maravilhas para seus nervos. "O plano é: como você quebrou o pulso e a bunda..."

"Tenho que admitir que pelo menos você faz o trabalho completo quando atropela um homem", ele murmurou.

Eve o ignorou, audaciosamente. "Você não consegue se sentar à mesa nem segurar seu próprio prato."

"Posso segurar meu próprio prato, sim, gênia", ele disse, acenando com a mão esquerda.

"E como vai fazer pra comer, *gênio*?"

Ele olhou feio para ela. "É muito irritante quando você diz coisas lógicas e inteligentes. Pare com isso. Agora."

Era ridículo encarar aquelas palavras atravessadas como um elogio. Só que... bom. As *irmãs* de Eve eram inteligentes. Passavam em provas, tinham carreiras, faziam coisas incríveis com computadores ou pesquisa acadêmica. *Eve* reprovou nas provas, estudou teatro e fracassou nisso também. Eve confundia as palavras porque não conseguia focar em nenhuma conversa. Ninguém na família nunca a chamara de burra, e os amigos só deixavam aquilo implícito, mas *inteligente* não era uma palavra que costumavam usar para se referir a ela.

Jacob inclinou a cabeça, observando-a com atenção. "Você fica viajando no meio da conversa. Também bateu a cabeça ou só me acha muito entediante?"

"Você é o exato oposto de entediante", ela deixou escapar antes que pudesse impedir.

Jacob piscou, e ela teve o prazer de vê-lo parecendo genuinamente perdido pela primeira vez desde que tinham se conhecido. "Ah. Hã..." Ele pigarreou. Ela viu seu pomo de adão subir e descer enquanto ele engolia em seco. "Tá. Bom. Isso é verdade."

Eve ofereceu o prato para Jacob e ficou satisfeita quando ele o pegou com a mão boa. "Já deve estar frio, depois dessa falação toda."

"Eu não fico de falação", ele disse, muito sério.

"A partir de agora vou ignorar você e seus comentários espertinhos, indignos da minha atenção", ela respondeu. "Como eu estava dizendo..."

"Você tem noção de que dizer que vai ignorar uma coisa significa que *não* a está ignorando, né?"

Você já machucou o cara ontem, Eve. Pelo menos deixa que se recupere antes de bater na cabeça dele. "Como estava dizendo, o plano é: você segura o prato, e eu", ela murmurou, lutando para reprimir um sorriso e pegando o garfo, "te dou a comida".

Ele reagiu tão maravilhosamente quanto Eve havia previsto. Ou seja, arregalou os olhos num horror cômico e abriu a boca afiada em um *O* bastante satisfatório, enquanto o tom de sorvete de morango retornava às bochechas brancas. Ele estava tão indignado que daquela vez a cor estava mais para framboesa.

"Me dar a comida?", ele retorquiu, nervoso.

Eve foi incapaz de continuar segurando o sorriso, que se espalhou por seu rosto. Talvez ela tenha deixado escapar uma risadinha também. "Foi o que eu disse."

"Está tirando uma com a minha cara? Você não vai me dar comida. É desnecessário..."

"Você tem outra solução?"

"... e completamente inapropriado."

"Inapropriado?" Eve piscou, de repente chocada. "Ah... quer dizer que a ideia de eu enfiar uma linguiça na sua boca te incomoda?"

Para surpresa dela, em vez de desdenhar da piada assumidamente maliciosa, Jacob só ficou mais vermelho. "Você nunca cala a boca?", ele murmurou.

"E você?"

"Claro que sim. Quando estou *sozinho*", ele disse, "que é como eu gostaria de estar neste momento".

"Mas aí como você ia comer meu delicioso teste de café da manhã?"

"Ah, cai fora. Já te falei dessa coisa de lógica, inteligência e pontos válidos. Me incomoda. Para."

Eve não queria sorrir. Mas não pôde evitar.

"Por que você não segura meu prato e *eu* como sozinho?", Jacob propôs depois de um momento.

"Pensei nisso", ela disse.

"E *por que* não sugeriu?"

"Porque dar de comer é uma ação dominante. Prestativa. Uma ação que infan... que infan..." Ah, não. Não havia nada pior que confundir as palavras quando estava tentando ser fodona.

Ela esperou que Jacob se aproveitasse do fato de que havia gaguejado, mas tudo que ele fez foi suspirar e dizer, ácido: "Imagino que a palavra que você esteja procurando seja *infantiliza*".

"Ah. Isso. Obrigada." Eve se animou e voltou a ser fodona. "Dar de comer é uma ação que infantiliza *você*. Ao passo que segurar algo, tal qual uma mesa, é servil, e eu não sou servil."

Jacob a encarou. "Em primeiro lugar, por baixo de todo esse cabelo lilás, você pensa como uma loba."

Disse o lobo.

"Em segundo lugar, você literalmente trabalha para mim. É *esperado* que você seja servil."

"Achei que eu ainda não trabalhasse pra você."

"Bom, mas está tentando trabalhar", ele retrucou. "Seja servil de corpo e alma e talvez eu contrate você."

"Você costuma encorajar mulheres negras à sua volta a serem servis de corpo e alma?"

"Se eu...?" Ele fechou a boca e apertou os olhos. "De novo. Você pensa como uma loba."

"Obrigada. Agora abre a boca pro trenzinho."

"Vou matar você", Jacob murmurou. "Juro que vou." Mas, para a surpresa de Eve, ele abriu a boca e aceitou o bocado de ovo com linguiça que ela espetou com o garfo.

Ele aceitou... mesmo.

Ela ficou deslumbrada com a visão de Jacob Wayne, em geral todo gelado, superior e controlado, abrindo seus lábios finos para ela. Seus dentes eram muito brancos e a língua, muito rosa. Eram cores comuns para dentes e línguas, mas Eve se viu estranhamente fascinada pelo contraste. E então... então Jacob inclinou a cabeça para a frente e fechou a boca em torno do garfo. Do garfo que ela estava segurando. Ela sentiu a ação, a leve pressão, ao mesmo tempo que a via.

Jacob mantinha os olhos baixos, focados no talher, talvez para se certificar de que ela não o espetasse sem querer. O que ela podia acabar fazendo mesmo, porque seus membros pareciam meio distantes, e seu cérebro começava a zunir. Por trás dos óculos, os cílios dele eram compridos e grossos. Ela não tinha notado antes, uma vez que tinham um tom dourado que não se destacava muito num rosto como o dele. Mas ali, agora, não podia deixar de notar.

Jacob soltou o garfo, mastigou e engoliu. Seus olhos estremeceram por um breve segundo, e um gemidinho de prazer lhe escapou antes que pudesse impedir. Eve sabia que devia estar dando soquinhos no ar de pura satisfação profissional — melhor ainda, de satisfação por ter provado que estava certa.

Em vez disso, tudo que conseguiu fazer foi inspirar e levar uma mão fria ao pescoço, que de repente estava pegando fogo. Porque, *merda*, Jacob dava ao prazer uma aparência muito convidativa.

Espera... não. Não, não, não. Eve tinha o péssimo hábito de se sentir atraída por homens inadequados. Suas escolhas sexuais, assim como suas outras escolhas, sempre foram terríveis. E como agora ela estava em uma viagem de crescimento e autodescoberta, ganhando pontos de maturidade como uma heroína intrépida de um romance... de formação, ou o que quer que fosse, ela não ia ficar a fim do rei dos babacas. Se recusava. Ela nem *gostava* dele.

Claro que Eve já tinha perdido a cabeça por homens de quem não gostava.

Mas aquilo era diferente. Aquilo era totalmente diferente. *Portanto*, ela disse para sua libido atiçada, *não quero pegar você espreitando de novo.*

Jacob abriu os olhos bem quando Eve terminava de dar bronca em sua vagina. "Tá", ele disse, sombrio, como se tivesse experimentado algo horrível, e não o melhor café da manhã inglês que já haviam lhe dado. "É *possível* que isso *talvez* esteja razoável."

Por sorte, assim que ele falou, cada grama do interesse físico de Eve desceu pelo ralo, como a água da banheira depois que o tampão era tirado. Muito conveniente.

"Isso é rabanada?", ele perguntou, olhando para o prato. "Me deixa experimentar um pouco."

"Por quê? Na melhor das hipóteses, talvez esteja possivelmente razoável."

Jacob revirou os olhos e depois fez uma careta, como se tivesse doído. "Tá", ele disse. "Estava bom. Você está contratada. Agora me dá a porcaria da rabanada."

E na mesma hora ela se sentiu flutuar. "Sério? De verdade?" Eve sorria de orelha a orelha, com tanta intensidade que suas bochechas começaram a doer.

"É. Agora a rabanada."

Ainda sorrindo, ela deixou o garfo de lado, pegou uma fatia de rabanada e levou à boca dele. Mas sua mente estava em outro lugar. Tudo que ela queria era pegar o celular e mudar a música que tocava na cozinha, de Stromae para algum hino miraculoso. Que estranho sentir esse balão de hélio de animação no peito por causa de um trabalho que ela mal queria e só ia aceitar por razões morais e tal. Hum. Satisfação era uma coisa imprevisível.

Talvez estivesse feliz por ter arrumado um trabalho de verdade sozinha, algo que seus pais tinham presumido que ela não conseguiria. Devia ser isso. É claro que o fato de ter gostado de cozinhar naquela manhã ajudava. Depois de ter superado o nervosismo, conversar com os hóspedes e brincar com ingredientes na cozinha tinha sido bem divertido. Não divertido como ler Vanessa Riley na cama, mas como completar um quebra-cabeça. O que...

Eve inspirou fundo, recolhendo os dedos que haviam tocado algo macio, quente e... humano. À sua frente, Jacob ficou vermelho como um semáforo. Ele ergueu o queixo de modo que ficou olhando para a frente. Ou, mais especificamente, por cima de sua cabeça.

"Você me *mordeu*?", ela perguntou. Só que não tinha sido uma mordida, porque não havia dentes envolvidos. Só o roçar aveludado da...

Boca de Jacob?

"Não!", ele respondeu. "Eu estava... A rabanada estava muito boa. Eu, hum, me deixei levar, não estava prestando atenção. Desculpa."

Ah. Ele estava tão ocupado comendo que quase a mordeu. Normalmente, Eve daria risada. Tiraria sarro dele sem dó, no mínimo.

No entanto, ela se pegou olhando para as pontas dos dedos, que formigavam.

"Bom", Jacob disse, em meio ao silêncio. "Acho que chega de café da manhã por hoje." Eve só se deu conta de como tinham estado perto depois que ele se virou e se afastou. Jacob deixou o prato na bancada com um estrépito que não parecia o jeito dele e voltou a falar, de costas para ela. Costas muito largas, que subiam e desciam com o que parecia ser uma respiração acelerada. Ou talvez ela só estivesse olhando com atenção demais.

"Mont deve ter preparado você para o café da manhã, mas você sabe do chá da tarde?", ele perguntou.

Ela mordeu o lábio. RITMO E ROTINA: capítulo 3, seção A, EXPERIÊNCIA COMPLETA: *o chá com bolo da tarde deve ser servido às quatro, na sala amarela, diariamente.*

"Sim", ela murmurou. "Eu sei do chá da tarde."

"E sabe fazer bolo?"

"Claro", ela soltou um ronco, ofendida por um momento.

"Ótimo. Fora isso, em algum momento vamos ter que conversar pra resolver a papelada, e esta semana tem uma reunião com os organizadores do festival, acho melhor nós dois irmos. Ah, como só estou com um braço, vou precisar da sua ajuda na arrumação depois do café." Ele fez uma pausa, pigarreou e acrescentou depressa: "Mas não nos próximos dias. Não. É...".

Eve tentou afastar a sensação de que ele estava inventando aquilo na hora.

"Minha tia rearranjou os horários dela pra poder me ajudar", ele disse, afinal. "O que significa que seu único dever hoje é o chá da tarde. Se precisar de alguma coisa, costumo ficar no escritório. Mas vou estar muito ocupado hoje, então talvez você não me encontre lá ou eu não responda quando você bater." Com isso, ele se virou e seguiu para a porta.

"Tá", Eve disse. "Hã... Jacob, você está...?"

Ele foi embora.

Eve pretendia manter para si os detalhes da desastrosa entrevista de emprego do dia anterior, ou seja, fora do radar da família. Só que, mais tarde naquele mesmo dia, cometeu o erro fatal de ligar para as irmãs para uma conversinha pós-compras, que foi rapidamente do preço de um sutiã razoável (astronômico) para os eventos recentes da vida de Eve. Depois de três minutos heroicos de evasivas, ela acabou entregando tudo.

"Ah, Eve", Danika disse. "Você sempre tem uma história interessante pra contar. Sério, Chloe e eu nem precisamos sair de casa, podemos viver através de você."

"O que é ótimo, porque ando ocupada demais pra fazer qualquer outra coisa", Chloe murmurou, distraída.

Por algum motivo, a palavra "ocupada" fez Eve pensar em Jacob. Na verdade, coisas demais vinham fazendo com que ela pensasse em Jacob, talvez porque a fuga repentina dele mais cedo tivesse tocado numa ferida antiga e muito inflamada.

Eve levantou um pouco as sacolas de compras que pesavam em seus braços — a julgar por sua exaustão atual, precisava começar logo a fazer exercícios — e pegou a subida que levava de volta à pousada. "Então eu devia parar de contar o que acontece comigo", ela disse, "porque vocês duas precisam ter vida própria".

Ouviu duas manifestações de choque, cada uma em um fone de ouvido: à esquerda, Chloe; à direita, Dani.

"Como ousa?" Era o esquerdo. "Tenho, *sim*, uma vida. Que eu mesma construí."

Eve revirou os olhos.

"Só estou superatolada de trabalho no momento", Chloe prosseguiu, e de fato, Eve conseguia ouvir ao fundo a digitação frenética de Chloe no laptop.

"Eu *também* tenho uma vida", Dani disse.

Ao fundo, Eve pôde ouvir o namorado dela, Zaf, dizer: "Não tem, não".

"Cala a boca."

"Não."

"*Zafir*." Um som de briga foi seguido de alguns grunhidos. Dani riu. "Me solta, seu monstro."

"Você vai parar de jogar almofadas?", ele perguntou, argumentando.

"Querem parar?", Chloe interrompeu. "Eve está no meio de uma crise."

Ao ouvir seu nome, Eve piscou. Estava viajando um pouco. Pensando em...

Bom, não em Jacob. Não em específico. Mais nas pessoas em geral, em como seus amigos nunca gostavam dela tanto quanto ela gostava deles. Em como a largavam assim que alguém melhor aparecia, como a empurravam para a periferia de seu círculo de amizade quando faltava espaço para todos, como a tratavam como alguém opcional, e não imprescindível. Todas aquelas ferroadas maldosas haviam deixado uma cicatriz em seu coração, e a saída abrupta de Jacob naquela manhã a fizera doer.

Não que Eve quisesse que Jacob passasse a fazer parte de sua vida. Ela podia não ter muitos amigos — amigos de verdade, do tipo que aparece nos livros —, mas aquilo não significava que *Jacob* estivesse à altura do papel.

O que não fazia diferença, porque ele claramente não estava interessado.

"Mas *é* uma crise?", Dani perguntou. "Porque parece que sem querer ela se deu muito bem com esse trabalho que caiu de paraquedas. Você está gostando, Eve?"

Gostar era algo que Eve quase nunca considerava quando se tratava de trabalho. Trabalho era algo que ela arriscava fazer para se sentir útil — até foder com tudo. Era algo que se fazia para ajudar as pessoas à sua volta até que não houvesse mais necessidade. Trabalho não era algo de que se gostava por si só, porque isso só deixaria a situação ainda pior quando tudo ruísse.

Ainda assim, Eve sabia que tinha se divertido naquela manhã. A química criativa da cozinha, o aspecto social de começar o dia com tanta gente, e mesmo trabalhar sozinha e controlar seu próprio ambiente a tinham deixado empolgada.

Era muito esquisito. Ela assumiu que a sensação logo passaria.

"Não estou *detestando*", disse às irmãs e ignorou as risadas delas.

"Que belo elogio", Dani disse. "Você contou pra mamãe e o papai?"

"Contei", Eve disse, o que não era exatamente uma mentira. Ela havia mandado uma mensagem para a mãe dizendo:

Mãe e pai,
Encontrei um trabalho que deve durar um mês e já tenho um contrato de planejamento de evento para o início de setembro. O trabalho tem-

porário oferece moradia, e vou lidar com o resto depois, então não se preocupem porque não vou voltar para casa.

Depois Eve silenciou as mensagens e ignorou as ligações dos pais. Nada pessoal. Só tinha medo de que, se ouvisse a voz deles antes de superar a última conversa que tiveram, ela pudesse fazer algo humilhante, como chorar.

"Então qual é a crise?", Dani insistiu.

"A crise é a parte em que ela atropelou o chefe", Chloe disse, prestativa.

Eve finalmente chegou ao topo da subida e ao carro. Ela o abriu, tentando ignorar o lugar onde podia ou não ter um amassado do tamanho de Jacob (ela não sabia e se recusava a verificar) e enfiou a maior parte das sacolas de compras lá dentro. Sua atual situação de moradia era... bem, era mais um caso de invasão, e até que aquilo fosse resolvido ela provavelmente não deveria aparecer na pousada com as roupas e artigos de higiene que havia acabado de comprar.

Já que Jacob não fazia ideia de que ela tinha se instalado no cômodo ao lado do dele.

Eve ia contar, claro! Em algum momento.

"Não vejo como isso possa ser uma crise, a menos que ele tenha morrido", Dani disse. "Ou vá processar a Eve. Mas parece que não é nenhum dos casos."

"Não é", Eve murmurou. "Ele só quer se vingar me matando congelada lentamente."

"Como?"

"O cara é meio babaca, só isso." Ela sentiu um longo desabafo se formando em seu peito, como uma bolha que precisava ser estourada.

"Por causa do atropelamento?"

"É, e porque é o jeito dele."

"Que pena", Chloe murmurou, distraída.

"Ele não é nem um pouco razoável", Eve disse, se exaltando. "Focado ao ponto de intimidar, assustadoramente direto e parece determinado a não gostar de ninguém."

"Parece a Chloe", Dani disse. O que fez Eve pensar por um instante que, na verdade... bom. Parecia *mesmo* a Chloe. Bastante, pelo menos superficialmente.

"Ah, obrigada", disse a própria Chloe. "Mas é verdade. Dá comida pro cara, Eve, isso vai amolecer o coração dele. Todo mundo gosta de comida."

A mente de Eve voltou àquela manhã, ao friozinho curioso na barriga que ela sentiu quando a boca de Jacob tocou sua pele. A boca dele. Na pele dela. Minha nossa. Ela inspirou fundo e recomeçou a andar, atravessando o caminho de cascalho que levava à pousada. "Talvez. Não sei. Hoje de manhã ele pareceu..." Ela deixou a frase morrer no ar. De repente, se sentiu muito quente e um pouco confusa.

"O quê?", Dani insistiu. "Ele pareceu o quê?"

"Deixa pra lá. Preciso ir agora."

"*Mesmo*? Que repentino e suspeito", Dani comentou.

"Você por acaso está *escondendo* alguma coisa, irmãzinha?", Chloe perguntou.

"Não", Eve mentiu. "É só que se ele me pegar no celular provavelmente vai jogá-lo na privada."

"*Oi?*"

"Mando mensagem depois, amo vocês, tchau." Eve desligou sentindo uma pontada de culpa em relação às irmãs, mas sem culpa nenhuma em relação a Jacob, que merecia ser descrito como um guarda de prisão capaz de jogar celulares na privada para que ela pudesse evitar uma conversa desconfortável.

Merecia mesmo.

8

Se ter o cérebro projetado contra o crânio havia trazido alguma vantagem para Jacob era fazê-lo dormir como um bebê. Ou melhor, ele havia dormido como um bebê na noite anterior e pegara no sono com facilidade naquela noite. Mas agora estava acordado de novo, então talvez seu superpoder do sono já tivesse acabado.

Jacob se virou na cama para a luzinha azul do relógio, que piscava no escuro. Era 1h11. Puta merda. Ele já estava voltando a se afundar nos cobertores quando sentiu o arrepio de uma constatação descer pela coluna.

Tinha acordado porque havia algo errado.

Com uma careta, deixou as cobertas de lado e arrastou seus ossos doloridos para fora da cama. Foi até a janela, abriu as cortinas e foi atingido no rosto por uma lufada de ar quente noturno com cheiro de verão. Jacob ficou olhando para o terreno por um momento, deixando que seus olhos se adaptassem à luz do luar. Quando isso não aconteceu, percebeu que tinha se esquecido de colocar os óculos.

Era a porcaria da concussão. Como alguém que era míope desde criança podia se *esquecer* dos óculos?

Ele já estava se virando para pegá-los quando ouviu. Alto. Dissonante. Inconfundível. O som que o tirara do sono, uma sirene anunciando perigo e destruição.

Quac. Quac. Quac.

Patos.

Ele se segurou no peitoril da janela com a mão boa e enfiou a cabeça para fora, então se lembrou de que vociferar contra patos à uma da manhã em uma pousada cheia de hóspedes dormindo não levaria a avaliações com cinco estrelas. Droga. Ele se virou e saiu do quarto batendo o pé, lembrando-se de pegar os óculos no caminho. Movimentar-se depressa e em silêncio pela pousada era normal para ele, embora fosse um pouco mais difícil agora que seu corpo havia se tornado um grande hematoma. No entanto, a ideia de que patos estavam destruindo seu precioso jardim, perfeitamente planejado — e *cagando* em sua lagoa, aqueles putos —, o tornava mais rápido e implacável.

Ele saiu pela porta dos fundos minutos depois e só constatou que estava sem camisa quando a brisa atingiu seu peito nu. Puta que pariu. Ele sempre usava o pijama completo — sempre —, mas na *única* noite em que não teve forças para encarar a luta que era passar o gesso pela manga...

Tanto fazia. Não importava. Ele tinha patos a espantar.

Enquanto atravessava a grama, Jacob percebeu que não os ouvia mais. Em vez dos patos, ele entreouvia uma voz baixa, pura e meio reluzente, cantando como uma sereia de conto de fadas. As notas subiam e desciam ao vento, e ele parou, meio hipnotizado. Que diabos era aquilo? Estava até gostando. A menos que viesse de uma criatura inumana que o estava atraindo para a própria morte, nesse caso ele odiava a voz, mas tinha que reconhecer que funcionava muito bem. Jacob ficou olhando para a escuridão do jardim por um momento, tentando localizar a fonte, até que... QUAC! A voz foi cortada e os patos voltaram. Merda. Ele se sacudiu e voltou a se dirigir à lagoa.

Passou pela cerejeira, deu a volta no coreto, virou à esquerda no canteiro de flores silvestres cuidadosamente organizado — porque prados eram bonitos, mas a ordem era mais — e *lá estava*. A lagoa. Era uma bela visão, com o luar refletido na superfície e aquela bobagem toda. Só que havia duas coisas erradas na cena.

A primeira: os patos. A porra dos patos. Dois deles. O primeiro na lagoa, como se tivesse o direito, e o segundo perambulando pela margem, atrás de comida.

O que levava Jacob ao segundo problema: Eve Brown, sentada ali com um saco de pão *dando comida* para os cretinos. Encorajando a presença deles. Estragando tudo, o que Jacob desconfiava que era um talento particular dela.

A ideia, porém, lhe dava a sensação incômoda de que estava sendo injusto, porque... ela não havia estragado o café da manhã. Muito pelo contrário. Eve tivera que se virar totalmente sozinha, e no fim das contas Jacob admirou a maneira como tinha se saído. Ele chegara perigosamente perto de não odiar a presença dela — até a Lambida Acidental no Dedo, que fincou os pés dele no chão de novo através do poder do constrangimento.

Mas ele decidiu esquecer aquele incidente infeliz. Portanto... *foque no problema que tem nas mãos, Jacob.*

"O que está fazendo?", ele perguntou.

Eve deu um pulo, levou a mão ao peito e deu um gritinho. Jesus. Ela não tinha ouvido Jacob se aproximar? Não tinha consciência situacional? Agora ele ficou preocupado que Eve pudesse ser sequestrada ou assassinada se ficasse sozinha.

Preocupado porque nesse caso ele ficaria sem chef. Claro.

"Ah", ela disse, um pouco sem ar. "Jacob." Ela se virou para olhar melhor para ele, seu rosto suavemente iluminado pelo luar. Aquela luz emprestava um tom prateado à sua pele escura e transformava seus olhos grandes em espelhos. Suas tranças estavam soltas, espalhadas por cima dos ombros, praticamente forçando Jacob a olhar para baixo, o que o levou a constatar que ela não estava usando sutiã.

Seria difícil não notar. A blusa era fina e meio solta, as mangas eram largas e as laterais dos seios ficavam...

Jacob interrompeu rápida e violentamente aquela linha de pensamento. Não foi difícil. Só precisou olhar para os patos e a fúria o recebeu de volta com seu abraço frio.

"Sim", ele concordou. "Jacob. Eu. Aqui." Hum. Talvez ele ainda não estivesse totalmente desperto. "O que significa", Jacob prosseguiu, tentando afastar os pensamentos do precipício patos-Eve-peitos, "que peguei você".

Ela piscou devagar. "Me pegou...?"

"Alimentando os patos!"

Eve piscou mais algumas vezes. "Eu... *não* devia fazer isso?"

"Não!", Jacob estourou, então se deu conta de que sua voz tinha saído alta o suficiente para acordar os mortos, imagine os hóspedes da pousada. "Não", ele repetiu, mais baixo.

"Mas eles pareciam famintos", ela disse, e a pior parte foi que Eve parecia mesmo preocupada. Com *patos*. As pragas do mundo das aves aquáticas. Deus do céu...

"Eles não estavam famintos", Jacob a repreendeu. "São animais selvagens que sabem se virar, então pode parar com isso. Você vai encorajar os cretinos. Eles vão pegar o costume de voltar aqui. Vão tratar minha lagoa como um açude qualquer e trazer os amigos. Logo o jardim vai estar todo cagado, cheio de patos exigindo comida e trepando, o que já te digo que é algo muito perturbador. Além do mais, eles não podem comer pão."

Houve uma pausa. Eve inclinou a cabeça. Depois, em vez de se concentrar nos pontos principais do discurso, ela perguntou, parecendo muito surpresa: "Não? Xi. Por que eles não podem comer pão?".

"Atrapalha a digestão! Minha nossa, vá ler um blog sobre aves aquáticas."

"Que *você* lê porque...?"

"Porque é preciso conhecer o inimigo", Jacob respondeu, de repente consciente de que aquela conversa havia saído de controle.

"Ah", Eve murmurou. "Sim. Claro." Nuvens haviam encoberto a lua, de modo que Jacob não conseguia mais ver o rosto dela. Por algum motivo, desconfiava que ela estivesse sorrindo.

Ele não tinha muita certeza de como se sentia em relação àquilo.

"E o que você está fazendo aqui, aliás?", ele perguntou. "Além de sabotar meu jardim."

"Nada." Aquela resposta não fazia nenhum sentido, mas ela se levantou e continuou. "Se você é tão contra patos, posso me livrar deles. Não que eu os tenha trazido aqui..."

Malditos patos. Àquela altura, já deveriam saber que a propriedade de Jacob estava fechada para eles e seus modos grosseiros.

"Que bom", ele murmurou. Só que não era bom, porque ela continuava ali, e ele não queria que ela estivesse ali. Estava começando a achar Eve... charmosa. Em geral, Jacob considerava o charme algo inútil e sem substância, mas, de alguma maneira, ela fazia aquilo parecer real. Ela o transformava em algo sólido e acolhedor, como uma casa de tijolos bem construída, ao invés de uma ilusão de ótica.

Teoricamente era algo bom, mas também inesperado, e por isso Jacob decidiu ficar ressentido. Sempre odiou surpresas. "O que foi que te fez vir aqui no meio da noite, desperdiçar um pão perfeitamente bom? O *meu* pão perfeitamente bom?"

"Eu compro mais amanhã", ela disse, jogando o que restava no saco — sim, *jogando* — no chão como se não fosse nada.

"Você vai acabar com meus supri..."

"Suprimentos agora são responsabilidade minha, de todo modo", ela o cortou, e Jacob ficou perguntando como Eve sabia disso. Ele não tinha mencionado, porque na verdade ainda não queria que ela cuidasse dessa parte. O monitoramento de suprimentos era um negócio delicado, e Eve parecia um pouco desligada, para dizer o mínimo. Sem falar que só fazia alguns dias que se conheciam. Deixar Eve encarregada de linguiças e afins parecia prematuro. Eles ainda nem tinham feito uma reunião depois da contratação.

Porque você a estava evitando.

Blá-blá-blá. O ponto era: ela sabia demais. "Quem te disse isso?", ele perguntou. "Foi Mont, não foi? Vi que ele apareceu pra te ver hoje. Enquanto estava cozinhando."

Eve, que agitava os braços para o primeiro pato sem resultado, meio que riu. "*Me* ver? Achei que ele tinha vindo ver você."

"Bom, é. Mont queria confirmar se eu não tinha morrido enquanto ele não estava de olho em mim. Mas não sei como isso o levou à cozinha."

Mais cedo naquele dia, tinha ocorrido a Jacob que ele fora embora um tanto abruptamente depois do incidente da lambida, e ele quase começou a se sentir... mal. Afinal, Eve era tão intensa que lembrava um cachorrinho, e quando se chutava um cachorrinho, mesmo que sem querer, era preciso pegá-lo, fazer carinho na barriga dele e pedir desculpas. Não que Jacob pretendesse fazer algo tão absurdo como pedir desculpas. Ou fazer carinho na barriga de Eve. Ele só tinha planejado aparecer na cozinha e dizer algo mais ou menos simpático para apagar o constrangimento anterior.

E, ao chegar lá, eis que ele a encontrou rindo. Com *Mont*.

"É melhor que você saiba", disse Jacob agora, "que eu acho que ele gosta de você". Fazia sentido, afinal. Eve era teoricamente atraente, teoricamente interessante e bastante capaz, de um jeito que fazia o estômago de Jacob se retesar, mas também era bastante boba, de um jeito que lhe dava um friozinho na barriga, então, sim. Ele conseguia entender. Isto é, por que razão Mont poderia gostar dela.

"Todo mundo gosta de mim a princípio", Eve disse e olhou para Jacob. "Bom, menos você."

"Eu..." Ele fechou a boca antes que ela o traísse.

"Arrá! Consegui!" O primeiro pato finalmente entendeu a dica e foi embora, meio bamboleando, meio voando com um grasnido afrontado. Eve bateu palmas e deu um pulinho. Jacob agradeceu a todos os deuses que conhecia por a lua continuar encoberta por uma nuvem, porque, se aquele movimento tivesse sido iluminado, ele provavelmente teria visto algo terrível. Como os peitos dela.

Ou suas coxas naqueles shortinhos, para os quais ele absolutamente não estava olhando.

"Aliás", Eve falou, "Mont não me disse nada. Li no manual."

Jacob congelou.

"SUPRIMENTOS: A ARTE DE ESTAR SEMPRE PRONTO", ela prosseguiu.

Jacob congelou ainda mais.

Eve foi em sua direção no escuro, e sua silhueta sombria chegava cada vez mais perto. "Você está bem?", ela perguntou. "Ainda é a concussão? Preciso dar um reset em você?" Então ela estendeu um dedo e apertou o nariz dele.

Numa reação automática, Jacob pegou o pulso dela e o segurou diante do rosto. Sua pele era macia — quase anormalmente macia. Ela devia tomar banho com manteiga, leite ou algo do tipo, porque ele seria capaz de jurar que todo seu corpo estava envolto em cetim. Jacob sentia a pulsação dela, que estava acelerada. Talvez fosse porque um desconhecido silencioso a segurava na escuridão.

Ele a soltou.

"Nossa", Eve disse, animada, "não achei que fosse funcionar". Ela se afastou numa velocidade que não combinava com seu tom casual.

Droga. Toda vez que os dois faziam algo além de discutir, ele estragava tudo. Era surpreendente como isso o deixava tenso e infeliz. Jacob não tinha o hábito de se importar com pessoas que não estavam em sua lista pré-aprovada. Era complicado e sempre terminava mal.

Mal como: ele largado nos degraus da entrada da casa de alguém, tal qual um saco de lixo.

Mas por que Jacob estava pensando naquilo?

Ele se esforçou para retomar a conversa que estavam tendo antes de a coisa ter saído dos trilhos. "Você andou lendo os manuais."

"Ah, sim. Mont me deu."

"E você... de fato leu um."

Ela pareceu confusa quando o corrigiu, como se não entendesse a descrença dele. "Eu li todos."

"Você... leu... todos."

"Eu sei ler, sabe."

"Faz dois dias que você está aqui!"

"Na verdade três, porque é mais de meia-noite."

"Dias só contam quando chegam ao fim", ele soltou. "E... é bom que você saiba que escrevi esses manuais pra mim, mais do que pra qualquer pessoa. Pra que os procedimentos ficassem bem claros na minha cabeça."

"Ah... isso explica o excesso de xingamentos e o tom pouco profissional."

Ele estava tão perplexo que nem fez cara feia para o comentário sobre ele ter sido *pouco profissional*. Mesmo que fosse absurdo. Jacob era puro profissionalismo. Embora tivesse a sensação de que, se dissesse isso em voz alta, ela riria da cara dele.

Não importava. Jacob não conseguia superar o fato de que ela aparentemente tinha pegado os manuais esquisitos dele — sim, ele sabia que eram esquisitos —, lido todos como se fossem materiais *sérios* e aplicado suas orientações com um comprometimento impressionante.

Seriedade. Dedicação. Comprometimento. Essas constatações o levavam a uma conclusão impossível.

"Eve", ele começou a dizer, devagar. "Você... por acaso... *respeita* minha pousada?"

"Que tipo de pergunta é essa?", ela retrucou. "É claro que sim, seu pateta."

Bem. *Bem.* Jacob esperava que alguém como Eve — alguém relaxado, flexível, que se adaptava com facilidade — menosprezasse sua rigidez. Risse dela, até. Mas então...

"Nesse caso", ele disse, tenso, ainda repassando as evidências mentalmente, "é muito possível que eu estivesse trabalhando com suposições equivocadas a seu respeito, baseadas apenas no seu péssimo gosto para camisetas e nos seus modos irritantes e excêntricos".

"Esse é seu jeito de dizer que você foi um babaca preconceituoso?", ela perguntou. "Nossa, espero que sim. Agora pede desculpas. Vai. Você consegue."

"Cai fora."

"*Aí* está ele."

Jacob ficou perturbado ao se pegar sorrindo de orelha a orelha. Droga, por que ela tinha que ser *engraçada*? Ele sentiu que estava sendo arrastado contra sua vontade rumo à condenação certa que seria não a odiar. Rumo à boca do vulcão explosivo que seria gostar dela como pessoa.

"E o que exatamente tem de tão horrível nas minhas camisetas?", ela perguntou, como se tivesse acabado de se lembrar do comentário.

"Tudo." A não ser o fato de serem justas. Ele gostava que fossem justas.

Espera aí. Quê?

Jacob estava verificando a própria pulsação (porque seus pensamentos indicavam falta de oxigênio no cérebro, talvez causada por algum tipo de problema cardíaco) quando as nuvens que cobriam a lua se afastaram. Eve ficou visível, mas agora não estava parada ou perseguindo patos na margem da lagoa. Estava bem na beirada da água, sacudindo os braços como uma turbina eólica, murmurando "Sai! Sai!" para o pequeno mensageiro de cocô e destruição. O que seria maravilhoso, se ela não estivesse perigosamente inclinada.

"Eve", Jacob disse.

"Anda, pato. Cai fora."

Me obriga, diziam os olhos cruéis do pato, que continuava na lagoa.

"*Eve*. Cuidado. A margem é desigual, e você está muito..."

"Ah, merda", ela disse, caindo.

A noite estava quente, mas a água não, como Eve descobriu.

Ela inspirou fundo antes de mergulhar na lagoa fria, mas se engasgou e tossiu com um monte de água entrando em sua boca. Porcaria. Provavelmente ia pegar tuberculose. Um fungo nos pulmões ou coisa do tipo. Ia ficar doente, e tudo porque Jacob ficava ridiculamente nervoso com patos. Ela ia matá-lo. Ia acabar com ele. Ia...

Eve ouviu o barulho de algo caindo na água ao seu lado, depois sentiu um braço firme enlaçar sua cintura e virá-la, de modo que seu peito ficou prensado contra algum tipo de parede.

Ela piscou para se livrar das gotas que atrapalhavam sua visão e apertou os olhos. A parede tinha um maxilar esculpido em mármore, um olhar gelado e óculos ligeiramente tortos. A parede era Jacob.

Sua mente travou por um momento.

Ele a sacudiu como um terrier sacode um rato. O fato de que o fazia com um único braço tornava a situação ainda mais humilhante. O outro braço, ou melhor, o gesso, estava erguido no ar, fora da lagoa, porque mesmo quando pulava na água para atacar fisicamente seus funcionários ele era coordenado e sensato. Cretino.

"Eve", Jacob disse, sacudindo-a um pouco mais. "Fala alguma coisa. Alguma coisa que faça sentido. Numa frase."

Ela bateu no braço dele — um braço muito, muito forte, ao mesmo tempo magro e musculoso, que naquele momento estava em contato próximo com a cintura nem um pouco magra e musculosa dela. Era um... contraste interessante, do qual ela não estava gostando nem um pouco, porque seria esquisito se estivesse. "Me solta, seu mala!"

"Ah, ótimo", ele disse. "Você está bem."

Eve parou, depois enrubesceu por um instante. Jacob estava verificando se ela estava bem? Ele *se importava* se ela estava bem? Talvez não fosse o pior ser humano do mundo, afinal.

Então ele acrescentou: "É tarde demais pra encontrar alguém pra fazer o café da manhã de hoje", e Eve concluiu que tinha se enganado: ele era mesmo o pior ser humano do mundo.

"Me solta", ela murmurou e o empurrou para longe. Tinha molhado seu pijama novinho. Suas tranças boiavam em meio a algas. Sua boca ainda tinha gosto de tuberculose, fungo ou algo igualmente terrível. Quando ela tentou recuar um passo, seu sapato meio que... *esmagou* alguma coisa, e essa coisa cedeu, e de repente ela estava afundando.

"Ah, não", Jacob disse e voltou a agarrá-la. Agora ela estava de novo apertada contra a parede que era o peitoral dele.

"Por que a água está na altura do meu pescoço e só no seu peito?", ela perguntou, entredentes.

Ele olhou para ela. "Porque não temos a mesma altura, Eve."

"Eu *sei* disso!" Ela fez cara feia, depois piscou. "Hã, Jacob, você está sem camisa?"

"Não vamos falar sobre isso."

"Minha nossa." Eve não tinha notado antes, na escuridão, mas ficava difícil não notar agora, com a pele nua dele pressionada contra a sua. Ela experimentou passar a mão nos músculos abdominais dele. "*Minha nossa.*"

"Para com isso", Jacob estourou. "Podemos sair daqui agora? Estou cheio de... algas." Aparentemente ele achava aquilo mais incômodo que ela, porque estremeceu. O calafrio percorreu todo o seu corpo e pareceu involuntário, e pressionou ainda mais seu tanquinho contra os peitos dela. Teria sido agradável se Jacob não tivesse resmungado sombriamente: "Lama. Odeio lama".

Na verdade, mesmo com os resmungos ela tinha curtido. Como *Jacob*, dentre todas as pessoas, ousava ter... aquele corpo de televisão?! Devia ter feito um pacto com o diabo. Ela encontrara provas na cozinha de que ele havia esquentado espaguete à bolonhesa no micro-ondas para o jantar. Homens que comiam coisas gostosas como espaguete à bolonhesa não deviam ter tanquinho. Havia um equilíbrio no universo que precisava ser mantido, e Jacob o estava desrespeitando vergonhosamente.

"Não quero ser ingrata", ela disse, irritada sem motivo, "mas por que pulou? Você está machucado, seu idiota."

Ele olhou feio para ela e disse, tenso: "Pulei pra salvar você, óbvio".

"Me *salvar*? É uma lagoa, Jacob." Ainda assim, a palavra "salvar" efervesceu em sua mente, ganhando todo tipo de significado doce e agradável.

"Você é um desastre. Fico surpreso que não tenha escorregado, aberto a cabeça numa pedra, se afogado na minha propriedade e feito o preço do seguro disparar. Ou algo do tipo."

"Ah, o seguro." Ela riu. "Foi por isso que pulou pra me salvar?"

"Claro", ele disse.

Era engraçado que ela não acreditasse nele. A postura de Jacob era como arame farpado: projetado para acabar com quem chegasse perto demais, mas só para proteger algo especial.

Não importava o que ele dissesse, homens machucados e obcecados por limpeza não pulavam em lagoas por causa do *seguro*. Não, as pessoas faziam aquele tipo de coisa porque no fundo eram meio legais, mesmo que não quisessem que ninguém notasse.

Mas se Eve apontasse aquilo, ele poderia acabar tendo uma embolia. Portanto, ela reprimiu um sorriso, revirou os olhos e se afastou do peitoral dele. O peitoral firme, nu e chocantemente musculoso... aham. O peitoral dele. "Que seja. Agora vamos lá. Vamos sair daqui."

"Com prazer", ele disse, então caminhou na água com uma facilidade irritante, apoiou o antebraço esquerdo na margem e ergueu o próprio corpo. Eve observou toda a manobra muito, muito de perto, para fins de pesquisa. Sob a luz conveniente do luar, ela notou — em nome da ciência! — o seguinte:

- os bíceps e os músculos dos ombros de Jacob se contraindo e movendo por baixo da pele enquanto trabalhavam;
- o tronco comprido e magro de Jacob emergindo da água, as gotas escorrendo pelo abdome e pelo V bem definido que culminava na calça do pijama;
- sua bunda redondinha e suas coxas grossas através do tecido da já mencionada calça ensopada enquanto ele se arrastava para a terra firme.

Em nome da ciência. Óbvio.

Ele se levantou, se virou e piscou, como se estivesse surpreso por vê-la ainda na lagoa. "Ah. Hã. A gente não decidiu sair da água?"

"É", ela concordou, "mas, como você mencionou antes, não temos a mesma altura. Nem a mesma força na parte superior do corpo. E por aí vai".

Jacob desdenhou e se sentou na margem, fazendo careta. Ela tentou não pensar nos vários ferimentos que havia lhe infligido. Ele apoiou os cotovelos nos joelhos e se inclinou para a frente, arqueando uma sobrancelha. "Isso significa que você precisa da minha ajuda?"

"Não", ela disse no mesmo instante.

Jacob arqueou outra sobrancelha. Se Eve não estava enganada, o canto da boca dele se ergueu no que *talvez* fosse um sorriso. "Não?"

"Não", ela repetiu. "Mas... bom. Fiquei pensando que, já que está tão preocupado com o seguro e tudo mais, talvez você queira supervisionar minha saída daqui..."

"*Supervisionar*", ele repetiu, dessa vez com um sorriso inconfundível. Que envolvia dentes. Dentes fortes e brancos, com incisivos ligeiramente tortos. Por um momento, a visão inesperada daquele sorriso lupino, irrestrito e ligeiramente sarcástico a deixou incapaz de falar.

Então Eve engoliu em seco e se recompôs. Pelo amor de Deus, ela estava numa lagoa. Não era hora de se desmanchar pelo sorriso de um homem de quem mal gostava.

"Sim", ela insistiu, "supervisionar. Sem sua intervenção estressadinha, quer dizer, *magistral*, eu poderia facilmente cometer algum erro, cair, bater a cabeça e morrer".

Jacob bufou e balançou a cabeça, mas ainda estava sorrindo quando estendeu a mão. "Tudo isso pra não ter que pedir ajuda? Não me surpreende que tenha estudado artes cênicas. Você é ainda mais dramática do que eu."

Eve pressionou os lábios enquanto se aproximava dele. "Com certeza não sou tão dramática assim", murmurou, concentrada em não escorregar, "ou não teria reprovado".

Ela mal se dera conta do que tinha acabado de dizer quando Jacob reagiu. Inclinando a cabeça de modo repentino como um predador, perguntou: "Reprovado?".

Ah, droga. Aaaaah, droga. Por que ela tinha dito aquilo? A queda devia ter embaralhado seu cérebro. Ou talvez as bactérias infecciosas da lagoa já estivessem se multiplicando nos seus pulmões. Eve deu de ombros, embora ele provavelmente não conseguisse ver, com ela debaixo da água, no escuro e tudo mais. Ela estendeu a mão e pegou a dele.

O entrelace de seus dedos molhados fez um barulho desagradável. Nojento. Definitivamente nojento. A não ser pelo tamanho da mão dele, pela delicadeza dos dedos compridos e pela firmeza com que ele a segurou, como se nada no mundo pudesse fazer com que a soltasse, apenas porque não era esse tipo de homem. Essa parte... não era nojenta. Nem um pouco.

Jacob ficou em silêncio por um momento olhando para as mãos dadas deles, provavelmente pensando no barulhinho horrendo de antes. Então sacudiu a cabeça de leve e voltou a olhar para ela. "Como você *reprovou* no curso de teatro? Sei como *eu* reprovei: eu odiava. Além disso, eu atuava tão bem quanto uma estátua. Devia ter largado depois da primeira aula, mas minha tia insistiu que eu fizesse como optativa, pra melhorar minha confiança." Tudo isso saiu em um fluxo distraído antes que ele fechasse a boca e a olhasse de lado, como se não tivesse ideia de por que razão havia falado tanto. Talvez ambos tivessem sido infectados com alguma doença que soltava a língua, ou talvez falar demais fosse um efeito colateral natural de interagir com outro ser humano no meio da noite.

Eve tentou não sorrir. "Pra melhorar sua confiança, é? E funcionou?" Ela podia imaginar o jovem Jacob, sem dúvida duas vezes mais irritável e determinado, se recusando a falar com os outros alunos porque achava todos incrivelmente chatos. E sua tia, decidindo que aquilo era uma questão de confiança e o incentivando, com a melhor das intenções, a fazer uma aula que ele odiava.

Ou talvez ela estivesse completamente enganada. Porque agora imaginava um jovem Jacob diferente, com olhos enormes atrás dos óculos, o cabelo bagunçado como as penas de um patinho, tenso no fundo da sala enquanto os outros formavam duplas e atuavam com uma facilidade que ele não conseguia acessar. E a cabeça dela meio que... doeu.

Jacob franziu a testa e balançou a cabeça. "Não, não ajudou, porque o teatro é uma coisa pavorosa. Pra mim, pelo menos. Mas eu achei que você se desse bem nessa área." Ele soltou a mão dela, a mesma que Eve quase esqueceu que estava segurando a dele. Em algum momento, o toque começou a parecer natural, como as briguinhas.

"Preciso me apoiar melhor", ele explicou, antes de sua mão escorregar pelo braço dela e pegar seu cotovelo. "Então", prosseguiu, firmando bem os pés. "Como você se saiu mal no teatro?"

"Do mesmo jeito que me saio mal em tudo", ela disse, animada, segurando o antebraço dele. "Com pastiche." Eve tinha uma vaga noção de que aquela não era a palavra certa, mas Jacob não a corrigiu, e de repente seus pensamentos estavam passando rápidos demais para que os detalhes importassem. Ela procurava um ponto de apoio para o pé na margem, mas congelou quando absorveu o sentido das *outras* palavras que havia dito.

Me saio mal em tudo.

Era de fato verdade: ela havia bombado na faculdade, todos os seus sonhos profissionais tinham morrido, nenhum de seus amigos se importava o bastante com ela para segurar suas tranças enquanto ela vomitava e seu último namorado acreditava que vacinas eram uma fachada para um sistema de rastreamento do governo através de microchips injetáveis. Ela literalmente se saía mal em *tudo*, desde encontrar um trabalho significativo até fazer escolhas sensatas quando se tratava de relacionamentos. Mas com certeza não tinha o hábito de admitir isso em voz alta, menos ainda para seu empregador.

"Hã", ela disse, depois da maior pausa desconfortável da história. "Não que eu vá me sair mal com *você*. Digo, neste trabalho. Ou coisa assim."

Jacob olhou para ela, sério. "Eu não estava pensando nisso."

"Ah." Ela abriu um sorriso hesitante.

"Até você tocar no assunto."

"Ah." O sorriso de Eve foi substituído por uma careta, até perceber que *ele* estava sorrindo, com uma inclinação sutil nos lábios e um brilho travesso nos olhos. "Ah! Seu besta."

"Você não devia chamar seu chefe de besta. Puxe." Como se estivesse seguindo as próprias instruções, ele começou a puxá-la para cima. Eve deu um gritinho e se agarrou à grama com a mão livre, até que Jacob gritou: "Não estraga meu gramado".

Bufando, ela soltou a grama e se agarrou à panturrilha dele. "Beleza. Mas vou chamar meu chefe de besta quando ele me provocar com total falta de consideração pela minha alma sensível."

"Eu nunca provoco", Jacob disse, com a voz baixa e tensa enquanto a puxava para fora da lagoa. Por um momento, Eve pensou nas mesmas palavras em outro contexto. Elas a invadiram, quentes, brilhantes e totalmente inapropriadas. "E não estou nem aí pra sua alma sensível", ele completou.

"Dá pra perceber", Eve retrucou. Ela já estava quase fora da lagoa, a parte de cima do corpo totalmente aparente. Os músculos de Jacob estavam contraídos e seu maxilar estava tenso, mas de alguma forma ele ainda conseguia, ao mesmo tempo, tirar da água uma mulher que claramente pesava mais do que ele — com uma mão só! — e evitar cair de volta na lagoa. Era um processo lento mas constante, e Eve suspeitava que, apesar de seus esforços para voltar à terra firme, não estava ajudando muito.

"Olha", ele disse, com a voz rouca. "Há tantas maneiras diferentes de não se sair bem nas coisas..."

"Sei disso, pode acreditar."

"E muito poucas delas são de fato controláveis. A vida tem variáveis demais." Ele conseguiu soar ressentido com a própria natureza da existência humana, o que Eve achou impressionante, ainda que não quisesse. "Quando se trata de se sair bem ou mal neste trabalho, você só pode me prometer uma coisa. E *vai* prometer", ele acrescentou, determinado.

"O quê?"

A resposta não teria sido mais surpreendente se ele a tivesse dado sem calça e de ponta-cabeça. "Que você vai tentar, por mim, Eve. Só isso. Tentar."

Ela ficou olhando para Jacob. Tinha ouvido mal? O rei dos padrões elevados e das regras controladoras? "Só... isso? Acha que isso basta pra que eu me saia bem?"

"Por que não? Você é uma mulher relativamente inteligente..."

"Relativamente!"

"Relativamente. Pode não ter bom senso, mas é inteligente." Eve quis se ofender, mas ele tinha aquele sorrisinho no rosto outra vez. Ela acabou tendo que se segurar para não rir, em vez de acabar com ele.

Só Jacob era capaz de fazer com que "relativamente inteligente" soasse como um elogio genuíno e sem reservas.

"Você também cozinha bem", ele continuou, "e tenho a sensação de que tenta ser uma boa pessoa, quando não está atropelando ninguém. E você é... determinada. Posso trabalhar com isso. Posso respeitar isso. Posso confiar nisso. Então, sim, acho que tentar basta. É o que eu preciso de você".

Tentar. Só tentar. Ela deveria se concentrar naquela parte, mas se viu repetindo, com evidente surpresa: "Respeitar?".

"É, Eve. Eu respeito você." Ele a olhou nos olhos e deu uma última puxada, com força.

Eve estava começando a achar que talvez não odiasse Jacob — e que talvez, o que era ainda mais chocante, ele não *a* odiasse — quando percebeu que estava voando para fora da lagoa. O voo terminou com ela batendo em Jacob, derrubando-o para trás e provavelmente quebrando algumas de suas costelas já baqueadas.

"*Merda*", ele xingou.

"Desculpa!" O mais rápido possível, Eve colocou o peso do corpo nas mãos e nos joelhos e ficou acima dele. Inclinou a cabeça para... verificar se tinha causado algum dano ou coisa do tipo, ela não sabia direito. Ao mesmo tempo, Jacob se apoiou em um cotovelo, e pareceu por um momento que eles iam bater uma cabeça na outra mas, de alguma forma, ambos pararam...

De modo que seus rostos ficaram a uns dois centímetros um do outro.

Ela presumiu que era seu rosto, pelo menos. Não conseguia enxergar direito, com o cabelo caindo em volta deles e bloqueando o luar. Mas sentiu o hálito dele em sua bochecha. Cheirava a pasta de dente e limão. E a lagoa, claro, mas foi o cheiro de limão que prendeu sua atenção. Havia algo no hálito de Jacob, ou no calor dele, ou na *proximidade* dele, que deixava seus movimentos lentos e restritos, como se ela tivesse mergulhado no mel.

"Desculpa", Eve repetiu, baixo. A palavra mal tinha saído.

Então Jacob recuou um pouco, ou inclinou a cabeça, ou fez alguma outra coisa, porque agora ela conseguia vê-lo. Havia calor em seus olhos, que lembravam o céu de verão, embora ele não estivesse sorrindo. Nem um pouco. Sua boca formava um beicinho suave e frouxo, os lábios ligeiramente entreabertos, como se tivessem acabado de ser beijados. Agora que Eve a via direito, era uma boca doce demais para as coisas cortantes que saíam dela.

"Tem certeza que não veio aqui só pra me matar?", ele perguntou.

"Absoluta."

"Mas você é tão boa nisso. Quase me mata por acidente com tanta frequência."

"Quieto", ela disse. "Estou tentando admirar sua boca, mas você está estragando tudo."

"Admirar minha...?" Ele se engasgou um pouco. Tossiu, piscou rapidamente e depois — se ela não estivesse enganada por causa da escuridão — ficou vermelho.

Para um babaca de coração duro, ele ficava vermelho com bastante facilidade.

E, para uma mulher tão inteligente — porque Eve havia decidido que era, sim, inteligente —, ela com certeza tomava muitas decisões ruins perto dele.

Estou tentando admirar sua boca? Por que raios ela havia dito aquilo? Estava chapada? Haveria cogumelos naquela lagoa que ela de alguma forma tinha... inalado ou o que quer que se fazia com aquele tipo de coisa?

Horrorizada, ela corou, se afastou, ficou de pé e espanou a terra dos joelhos. "Rá. Você devia ter visto sua cara."

Ele se levantou também, e um músculo de seu maxilar parecia pulsar. "Alguém já disse que seu senso de humor é uma merda?"

"*Você*."

"Eu estava certo." Jacob se virou de costas e começou a voltar para a casa.

"Aonde você vai?", ela perguntou, avançando molhada e sem jeito na grama.

Ele deu uma olhada por cima do ombro. "Tomar um banho."

Ela ficou esperando.

Jacob suspirou e parou de andar. "Você devia entrar pra tomar uma coca pelo menos. Se morrer por causa de alguma doença que pegou na lagoa, meu seguro vai subir ainda mais."

"Coca?"

"Pra matar o que quer que tivesse na água que você engoliu. É verdade", ele disse, tenso, e voltou a andar.

Reprimindo um sorriso, ela correu atrás dele. "Sabe, se está tão preocupado com o seguro, talvez devesse cercar a lagoa."

"Não tem a menor necessidade, Eve. Só você cairia nela."

9

Eles se revezaram no chuveiro.

Eve foi primeiro, claro. Ele não ia mandá-la para casa ensopada e imunda. De qualquer maneira, Jacob precisava pensar, o que não conseguiria fazer se ela ficasse perambulando por ali sem supervisão. Era melhor enfiá-la no banheiro, ouvir o barulho do trinco, se recostar na porta e calmamente perder a cabeça sabendo que Eve estava restrita a um único cômodo. Portanto, foi o que ele fez.

É claro que o plano era perder a cabeça com sua situação atual: sem camisa, coberto de algas, forçado a dividir o banheiro com uma funcionária para quem ele era incapaz de parar de olhar. Uma montanha de coisas inapropriadas, desconfortáveis e simplesmente erradas. Ele deveria remoer sobre aquela noite terrível por horas.

No entanto, quando se recostou à porta do banheiro e ouviu o barulho da água caindo no que deveria ser o corpo nu de Eve, seus pensamentos tomaram um caminho completamente diferente.

Admirando sua boca. Puta merda. *Puta merda.* Ele queria se perguntar o que aquilo significava, mas, mesmo para alguém que sempre pensava demais, só havia uma resposta possível. Ela tinha sido bem direta. Gostava da boca dele. Depois fingiu que estava brincando, mas Jacob não acreditava nela. Não era bem um especialista em ler as pessoas — na verdade, muito pelo contrário.

Ainda assim, não acreditava nela. Simplesmente não acreditava.

Portanto, a situação era: Eve gostava da boca dele, não gostava do que saía dela e no momento se encontrava nua em seu banheiro.

A última parte deveria ser irrelevante, mas Jacob não conseguia tirá-la da cabeça.

Ele estava olhando para a parede, tamborilando com os dedos da mão esquerda na coxa num ritmo frenético, quando ouviu o barulho do trinco de novo. Jacob só teve tempo de endireitar o corpo e se virar antes que a porta se abrisse e revelasse Eve. Ali estava ela, só de toalha — uma das toalhas *dele* —, com os ombros à mostra, brilhando com a umidade, as tranças no alto da cabeça e pingando. Um aroma de limão a envolvia como uma nuvem, e ele se contorceu por dentro. Ela tinha usado seu sabonete. Havia três tipos de sabonete líquido no chuveiro, para o caso de Jacob decidir variar, o que ele raramente fazia, de modo que o de limão estava muito mais vazio que o de hortelã e o de framboesa. Ela devia ter visto, devia ter notado, e usou o de limão mesmo assim.

Ela tinha usado o sabonete dele.

Jacob sabia que não havia nada de estranho nisso, considerando as circunstâncias. Ainda assim, entrou para a lista de coisas que não saíam de sua cabeça.

"Não se preocupa", Eve disse, "não quebrei nada." Foi então que ele se deu conta de que ficar esperando na porta do banheiro não era normal.

"Desculpa", ele murmurou, abrindo passagem. "Olha... meu quarto fica ali. Deixei algumas roupas pra você na cama. Pode..." Jacob sentiu as bochechas esquentarem e a voz falhar, sem saber por quê. "Pode se vestir lá. E depois ir pra casa. A gente se vê amanhã."

"Hum", ela começou a dizer, "sobre isso...", mas cometeu o erro de sair do banheiro, de modo que Jacob podia entrar. Foi o que ele fez na mesma hora, fechando bem a porta com rapidez atrás de si. Voltou a se recostar nela — de novo — e culpou o vapor pelo calor que percorria seu corpo. Quando fechou os olhos, tudo que conseguiu ver foram os ombros nus de Eve, as gotas de água cintilando como diamantes contra a luz.

E o sorriso dela. Jacob também via o sorriso.

Ele precisou de um longo banho escaldante para lavar o que quer que estivesse mexendo com sua cabeça. Quando finalmente se sentiu limpo — limpo de verdade, com a pele efervescendo — voltou a se sentir como si mesmo. Normal. Equilibrado. No controle. Sem correr risco de se fixar em alguma parte da anatomia de uma funcionária. Excelente.

Mas quando saiu do banheiro e foi para o quarto, a encontrou sentada na beirada de sua cama. Usando suas roupas. A camiseta branca e macia ficava esticada no peito e o short de basquete, justo nas coxas. Jacob claramente não tinha pensado direito na situação.

Ele podia ver os mamilos dela por baixo do tecido fino da camiseta. Merda. Aquilo não estava nos planos.

Eve olhou para baixo, talvez acompanhando os olhos de Jacob, depois voltou a encará-lo. Sem hesitar, jogou um travesseiro na cabeça dele.

Ele pigarreou, desviou os olhos e disse, com toda a sinceridade: "Obrigado".

"De nada. Sou uma deusa misericordiosa. Você estava secando meus peitos?"

"Não", ele disse, e era verdade. Ela precisava fazer perguntas mais específicas. "O que você está fazendo aqui? Eu não disse pra ir pra casa?"

"Hum, então, quanto a isso..."

"Você pode... sair por um minuto?", ele a interrompeu. "Estou cansado e quero muito me vestir." *E você está me deixando tonto. Você e seus olhos e seu corpo e tudo que eu sei a seu respeito me deixam tonto.* A desorientação deixava suas palavras e sua expressão mais cortantes. Eve pressionou os lábios e saiu, provavelmente ofendida pela aspereza dele.

Que era exatamente o que ele queria. Então por que diabos se sentiu murchar assim que ela se foi? Era aquele jeito de filhotinho, de novo. Jacob não queria chutá-la, por isso, quando o fazia, sentia necessidade de se desculpar. Com um suspiro resignado, vestiu o pijama e saiu do quarto, esperando alcançá-la antes que voltasse para sua casa, onde quer que fosse. Mas quando abriu a porta do quarto, ela estava bem ali, no corredor, olhando para a foto na parede.

Ele não a havia chutado com muita força, não a havia machucado de verdade ou afugentado. Talvez Eve estivesse começando a entender que, na maior parte do tempo, a brusquidão de Jacob estava mais relacionada a ele mesmo do que aos outros. Ele soltou o ar, foi até o seu lado e ficou olhando para a foto como ela.

O que Eve via ali?

113

Ele sabia o que ela via, claro. Tia Lucy, Jacob e o primo dele, Liam, reunidos, como se estivessem em um filme americano, na cerimônia inútil de "formatura" do ensino secundário. Eles moravam em Skybriar, portanto não usavam beca e capelo, e a construção grandiosa ao fundo mais parecia uma nave espacial em ruínas. Jacob saíra tenso e desconfortável na foto, porque se sentira tenso e desconfortável. Lucy parecia orgulhosa e baixinha entre os dois adolescentes. Liam sorria para a câmera como uma espécie de modelo, porque era um idiota.

Era o que Eve via. Mas o que será que *enxergava*? Devia ser algo além de uma foto de família, a julgar por sua expressão, que era branda. Seus olhos pareciam chocolate derretendo, sua boca estava delicadamente curvada, seu cabelo ainda preso. Para variar um pouco, ela não estava usando o fone de ouvido. Tinha orelhas pequenas, que se destacavam ligeiramente. Ele sentiu vontade de dar um peteleco nelas, o que não fazia o menor sentido.

Então ela perguntou: "Lucy criou você, não foi?".

Jacob passou a língua pela parte de trás dos dentes. "Conheci Lucy quando tinha dez anos."

Eve assentiu e apontou para Liam. "É seu irmão?"

"Meu primo. Liam. Ele não mora mais aqui. Por causa do trabalho."

"Ah." Ela fez uma pausa. "Então Lucy é sua tia de verdade. Digo, parente de sangue, e não uma amiga da sua mãe. Você e seu primo são muito parecidos."

Jacob ficou olhando. "Não somos, não." Liam era bonito, charmoso e poderia interpretar o *bad boy* por quem a mocinha se interessava numa novela, se não tivesse nascido para mexer com motores. Jacob via a semelhança, mas sabia que era mais afiado, mais duro e no geral mais estranho, de um jeito que tirava toda a beleza dele.

Eve franziu a testa, como se ele estivesse doido, e disse: "Como assim? Vocês são quase idênticos. Não consegue ver isso?".

Jacob tentou processar as muitas implicações do comentário, mas ficou com uma dor de cabeça que o levou a desistir. "Você achou que Lucy não era minha tia?"

"Ela te protege como se fosse sua mãe. O sobrenome de vocês é diferente, mas vocês são próximos o bastante pra você dar o nome dela à pousada. E você nunca falou sobre seus pais. Achei que talvez ela tivesse te adotado, criado ou coisa do tipo, e você não quisesse chamá-la de mãe."

"Ela me adotou. Sou filho dela." Ele pigarreou. "Legalmente, digo."

"Não só legalmente, pelo que estou vendo."

Jacob supôs que o comentário fosse sobre uma ligação emocional ou algo do tipo. Ele se remexeu, desconfortável, querendo mudar de assunto.

Mas pelo visto Eve ainda não tinha esgotado aquele. "Sinto muito pelos seus pais."

Ele piscou. *Eu também.* "Sente muito pelo quê?"

"Que eles... hum..." Ela pareceu desconfortável, afinal, enquanto entrelaçava os dedos e dava de ombros. "Sinto muito... pela sua... perda?"

Jacob percebeu onde ela queria chegar. "Sente *mesmo*? Porque não parece muito segura."

"Deus do céu, Jacob." Ela apertou os olhos e fez uma careta.

Ele decidiu pegar leve. "Meus pais não morreram."

Ela abriu os olhos na mesma hora. "Não?"

"Bom, talvez tenham morrido. Não tenho como saber, a esta altura. Da última vez que tive notícias, estavam vivos e bem, aterrorizando um vilarejo no sul da Itália. Isso já faz alguns Natais. Nesta época do ano, devem estar..." Ele pensou por um momento. "Na Tailândia? No Camboja? Talvez no Laos."

Eve ficou olhando como se ele estivesse falando em outra língua.

Com um suspiro, Jacob fez o que sempre fazia, desde o primeiro dia de aula em Skybriar. Arrancou o band-aid de uma vez só e contou tudo, como se não importasse nem um pouco. Era melhor acelerar logo para a parte em que as pessoas perdiam o interesse por sua história de vida.

"Meus pais são aventureiros internacionais, ou o que alguns chamariam de parasitas, aproveitadores ou canalhas imaturos. Me tiveram por acidente e não gostaram do resultado. Depois de mais ou menos uma década, desistiram de mim e voltaram pra Inglaterra por tempo suficiente pra me deixarem na porta de Lucy." Ele manteve a voz tão neutra e robótica quanto possível durante o relato, porque, se suas palavras fossem grades de ferro impenetráveis, ninguém se daria ao trabalho de olhar por entre elas. Ninguém veria a ansiedade com que havia crescido, acordando cada dia em um lugar diferente, na caçamba da caminhonete dos pais.

Ninguém saberia o que eles lhe disseram ao chegar em Skybriar naquele último dia: *Você vai ser mais feliz aqui, Jacob. Lucy tem mais tempo para lidar com suas... peculiaridades.*

Ninguém compreenderia o quão humilhante havia sido, no primeiro dia na escola, quando Jacob se dera conta de que todas as outras crianças sabiam ler e tivera que levantar a mão e sussurrar para a professora que ele... não sabia. Porque seus pais não tinham se dado ao trabalho de lhe ensinar. Porque tinham presumido, graças à sua fala lenta e ao seu processamento atípico, que ele não seria capaz de aprender.

Não, ninguém podia notar todas aquelas partes. Entretanto, quando Eve voltou seus olhos escuros e enormes para ele, com a testa franzida e os lábios pressionados em uma linha rígida, Jacob teve a estranha sensação de que ela havia notado tudo.

O que era impossível, claro. Mas mesmo assim.

"Então você conheceu Lucy aos dez anos", ela disse, afinal, "porque seus pais simplesmente... o deixaram com ela?".

Jacob decidiu não explicar que eles tinham *literalmente* o deixado, abandonando-o na porta de Lucy com a instrução de tocar a campainha depois que fossem embora. "Sim."

"E, antes disso, você... viajava pelo mundo com eles?"

"Sim." A maior parte das pessoas imaginava que aquilo seria uma infância idílica. Ele tinha consciência de que era dessa maneira que os millennials metidos a hippies gostariam de criar seus filhos.

Mas Eve pareceu horrorizada, provavelmente porque havia lido seus manuais, visto seu banheiro impecável e se dado conta de que passar os dez primeiros anos de vida na estrada tinha deixado Jacob fodido e o transformado na criança mais nervosa e perturbada da face da terra. "Puta merda."

"Sim."

"Tipo, *puta merda*, Jacob. Aposto que você odiava. Você odiava?"

Ele abriu a boca para dizer "isso não te diz respeito", mas três palavrinhas muito diferentes saíram com um suspiro. "Cara, e como." Jacob notou uma ponta de vulnerabilidade em sua voz e tentou não morrer de vergonha. Tentando aliviar o clima depois de revelar sua angústia, ele pigarreou e disse: "Ainda bem que eles acabaram caindo em si e me largando num lugar legal e tranquilo". Pensando bem, talvez o uso da palavra "largando" não aliviasse em nada o clima.

Com certeza não teve esse efeito em Eve. Na verdade, quando ele deu uma olhada rápida, ela não parecia estar achando graça nenhuma.

Sua expressão era suave, neutra, quase serena. Mas seus olhos ardiam. Em chamas.

"Seus pais parecem péssimos", Eve disse.

O instinto de Jacob era discordar, mesmo depois de tantos anos. Em vez disso, respirou fundo, lembrou de quantas vezes havia acordado sozinho no escuro, e assentiu. "É."

"Tem uma história na minha família, sabe?" Ela olhou para ele de repente. "Foi antes de eu nascer, mas minha avó adora contar. Minha irmã mais velha ainda engatinhava, e eles moravam numa mansão antiga. Quanto mais minha irmã explorava, e à medida que ela conseguia se comunicar melhor, ficava cada vez mais claro que ela não gostava de todos aqueles cômodos vazios. Ela preferia lugares menores, onde se sentia mais segura. Queria um quarto pequeno e corredores que não fizessem eco." Eve continuava olhando para ele enquanto falava. "Então meus pais venderam a casa."

Jacob queria poder desviar os olhos, queria não ter compreendido onde ela queria chegar. Só que ele compreendeu, e seu estômago se revirou de inveja. Ainda assim, conseguiu dizer: "Essa história é só pra contar que sua família é rica? Que momento interessante você escolheu pra fazer isso".

Eve revirou os olhos. "Você sabe que não se trata disso. É uma história sobre minha mãe, que sempre quer que tudo seja o melhor e maior, não compreender as necessidades da própria filha, mas as levar a sério mesmo assim. Porque é isso que os pais fazem. Levam os filhos a sério e os colocam em primeiro lugar. Na faculdade, conheci uma menina cujos pais tinham dois empregos cada um só pra pagar pela educação dela. Quatro empregos, Jacob, pra apoiar algo tão improvável como uma carreira em artes cênicas. Mas era disso que ela precisava, e isso era motivo suficiente pra eles. Porque os pais colocam os filhos em primeiro lugar. E só pela sua voz já sei, sem nem precisar perguntar, que os seus não fizeram isso. Eles não te colocaram em primeiro lugar. Nem tentaram."

Não. Não, eles nem tentaram. Trataram Jacob como um inconveniente, na melhor das hipóteses, e não se arrependiam disso. Ele se lembrava, às vezes, de como se sentia agoniado com isso.

117

Mas já não causava mais tanta dor. "Você tem razão", Jacob disse, rígido. "Eles estavam pouco se fodendo. Mas com tia Lucy foi diferente."

A chama assassina nos olhos de Eve se abrandou. Ela assentiu, parecendo satisfeita. "Que bom. Ela claramente merece você muito mais do que eles."

Merece você. Jacob não conseguia encarar a frase e tudo o que ela implicava. Podia fazê-lo sentir demais. *Eve* estava fazendo com que ele sentisse demais.

Talvez ela visse isso também, porque pareceu mais calma, sorriu e fez uma pergunta mais leve. "Você disse que aprendeu a falar francês com uma criança. Onde foi isso?"

"Fiquei amigo de um menino no Congo. Passamos mais tempo lá do que de costume. Acho que deu algum problema na caminhonete." Jacob deu de ombros, com mais suavidade que o normal. O modo como Eve o olhava tornava o assunto mais fácil. Não era como se Jacob fosse um rato de laboratório, ou como se tivesse sido criado por estrelas do rock e não fosse capaz de valorizar isso. Ela parecia compreender um pouco e querer compreender ainda mais.

A mão esquerda dele se flexionou ao lado do corpo.

"Enfim", Jacob disse, firme. "Está tarde." E estava mesmo. Ele sentia as pálpebras pesadas e a cabeça um pouco confusa, mesmo que seu sangue fervilhasse na presença dela. "Você precisa mesmo ir pra casa."

"Ah. Hum. Pois é." A serenidade dela foi substituída por um acanhamento que não podia ser bom sinal. "Sobre isso... e vê se não me interrompe dessa vez..."

Jacob a encarou. "O quê?"

"Só... não me interrompe, porque toda vez que tento explicar você me corta, e se eu não contar logo vou explodir."

"Do que está...?"

"Psiu", Eve fez. "Fica quieto." Então ela passou por Jacob e abriu a porta da sala de visitas, onde na verdade ele nunca recebia ninguém. Tanto que a havia transformado em uma espécie de academia, enfiando nela seu banco de musculação e a esteira ergométrica — não que qualquer um dos dois lhe fosse muito útil agora, por causa do pulso fraturado.

E porque, aparentemente, o banco estava sendo usado como cabideiro.

Jacob ficou boquiaberto ao olhar através da porta aberta para o que *deveria* ser uma sala desocupada e organizada. Havia roupas em seus aparelhos. Maquiagem sobre uma televisão antiga, que ele nunca ligava. O sofá-cama surrado estava aberto, com seu edredom e seus travesseiros extras espalhados em cima.

"Que porra é essa?"

Eve abriu um sorriso nervoso e movimentou as mãos. "Surpresa! Estou morando aqui!"

Surpresa. Estou morando aqui.

Jacob se virou para Eve, devagar. "Como?"

O sorriso dela fraquejou. "Ai, meu Deus, você está com cara de que vai me matar. Não ouse me matar."

"Tenho que confessar que estou pensando a respeito", ele disse, baixo.

"Não pensa! Minha mãe é advogada, sabia?"

Sério? Interessante. Com base no modo como Eve falava, Jacob presumira que ela vinha do tipo de família em que as mulheres não trabalhavam. Ele também havia se perguntado se Eve não estaria grávida e por isso fora renegada, o que explicaria ela ter se rebaixado a trabalhar na pousada. Jacob olhou para o quarto que ela aparentemente estava ocupando e chegou à conclusão de que, qualquer que fosse o motivo para aquela princesinha ter entrado em sua vida, devia ser algo muito pior, porque...

"Que tipo de pessoa dormiria voluntariamente nesse sofá-cama? Acho que nem tem mais molas."

Ela ignorou a pergunta. "Mont falou pra eu dormir aqui. Pra ficar de olho em você, sabe? Por causa da concussão, e também porque eu não tinha onde ficar e a pousada está lotada. Aliás, parabéns por isso. Fora que é mais conveniente pra mim morar aqui, com o trabalho começando tão cedo e tal. Claramente não atrapalho em nada, porque você nem notou que eu estava aqui, então..."

"Espera aí", Jacob disse, cortante, quando um pensamento lhe ocorreu. "Você tem usado meu banheiro?"

"Só um pouco", ela disse. "Bem pouquinho mesmo. Enquanto você está dormindo. E deixei tudo bem limpinho, pra você não perceber. E porque sou uma excelente colega de quarto."

Ele olhou para Eve. "Fala a verdade. Você já teve uma colega de quarto? Alguma vez na vida? Precisou dividir o quarto com sua irmã, ou na faculdade, algo assim?"

Houve uma pausa. "Bom, não", ela disse. "Mas divido um andar com minha avó e a namorada dela."

Divido um andar com minha avó e a namorada dela. Divido um andar. Com minha avó. E a namorada dela. "De onde foi que você *saiu*?", Jacob perguntou. "De um *palácio*? Algum tipo de palácio para senhoras lésbicas?"

"Gigi não é lésbica. É pansexual."

Jacob encarou Eve, depois a sala. "Quer saber? Estou cansado demais pra isso. Vou dormir."

Eve sorriu. "Então você não se importa? Posso ficar?"

"Sim, eu com certeza me importo, e não, você não pode ficar. A gente pensa em alguma coisa." Jacob não sabia muito bem no quê, mas alguma coisa. Ela não podia dormir no cômodo ao lado do dele, por Deus. Simplesmente... não era certo. Ou seguro. Ou outra coisa. De alguma forma. "Jesus, não acredito que você está dormindo nesse sofá-cama. Eu devia ter jogado esse troço fora há séculos. Se eu não..."

"Eu sei, eu sei", Eve disse. "Se não estivesse todo machucado e com o braço engessado, seria um cavalheiro e trocaria de lugar comigo."

Jacob desdenhou. "Porra nenhuma. Não, o que eu *ia* dizer é que, se não tivesse colocado todo meu dinheiro neste negócio, já teria trocado essa porcaria." Ele balançou a cabeça e se virou, deixando Eve sozinha. A cama o chamava, como uma sereia cantando. Ainda que se sentisse ligeiramente culpado só de pensar nela deitada naquela monstruosidade.

Como Eve havia dito, não dava para os dois trocarem de lugar. Ele precisava dormir com o gesso apoiado em um travesseiro.

Por que não dividir? A cama é bem grande.

Jacob congelou e se forçou a voltar a se mexer. *Saia daqui. Antes que diga ou faça alguma bobagem.*

"Enfim...", disse, esperando ter soado tão entediado e indiferente quanto deveria estar. "Se quiser dormir aqui, durma. Só não vai me acordar."

"Ah, que gracinha. Simplesmente encantador."

"Ninguém nunca me acusou disso", ele retrucou por cima do ombro.

10

A reunião do biscoito de gengibre, como Eve a chamava mentalmente, aconteceu dois dias depois. Ela havia entrado em uma rotina: fazia o café da manhã, limpava a cozinha e matava o tempo ligando para as irmãs, lendo Mia Hopkins ou pintando joaninhas nas unhas. Então voltava à cozinha, fazia e servia o chá da tarde, fofocava um pouco com os hóspedes enquanto Jacob ficava por perto, parecendo taciturno e reprovador, depois se recolhia à noite.

Não era lá uma rotina muito empolgante, mas tampouco era terrível. Na verdade, Eve estava gostando bastante.

Naquele dia, porém, depois do chá da tarde, sua rotina se alterou. Em vez de voltar para o escritório quando a cozinha estivesse limpa, Jacob ficou ali perto da lava-louças industrial e disse: "A reunião é hoje à noite".

Eve piscou. "Como?"

"A…"

"Ah, a reunião do biscoito de gengibre! Eu tinha esquecido!"

"Eu sei", ele disse, como se em profundo sofrimento. "Por isso estou lembrando você. De novo. E não fica chamando de reunião do biscoito de gengibre. É a reunião do Comitê do Festival do Biscoito de Gengibre de Pemberton."

"Certo", Eve disse, devagar. Parecia muito, muito, muito chato. Então uma ideia lhe ocorreu, e ela se animou. "Vão servir biscoito de gengibre pra gente?"

Jacob suspirou. "Te encontro na entrada às seis."

Como tudo relacionado ao lance do biscoito de gengibre era superimportante e muito sério, Eve vestiu uma das camisetas novas de que mais gostava — LEIA COMO SE O LIVRO ESTIVESSE QUEIMANDO — e passou um monte de sombra rosa. Ela se lembrou de que Jacob se ofendia com cor em excesso e passou um gloss rosa também. Seria bom para ele ficar alerta e preparado.

Os dois se encontraram na entrada de cascalho. O fim do dia estava quente, úmido e dourado. Ele tinha voltado ao modo Cem por Cento Jacob, tudo nele parecia ainda mais imaculado e preciso que antes. Com uma só olhada, Eve notou a manga da camisa perfeitamente costurada, a risca impecável no cabelo, as lentes dos óculos brilhando de tão limpas.

"Você está *nervoso*?", perguntou, ao mesmo tempo chocada e incerta.

Ele ficou vermelho, mas manteve a expressão séria. "Não. Você está usando *glitter*?"

"Claro." Ela esperou uma careta de reprovação, mas Jacob só a encarou por um longo momento antes de morder as bochechas por dentro e desviar os olhos. "O que foi?", Eve perguntou.

"O que foi o quê?"

"O que você ia dizer sobre o glitter, Wayne?"

"Nada."

"Ah, por favor. Coragem."

"Para com isso."

"Fala logo..."

"Você está bonita", ele soltou.

A boca de Eve se abriu, mas ela tinha perdido o poder da fala, tamanho seu espanto.

Jacob cerrou o maxilar e voltou a olhá-la nos olhos. "O que foi? Você que perguntou. Você fica bem de rosa. Na minha opinião. Achei que ficou bonita. Tá bom?"

Ela se engasgou. "Hum. Você está bem falante."

"Tem razão", ele disse. "Estou nervoso. E sofri uma concussão, não se esqueça. Por sua culpa, claro. Ah, olha. O carro."

Um Volvo preto com o logo da companhia de táxi na lateral parou na frente do portão. Eve piscou, distraída por um instante. "Você chamou um táxi?"

"É claro que chamei um táxi", ele disse, atravessando o cascalho.

"Achei que ia dirigindo."

Ele lhe deu um olhar irritado, que ela achou que foi merecido. "Eve, meu pulso está *quebrado*."

"Bom... é... *eu* poderia ir dirigindo!"

"Não vou me dar ao trabalho de responder."

Antes que ela pudesse se defender, o taxista enfiou a cabeça para fora da janela e perguntou: "Jacob Wayne?".

"Isso. Oi." Jacob abriu a porta e ficou esperando.

Eve olhou para ele, sem entender. Jacob estava... segurando a porta... para *ela*? Ela achou que sim, por mais inesperada que fosse aquela gentileza.

Mas antes que conseguisse superar a surpresa a ponto de se mexer, Jacob revirou os olhos, entrou no carro e bateu a porta.

Babaca.

Pemberton era uma cidade movimentada, com uma indústria gastronômica em ascensão, muitas trilhas e um histórico de escritores e engenheiros relativamente famosos. Também era responsável por cem por cento do crescimento dos negócios turísticos de Skybriar: esta recolhia o excedente de turistas, oferecendo a eles uma base pitoresca com transporte regular para a principal atração do condado.

A intenção de Jacob sempre fora aproveitar tal situação, mas ele nunca esperara uma oportunidade como aquela: a chance de participar do famoso Festival do Biscoito de Gengibre e imprimir a marca de sua pousada na mente dos frequentadores regulares de Pemberton. Em termos de marketing, era incrível, e levaria tudo o que ele havia feito até então pelo negócio ao próximo nível. Ou melhor: *poderia* levar, se a comida servida no festival fosse excepcionalmente boa.

Uma semana antes, Jacob estava se descabelando de preocupação com a possibilidade de não ter nenhuma comida para servir, muito menos de qualidade. Agora... bom. Agora ele tinha uma chef que o tinha atropelado havia poucos dias, que estava acampada no cômodo ao lado do seu e que entoava cantigas infantis inventadas sobre a rabugice dele todas as manhãs na hora do café. Ele não deveria se sentir tão confiante quanto se sentia.

E no entanto se sentia muito bem em relação às circunstâncias quando entrou na prefeitura de Pemberton.

Jacob era naturalmente pessimista, mas, naquele dia, seus pensamentos mais sombrios eram vagos e abstratos, em vez de reais e específicos. E ele sabia que isso se devia a Eve. Nos últimos dias, ela o tinha surpreendido e se provado competente, talentosa e, o mais importante, muito trabalhadora. Ele estava começando a admirá-la de verdade. O que era incômodo e um pouco preocupante, porque Jacob se conhecia e sabia que a admiração só pioraria a atração física inapropriada por aquela mulher — algo que não podia se permitir.

Ele a olhou de soslaio enquanto se aproximavam da mesa. Sua expressão parecia iluminada por algo que poderia ser interesse, seus lábios cintilantes estavam curvados em um sorriso gentil e seus olhos escuros brilhavam. Ele quis ficar irritado com a frase engraçadinha cor-de-rosa na camiseta branca, mas, quando viu que estava escrito LEIA COMO SE O LIVRO ESTIVESSE QUEIMANDO, teve vontade de abrir um sorriso. Jacob já havia notado que ela lia em um aplicativo do celular. Livros safados, a julgar pelas expressões muito fáceis de ler no rosto dela. Eve sempre parecia evasiva e furtiva quando alguém passava perto o suficiente para vislumbrar as palavras que ela devorava com tanta avidez.

Ele não devia ter reparado naquilo. Assim como não devia ter reparado em seu corpo sob a camiseta, ou as olhadelas que ela lhe lançava, como se também reparasse nele.

Merda, merda, merda, merda, merda.

"Jacob!" A líder do comitê do festival era Marissa Meyers, a diretora de marketing da confeitaria. Para um pequeno negócio ainda familiar, eles tinham uma equipe bem-organizada. Era o que Jacob queira um dia: um estabelecimento bem-administrado, rentável, conhecido pelo que fazia e com os melhores funcionários. Marissa, por exemplo, era excepcional em seu trabalho.

"Sentem-se, por favor. Fiquem à vontade." Ela sorriu, indicando as garrafas de água e os pratos de biscoito de gengibre no centro da grande mesa redonda.

Eve pareceu soltar um gritinho ao se sentar, e Jacob nem precisou olhar para saber que ela estava encantada com os biscoitos de gengibre.

"Obrigado, Marissa", ele murmurou. Então pegou um prato de biscoitos de gengibre e passou para Eve, porque, bom, seus braços eram mais curtos que os dele, e ela teria que se debruçar para alcançá-los.

Eve arregalou os olhos para ele, como se aquela mínima cortesia fosse algum tipo de milagre. Jacob sentiu que começava a ficar irritado e acalorado. Que saco. Só porque não era entusiasmado como um personagem de desenho animado não queria dizer que ele também não podia ser legal.

"Para de me olhar assim", ele murmurou, "e pega logo um biscoito".

A surpresa dela logo se dissolveu em um sorriso. "Sim, chefe", sussurrou, brincalhona, e pegou dois.

Jacob fez questão de não sorrir de volta.

Então uma voz à sua direita estourou a bolha que havia se formado em volta dele e de Eve. "O que aconteceu com o braço, Wayne?"

Ah. Sim. Havia... outras pessoas ali. Parecia que quase todo mundo já tinha chegado: o pessoal do sorvete, o pessoal do queijo artesanal, a professora que ia cuidar dos carros alegóricos feitos pelas crianças da região, o pessoal da comida tailandesa e por aí vai. O homem que havia falado era Craig Jackson, um florista de outra cidadezinha próxima. Ele era do tipo intrometido que fala alto, tinha olhos azuis bem redondos que pareciam estar sempre julgando e adorava interromper os outros. Inclusive Marissa. Jacob desconfiava que ele não seria chamado para participar do festival no ano seguinte.

Jacob, ao contrário, tinha se comportado da melhor maneira possível em todas as reuniões. Afinal, Marissa havia lhe dado essa oportunidade com base apenas no e-mail que ele lhe mandara meses antes, no qual fez uma lista de motivos pelos quais seu negócio seria uma excelente escolha para ocupar uma das barraquinhas do evento. Respeitá-la e prestar atenção no que ela dizia era o mínimo que Jacob podia fazer.

Ele se virou para Craig e disse apenas: "Fraturei o pulso". Seria de imaginar que aquilo era óbvio, com o gesso e tudo mais.

Craig deu uma risadinha que indicava que lá vinha besteira. "E como conseguiu isso, Spock? Fazendo sudoku demais?"

Jacob cerrou o maxilar. Não gostava que o chamassem de Spock. Ao longo da vida, tinha ouvido aquele nome ser dirigido a ele muitas vezes e sabia exatamente o que estava implícito. Sempre tinha vontade de esganar as pessoas que faziam isso, antes de se sentar com elas para uma longa e detalhada conversinha sobre por que o mundo seria um lugar muito melhor se elas parassem de se parabenizar por serem normais e começassem a aceitar o fato de que havia inúmeros tipos de normalidade, e que o tipo de Jacob era tão satisfatório quanto o de qualquer outro.

Em sua cabeça, a conversinha detalhada costumava envolver muitos xingamentos e ameaças violentas.

Infelizmente, Jacob não estava em posição de fazer ameaças violentas, uma vez que dependia do respeito profissional e da boa vontade de uma mulher que assistia a toda a interação com uma expressão inescrutável. Ele já tinha se resignado a sufocar sua raiva pelo bem maior — bom, pelo seu próprio bem maior —, quando Eve se inclinou para a frente e lançou um olhar fulminante para Craig.

Jacob piscou, surpreso. Não tinha se dado conta de que ela era capaz de um olhar daqueles. Mas, pelo visto, aqueles olhos grandes e expressivos eram tão bons em brilhar de maneira encantadora quanto em dar encaradas mortíferas.

"Spock", Eve repetiu, depois de engolir o biscoito que tinha na boca. "Do que você está falando?"

Craig hesitou por um momento. "Hã, é um personagem de uma das..."

"Não, eu sei quem é Spock", ela o cortou, como se Craig fosse um idiota. "Quero saber por que você mencionou o nome dele."

Craig fez uma pausa e então disse: "Bom... achei que fosse óbvio".

Eve abriu um sorriso doce e vago. "Não é", disse. "Explica pra mim."

Uma vez, quando era criança, Jacob tinha visto um mangusto comer uma cobra. Agora, ele se encontrava no mesmo estado de alarme e fascínio enquanto espectador.

"Bom", Craig repetiu, falando com desconforto dessa vez. "É óbvio que Spock é..."

Eve ficou à espera, piscando devagar.

"Spock é..."

"O quê?", ela insistiu.

"Bom, você sabe que Jacob é..."

Eve aguardou. Então repetiu: "*O quê?* Jacob é o quê?".

"Sim, sr. Jackson," Marissa disse. "Jacob é o quê?" Assim como Eve, ela esperou pela resposta com um sorriso enganosamente paciente.

"Hã...", Craig balbuciou. "É... Ah. Deixa pra lá."

"Tem certeza?", Eve perguntou.

"Não importa."

"Mas..."

"Eu disse que não importa!", Craig retrucou, com o rosto vermelho.

Jacob parou de achar aquilo divertido e foi tomado por uma fúria fria. "Não levante a voz com meus funcionários", ele disse, calmo.

Craig se ajeitou na cadeira, desconfortável, e desviou os olhos. "Minha nossa", murmurou. "Por que não começamos logo a reunião?"

"Nisso concordo totalmente", Marissa disse, séria. "Se puder não interromper mais os procedimentos, sr. Jackson. Somos todos muito ocupados e não temos tempo a perder."

Craig agora estava tão vermelho quanto um caminhão dos bombeiros. Ele lançou um olhar cauteloso na direção de Eve e Jacob e manteve o bico calado.

Marissa abriu o caderno à sua frente e passou por algumas páginas antes de começar a falar sobre a programação do evento. Mas na verdade Jacob mal ouviu uma palavra. Estava ocupado demais olhando para Eve, que havia tirado seu próprio caderno sabe-se lá de onde e começado a listar tópicos enquanto Marissa falava.

Ele olhou para a curva de seus cílios escuros, o brilho rosado do gloss em sua boca afiada e encantadora, os movimentos rápidos de sua mão pela página. Então viu o título que ela havia escrito na folha em branco.

Anotações para Jacob

Todo o ar saiu de seus pulmões, silenciosa e demoradamente. Ele já tinha notado que Eve ajudava todo mundo. Portanto, perceber que ela também o ajudava não deveria atingi-lo como um soco no peito — ainda assim, o golpe da surpresa fez o coração dele falhar um pouco.

Aquela mulher... Ele continuava esperando que ela o odiasse cada vez mais, mas parecia que ela o odiava cada vez menos. Ambos estavam se afastando, resolutos, das interações seguras e cortantes e se aproximando de algo perigosamente parecido com uma amizade.

Jacob realmente não sabia o que fazer com aquilo.

11

A família de Eve a via como a mais social das irmãs — mas só porque a mais velha era uma eremita, e a do meio, uma intelectual com um vago desdém pelo contato humano. Se Chloe ou Dani se dessem ao trabalho de tentar fazer amigos, provavelmente seriam muito mais bem-sucedidas que Eve — porque o método de socialização dela havia nascido do desespero e da observação cuidadosa. Suas risadinhas fofas e seu estilo topa-tudo eram um escudo, projetado para esconder o fato de que ela não se encaixava.

Era estranho, na verdade. Quanto mais Eve pensava a respeito, mais se achava parecida com... Jacob.

Bom, só um pouco. Só nas esquisitices.

Quando ele anunciou na manhã de sexta-feira que finalmente cuidariam da arrumação juntos, *só os dois*, Eve aguardou com paciência que a ansiedade a consumisse. Ela deveria estar uma pilha de nervos, tentando de todo jeito sustentar uma personagem que funcionava melhor em grupo, preocupada que ele a visse além da fachada e a achasse irritante, perturbadora ou inadequada.

Só que Eve se surpreendeu com uma sensação de pura serenidade. Porque, sério mesmo? Jacob não era como as outras pessoas. Ele a achou irritante desde o início e não se deu ao trabalho de esconder, de modo que ela deixou de se importar com isso. No fim, havia uma diferença entre o peso de ficar elucubrando sobre o que os outros poderiam pensar e apenas aceitar o que ela *sabia* que Jacob pensava, porque ele havia expressado tudo em voz alta.

Fora que ela ficava feliz de poder ajudar.

Por isso, quando Jacob a levou para pegar os materiais de limpeza, Eve se pegou dando pulinhos alegres atrás dele e cantando: "*Nós vamos ver o depósito, o maravilhoso depósito de Oz*".

"Minha nossa", Jacob resmungou. "De onde você tirou essa energia? Não estava reclamando esta manhã do horário que tem que acordar?"

"Acho que ando dormindo *tão* pouco que fico hiperativa", Eve disse.

"Tipo uma criança", ele comentou. "Maravilha."

"Enfim, você disse que eu podia cantar. Quando falou sei lá o quê, blá-blá-blá, nada de fone, Eve pode cantar."

Ela achou que ele fosse expressar arrependimento, mas tudo que Jacob fez foi murmurar, muito sério: "Ah. É verdade". E os comentários sobre a cantoria acabaram.

Para um rabugento inveterado, às vezes ele era bastante razoável.

Os dois entraram em um corredor com papel de parede verde e branco, onde Jacob pegou Eve pelo pulso e a fez parar. Seria de imaginar que, depois de todos os toques envolvidos no resgate da outra noite, ela já estaria acostumada ao contato físico com esse homem. Mas quando os dedos compridos dele pressionaram firmemente sua pele, Eve sentiu como se ele tivesse lhe dado um choque — deliciosas ondinhas de eletricidade percorrendo a superfície de sua pele.

Jacob a tocou casualmente, como se tivesse todo direito de fazê-lo, como se estivessem naqueles termos agora. Ela supôs que talvez estivessem mesmo, porque já o conhecia, pelo menos um pouco. E, de alguma forma, apesar das muitas características enervantes de Jacob, Eve gostava do que sabia sobre ele.

"Você tem que ficar quieta no depósito", ele murmurou. "Eu também. Há uma porta muito fina que o conecta ao quarto ao lado, e a saída de ar é a mesma."

"Ah", ela murmurou de volta. "Então... vamos sussurrar?"

"Vamos sussurrar", ele confirmou, então tirou do bolso um molho de chaves e abriu a porta do depósito. Era um cômodo pequeno e apertado, cheio de estantes abastecidas, iluminado apenas por uma janela alta e redonda na parede oposta. "Você precisa pegar os lençóis", ele disse, acenando com a cabeça para uma pilha de lençóis limpos numa das prateleiras. "Minha mão direita foi recentemente incapacitada por uma motorista perigosa."

Perigosa?! Bom, talvez aquilo não fosse um completo absurdo.

Eve reprimiu a culpa que agora lhe era familiar, olhou feio para ele — por uma questão de princípios, claro — e pegou os lençóis. Pegou também uma cesta de produtos de limpeza, só para se exibir. Então o ruído de vozes no quarto ao lado chamou sua atenção, e ela teve que se concentrar para não derrubar uma garrafa de alvejante, bater numa estante ou algo do tipo, porque Jacob a mataria. Talvez a espancasse até a morte com a caixa de pacotinhos de biscoitos e embalagens individuais de leite que equilibrava no braço esquerdo.

"Pega um cobertor também", ele disse, acenando com a cabeça para outra pilha de roupas de cama.

Eve seguiu as instruções dele — uma experiência nova para ela — e perguntou: "Pra que serve?".

"É um cobertor ponderado." Quando ela ergueu uma sobrancelha interrogando-o, Jacob suspirou. "Há quem prefira, Eve. Como o senhor que está hospedado no quarto Peônia. Agora vamos."

"Tá", ela murmurou, pensando que precisava pesquisar para que servia um cobertor ponderado. "Sabe, você devia deixar um carrinho aqui pra transportar essas coisas todas."

"Eu tenho um carrinho. Só que não posso empurrá-lo no momento, por causa do braço."

"Eu poderia empurrar."

Ele gargalhou baixinho. "Acha que vou deixar você circulando pela minha pousada com um carrinho? Acha que vou facilitar seu reino de terror desse jeito?"

"Minha nossa... A gente atropela alguém *uma vez*..."

"Você vai ter que conquistar o direito de usar o carrinho, srta. Brown", Jacob disse, seco, empurrando a caixa de biscoitos para ela. Depois se virou e se esticou para pegar o que parecia o maior spray de limpa-vidros do mundo na prateleira mais alta. Meu Deus, ela nem tinha pensado nos vidros. Jacob devia ter uma verdadeira fixação anal com os vidros.

Hahaha. Anal.

"Por que está sorrindo?", ele perguntou, olhando desconfiado para ela. Jacob continuava tateando a prateleira, que era alta demais para que conseguisse enxergar direito. Mas, da distância a que estava, Eve conseguia ver muito bem que ele não estava nem perto do limpa-vidros. Decidiu não avisá-lo ainda.

Em vez disso, sussurrou: "Eu estava pensando sobre você ter uma fixação anal. É engraçado, porque, sabe, você é... anal, hã, anal-re...".

"Retentivo", ele completou. "Espera, *não sou, não*. Só sou cuidadoso, muito obrigado. Cuidadoso, comprometido e..."

"Jacob."

Ele fez uma careta. "Tá. Sou anal-retentivo. Pode continuar me emocionando com a sua linha de raciocínio doida."

"Com prazer." Eve sorriu e se recostou numa estante. Uma porta bateu em algum lugar, e ela deu um pulo.

Jacob sorriu.

O cretino.

Eve prosseguiu: "Você é anal-retentivo e é um cuzão. Então é como um trocadilho. Ou um personagem duplo. Ou alguma outra coisa".

"Me faz um favor", ele zombou, "cala essa boca antes que eu ceda à tentação de te mandar embora".

"Mas é tão divertido ver você tentando se controlar."

Jacob abriu a boca, mas o que quer que fosse dizer foi cortado por uma voz que chegou pela saída de ar, fraca, mas clara. "Você foi um idiota no café da manhã."

Houve uma pausa. Então a resposta, baixa e perplexa. "Oi?"

"Você foi um *idiota* no café da manhã."

Eve arregalou os olhos para Jacob. "Meu Deus! Briga."

"Psiu!", fez Jacob, então voltou a procurar o limpa-vidros com vigor redobrado, o encontrou e já estava se preparando para sair quando as vozes ficaram mais altas.

"Que porra é essa, Sophie? Qual é seu problema ultimamente, hein?"

"O *meu* problema? Sabe por que marquei essas férias, Brian? Achei que era a pressão do trabalho que fazia você se comportar como um babaca o tempo todo..."

"Ah, não começa, Sophie."

"Mas você é *assim*..."

"Acha que isso são férias? Vir pra porra da região dos lagos e ficar numa pousadinha de merda?"

Jacob, que estava no processo de conduzir Eve em silêncio para a porta, congelou. Então virou a cabeça bem, bem, bem devagar e lançou adagas com o olhar na direção da saída de ar.

Ao que tudo indicava, os olhares malignos que ele havia dado para Eve até então não tinham sido nada demais. Eram coraçõezinhos apaixonados em comparação. Ela não tinha ideia de que um homem podia produzir uma malevolência tão palpável apenas com os globos oculares. Se Brian caísse duro naquele instante, talvez ela tivesse que denunciar que a causa da morte tinha sido Jacob. "*Pousadinha de merda?*", ele repetiu baixo, parecendo um vulcão prestes a entrar em erupção e queimar viva toda a vizinha. "*Pousadinha de merda?*"

"Viu? Esse é o seu problema!", Sophie disse. "Você acha que está acima de tudo. É incapaz de curtir o que quer que seja. Essa pousada é uma graça!"

Jacob fechou os olhos sanguinários. "Isso", murmurou sozinho. "Uma graça. Chupa, Brian."

Eve sabia que não era um bom momento para rir, mas talvez não conseguisse se segurar.

Como se tivesse lido os pensamentos dela, Jacob abriu um olho e ordenou: "Não faz barulho".

Ela mostrou a língua para ele.

"Talvez o meu problema seja que você é *um tédio*", Brian disse, que soava tempestuoso como um furacão, mas estava longe de parecer tão impressionante quanto.

Eve revirou os olhos e pronunciou com os lábios, sem som: *Homens*.

Para sua surpresa, Jacob fez cara de que concordava. "Total."

"Você não gosta de homens?", ela sussurrou.

"Depende. Não gosto de relacionamentos desequilibrados, e em geral a culpa é dos homens."

"*Eu* sou um tédio?" Sophie parecia estar no limite. "Brian, faz seis semanas e cinco dias que você não me faz gozar. Você acha que comer peixe com batata frita no Wetherspoons às quartas-feiras vale como um encontro e você perdeu o aniversário de trinta anos da minha melhor amiga porque estava vendo novela na TV. Você é chato pra caralho, e estou cansada de você agir como se eu é que fosse!"

Eve perguntou a Jacob: "Você não é muito fã de romance, hein?".

"Não exatamente", ele respondeu. Ela ficou surpresa que ele tivesse admitido isso. Então Jacob acrescentou, falando baixo e rápido: "Mas não me oponho. Não me oponho nem um pouco. Não tem nada de errado com... com o amor. Só acho que é difícil encontrar relacionamentos felizes de verdade. Em geral, uma pessoa vive decepcionada, o que torna a outra a decepção. Ou você é um Brian, ou uma Sophie, e prefiro não ser nenhum dos dois."

Aquelas palavras estavam tão perto dos pensamentos (ocasionais e totalmente deprimentes) de Eve, que o choque quase a derrubou. "É bom saber que não sou a única com péssimo gosto pra homens", ela murmurou. "Ou quem quer que você..."

"Mulheres", ele respondeu logo. "E não tenho péssimo gosto. É só como as coisas são às vezes. Finais felizes não são tão comuns quanto batidas de carro."

Eve piscou. Não queria se animar com a opinião sobre romance de *Jacob Wayne*, logo ele entre todas as pessoas no mundo, mas... nossa. "É uma ideia atraente", ela disse, pesarosa. "A de que relacionamentos ruins são apenas uma questão de probabilidade."

Jacob arqueou uma sobrancelha. "Os seus não foram?"

Então ele presumiu que ela teve relacionamentos ruins. Eve não podia se fazer de ultrajada, considerando que uma vez saiu com um cara que disse *"Wha gwan, rastaman?"* para o pai dela. "Faço escolhas ruins", explicou, com um sorriso provocante, porque sorrisos provocantes abrandavam tudo. Eram sua rede de segurança. Ela estava brincando? Estava falando sério? Quem saberia dizer? "Caso você não tenha notado, sou um tanto caótica na metade do tempo."

Os lábios de Jacob se contorceram. "Na metade do tempo?"

"É. Na outra metade sou uma funcionária responsável e cheia de vida nesta pousada."

"Pode apostar que sim."

"Sophie... eu... você..." Uma pausa trágica chegou pela saída de ar, fazendo os pensamentos de Eve retornarem ao drama da porta ao lado. "Seis semanas e cinco dias?"

"Ah, *desculpa*. Você achava que dez a quinze minutos metendo em mim em silêncio estava sendo o suficiente pra mim? Achava que eu gozava quietinha, totalmente imóvel? Considerei seriamente usar minha escova de dente elétrica pra gozar, Brian."

Jacob soltou um barulhinho estrangulado e derrubou o limpa-vidros. Quase conseguiu pegá-lo, mas tentou fazê-lo com a mão *direita*, de modo que o frasco escapou de novo.

Num ato reflexo, Eve caiu de joelhos e pegou o limpa-vidros a poucos centímetros do chão. Foi como uma super-heroína salvando um bebê ou algo tão impressionante quanto. Era uma sensação ótima, a de evitar um desastre em vez de causá-lo. Ela olhou para cima, sorrindo...

E deu de cara com o pau de Jacob.

Embora Eve provavelmente não devesse pensar naquela área como "o pau de Jacob". Era uma expressão de romances eróticos, e a situação não tinha nada a ver com romances eróticos. Devia pensar naquela região como a virilha dele, a braguilha da calça ou qualquer outra coisa nada sexy e desvinculada do pau dele. Ela ficou olhando por um momento para o contorno do volume pesado abaixo do cinto, mal resistindo à vontade de lamber os lábios. Não por causa do p... da virilha. Só porque sua boca de repente tinha ficado inexplicavelmente seca. Devia ser por causa de todos os acontecimentos.

"Levanta", Jacob sussurrou, com uma urgência na voz que ela nunca tinha ouvido antes. Nem mesmo quando caíra na lagoa. "*Levanta*", ele repetiu, e Eve se deu conta de que seu cérebro tinha entrado num modo de emperrar em um elemento particular do seu entorno, como um CD riscado. (No caso, o p... a *braguilha* de Jacob.) Ela estava prestes a se mexer quando ele segurou seu antebraço e a colocou de pé, com uma força tão impressionante quanto inesperada.

Ela ficou ao lado dele, se sentindo ligeiramente sem ar e sacudindo o limpa-vidros na mão como se fosse um troféu. "Consegui." Àquela altura era um comentário desnecessário, mas seu cérebro ainda estava meio lento.

O volume era tão grande. Tão... cheio.

À luz fraca do cômodo, Jacob parecia vermelho. Por que ele tinha corado?

Devia ser por causa do comentário sobre a escova de dente elétrica.

"É", Jacob disse, com a voz estranhamente alterada. "Que... que bom... Essa foi boa. Parabéns."

"Imagina. Eu não queria interromper os vizinhos e encerrar a conversa mais picante que já entreouvi."

Jacob piscou como se tivesse ouvido errado. Ela esperou que a confusão fosse substituída por um olhar de reprovação. Depois de um segundo em choque, no entanto, ele... sorriu. "Caralho, você não tem vergonha mesmo", disse, mas como se fosse um elogio. E tinha falado um palavrão. Eve tinha notado, ao longo daqueles dias, que Jacob só falava palavrão quando estava absolutamente no limite, ou quando estava brincando com Mont. Em resumo, quando estava sendo ele mesmo.

Caralho nunca tinha parecido uma palavra tão fofa.

"Eu nunca admitiria que queria ficar ouvindo a conversa", ele disse.

"Mas você quer. Você quer continuar ouvindo."

"É como um acidente de trânsito. O primeiro acidente de trânsito na minha memória recente de que não fui vítima."

Ainda que sentisse uma pontada de culpa, Eve fez cara feia para ele. "Pelo amor do biscoito de gengibre, Jacob Wayne, você está tentando fazer com que eu me remoa toda de arrependimento?"

"Sim", ele disse. "Porque isso te deixa desconfortável e tagarela, e você acaba dizendo coisas como 'pelo amor do biscoito de gengibre'."

Bom. Eve certamente não esperava aquela resposta. Ela hesitou, tentando desvendar o tom da voz dele, ao mesmo tempo caloroso, familiar e divertido. Não devia ser porque o tenso e impaciente Jacob Wayne talvez estivesse tentando dizer que *gostava* da falação dela?

Antes que ela pudesse decidir, ele voltou a falar, dessa vez sério. "É melhor irmos antes que um deles saia do quarto e a gente fique preso aqui." E se virou, como se não quisesse mais que ela visse seu rosto à luz que entrava pela janela.

E Eve teve uma sensação muito estranha de que, no fim das contas, ele gostava mesmo da falação dela.

Cinquenta minutos e dois quartos depois, qualquer conjectura sobre o que Jacob pensava havia cessado. Em vez disso, Eve já começava a fantasiar atropelá-lo outra vez.

"Mais esticado", ele disse, totalmente sem paciência. "Eve. Sério. *Mais esticado.*"

Arrumar uma cama seguindo os padrões ridiculamente elevados de Jacob era difícil pra cacete. Trocar os lençóis? Pior ainda. Trocar a capa do edredom? A única tentativa que Eve fez ia assombrá-la para sempre. Sério, a maioria das pessoas sensatas não aceitava que o edredom sempre ficaria um pouco embolado ali dentro?

Bem, Jacob Wayne não era uma dessas pessoas.

Por outro lado, Eve nunca o tomou por sensato mesmo.

"Mais esticado", ele repetiu, pela milésima vez.

Mais esticado, ela o imitou sem produzir som, fazendo uma careta.

"Eu vi isso."

"Viu nada!", ela disse, ultrajada. "Você está atrás de mim!"

"Tem um espelho na sua frente."

"Ah." Eve ergueu os olhos e lá estava, em cima da cômoda. Ela viu a si mesma com o corpo desconfortavelmente dobrado enquanto tentava reproduzir os cantos perfeitos que Jacob conseguia fazer mesmo somente com a mão esquerda — mas que ela parecia não conseguir de jeito nenhum. Não fazia nem uma hora que se ocupavam dessa arrumação bizarra, e a camiseta novinha de Eve, que tinha VERDADEIRA HEROÍNA escrito, já se agarrava à leve camada de suor que cobria sua pele, enquanto suas tranças escapavam do rabo de cavalo. Ela estava com uma aparência péssima.

Jacob, por sua vez, estava confortavelmente sentado na poltrona com braços atrás dela, arqueando uma sobrancelha sardônica e parecendo um vilão. O gesso branco poderia até ser confundido com um gato. A qualquer momento, ele começaria a se acariciar nefastamente.

Hum. *Se acariciar.* Ela se divertiu por um momento com ideia antes da imagem de Jacob naquela mesma poltrona, sem camisa e talvez um pouco molhado, com uma mão no pau duro, tirar o sorriso de seu rosto.

Afe. De onde tinha saído aquilo? Ela realmente precisava ler menos obscenidades antes de dormir.

Ou talvez mais.

O reflexo de Jacob franziu a testa para ela. "Por que está me olhando assim?"

Boa pergunta. *Não pensa em sacanagem com seu chefe, Eve.*

"Eu só estava pensando que sua bunda já deve ter melhorado", ela disse, deixando todas as fantasias ilícitas de lado, "porque você passou o dia inteiro sentado hoje".

O comentário tinha a intenção de irritá-lo, mas um sorriso surgiu no rosto de Jacob. Seu sorriso afiado e lupino — que mostrava os incisivos tortos e formava rugas em volta de seus olhos claros — a fazia pensar no sol refletido na neve fresca. "Se você ainda tem energia pra ser respondona, deve ter energia para esticar o lençol direito", ele disse.

"Ser respondona? Você está se aproveitando demais da situação."

"Claro que sim." Ele se ajeitou na cadeira, se esticando como um príncipe insolente. "Estou começando a achar que nasci pra dar ordens."

"Está só *começando* a achar?", ela murmurou.

"Tem razão. Eu sempre soube disso." Jacob acompanhou os esforços de Eve mais um pouco, suspirou e se levantou. "Mas acho que já chega de tortura por hoje."

"Não", ela disse, desviando os olhos. "É só uma cama. Eu consigo."

"Você..."

"Eu consigo! Me dá um minuto." Só que ele já tinha explicado que a arrumação era corrida por causa do horário do check-in, e Eve estava mais lenta do que deveria. "Era pra eu te ajudar, não te dar mais trabalho."

"Eve." Ele já estava ao lado dela, olhando-a com uma expressão indecifrável, uma parte cenho franzido, e duas partes de algo que poderia ser ternura. Ou talvez um desejo terno de a estrangular.

"É o seu primeiro dia de arrumação", ele disse, devagar. "Estou te ensinando como funciona. Você está treinando. Não preciso nem espero que pegue tudo direitinho na hora. E a despeito dos seus instintos maternais, *ajudar* não significa *fazer tudo por mim.*"

Ela soltou o ar e se levantou, sentindo a inadequação se agarrar a seus membros como uma trepadeira. "Não sou maternal", murmurou, mas não estava pensando no que ele tinha dito, e sim na trepadeira.

Em geral, quando Eve tinha aquela sensação de que não era boa o bastante, fazia o que achava mais sensato e fugia. Dava o fora. Desistia. Qualquer coisa para impedir que a inadequação a botasse para baixo de novo. Mas, dessa vez, ela se recusava a fazer isso. Porque, pelo amor de

Deus, era só uma cama. E porque desistir daquele emprego significaria desistir de Jacob. Significaria decepcioná-lo. O que ela não queria fazer, já que, hã, estava em dívida com ele, ou algo do tipo.

De todo modo, Eve meio que gostava daquele trabalho. Gostava da pousada. Portanto, não ia desistir naquele dia.

"Você *é* maternal", Jacob insistiu. "Mas, pra nossa sorte, não me importo. Agora anda. Segura ali pra mim, pra manter esticado." Ele apontou para um ponto na extremidade da cama, depois inclinou o corpo para dobrar o lençol com o qual ela tinha brigado. Em segundos, fez o canto perfeito. Com a mão esquerda. Eve se apressou em segurar onde Jacob tinha pedido, ligeiramente deslumbrada com a visão dos dedos compridos e hábeis dele puxando e dobrando o tecido. E com a ideia de que ele estava debruçado, e que visão ela teria se estivesse atrás dele. Infelizmente, os dois se encontravam frente a frente.

Droga.

"Hã, desculpa ter te atrasado hoje...", ela disse, sem graça.

"Na verdade, eu estava contando com a possibilidade de demorarmos mais", ele a interrompeu. "Estamos dentro da programação."

"Amanhã vou me sair melhor", Eve insistiu. "Sempre me saio melhor em tarefas novas depois que tenho um tempo pra pensar a respeito. Ou visualizá-las. Ou quebrá-las em passos, ou... você entendeu."

Ele a olhou de um jeito estranho e disse: "É engraçado, mas, sim. Entendo mesmo. Mas... olha, Eve, seu desempenho foi... *aceitável* hoje."

Ela o encarou. "Como?"

"No café da manhã." Ele fez uma pausa, enquanto esticava ainda mais o lençol, provavelmente além do necessário. Talvez tão esticado que corria o risco de rasgar o tecido de algodão grosso e de boa qualidade. Em algum momento da conversa, o rosto de Jacob tinha se tornado uma máscara rígida de desconforto. Eve não fazia ideia do motivo. "Você... boa comida."

Minha nossa, ele tinha parado de usar verbos.

"E é multitarefas", ele prosseguiu. "Você... fala bem com os hóspedes, sabe? Enquanto trabalha. Eu não consigo. Fico... impressionado quando vejo você fazer isso." Jacob quase se engasgou ao dizer "impressionado".

E Eve quase se engasgou ao ouvir.

Fico impressionado quando vejo você fazer isso. Bom, estava explicado por que razão Jacob parecia tão desconfortável. Ela tentou se lembrar dele elogiando quem quer que fosse, incluindo o leiteiro, que entregava seu produto em garrafas de vidro com etiquetas claras, de quem Jacob parecia gostar muito, mas não lhe ocorreu nada.

"E a reunião à qual a gente foi", ele continuou. Jesus, ainda não tinha terminado. Ele endireitou o corpo e passou as palmas na calça. Seu rosto era puro sorvete de framboesa, seu maxilar estava duro como diamante e seus olhos gelados piscavam de maneira incerta, como se tivesse receio de que Eve pudesse jogar os elogios hesitantes na cara dele. Mas, ainda assim, seguiu em frente.

"Você... se saiu bem", Jacob disse. "Você... não é caótica. É isso. Não a julgar pelo que estou vendo."

Ela olhou para ele, confusa e atordoada com a onda repentina do que só podia ser chamado de reafirmação. Elogios eram uma coisa — estranha e inesperada —, mas, o que realmente a impactou e se agarrou a ela foi a suspeita de que ele tinha começado a elencar pontos positivos para fazê-la se sentir melhor.

Jacob não queria que ela se sentisse mal. Estava tentando reconfortá-la. Tinha ouvido o que ela dissera sobre escolhas ruins, sobre não se sair bem, e estava tentando... *discordar.*

"Obrigada", ela disse suavemente, abrindo um sorriso.

Ele pareceu um pouco alarmado. "Bom... não precisa ficar tão satisfeita. Só estou te dando um retorno quanto ao seu desempenho profissional."

Uma risada subiu por dentro dela. "Não acredito."

Ele fungou e olhou para o próprio nariz. "Acreditar no quê?"

"Não consigo acreditar que, embaixo de toda a grosseria, você aparentemente tem litros de inteligência emocional. Muito mais do que eu, pelo menos. Como foi que escondeu isso até agora?"

Jacob revirou os olhos. "Já chega, Eve." Mas as palavras não fizeram sua cor voltar ao normal. "Este canto está pronto. Agora vem aqui pra eu fazer este lado."

Ela obedeceu em silêncio, ainda olhando para ele meio incrédula. Esperando que alguém tirasse a fantasia de Jacob e a atacasse. O que não aconteceu. Claro que não. Porque ele sempre foi assim.

Só que escondia. Como um segredo. E compartilhava só com quem queria.

A ideia de que ela fazia Jacob querer dividir isso deixou Eve desconfortavelmente perto de desmaiar.

"Obrigada", ela disse, afinal. "Você é fofo, sabia? Obrigada."

"Se me chamar de *fofo* de novo, vou fazer uma reclamação no rh."

"Quem é o rh?"

"Eu."

Ela sorriu e, pelo que pôde ver de seu perfil ao se virar, ele também.

Então Jacob estragou o momento perfeitamente platônico ao se debruçar de novo, dessa vez com Eve atrás dele. Agora não precisava *imaginar* que o movimento exibiria uma bela bunda; ela podia *ver* que sim. Era uma bunda empinada, que preenchia bem a calça cinza que ele usava e chegava a esticar as costuras por causa da posição. Eve ficou ligeiramente hipnotizada. Talvez seu queixo tenha caído. Baba ameaçou cair como chuva na primavera. Isso não era bom.

Em geral, Eve Brown era uma mulher fogosa. Ela sabia disso. Gostava de tudo relacionado aos homens, de cílios compridos, dedos cutucando o rótulo das garrafas de cerveja até sair, ou pernas esticadas e cruzadas na altura dos tornozelos. Se quisesse, poderia continuar listando todas as coisas que chamavam sua atenção. Assim, notar Jacob de certas maneiras não deveria, em tese, ser motivo de preocupação.

Só que ela não estava simplesmente *notando* Jacob. Às vezes seu sorriso atraía os olhos dela como a porra da gravidade, o que era um problema sério. Ela gostava da pousada, gostava de trabalhar bastante e de se sentir semicapaz, para variar, gostava de se comportar como a porra de uma adulta. Não ia foder com tudo ficando apaixonadinha pelo chefe. Ainda mais considerando que o chefe talvez fosse... meio que... mais ou menos... seu amigo.

"Nós somos amigos?", ela falou do nada, só para garantir.

Jacob olhou para ela parecendo genuinamente surpreso. Fazia sentido, já que era meio que uma mudança de assunto. "Hã..."

"Desculpa, é que eu estava pensando... você sabe. Estamos nos dando bem melhor agora."

"Em comparação com a semana passada, quando eu estava tentando te espantar com minha grosseria e você estava..."

"Se você disser 'me atropelando' mais uma vez, vou acabar com você."

"Batendo em mim com um veículo motorizado?"

Ela revirou os olhos enormemente. "Sim, Jacob. Desde então."

Ele fez uma pausa antes de responder. "Bom. Não sei. Com certeza estamos sendo mais *amistosos*. Mas isso não é muito difícil."

"Sabe, quando entrei nesse assunto, achei que essa era uma pergunta com resposta do tipo sim ou não."

"E é", ele disse rápido. "Quer dizer, seria. Deveria ser. Mas eu..." Jacob deixou a frase incompleta, e ela notou a vermelhidão familiar aparecendo nas bochechas dele.

A visão acabou com qualquer hesitação que Eve pudesse ter e lhe deu confiança total. Ela se pegou sorrindo, se inclinando na direção dele e o provocando. "Mas você o quê?", perguntou, meio cantarolando.

Jacob pigarreou. "Eu não sei. Como alguém teoricamente... oficialmente, digo... hã, decide. Bom, a questão é: quando fiquei amigo de Mont, a gente era criança, e ele meio que tomou a iniciativa. Depois disso, não me dei muito ao trabalho, então... hum."

Eve ficou olhando para ele e se esforçou para não sorrir. "Minha nossa, você é igualzinho à Chloe."

"Como?"

"Minha irmã mais velha, Chloe. Ela passa o dia todo olhando feio pro carteiro e evitando contato humano. Aí, quando quer ser amiga de alguém de verdade, nem sabe como agir."

Jacob soltou o ar de um jeito que parecia quase aliviado. "Ah. É. Chloe parece mesmo muito... familiar."

"Que bom." Eve sorriu. "Porque sei lidar com o desconforto social dela. Então sei lidar com o seu também." Na verdade, Eve havia tido uma ideia perfeita. Provavelmente era uma ideia boba, mas talvez ela a levasse adiante mesmo assim.

Jacob piscou. "Isso não parece um bom presságio."

"Não parece?"

"Não."

"Tá, mas não parece *mesmo*?"

"Eve. Não parece."

Ela sorriu. "Você vai ter que esperar pra ver."

12

JACOB: Que diabos você está fazendo aí?

Enquanto esperava por uma resposta, Jacob se deitou de costas na cama e ficou encarando o teto banhado de sol. Grunhidos e batidas misteriosos continuavam vindo do cômodo ao lado. Ele precisou mandar uma mensagem para Eve, não porque achava que ela podia estar fazendo algo terrível, mas porque o barulho ininterrupto tornava mais difícil ignorá-la.

Embora sempre fosse difícil ignorá-la.

Fazia uma semana que eles meio que moravam juntos. Ele a ouvia pela manhã, saindo da cama de madrugada, bocejando como um personagem fofinho de desenho animado. Quando Jacob descia para ajudar com o café da manhã, tentava não se admirar com a pessoa que ela havia se tornado na cozinha — ela se movimentava como uma espécie de caos controlado, como o olho da tempestade, cozinhando, encantando a todos, limpando e ainda dando um jeito de provocá-lo no meio-tempo.

Mais tarde, os dois subiam e ele observava Eve brigar com os lençóis e limpar os espelhos com uma determinação impressionante, depois posicionar com perfeição os biscoitinhos de cortesia. Vê-la tentar, tentar e eventualmente conseguir fazer e ser bem-sucedida, quando ela mesma esperava fracassar... bom... Era difícil para Jacob não ficar pensando nessas coisas.

Era difícil não ficar repassando as lembranças depois, como alguém que desfruta lentamente o sabor de uma trufa de chocolate na boca.

Era difícil não se perder em rememorações enquanto se ensaboava no chuveiro, quando se deitava no escuro à noite, ou mesmo... merda, mesmo durante os momentos mais tranquilos no escritório. Às vezes, Jacob pensava nas piadas fáceis de Eve, na determinação de Eve, na falação de Eve, e suas veias quase explodiam dentro do corpo.

Ele tinha decidido não investigar o motivo.

Seu celular vibrou e ele o pegou com uma velocidade que não tinha nada a ver com o fato de que esperava uma mensagem de Eve. O que era ótimo, porque não era uma mensagem de Eve, mas de um casal que ia chegar no dia seguinte e queria confirmar o horário do check-in pela terceira vez — como se Jacob não tivesse mandado todas as informações em um e-mail altamente detalhado, no qual incluiu as respostas para as perguntas mais frequentes dos hóspedes.

Apesar de se orgulhar de seu serviço de atendimento ao cliente que respondia com rapidez independente do horário, Jacob suspirou e deixou o celular de lado.

Outra batida soou através da parede, seguida por um gritinho. Ele ficou tenso e pensou em checar como Eve estava, depois se perguntou que porra achava que estava fazendo. Ela era uma mulher adulta. Não precisava que Jacob saísse correndo em seu socorro como um pai preocupado. Ele não devia nem ter mandado a mensagem, porque não se importava com o que ela estava fazendo. Não...

O celular vibrou de novo. Ele o pegou. E sorriu.

EVE: Acha certo se aproveitar das informações do cadastro dos funcionários para perturbar um deles em sua própria casa, sr. Wayne?

Tecnicamente, ela não lhe dera seu número de telefone, mas precisara incluí-lo no formulário de contratação, e ele o salvou na agenda. Algo perfeitamente normal de fazer — aliás, era o procedimento na pousada, consagrado em seus manuais. Jacob também salvara o número da chef anterior, caso precisasse ligar para saber por que estava atrasada ou coisa assim.

É claro que, com Eve, ele poderia simplesmente bater na porta do quarto temporário dela.

Não que tivesse feito isso, desde que descobriu que ela estava morando ali. Porque e se ela... e se ela estivesse se trocando? Ou se estivesse pelada, pintando as unhas do pé de rosa, algo que Eve parecia fazer? Ou...

Ele apertou o pau com a base da mão, sem nenhum motivo em particular. Só porque quis.

JACOB: Em sua própria casa, é?
EVE: Tenho direitos nessa ocupação.

Ele riu — riu alto, e sentiu a faísca de calor que se acostumou a sentir perto dela. Achava que, até então, nunca tinha se sentido tão tranquilo com alguém tão rápido, ou que tivesse aprendido o ritmo de outra pessoa bem o bastante para brincar daquele jeito sem antes passar meses a observando cuidadosamente. Mas Eve era tão aberta, sempre tão bondosa, que Jacob não conseguia evitar.

E, como ela chamara o que tinham de amizade, ele nem precisava se preocupar de que todo esse calor pudesse significar outra coisa.

EVE: Estou fazendo barulho demais? Não quis incomodar.
JACOB: Não tem problema. Só estou curioso. Você não está usando meus pesos, né?
EVE: Não posso usar?
JACOB: Pode. Só não quero que quebre o pé.
EVE: Porque isso aumentaria o valor do seguro. Mas também seria o troco pelo pulso, então...

A verdade era que ele vinha pensando menos no seguro e mais em manter Eve segura e ilesa. Se ela se machucasse, podia chorar; se ela chorasse, talvez ele morresse.

Ou algo do tipo.

Tinham lhe dito no hospital que a concussão havia sido leve. Mas, depois de uma semana pensando coisas cada vez mais estranhas sobre sua chef, ele começava a desconfiar que o diagnóstico não tinha sido acertado.

JACOB: Fazer você arrumar mil e tantas camas esta semana já serviu de troco pelo meu pulso. Não vai quebrar o pé, por favor. O que está fazendo?
EVE: É surpresa.

Surpresa? Jacob considerou a palavra sob vários ângulos, examinando-a bem antes de decidir que sim. Meio que sugeria que ela estava fazendo algo para ele. Ou algo que teria impacto nele. Talvez estivesse pintando a mesinha de canto antiga dele de um tom horrendo de laranja.

Ou talvez...

EVE: Tem a ver com o lance da amizade. Está livre esta noite? Pra fazer um negócio como amigos?

Ou talvez aquilo. Talvez aquilo.

Eve estava, e não era exagero, uma pilha de nervos.

Ela estava em pé no meio do cômodo, de braços abertos (como se seu corpo pudesse esconder a "surpresa" logo atrás), esperando Jacob chegar. Ele não tinha respondido a mensagem, mas Eve podia ouvir seus movimentos no quarto ao lado e as molas da cama rangendo quando ele se levantou.

Seu celular vibrou na mão, e ela olhou rapidamente para a tela. Tinha cinco mensagens não lidas de Flo — links do Pinterest, ideias de temas e outras coisas relacionadas à festa que, por algum motivo, fizeram o estômago de Eve revolver. Ela não queria pensar a respeito, portanto simplesmente ignorou Flo e deu uma olhada no grupo de mensagens que tinha com as irmãs.

Você não pode ignorar Florence para sempre. Não pode ignorar seu futuro para sempre.

Não, não para sempre. Só... agora. Enquanto estava ali, esperando por Jacob. Só agora.

DANI: Topam uma chamada de grupo hoje à noite? Acabei de terminar

um artigo horrivelmente limitado sobre o futuro do feminismo e preciso espairecer.
CHLOE: Aqui é o Red. Chloe pediu pra dizer que não pode falar agora porque está jogando. Acho que termina em uns quinze minutos.

Eve digitou sua resposta rapidinho, já ouvindo a porta do quarto de Jacob se abrir.

EVE: Não posso, reunião com o chefe.
DANI: Às oito da noite?
EVE: Talvez dure a noite toda, ele é maníaco por detalhes.

E ela estava animada para ouvi-lo implicar com detalhes sem importância.

Uma batida suave soou na porta. Eve jogou o celular no banco e disse: "Pode entrar".

A porta se abriu e revelou Jacob com o jeans e a camisa que ele considerava casuais e uma expressão incerta no rosto. Mas sua boca estava relaxada, e seus olhos pareciam sorrir, resultado de dias cozinhando, discutindo e esfregando banheiros juntos. Eve gostava daquele relaxamento. Gostava daquele sorriso.

Porque eram amigos, claro. E ela estava prestes a provar isso.

"Tchãrã", Eve disse, sacudindo as duas mãos enquanto ele olhava para o quarto que ela havia reorganizado. "Programa de amigos!"

Jacob não respondeu. Só ficou... observando, daquele jeito afiado e preciso dele, seus olhos passando por todo o espaço como se estivessem catalogando tudo. Eve se perguntou o que ele via.

Bom, ela sabia o que ele via: seus aparelhos de academia empurrados para um canto, o sofá-cama em que Eve vinha dormindo — ou melhor, que a vinha torturando — virado de frente para a janela. As cortinas bem abertas, revelando o pôr do sol, quente e lânguido, que iluminava as montanhas de travesseiros que ela havia roubado do depósito. Porque Jacob gostava de ninhos, e Eve havia guardado essa informação daquela primeira noite estranha na pousada — a noite que ele tinha esquecido completamente.

Ela havia feito um ninho para ele. Não para dormir, claro. Não, os dois só iam se sentar ali, assistir ao sol se pôr e ouvir música, porque Eve havia notado que Jacob parecia conhecer todas as músicas que ela cantava e queria testá-lo e lhe mostrar coisas que ele poderia gostar, e talvez conhecer músicas novas de que *ela* pudesse gostar. E tinha comida também, porque encontros entre amigos precisavam ter comida.

Apesar de que, quanto mais tempo Jacob ficava em silêncio, mais Eve pensava na cama que havia mudado de lugar e nas luzes que havia suavizado, e aquilo parecia cada vez menos um encontro entre amigos e mais um encontro de verdade, meio desajeitado e de baixo orçamento.

O que absolutamente não era para ser o caso.

E Jacob com certeza não ia querer isso.

Ah, que bela merda.

"É uma experiência de aproximação controlada", Eve disse, porque de repente uma explicação pareceu necessária. "Quer dizer, hã..."

"Eu sei o que você quis dizer", ele afirmou.

Ela engoliu em seco e esperou que ele dissesse mais alguma coisa. Ele não disse. Então tá. "Porque, sabe, você não tinha certeza de como oficializar nossa amizade, então pensei..." Bom, ela não tinha pensado muito. Ela tinha feito tudo isso movida mais por instinto. Ou um desejo estranho e inexplicável de ficar com Jacob sem que houvesse outras distrações e só... conversar.

Ai, meu Deus.

Depois de um tempo ela disse: "Pensei em fazer uma noite específica pra que você pudesse falar: *É, só amigos fazem isso, foi nesse momento que nos tornamos amigos*, então...".

"Bom", ele cortou, "está funcionando. Porque tenho certeza de que só uma amiga faria algo legal assim pra que seu amigo se sinta confortável pra chamá-la de amiga. Ou... ah, sei lá. Só você, Eve. Só você". Ele fechou a porta e esfregou uma mão no rosto, como se tentasse esconder o sorriso. Só que era impossível esconder, porque nossa, era um sorriso enorme. Grande o bastante para que Eve, cujas mãos suavam, começasse a se acalmar, e para que seu coração batesse em um ritmo mais aceitável.

Ela estava aliviada, claro, que Jacob não tivesse entendido aquilo errado. Fora tola de pensar que ele poderia ter entendido errado. Por que ele entenderia errado?

"Então", Jacob disse, indo na direção dela. Ele olhava ao redor repetidas vezes, como se estivesse ávido para absorver tudo. E pela primeira vez ocorreu a ela que, apesar de parecer não estar nem aí, talvez Jacob ficasse tão feliz com a ideia de alguém gostar dele quanto Eve ficava.

Ele parecia mesmo feliz. Ela o tinha deixado feliz. A ideia se abriu como uma flor em seu peito, que ameaçou dar lugar a um jardim.

"Então", ele repetiu. "Nós vamos... sentar na sua cama?"

"E ouvir música e comer porcaria", ela disse, com firmeza. "É como uma festa do pijama adolescente."

"Ah." Ele assentiu, muito sério. "Porque ninguém sabe se divertir tão bem quanto um grupo de meninas adolescentes."

"Exatamente."

Ele foi se sentar na cama, o que fez Eve perceber que ela mesma não estava sentada, mas circulava nervosa pelo cômodo, como uma anfitriã dando sua primeira festa.

Jacob arqueou uma sobrancelha e levantou um pouco o cobertor para olhar os lençóis embaixo. "Um belo canto."

Eve ficou corada. Tá, ela tinha treinado arrumando a própria cama. Precisava melhorar naquilo. "Obrigada."

Ele abriu seu sorriso lupino e afinal se sentou. Eve engoliu em seco. O sofá-cama tinha parecido um lugar perfeitamente razoável para os dois se sentaram, até que Jacob de fato se sentou. Agora parecia um antro de tentação libidinosa. Talvez porque *ele* parecesse uma tentação libidinosa.

Jacob se ajeitou confortavelmente nos cobertores e travesseiros como um príncipe, seu corpo comprido e esguio ocupando o espaço sem constrangimento, se espalhando como se estivesse em exibição. A largura de seu peito era enfatizada pela camisa, a mesma que Eve havia passado para ele, porque o pegara tentando fazê-lo sozinho e quase botando fogo no gesso. O comprimento de suas coxas era enfatizado pela calça jeans, à qual ela *deveria* ser indiferente, porque a havia passado também, mas que na verdade a fazia babar, porque se agarrava à curva suave dos músculos de um jeito que revelava demais como o corpo dele devia ser sem roupa...

E agora Eve sentia um calor subir por entre as próprias coxas, no primeiro encontro de amigos dos dois. Maravilha. Perfeito. Bastante irritada consigo mesma, ela se sentou.

"O que vamos ouvir?", Jacob perguntou, calmo e agradável como... uma coisa calma e agradável. Os olhos de Eve se fixaram em seu maxilar enquanto ele falava, porque os olhos de Eve eram muito malcomportados e não tinham nenhuma consideração pelos sentimentos dela ou pelos sentimentos de sua vagina.

"Botei várias músicas na fila", ela disse, passando o celular para ele. "Pensei que nós dois podemos ir colocando mais."

"Também posso escolher músicas?", ele perguntou, erguendo as sobrancelhas em um assombro fingido. "Eu? Mesmo depois de você ter me chamado de herege por não gostar da Kate Bush?"

"É mesmo heresia não gostar da Kate Bush. Mas outro dia te peguei cantarolando junto quando eu estava cantando 'Honor to us all', então seu gosto deve ser razoável."

À luz do sol se pondo, seu rubor pareceu profundo e brilhante. "Liam era meio obcecado por princesas da Disney quando era pequeno."

"Ah, claro. Seu primo. Sei."

"É verdade. Quanto a mim, é confidencial."

Ela riu enquanto Jacob mexia no aplicativo de música e adicionava sabe-se lá o que à fila. Quando ele lhe devolveu o celular, a ponta de seu dedo do meio roçou a curva entre a palma e o pulso dela. Eve teve que reprimir que um arrepio ultrajante passasse por todo o seu corpo. *Amigos*, ela disse com firmeza a seu sistema nervoso. *Somos amigos*.

Independente disso, seu sangue continuou pulsando quente e tempestuoso em suas veias. Meu Deus. Recostado contra os travesseiros, o pobre e desavisado Jacob abriu um pacote de batatinhas, enquanto ela já sentia a calcinha úmida. Era muita depravação. Mas ele era tão gostoso. *Espera, não. Para, Eve.*

"Ei", ele disse, parando por um momento. "São biscoitos ali? Tem biscoitos no meio de toda essa comida?"

"Você gosta de biscoitos?" Ela não tinha certeza.

"Adoro biscoitos. No meu primeiro emprego em hotel, eu..." Jacob parou de falar e fez uma careta constrangida antes de voltar a sorrir. Era como se o que ele tinha a dizer o deixasse mortificado, mas ele ia contar mesmo assim porque sabia que ela ia gostar. "Fui demitido por comer os biscoitinhos de cortesia."

"Quê?" Eve ficou tão chocada que deve ter puxado metade do oxigênio do cômodo. "*Jacob!* Não acredito que você roubou. E não acredito que você já tenha sido demitido!"

"Não foi um roubo!", ele disse. "Bom, foi, mas não era minha intenção. Eu tinha catorze anos!"

"Você já trabalhava aos catorze?"

Ele arqueou uma sobrancelha ao olhar para ela. "Você está dando uma de menina mimada de novo."

"Ah, é, desculpa." Ela fez um gesto como quem descartasse a pergunta. "Você já estava moralmente corrompido aos catorze?"

"*Ei!*"

"Quê? Pelo que você disse..."

"Nem vem, Brown." Ele sorriu e se inclinou para pegar um biscoito. Ela deixou o ritmo crescente de "Sticky", de Ravyn Lenae, fazer as bolhas de alegria subirem por seu estômago, enquanto Jacob mordia um biscoito de gengibre, mastigava com a testa levemente franzida e depois examinava o pratinho. Por fim, ele perguntou: "Que biscoitos são esses?". Ele era do tipo que reparava nas coisas, inclusive na falta de qualquer logo nos biscoitos e no fato de que eram mais crocantes e amanteigados que o normal, o que indicava que deviam estar fresquinhos.

"Eu que fiz", Eve disse.

Jacob olhou para ela com a cabeça naquele ângulo lupino que significava que estava avaliando ou investigando. O quê, exatamente, Eve não sabia, até que ele deu outra mordida no biscoito e disse: "Porra".

"Que foi?"

"Não tive essa ideia. Eu podia ter forçado você a fazer biscoitos esse tempo todo."

"Ah, sim, pode acrescentar à minha lista de afazeres, seu aproveitador."

"Talvez a gente possa servir no festival."

"Não é exatamente comida de café da manhã", ela o lembrou, "fora que o pessoal da confeitaria pode ficar puto se a gente entrar no ramo deles". Ainda assim, Eve sorria, porque se Jacob queria que ela fizesse biscoitos para a pousada, era porque tinha gostado. E muito.

"Ah. É. Hum. São todos pontos muito válidos", ele admitiu. "Acho que é o açúcar subindo na minha cabeça. Mas a gente devia pensar em acrescentar algo doce ao cardápio. Vamos servir comida de café da manhã, mas as pessoas podem querer uma refeição completa."

"Faço um pão de ló maravilhoso, que é o tipo de talento que nunca se deve desperdiçar", Eve sugeriu, assentindo devagar. "E obrigada pelo elogio."

"Hã, não acho que eu tenha elo..."

"É uma ótima ideia. Posso fazer alguns bolos... é fácil finalizá-los com antecedência, e eles chamam atenção. Dois e cinquenta a fatia. Assim atraímos quem gosta de um docinho e quem prefere pegar uma coisa de cada barraca, em vez de tudo na mesma."

Jacob ficou olhando para ela, ligeiramente surpreso. "Eu... bom... é. É uma boa estratégia."

Eve arqueou uma sobrancelha. "Tenta esconder um pouco a surpresa. Às vezes sou muito inteligente, sabia?" As palavras pareceram ligeiramente estrangeiras saindo de sua boca, mais uma bravata impulsiva do que uma convicção real. No entanto, agora que as havia dito, percebeu que não estava brincando. Era meio que... verdade. Ela era inteligente. Tinha acabado de provar isso, não tinha?

Talvez. Nossa. Que coisa.

Jacob, por sua vez, estava revirando os olhos. "Sei que você é inteligente", disse, em um tom resignado. "Te contratei, não foi?"

"Mais ou menos", ela resmungou.

"Bom, você me convenceu a te contratar. Que é mais uma prova da sua inteligência."

"Porque é tããããoo difícil ser mais inteligente que você", Eve brincou. Jacob pegou um travesseiro e bateu nela com ele. Ela pegou um travesseiro e bateu nele de volta. No meio daquela imaturidade deliciosa, Eve mal teve tempo de pensar a respeito da conversa.

Mas a conclusão ficou com ela, de qualquer maneira.

Sou mesmo muito inteligente.

Horas depois da mensagem doce e surpreendente, o sol havia se posto por completo e a lua finalmente surgira. O céu noturno estava pontuado de estrelas, a brisa que entrava pela janela cheirava a grama fresca e Jacob se sentia um pouco bêbado. Já havia sentido aquele tipo de bebedeira espontânea antes — quando não conseguia parar de sorrir e pouco se importava — e sabia qual era a causa.

A mulher sentada a seu lado, que balançava solenemente um tubo de Pringles vazio no ar como se fosse um isqueiro em um show.

"*O que* você está fazendo?", Jacob perguntou, mal podendo esperar para ouvir a resposta. Ele queria entrar na cabeça cheia de confete dela sempre que tinha a chance. Era o único país estrangeiro que se lembrava de querer visitar.

Quando aquilo tinha acontecido?

Talvez na quarta-feira, quando ele lhe perguntou o que ela estava murmurando sozinha enquanto andavam pelo corredor, e Eve lhe disse que estava ranqueando as carrancas dele de um (olhar de desdém) a dez (encarada torturante capaz de levar à morte).

Talvez tivesse começado antes. De repente, Jacob não tinha certeza. Foi um alívio quando ela respondeu, interrompendo os pensamentos dele. "Estou entrando no espírito solene de 'Hometown glory'. Ótima escolha, aliás. Ei, você acha que alguém já ficou com o pau preso num tubo de Pringles?"

Minha nossa, as coisas que ela dizia. E Jacob devia estar perdido, porque sempre que Eve falava aquelas baboseiras ligeiramente sexuais de forma tão direta — quando fazia piadas bobas com paus ou dava uma piscadela depois de dizer frases ultrajantes de duplo sentido — ele se pegava tendo que se ajeitar no jeans subitamente justo.

Tipo agora.

Ele se inclinou para pegar um copo de água na mesinha lateral, com o benefício adicional de esconder sua virilha da vista dela. Não que estivesse duro. Seria ridículo. Se ele conseguia manter o controle deitado na cama com Eve — com a lua deixando sua pele prateada de novo, e a camiseta (AZEDA DEMAIS PRA SER SEU DOCINHO), que tinha subido um pouco, revelando um pouco de sua barriga nua — então era capaz de manter o controle com a pergunta sobre o tubo de Pringles.

Ele tomou um gole de água, sentiu o frescor descer pela garganta e voltou a se acomodar ao lado dela. "Acho que qualquer um que tenha o pau grande o bastante pra ficar preso num tubo de Pringles deve ter lugares melhores onde o enfiar", disse, afinal.

"*Jacob*." Seus olhos brilhavam quando ela os voltou para ele. "Não sabia que você era desses."

"Hã... oi?"

Eve sacudiu uma mão depressa. "Psiuuu, gosto dessa parte." Ela pegou o celular e aumentou a música. Uma expressão sonhadora tomou conta de seu rosto e o ar pareceu deixar seus pulmões. Ela vinha fazendo aquilo de vez em quando, impedindo-o de falar em determinada parte de uma ou outra música, fechando os olhos e acompanhando a melodia como se a *sentisse*. Como se cada nota penetrasse em suas veias e algumas atingissem seu coração com mais força que outras. Jacob podia ser obediente quando queria, então calou a boca e a observou ao luar — observou a cabeça dela cair para trás, seus olhos grandes e calorosos se fecharem, um sorriso sonhador curvar seus lábios.

O que ele não esperava era que ela cantasse em voz alta em vez de só acompanhar baixinho.

Jacob já a tinha ouvido cantar. Claro que sim. Eve cantava o tempo todo, principalmente quando não estava usando o fone, trechos repetitivos de um ou outro refrão, versos complicados que ela repetia várias vezes, instrumentos que imitava com uma precisão enervante. Se alguém perguntasse: *Ei, Eve Brown costuma cantar?*, ele reviraria os olhos e diria: *Só a porra do tempo todo*.

Mas não era verdade. Porque, aparentemente, todas as outras vezes, ela não tinha cantado de fato: só brincado de cantar. Fizera graça. Divertira a si mesma, sem pensar, meio como um assassino que brinca com uma lâmina entre os dedos ao invés de esfolar uma pessoa em vinte segundos.

Só que, dessa vez, Eve não estava brincando.

Dessa vez, Eve abriu a boca e foi como se o brilho da lua emanasse dela, como o tom prateado-escuro de sua pele, uma espécie de fumaça perolada... como a sereia que ele havia ouvido aquela noite no jardim, porque, por Deus, Jacob, era *dela* a voz que cantava no jardim, óbvio. Uma voz que era ao mesmo tempo tão doce e cortante, rouca e naturalmente *forte* — forte o bastante para parecer frágil — que Jacob assumiu que tinha sido sua imaginação.

Ela cantou a última nota do refrão como se fosse seda escorrendo entre seus dedos. Então deu uma risadinha sem ar, abriu os olhos e mordeu o chocolate como se nada tivesse acontecido. Se Jacob fosse um cara tranquilo, talvez também agisse como se nada tivesse acontecido. Mas ele não era.

"Que porra foi essa?"

Ela mastigou o chocolate com caramelo e franziu o nariz. "Não sei. Nada. Você não vai ficar esquisito agora, vai?"

"Você sabe com quem está falando?"

Ela riu, depois levou a mão à boca. "Olha só o que está fazendo. Quase cuspi chocolate em você. Ia ser a sua morte. Você ia entrar em choque, preocupado com os germes, e morrer."

Jacob meio que queria que a ideia de Eve cuspir chocolate nele o fizesse entrar em parafuso. Então a ideia de trocar fluidos corporais variados com ela talvez parasse de se insinuar em sua cabeça.

E, merda, agora que tinha pensado a respeito, Jacob não podia mais fingir que a vontade não estava lá: ele queria beijar Eve Brown. Queria muito, muito mesmo. Em diferentes lugares.

Mas não enquanto ela estivesse comendo chocolate. Um homem precisava ter seus limites.

Você não vai beijar ninguém. O Jacob sensato e engomado voltou das cinzas e corrigiu o Jacob estonteado, inebriado de contato humano e viciado em Eve daquela noite, com seu olhar severo e tom cortante. Não ia ter beijo. Não seria adequado ou prático, havia toda a história do consentimento, e o que aconteceria depois? Jacob sabia o que *queria* que acontecesse: quando gostava de uma mulher o bastante para beijá-la, gostava o bastante para querer ficar com ela.

Mas havia roteiros sociais a serem observados além de gostar > ter contato físico > se comprometer emocionalmente, e, mesmo que aqueles roteiros nunca tivessem parecido naturais a Jacob, ele os havia aprendido bem o suficiente para segui-los. Então nada de beijar e já querer ficar com ela. Não era o esperado, e quando as coisas aconteciam rápido demais o cara acabava com uma mulher mais interessada no que ele podia fazer com a língua do que nas habilidades de sudoku ou na conversa dele. O tipo de mulher que depois caía fora.

E nada disso importava no momento, porque um homem não podia simplesmente querer ficar com sua chef de cozinha. Independente de qualquer outra coisa, seu impulso o levaria de volta às inúmeras questões envolvendo consentimento.

"Ih", Eve disse, "já aconteceu. Você entrou em choque e morreu".

Jacob se deu conta de que fazia tempo demais que estava em silêncio. "Para de falar bobagem. Quando você ia me contar que..." Deixou a frase no ar por um momento, desconfortável com as descrições da voz de Eve que lhe vinham à mente. Todas pareciam efusivas demais, ou frias demais, ou inadequadas demais para abordar um talento que parecia embutido em sua alma. Jacob não queria tratar aquilo como um divertimento qualquer quando, pelo que havia visto, cantar como se devesse estar nos palcos era a essência dela. No fim, ele apenas fez um gesto para a garganta dela e perguntou, sem jeito: "Quando você ia me contar que consegue fazer isso?".

"Quando fosse algo que importa, mas — olha só! — não importa."

"Eve", Jacob disse, "tudo em você importa". Então ele considerou seriamente, ainda que brevemente, arrancar a própria língua.

13

Tudo em você importa.

Eve podia ter desmaiado — podia ter se desfeito em uma pilha de pó, meio como quando chegava à parte da declaração de amor em suas fanfics safadas preferidas — se não fosse o resto do discurso de Jacob.

"Somos amigos agora", ele disse. "Amigos dividem as coisas, não é?"

Ah. Sim. Amigos. Foi assim que Eve terminou deitada ao lado dele na cama, sob um maravilhoso céu noturno, com a pele vibrando em resposta à proximidade tranquila e contida de Jacob, enquanto a mente dela adentrava território proibido a cada cinco minutos. *Amigos*. Claro. Hum-hum.

"Não pareceu relevante", ela disse, afinal. "Gosto de cantar. Você sabe disso. Não tem nada de mais."

"Não me diga que não é importante pra você", ele disse. "Quando canta assim. Tem que ser."

Ela sabia do que Jacob estava falando. Cada pessoa tinha seu lance, certo? Podia ser péssima numa coisa ou outra, mas todo mundo tinha pelo menos um *lance*, que adorava, de que tinha orgulho. Eve também já tinha sentido orgulho de seu lance, até tentar transformá-lo numa carreira e fracassar. Agora era só... um lance. Parte dela, algo que lhe dava prazer, mas também um lembrete, quando estava de mau humor.

O que quer que tenha sido que Jacob leu em seu silêncio ou viu em seu rosto fez com que ele balançasse a cabeça e levasse uma mão ao ombro dela. Uma mão que pareceu tão pesada, tão quente, que ela ficou surpresa por não ter chegado até seus ossos, como uma faca cortando manteiga. "Não faz isso", ele disse.

"O quê?"

"Pensar o que você está pensando. Não faz isso. Não tem muita coisa que faz seu sorriso desaparecer assim, então o que quer que esteja passando pela sua cabeça não pode ser bom."

As palavras dele eram um choque suave e terno, desprovido de qualquer sarcasmo ou crítica ácida. Era como se ele tivesse tirado todas as roupas para lhe mostrar sua pele nua. Como se talvez esperasse que ela fizesse o mesmo.

Não que aquele assunto fosse tão sério quanto a mente melodramática dela fazia parecer. Como prova disso — para Jacob e para si mesma —, Eve soltou um suspiro e olhou para as estrelas enquanto falava. "Antes eu achava que ia me tornar uma artista. Sempre, sabe? Que esse seria meu futuro. Porque eu era boa, todo mundo jurava que eu era boa, e eu acreditava que era meu destino. Mas não basta ser boa. Principalmente quando se tem a minha aparência."

"Você é perfeita", ele disse, as palavras rápidas e precisas devido à sua convicção. Elas pegaram Eve desprevenida, como um raio na escuridão. Quando ela se virou para olhar para Jacob, ele não estava corado ou pensando numa maneira de voltar atrás. Continuava a olhá-la, como se soubesse que ela tentaria imediatamente encontrar um furo naquele comentário e se recusasse a permitir isso. "Você é perfeita", ele repetiu, cada palavra como uma pétala que cai sobre um lago plácido.

Eve sorriu, porque ele merecia. E um pouco porque... bom, porque ele parecia sincero, e isso fazia suas entranhas se transformarem em algodão-doce.

Jacob Wayne achava que ela era perfeita.

Ela concluiu que, por baixo de toda aquela postura de arame farpado, mantenha distância e deus do gelo, não havia no mundo ninguém mais doce que ele.

"Obrigada", Eve disse. "Mas você tem noção de que muitas outras pessoas discordam."

"Estou pouco me fodendo pras outras pessoas."

"Eu também", ela disse, sincera. Quando se tratava de sua aparência, Eve havia aprendido fazia muito tempo que se importar com a opinião dos outros era o mesmo que mergulhar num oceano de negatividade. Um tempo atrás ela decidiu que era linda, que seu corpo era maravilhoso e que não ia aceitar qualquer outro julgamento a respeito. "Mas não foi sempre assim. Quando queria ser uma estrela, eu me importava muito com as opiniões das outras pessoas. Sempre fui mal na escola, sabe? Era lenta pra aprender, não ia bem nas provas e minha memória... não vou nem mencionar. Então disse pra mim mesma que não importava, porque eu não tinha sido feita pra aquele tipo de coisa. Meu destino era ser uma estrela. Fiquei tão convencida disso que parei de tentar. Nunca ia ser tão inteligente quanto minhas irmãs, mas não ia precisar mesmo, então podia simplesmente desistir.

"Aí eu terminei a escola e meus pais me mandaram pra faculdade de artes cênicas e eu... eu não era a melhor. Me convenci de que só precisava esperar e uma hora seria a melhor em alguma coisa. Mas estava errada. Eu não era boa em invocar emoções, minha memória era um problema na hora de decorar as falas, e eu não conseguia seguir instruções. Pra piorar, tinha minha aparência." Ela pressionou os lábios e deu uma olhada em Jacob, porque, bom, era extremamente desconfortável falar sobre aquela parte. Algumas pessoas fingiam que não entendiam, como se a beleza dela anulasse todas as outras coisas que ela era e todas as maneiras pelas quais essas coisas que não se encaixavam nas expectativas da sociedade.

Também havia pessoas que agiam como se ser rejeitada pelo status quo não devesse machucar. Como se, por vir de um lugar distorcido e desigual, a rejeição não devesse exercer qualquer influência sobre ela. Em princípio era uma ideia legal, mas Eve acabou descobrindo que vinha quase sempre de gente que nunca havia sido pessoalmente esmagada pelo peso da desaprovação.

Jacob não estava reagindo como aquelas pessoas. Estava apenas quieto, observando em silêncio, deixando que ela falasse. Porque ele era daquele jeito, quando importava. Ele era daquele jeito.

"Eu não tinha a aparência certa", ela repetiu. "Era gorda demais, negra demais e nem um pouco simétrica, por isso sempre acabava como uma personagem secundária malvada, ou o alívio cômico ou algo do tipo. Algumas pessoas recomendavam que eu aguentasse e desse um jeito de mudar as coisas a partir de dentro do sistema, e vi mesmo outros fazendo isso. Mas eu não queria. E ninguém deveria ter que fazer isso. Por isso abandonei o curso.

"Acho que foi a primeira vez que experimentei o fracasso. Não me culpei totalmente — nem poderia, considerando tudo. Mas, ainda assim, foi tão... amargo." Ela ainda podia sentir aquele gosto na ponta da língua, sobressaindo entre milhares de sabores — de todas as aulas em que havia fantasiado sobre seu futuro estrelado, até o dia em que jogou o figurino de gnoma no diretor nervosinho e foi embora. Embora a insubordinação tivesse lhe dado alguma satisfação, não era o suficiente.

"Acho que eu devia ter continuado tentando, de alguma maneira. Era o que eu realmente queria, afinal. Mas estava exausta. Eu amava aquilo, mas não aguentava mais." Então começaram seus outros fracassos. "Largar o curso significava voltar pro mundo real. Eu precisava escolher outra coisa, voltar a estudar, construir outra carreira. Meus pais foram compreensivos e me apoiaram, minhas irmãs sempre ficaram do meu lado, e eu... Porra, Jacob, eu tive todo tipo de opção. Às vezes sinto vergonha, tinha tantas oportunidades disponíveis pra mim. Só que eu não queria nada daquilo. Nem conseguia *fazer* nada daquilo. Voltei a estudar e fracassei de mil maneiras diferentes. Meus pais deram um jeito de me colocar numa universidade, mas bombei no meu primeiro ano. E eu *tentei*, Jacob. Tentei de verdade."

Eve nunca havia contado aquilo a ninguém. Tinha recebido as notas parciais pouco antes das provas finais e concluído que mesmo se só tirasse dez não teria como se salvar. Todas as horas passadas na biblioteca até os olhos arderem, todos os e-mails desesperados para professores tentando esclarecer um ou outro ponto, porque ela tinha dificuldade de acompanhar as aulas, tinha sido tudo inútil.

Ela tentara e fracassara. Portanto, disse aos pais que estava entediada, suportou a reprovação deles, escolheu outro curso e tentou de novo.

E fracassou, é claro.

Mas Eve não precisava entrar naqueles detalhes, ainda que tivesse uma leve suspeita de que já o havia feito, de que Jacob entenderia tudo mesmo que ela parasse de choramingar. Que é o que pretendia fazer. Como ela tinha saído tanto do controle? Ele só perguntara sobre a voz dela. E ela lhe contou...

Tudo.

"Desculpa", ela disse. "Desculpa. Não importa."

"Não?", ele repetiu. Só que não pareceu uma pergunta; pareceu que ele estava lhe dando abertura para prosseguir, para falar mais, para liberar o restante do veneno reprimido dentro dela. Para dizer coisas como: *Acho que estrago tudo, que não sou o bastante*, apenas para colocá-las para fora antes que a corroessem por dentro.

Eve estava prestes a aceitar a abertura. Sentia as palavras se acumulando na ponta de sua língua. Então algo lhe ocorreu: a lembrança de como se sentira naquela manhã, ao servir um omelete de tomate fofinho e fazer o velho sr. Cafferty, do quarto Rosa, sorrir para ela e dizer: "Você sabe como eu gosto, Eve. Ah, você é ótima".

Aquilo não parecera nem de longe um fracasso. Parecera criação, nutrição e generosidade oferecidas de coração aberto. Também parecera um sucesso doce como calda de açúcar.

"Já te disse", Jacob comentou em meio ao silêncio, "que há maneiras diferentes de se sair mal. A imperfeição é inevitável. É a vida. Mas não me parece que você fracassou, Eve. Parece que seu sonho se despedaçou e que você tem recolhido os cacos e se culpado por suas mãos sangrarem". À luz fraca, os olhos dele pareciam quase brilhar, esquentando-a como o céu de verão. "Então seu sonho era ser uma estrela. Ainda é?"

Eve revelou a verdade sem pensar duas vezes: "Não". Porque ela odiava mesmo que lhe dissessem o que fazer — ou tinha odiado — quando se tratava de algo que deveria brotar de sua alma. Ter alguém dirigindo sua voz, suas emoções, sua interpretação de palavras e de personagens, que ela entendia à sua própria maneira; todas as vezes que havia passado por isso pareceram uma violação, e no fundo ela tinha odiado.

Ela adorava música, adorava se apresentar, mas não queria que aquilo fosse seu sustento. Não daria certo. Eve havia aprendido isso com o passar dos anos.

"Bom", Jacob disse, razoável, "você sabe o que quer fazer em vez disso?".

Ela não sabia responder. Não sabia responder porque nunca tivera a chance de se perguntar. Estava ocupada demais esperando que ela mesma soubesse, simplesmente, e colocasse em prática e se saísse bem.

Nossa.

Ah, droga.

E se seu maior fracasso na verdade... tivesse sido consigo mesma?

Algumas ideias eram grandes demais para serem aceitas de uma só vez. Eve deixou aquela de lado no mesmo instante, antes que a esmagasse, mas traços dela permaneceram, como o fantasma de uma faísca depois que se desfazia no ar. Forte e perigoso, mas que não estava lá de verdade.

"Gosto daqui", ela disse. "Gosto... deste emprego."

A expressão séria de Jacob se transformou em um sorriso iluminado. "Sério?"

Ela gostava mesmo. E não só porque grande parte dele girava em torno desse homem, com sua curiosidade insaciável, sua impaciência declarada e seus olhos intensos. Não só por causa de Jacob.

Mas é claro que ele estava na lista das coisas que ela gostava no trabalho.

"Sério", Eve confirmou, e por um momento isso a deixou feliz. Ela tinha um emprego, como os pais queriam, estava se dando muito bem e até se divertindo. Então se lembrou de que era apenas temporário. Um favor que Jacob não sabia que havia lhe pedido. Não era real. Em três semanas, ela iria embora. Voltaria para seu velho mundo, planejaria festas insuportáveis para o irmão péssimo de Florence, embora não gostasse muito de Florence, do irmão dela ou das outras pessoas que conhecia.

Merda.

Mas talvez fosse esse o motivo pelo qual trabalhar na pousada lhe parecia tão bom e fácil: não era permanente.

Eve enfiou o que restava do chocolate na boca e mastigou enquanto a música passava de um piano introspectivo à batida em staccato de "Curious", de Hayley Kiyoko. A conversa a estava deixando tão, tão, tão para baixo, que ela se sentia num atoleiro de confusão, e o que queria era manter o ânimo lá em cima. Pelo amor de Deus, era um encontro entre amigos. Era para ela estar desfrutando da alegria rara, sincera e encantadora de Jacob, e não despejando suas dores nele.

Então ela se virou para Jacob com um meio sorriso que em um minuto se transformaria em um sorriso sincero se ele pegasse a isca e a ajudasse. "Acho que é o suficiente sobre as *minhas* escolhas de vida."

Jacob hesitou, mas ela percebeu o momento em que ele decidiu deixar passar.

Assim como percebeu que ele não ia deixar passar para sempre.

"Como você soube que queria fazer isso da vida?", Eve perguntou. "Quero dizer, administrar um lugar assim."

Ele deu de ombros e se virou para olhar pela janela. "Bom... você já sabe sobre a minha infância. Nunca gostei de viajar. Mas, quando tinha doze anos, não muito depois de vir pra Skybriar, Lucy disse que íamos tirar férias. Fiquei horrorizado. Acho que, na minha cabeça, ou você passava a vida inteira de férias ou ficava em casa, e uma dessas opções era boa e a outra era ruim."

Eve sentiu um aperto no coração por todas as coisas que ele não estava dizendo. Porque o fato era: muita gente vivia na estrada. Comunidades inteiras, culturas inteiras. E aquelas pessoas nunca pareciam vazias e inquietas ao se referirem à sua vida itinerante.

Mas aquelas pessoas tinham lares e famílias que se deslocavam com elas, e parecia que os pais de Jacob não tinham lhe oferecido nenhuma das duas coisas.

"Eu não queria ir, mas Liam estava animado e Lucy estava feliz por ter conseguido economizar, então..." Ele deu de ombros de novo. "Fiquei de bico calado. No fim..." Um sorriso lento se espalhou pelo rosto de Jacob, inesperado e duas vezes mais adorável por esse motivo. "No fim, me diverti muito. Não teve nada a ver com o que eu passei antes. Podia tomar banho sempre que queria, não precisava ficar na casa de desconhecidos nem ficar sozinho em lugares estranhos. A gente passou o tempo juntos, curtimos as coisas juntos. Foi a melhor semana da minha vida até então. Ficamos em uma pousada, e eu quase me senti em casa. Fui embora querendo... querendo fazer o mesmo pelos outros. De qualquer forma que eu pudesse. Oferecer a todo mundo um lar para que pudessem curtir a viagem, em vez de querer morrer."

O modo como ele disse "todo mundo", com uma paixão ardente na voz, fez o coração de Eve sorrir. "É por isso que você menciona necessidades adicionais tantas vezes no seu site", ela concluiu em voz alta.

Ele se virou para olhar para ela. "Como?"

"Ah." *Não fica corada. Não fica corada. Não...* Eve sentiu suas bochechas esquentarem e quis revirar os olhos. Tudo o que havia feito foi ler o site do cara, que coisa. Não era como se o tivesse espionado sem roupa ou... ou ficado diante da porta entreaberta de seu quarto para ter outro vislumbre do mundo ordenado que se escondia lá dentro e desfrutar o fato de que ele era puro Jacob.

Aham.

Bem, talvez ela tivesse feito a segunda coisa algumas vezes.

"Comprei um tablet", ela disse, casualmente. "E andei pesquisando sobre a pousada. Entre outras coisas."

Jacob apertou os olhos em descrença, mas Eve não sabia se era por ela ter checado o site ou comprado um tablet. Já tinha notado que não ter dinheiro significava coisas bem diferentes para ela e para Jacob. Tentar ser sensível a essa diferença estava sendo uma nova experiência interessante de aprendizado.

Suas irmãs não eram como ela. Sabiam viver dentro de um orçamento, trabalhar duro, pagar contas e todas as outras coisas que adultos normais fazem. Eve era uma piada.

Costumava ser, se corrigiu. Ela estava mudando agora.

"Estava em promoção", ela disse depressa, e era verdade. "E você mencionou que eu logo receberia, então..."

"Você não precisa justificar suas compras pra mim, Eve. Eu só estava pensando que devia ter te oferecido meu computador."

"Não tem problema. Bom, mas voltando", ela disse, porque algo no modo como Jacob tamborilava os dedos compridos nas coxas lhe dizia que ele preferia mudar de assunto. "Notei que tem uma seção no seu site em que você encoraja as pessoas a entrarem em contato a respeito de necessidades especiais, inclusive questões sensoriais e coisas do tipo."

Ele ficou bem vermelho, e Eve gostou mais daquela reação do que deveria. "Hã... é. Bom. Algumas pessoas gostam de lençóis diferentes, cobertores ponderados, ou não conseguem aguentar determinados aromas, ou mil outras coisas. Gosto de me certificar de que... todo mundo que fica aqui se sinta perfeitamente confortável."

Eve mordeu o lábio, incapaz de não sorrir. Aquele homem não era apenas mais delicado, bonzinho e fofo do que qualquer um desconfiaria, ele era praticamente um pão de ló. Um *bom* pão de ló. Com cobertura de chocolate. Ela queria tanto cravar os dentes nele. Em vez disso, sacudiu as mãos e soltou: "Pelo amor de Deus, Jacob, você... você tem que ser tão...".

Ele se afastou dos braços agitados dela, fez uma careta e ajeitou alguns travesseiros. Devia estar dolorido por causa das molas horríveis do sofá-cama. O que era bem merecido, por ter dado um curto-circuito nela com sua fofura.

"Por quê... isso..."

"Você está bem, Eve?", ele perguntou, erguendo uma sobrancelha.

"Sim", ela conseguiu dizer. "Só estou tentando aceitar o fato de que você dá esse duro todo na pousada por uma questão de *princípios*. E de paixão. E de... outras palavras com *p*." Ela fez uma pausa. "Não pênis, claro. Eu não quis dizer pênis."

"Por que eu ia achar que você quis dizer pênis?"

Ela inclinou a cabeça, genuinamente surpresa. "Não é a primeira palavra com *p* que te vem à mente?"

"Nossa, Eve, não."

"Aaaah. É perereca?"

"*Para* de falar..." O músculo do maxilar dele fez uma dança fascinante. Jacob afundou a mão esquerda tão fundo numa almofada que ela ficou preocupada que ele pudesse destrui-la. "Para de falar... essas coisas."

Minha nossa. Eve pigarreou e seguiu em frente. "É só que fico o tempo todo entre chocada e horrorizada vendo como você é uma boa pessoa." Principalmente porque ela mesma era incapaz de imaginar esse nível de cuidado, e porque Jacob era muito bom em fingir que vivia em um palácio de gelo.

Ele se ajeitou no assento, parecendo desconfortável com o elogio, e murmurou: "Por favor... se eu fosse uma boa pessoa te pagaria pelo trabalho extra que você faz".

Eve piscou. Ele já havia feito algum comentário do tipo antes, mas ela assumiu que era uma brincadeira. Pelo jeito, aquilo o estava incomodando mesmo. "Não seja bobo. Eu sei que você não pode pagar hora extra."

Porque Jacob era Jacob, ele não rosnou para a implicação nem afundou em uma espiral de desespero por conta de suas circunstâncias. Só riu e disse: "Ah, então você notou que sou um pé rapado. Eu não tinha certeza se você entendia como o dinheiro funciona".

"Engraçadinho. Você disse que colocou todas as suas economias na pousada. E, como eu ajudo a passar a roupa, sei que você só tem três camisas de trabalho." Ela imaginava que, em vez de roupas, ele preferia comprar os sabonetinhos de cortesia, feitos artesanalmente com mel local, que colocava no banheiro de todos os hóspedes.

"Você contou minhas camisas, Eve? Acho que perdi toda a dignidade", Jacob disse, mas, apesar de parecer injuriado, ele continuava sorrindo. Seus lábios se curvavam de leve, e havia um brilho em seus olhos que fazia tudo em volta deles parecer tão dourado quanto o mel dos sabonetinhos.

Eles se provocavam, dividiam coisas e se sentiam confortáveis juntos, e Eve adorava isso. Adorava.

Considerando que ele tinha levado na boa, ela provocou um pouco mais. "Acho encantador que você seja tão pobre quanto um nobre ratinho de igreja."

"Acho que você deve ter sido criada num palácio na Nuvem Unicórnio, porque é a coisa mais ridícula que já vi", Jacob disse, com carinho. E com tanto carinho, tanta ternura nos olhos, que por um momento Eve se sentiu ligeiramente tonta. Tinha vontade de se contorcer com aquele sorriso afetuoso, de cobrir o rosto pegando fogo com ambas as mãos, de desabar aos pés dele, ou... ou...

Definitivamente já havia tido provocação o bastante. Ela pigarreou e voltou a falar sério. "Não esquece que todo o trabalho extra é porque quebrei seu pulso. E de qualquer maneira, fiz uma pesquisa e vi que na verdade o salário daqui está acima da média."

"Pago um salário mínimo, Eve. Um de verdade, não o absurdo definido pelo governo."

"E você *se* paga um salário mínimo?"

"Bico fechado." Jacob estendeu o braço e empurrou o ombro dela — só um toque breve e leve, mal encostando, como se tivesse medo de derrubá-la da cama e de que ela caísse em cima da mesinha lateral. Ou talvez a tivesse tocado tão de leve porque sentia a mesma coisa que ela: um arrepio elétrico descendo pela espinha e uma onda de calor prateada toda vez que a pele dos dois se roçava.

Talvez.

"E como assim *pesquisou*?", ele desdenhou. "Você não tinha nenhum valor de referência?"

Eve deu de ombros. "Você viu meu currículo."

"Está falando do documento que me mandou por e-mail e que incluía um trabalho de duas semanas cuspindo fogo em um resort? Tenho que dizer, fofura, achei que era zoeira..."

A mente dela travou e teve que reiniciar com aquele "fofura". Ele... tinha mesmo dito aquilo? Ou melhor, estava falando *dela*? Tipo... fofura... era *ela*?

"Por favor, diz que você estava zoando", ele prosseguiu. "Estou implorando. Porque, se não estava, vou ter que aceitar também o fato de que você trabalhou um mês como instrutora de rapel no País de Gales."

Essa era a parte em que Eve deveria negar apaixonadamente seu passado errático como instrutora de rapel, ou jogar a cautela para o alto e ter coragem de admiti-lo. Mas sua mente — talvez todo o seu sistema nervoso — estava focada naquela história de "fofura".

Tenho que dizer, fofura...

Talvez ela tivesse ouvido errado. Talvez ele tivesse dito outra coisa ou estivesse tão inebriado de açúcar que começou a se enrolar.

Depois de um momento de silêncio, Jacob abriu um sorriso irônico. "Você parece distraída."

"Hum...", foi o que ela conseguiu dizer.

"Posso te ouvir pensar daqui."

"Bom", ela soltou, "você não pode me culpar".

"Porque te chamei de 'fofura'." Não era uma pergunta, mas Eve respondeu mesmo assim.

"Exato."

"Achei que fosse passar despercebido."

"Ingenuidade sua."

"É. Já vi que você nota tudo." Ele deu a impressão de que achava isso um inconveniente. "Sei que você acha que não é inteligente, Eve. Mas você é."

"Está tentando me distrair do fato de ter me chamado de 'fofura'?", ela perguntou. Porque meio que estava funcionando. Jacob era ótimo em elogiar. A parte que fazia parecer que ele estava tendo os dentes arrancados só tornava tudo mais genuíno.

"É, eu estava tentando distrair você."

"Ah."

Jacob passou uma mão pelo cabelo macio e bagunçado. Os dedos de Eve se remexeram sobre as pernas, só um pouco. "Acho que devo ter pegado você de surpresa. Te chamando assim de repente."

"É, pegou", ela disse. *E foi uma delícia.*

"Mas somos oficialmente amigos agora. Você já devia saber que eu poderia me empolgar."

"Não achei que Jacob Wayne se empolgasse com nada", ela murmurou, sendo sincera.

Ele olhou nos olhos dela. "Aparentemente, me empolgo com você."

Eve tentou não se engasgar com o coração acelerado ou com o tesão repentino.

"Em geral, quando tento te elogiar, sai meio que como um insulto", Jacob disse. "Quando deixo escapar algo verdadeiro, algo que realmente penso..." Ele ergueu o queixo e olhou fixo para ela, como se a desafiasse a discutir. "Não vou voltar atrás."

Um pouco sem ar, Eve murmurou: "Não acho que deveria. Voltar atrás, digo. Você deveria ser... tão *você* quanto puder".

"Precisa de prática pra fazer isso perto de gente que não conheço direito. Mas com você tem acontecido naturalmente."

Ela engoliu em seco. "A prática leva à perfeição. Fala de novo."

"Não."

"Eu espero." Um sorriso se espalhou pelo rosto dela. "Ei, isso significa que também posso te dar um apelido?"

Ele lhe lançou um olhar fulminante. "Claro que não."

"Ah, cogumelinho!"

"Qual é, Eve."

"Mas... minha querida, doce framboesinha!"

"Só por causa disso...", ele pegou a caixa de bolinhos e comeu o último.

Eve arfou de horror genuíno. "*Jacob!*"

"Melhor assim."

"Seu *cretino*."

"Eu te avisei."

"Você não quis dizer: *Eu te avisei*, fofura?"

Ele engoliu o último pedaço e sorriu. "Não deixa isso subir à sua cabeça." Num instante, o sorriso de Jacob foi substituído por uma carranca. Ele se mexeu e olhou debaixo da cama. "Puta merda, essas molas. O quê..." Ele não completou a frase e começou a procurar algo entre as almofadas do sofá. "Ah. Acho que me sentei em alguma coisa."

Depois de procurar mais um pouco, Jacob encontrou um dildo roxo gigante que podia ou não pertencer a Eve.

14

Se havia algo que Jacob não esperava que acontecesse era segurar um pinto purpurinado de silicone antes que o dia acabasse. Mas ele deveria saber que podia esperar o inesperado quando estava com Eve.

Ainda assim, a ideia de que poderia ter previsto isso era... ele queria pensar "impossível", ou até mesmo "horripilante", mas tudo que seu cérebro ofereceu foi "fascinante". Ele segurou o objeto comprido e firme — minha nossa, quanto aquilo media, uns trinta centímetros? — e o segurou sob o luar, vendo como cintilava. Porque claro que o dildo de Eve tinha glitter.

Agora que havia mesmo pensado as palavras "dildo de Eve", todos os desejos sujos que ele tinha enfiado no armário mental Nem Pense Nisso chutaram a porta ao mesmo tempo e se libertaram.

"Ai, meu Deus", ela disse, com os olhos arregalados e as mãos nas bochechas. Jacob pensou que aquelas bochechas estavam quentes e coradas sob as palmas, depois imaginou o mesmo calor se espalhando por todo o corpo de Eve enquanto ela se deitava na cama — *a porra desta mesma cama* —, tirava a calcinha e esfregava a cabeça do brinquedinho na boceta. Ela fazia isso sobre as cobertas ou debaixo delas? Lubrificava aquele troço enorme antes? Com um produto ou com a própria língua?

"Jacob", ela quase gritou, "fala alguma coisa."

Ele forçou os olhos a deixarem o brinquedo e os voltou para ela. "Isso vibra?"

"Quê? Acho que quebrei você. Já era, admite." Sua voz parecia genuinamente preocupada. E sua expressão também. Eve cravou os dentes no travesseiro carnudo que era seu lábio inferior. Ainda se afogando nas águas turvas do tesão repentino, Jacob queria saber se ela mordia o lábio daquele jeito quando gozava.

"Desculpa", ela falou. "Não tenho ideia de como... hã, eu me esqueci completamente de... Jacob, não é melhor soltar isso?" A voz dela fraquejou na última palavra, seu peito subia e descia a cada respiração.

Ele olhou nos olhos dela. Arqueou uma sobrancelha. Perguntou com calma: "Por quê?". E ficou feliz quando ela chupou o lábio inferior em vez de responder.

Jacob não queria soltar. Não conseguia, não agora. Estava... avaliando o troço. Cada sulco e veia de silicone. Ela conseguia sentir aquilo quando estava dentro dela? Se importava com detalhes sutis ou só queria saber da grossura, da sensação de preenchimento que um brinquedo desse tipo devia proporcionar? Ela não respondeu se vibrava ou não. Ele não tinha ouvido nada através da parede que compartilhavam, mas só Deus sabia quando ela o tinha usado.

Minha nossa, e se Eve o tivesse usado na porra do cômodo ao lado enquanto Jacob ficava olhando para o teto, determinado a pensar em qualquer outra coisa que não fosse a bunda de Eve na calça jeans, as mãos de Eve fatiando tomates, a boca de Eve sorrindo para ele. Passara metade da noite anterior acordado fazendo sudoku, tentando ignorar o fato de que a presença dela o deixava no limite. E aquele tempo todo ela estivera ali, com *isso*. Jacob não tinha nem batido uma no chuveiro naquela semana, porque no fundo sabia que pensaria nela.

Talvez fosse por isso que a voz da razão que costumava controlar suas ações parecesse cada vez mais baixa, violentamente abafada por todo aquele desejo. Talvez fosse exatamente isso que a expressão "estar no limite" queria dizer.

"Você... não quer tocar nisso", Eve conseguiu dizer. Parecia estar reassegurando a si mesma ao recitar as regras do Jacob de Sempre para o Jacob que não estava se comportando nem um pouco da maneira de sempre. "Devia ter largado isso cinco minutos atrás. Você... você... é um objeto desconhecido, você não sabe onde esteve."

"Eu sei onde esteve", ele disse, e sua voz saiu... diferente. Como se a fumaça e o desejo em sua mente rasgassem sua garganta e colorissem cada palavra. Jacob pensou muito bem sobre onde o brinquedo havia estado e sentiu seu pau ficar duro e crescer contra o zíper do jeans. A leve pontada de dor era a única coisa que o trazia de volta à realidade. Que o mantinha num ponto próximo do controle frio. Ele precisava permanecer no controle, porque só assim poderia jogar delicadamente com o constrangimento de Eve.

Jacob estava fascinado pela reação dela, assim como estava fascinado pelo brinquedo com que ela vinha transando. Nem meia hora antes aquela mulher tinha feito brincadeiras sobre paus e bocetas com a voz jocosa; fazia piadas de pinto sempre que preparava linguiças; acrescentava notas sexuais a comentários aleatórios com mais frequência que um menino de quinze anos. E no entanto, agora tinha levado as mãos ao rosto e praticamente palpitava de evidente desconforto.

"Você ficou vermelha", disse.

Eve espiou por entre os dedos, e seus olhos escuros e cautelosos fizeram um arrepio percorrer a pele dele. "Você está segurando meu dildo, Jacob."

"Então você admite que é seu."

"Não, é seu. Você deve ter perdido no sofá meses atrás." Mas a piada não tinha o bom humor de sempre, as palavras iam perdendo força até se tornarem apenas arquejos com forma. Jacob se perguntou se Eve estava pensando nele deitado ali, se masturbando com algo parecido. Esperava que sim, ainda que parecesse anatomicamente improvável. Mas o que ele sabia sobre a capacidade sexual de seu cu? Talvez fosse perfeitamente possível.

Talvez Eve estivesse imaginando todas as maneiras como aquilo podia ser perfeitamente possível.

Ou talvez ela estivesse mortificada porque Jacob estava sozinho em seus sentimentos ilícitos e fazendo papel de idiota.

Aquela possibilidade foi um balde de água fria.

Jacob deixou o brinquedo na mesa de canto abruptamente.

Eve soltou um suspiro de alívio e voltou a se recostar na cama, cobrindo os olhos com um braço.

"Desculpa", Jacob disse.

"Não", ela murmurou. "Não, é...", e deixou a frase incompleta. Só Deus sabia o que pretendia dizer.

Se ele tivesse um grama de noção ou de respeito próprio, aquele teria sido um ótimo momento para acalmar os ânimos. Mas ele devia ter perdido as duas coisas no decorrer dos acontecimentos, porque, em vez de mudar de assunto — ou se jogar pela janela —, Jacob apenas olhou para Eve. Olhou e se permitiu notar os braços rechonchudos e macios, as linhas escuras e delicadas das palmas de suas mãos. As curvas fartas de seus seios por baixo da camiseta. A bainha tinha subido um pouco, e ele conseguia ver um trecho de pele acima da calça legging. Conseguia ver seus quadris. E conseguia ver o começo de uma cicatriz do lado direito, que parecia ser de remoção do apêndice. Ele já havia visto aquele tipo de cicatriz.

Era como se Jacob nunca tivesse visto Eve. Ou melhor: ele tinha se esforçado tanto para manter os olhos fechados, mas agora estava exausto e seus olhos estavam bem abertos. Só que ela estava se escondendo, o que sugeria que não queria ser vista.

Jacob estava tentando recuperar o que lhe restava de controle quando ela deu uma espiada nele e perguntou: "Vai tirar sarro de mim pro resto da vida?".

"Você acha que vou tirar sarro de você." Ainda bem que sua voz saiu tensa o bastante para que as palavras ficassem monótonas e duras, em vez de gotejando desejo e, bom, esperança, ambos inapropriados. Porque Eve era gloriosamente tranquila em relação a sexo, e com certeza não estava nem aí para a opinião dele — não costumava estar, pelo menos. Só quando importava. Então por que isso importaria?

Algumas pessoas contavam ter sido surpreendidas por seus próprios sentimentos, mas os sentimentos de Jacob costumavam acertar a cabeça dele como um taco de beisebol. No momento, ele estava vendo estrelas e lutando contra uma segunda concussão, porque havia acabado de descobrir algo sobre si mesmo: não queria ser amigo de Eve.

Não, não era isso. Ele queria ser amigo dela, sim. Sem dúvida. Mas queria ser amigo dela *e*...

Pobre Jacob, não devia seguir aquela linha de pensamento.

Mas, quando ela murmurou: "*Sei* que você vai tirar sarro de mim", ele se sentiu como um lobo que identifica uma presa doce e macia. Um lobo que não seria capaz de deixar a perseguição de lado nem se quisesse.

"E por que isso, fofura?", Jacob perguntou, suave, mantendo-se imóvel, porque caso contrário ela poderia olhar para baixo e notar o pau duro dele.

"Porque você é sensato demais pra se masturbar", Eve falou, mas assim que as palavras deixaram sua boca, ela pareceu notar que o que disse era ridículo. Mordeu o lábio, balançou a cabeça e começou de novo. "Você é sensato demais pra se masturbar como eu me masturbo."

Santo Deus, ele quase teve um troço. Seus músculos quase cederam, talvez porque cada gota de sangue de seu corpo tivesse se apresentado para o serviço em seu pau. Jacob agarrou os lençóis para não agarrar a si mesmo e aliviar a pressão.

"E como você se masturba?", ele perguntou. Era impressionante que só houvesse um leve indício da sensação de *vou morrer de tanto tesão* em sua voz.

"Com um pinto de silicone cintilante e uma fanfic sobre o peitoral do Capitão América", ela disse.

Jacob fez uma nota mental para aumentar a dose de exercícios para o peito quando seu pulso se recuperasse.

"Olha só! Olha só!" Ela apontou para o rosto dele. "Você está surtando."

"Não estou, não."

"Está, sim. Você está horrorizado. Bate uma em silêncio e com eficiência no chuveiro, pra já se livrar de todas as provas, não é?"

Jacob engoliu com dificuldade. Seus quadris reagiram, só um pouco, quando Eve falou "bater uma". Ela estava falando dele. Estava pensando nele. Já tinha pensado nele? "É mais fácil, fazer no chuveiro."

"Eu sabia. E você deve pensar em, sei lá, peitos sem corpo ou algo tão inofensivo quanto e..."

"Você já pensou muito nisso? No que eu penso?" A pergunta saiu antes que ele pudesse impedir.

E a resposta dela foi igualmente rápida e imprudente. "Bom, sim. Mas, quando penso a respeito, suas fantasias não são nem um pouco inofensivas."

Havia como engolir as palavras de volta? Eve tinha se perguntado isso inúmeras vezes ao longo dos anos, mas nunca tão apaixonadamente quanto naquele momento.

O que ela tinha acabado de dizer?

Já era ruim o suficiente ter esquecido o pinto de silicone escondido entre as almofadas. O pior era que Jacob tinha ficado perturbado a ponto de sua mandíbula se cerrar de tal forma que Eve estava genuinamente preocupada que ele pudesse quebrar um dente. Como se não bastasse tudo isso, ela ainda meio que insinuou que estava *muito* a fim dele. Dele, de seus ombros largos, do modo como empurrava os óculos mais para cima no nariz, do ar de controle calmo que parecia ter sobre todas as coisas e do modo como esse ar desaparecia abruptamente quando ele surtava.

Jacob provavelmente ia surtar agora. Ia dar o maior sermão da história em Eve sobre relacionamentos apropriados ao ambiente de trabalho e interações amistosas, depois jogaria vários manuais na cabeça dela e a trancaria naquele quarto até chamar um padre para exorcizar todo aquele tesão dela.

Só que... não foi o que ele fez. Ele se inclinou para perto, tão perto que Eve parou de respirar. Ela tinha mesmo prendido a respiração, e o aperto em seu peito foi espelhado por um aperto repentino e delicioso na região do baixo ventre. Ainda mais embaixo, na verdade. Eve se sentia quente e luminosa por dentro desde quando ele examinou seu brinquedo sexual com tanta atenção. Quando Jacob fechou seus dedos compridos e fortes em torno de algo com que ela tivera um orgasmo na noite anterior, ela sentiu o clitóris inchar. Ele inclinou a cabeça e ficou olhando, fazendo perguntas com uma voz de aço, e ela sentiu os peitos pesarem. Sentia um latejamento entre as pernas. Sua boceta estava molhada e sensível, roçando contra o algodão úmido da calcinha.

E agora ali estava ele, muito, muito perto dela, fazendo tudo piorar. O tesão percorria o corpo dela, lenta e sinuosamente como a música tocando ao fundo, que era "Special affair", do The Internet. Claro que uma música sexy pra caralho ia começar a tocar naquele momento. *Claro* que sim.

Ela se moveu ligeiramente no sofá, esperando ter sido sutil, mas aparentemente não foi.

"Você está inquieta, Eve."

"Bom", ela arfou, "você poderia ser mais cavalheiro e não anunciar em voz alta". Não havia irritação na voz dela. Eve estava sem ar e desesperada demais para isso.

"Poderia", ele concordou, antes de continuar a fazer perguntas que faziam a pele exposta dela parecer eletrificada. "Você está desconfortável?"

"Eu..." Eve se mexeu mais um pouco até uma almofada embaixo dela fazer uma pressão doce entre suas coxas.

"Ah", ele disse, baixo. "Não mais."

Eve olhou para ele e viu a compreensão ardente em seus olhos frios. Jacob pareceu tão seguro que ela se perguntou o que ele vira em seu rosto. "Jacob..."

"Sobre o que você acha que eu fantasio? Me conta. Talvez esteja mais perto da verdade do que você imagina."

Ah. Ah, minha nossa.

Ocorrera a Eve algumas vezes ao longo da semana (em especial quando Jacob olhava para o peito dela por mais tempo do que seria apropriado) que ele talvez se sentisse atraído por ela. Mas Eve sempre deixava a ideia de lado, porque Jacob era sensato demais para ter sentimentos inconvenientes, porque eles mal se gostavam não fazia nem cinco minutos e porque... porque *ela* sentia atração por ele, então era evidente que não podia confiar em sua própria percepção. Eve tinha achado que era tudo uma esperança vã e procurado seguir em frente.

Mas agora o bom senso estava lhe dando um tapa na cara com uma lista quilométrica de fatos, começando com Jacob a chamando de fofura e terminando com o modo como ele umedeceu a curva do lábio inferior com a língua. Jacob mantinha olhos vorazes fixos nela, com um foco desconcertante. Não era só uma esperança vã.

Nem um pouco, pelo visto.

A melhor coisa a fazer seria encerrar a conversa no mesmo instante. Afinal, Eve *queria* Jacob, o que significava que ele não podia ser bom para ela. Os desejos e as escolhas de Eve eram sempre errados.

Mas ela tinha o hábito de cometer esses erros mesmo assim. Portanto, não foi uma surpresa quando ela abriu a boca e entregou tudo.

"Acho que você fantasia comigo." Ela tinha visualizado aquilo mentalmente umas mil vezes. Tinha ouvido o chuveiro abrir mais adiante e imaginado a pegada firme e punitiva dele em seu pau vermelho. Imaginara Jacob cerrando os dentes ao gozar na própria mão e sussurrar o nome dela.

Só que nunca tinha achado que contaria isso a ele, nem em um milhão de anos. E nunca tinha achado que ele responderia: "*Sim*".

Jacob chegou ainda mais perto na semiescuridão, os joelhos dos dois se roçaram, a mão boa dele afundou a almofada à medida que ele se inclinou, a testa dele bateu na dela. Eve fechou os olhos ao sentir o hálito dele, ainda doce dos biscoitos, na própria boca. "Sim", ele repetiu, "eu penso em você. Venho tentando parar. Não... não me masturbei porque seria errado, Eve, muito errado, mas tenho pensado e não consigo parar".

A respiração dela estava acelerada e mais alta que a música ao fundo, mas a dele estava ainda mais rápida e mais alta que a dela, e isso transformou o tesão frenético e nervoso de Eve em algo mais lento e mais seguro. As palavras tinham saído de Jacob como se aquela necessidade proibida estivesse bloqueando sua garganta, como se ele não quisesse dizê-las, como se tivesse tentado desesperadamente agarrá-las com as mãos ensanguentadas, mas elas escapassem em uma onda incontrolável. Eve era desejada, se não completamente, pelo menos apaixonadamente demais para que pudesse negar, e a constatação recaiu sobre ela como um cobertor de neve e uma lufada de calor no verão, tudo ao mesmo tempo: forte e fresca o suficiente para tirar o ar de seus pulmões, mas também lânguida e sensual.

"A gente devia fazer algo a respeito", Eve disse.

"Não." Mas Jacob não se afastou, não deixou de tocá-la. Ele a tocou *mais*. Apoiou um cotovelo na almofada do sofá, porque seu pulso não o sustentaria, e usou a outra mão para... para tocar de leve a bochecha dela, com o mais leve carinho.

Eve estremeceu.

"Seria uma péssima ideia", Jacob prosseguiu, firme. "Estou com o pau duro demais no momento pra lembrar *por que* seria uma péssima ideia, mas tenho certeza de que seria."

"Provavelmente porque estamos tentando ser amigos", ela tentou ajudar, "e por causa da nossa relação de tra...".

"Não diz mais nada", ele a cortou. "Pelo menos não antes de eu te beijar."

"Você vai me beijar?" Ela engoliu em seco, sentindo um redemoinho poderoso de puro desejo se formar em sua boceta e se espalhar pelo corpo todo.

"Não sei", Jacob disse, suave. "Eu não deveria. Não pretendia. Mas olha só pro seu *rosto*."

Ela corou. "O que... o que tem o meu rosto?"

"É tão óbvio que você está com tesão." Ela ficou mortificada, até que Jacob continuou: "É muito difícil resistir. Então, sim, acho que vou mesmo te beijar. Desde que você queira. Você quer que eu te beije, Eve?".

Aquele era o eufemismo do século, mas tudo que ela conseguiu dizer foi: "Quero".

Aparentemente, era só isso que precisava para que Jacob parasse de falar. Sua mão deslizou da bochecha para o cabelo dela. Ele agarrou as tranças com delicadeza e inclinou a cabeça dela com a mesma precisão com que posicionava os travesseiros das camas. Então a beijou de um jeito tão incontido que mandou a precisão por água abaixo.

O pulso dela acelerou, desesperado e aliviado. Uma piscina de luz líquida cintilava atrás de suas pálpebras fechadas. Por um momento, tudo que Eve conseguia pensar era: *Tenho que ser sua, e claramente você é meu.*

Por sorte, a boceta dela logo assumiu os procedimentos e substituiu todas aquelas sensações elevadas pelo bom e velho tesão.

Eve gemeu contra a pressão firme dos lábios dele, porque seus nervos sensíveis estavam prontos para mais de sua delicadeza, e no entanto Jacob lhe oferecia pura paixão. Ele movimentou a língua por baixo do lábio superior dela, em golpes sutis e insistentes, quentes, úmidos e macios. A boca dela se abriu para ofegar e ele enfiou mais a língua, provocando-a e excitando-a enquanto seu corpo forte pressionava o dela.

Eve sentia o gesso apoiado nas almofadas do sofá atrás de sua cabeça, sentia o calor do corpo largo dele diretamente à sua frente e a mão esquerda em seu cabelo, completando o casulo em que Jacob a prendera. Ela gostava da sensação de estar presa por ele, próxima dele. E gostou ainda mais quando ele grunhiu e deslizou a mão mais para baixo, passando pelo pescoço para chegar ao peito volumoso dela. Eve se arqueou com o toque dele, e Jacob a agarrou — de repente, com força, sem dó. Ele... *apalpou* Eve, um gesto que não era nem um pouco a cara dele, ao mesmo tempo que era absolutamente a cara dele, em sua exigência implacável, e a boceta dela pareceu se dissolver em uma pilha de glitter. Glitter molhado, se o fluxo repentino em sua calcinha fosse algum indicativo.

Eve se ajeitou um pouco, procurando a pressão que seu corpo exigia, querendo aquilo — querendo Jacob — demais para fazer movimentos lentos e comedidos. Às vezes, quando transava, Eve achava que devia ficar mais parada, mais quieta, para evitar que a outra pessoa, quem quer que fosse, não percebesse que ela realmente perdia a cabeça quando estava com tesão, e não achasse isso esquisito ou um pouco demais.

Muita gente já tinha achado esquisito ou um pouco demais.

Mas Eve estava estranhamente segura de que Jacob não seria uma dessas pessoas. Quando ela gemeu um pouco e meio que se esfregou num travesseiro, soube que estava certa. Porque tudo que ele fez foi interromper o beijo e se afastar para olhar o corpo dela se contorcendo, e tudo que disse foi: "Cara, você é maravilhosa".

Eve mordeu a parte carnuda da própria mão, logo abaixo do polegar, porque, se não o fizesse, talvez mordesse Jacob.

"Mas é melhor a gente parar", ele disse. Só que parecia um pouco hipnotizado e mantinha os olhos azuis ardentes fixos nela. "A gente devia mesmo parar. Em nome do profissionalismo, pelo menos."

"Não, obrigada", Eve disse. "Deixa só eu tirar o sutiã."

Ele soltou um barulhinho agoniado e deixou o corpo cair nas almofadas. "Vou ter que tirar os óculos, né?"

"Por quê?", ela perguntou, num contorcionismo frenético para tirar a camiseta e se atrapalhando com o fecho do sutiã. Jacob parecia totalmente inebriado de tesão, as pupilas gigantes, o pau era uma coluna sólida sob o jeans — só Deus sabia quando ele ia voltar à severidade de sempre e parar tudo de fato. Eve queria sentir tanto prazer quanto possível antes que ele voltasse a ser sensato.

"Porque se eu estiver com eles quando enfiar a cara nos seus peitos", ele disse, tirando os óculos com cuidado, "provavelmente vou entortar a armação".

"Ah", ela disse, baixinho, desabando sob o peso de seu entusiasmo. "Uau. Ok. Melhor tirar então."

"Hum..." Jacob deixou os óculos na mesinha ao lado, depois se virou para ela e pegou seu quadril. Sua mão era forte como aço, quase como se ele a segurasse no lugar para que pudesse abaixar a cabeça e olhar para seu corpo do mesmo modo como olhava para tudo: com um foco desconcertante e uma intenção óbvia. Jacob soltou o ar, com força e intensidade, enquanto seus olhos percorriam com adoração as curvas dela. Então pressionou o rosto contra a barriga de Eve e roçou os dentes na sua pele.

"Ah", ela arfou, e a sensação disparou direto para seu clitóris.

Ele lambeu o ponto que havia mordido antes de subir um pouco. "Desculpa. É que você parece ter um gostinho bom."

"E tenho?"

Jacob ergueu os olhos para encontrar os dela e disse, sua voz um grunhido baixo: "Eve. Você deve saber que sim". Depois se voltou a seu exame inexorável. Suas mãos subiram, subiram, subiram pelo corpo dela, até ele pegar o peito nu dela, o dedão acariciando o mamilo projetado.

Um gemido saiu dos lábios de Eve enquanto ela se arqueava contra os travesseiros. Suas coxas se abriram automaticamente, o espaço entre suas pernas vazio, voraz e sedento por... algo. Pressão. Prazer. Ele.

Jacob colocou o mamilo dela na boca e o chupou com força por um momento torturante antes de lambê-lo com toda suavidade. O contraste fez uma série de pequenos incêndios se espalharem pelo corpo dela, da boca do estômago para o botão do clitóris para o ponto logo abaixo do esterno.

"Você não me disse se vibra", ele insistiu.

Por um momento, ela se sentiu tão zonza de sensações que não entendeu direito do que ele estava falando. Então se lembrou de Jacob segurando seu brinquedo, estudando-o com aqueles olhos que não deixavam nada passar e fazendo perguntas cuidadosas e clínicas. Sem ar, ela se contorceu e se viu envolvendo o corpo de Jacob com uma perna, como se pudesse puxá-lo para o espaço entre suas coxas.

"Eu... ele... vibra, sim", Eve disse. "Mas nunca liguei, porque não queria que você escutasse."

Em resposta, o olhar dele ficou mais sombrio, sua mão forte apertando o peito dela. O modo como Jacob a tocava... Como se ele fosse um pirata reivindicando o ouro que havia saqueado. Seu desejo determinado e desavergonhado fazia um fogo subir pela garganta dela e o desespero melar suas coxas.

"Deve ter sido melhor assim", ele comentou, antes de baixar a cabeça para chupar o peito dela de novo. Eram chupões demorados, lentos e quentes, que afetavam seu clitóris tanto quanto seu mamilo.

Eve gemeu e arqueou as costas. "Preciso..." Ela desceu a mão por entre as pernas, mas no caminho se distraiu com o corpo delicioso dele, ainda totalmente vestido e ainda assim tão gostoso e tão *Jacob*. Quando ela passou a mão pelo corpo dele, ele ergueu os olhos.

"Com força", disse. "Se for me tocar, toque com força."

Ela piscou antes de segurá-lo com mais firmeza. "Assim?"

"Mais."

Por um momento, Eve quis se segurar, mas... bom. Ele estava literalmente pedindo. "Assim?" Ela pressionou mais, enfiando as unhas em sua pele através da camisa.

Ele soltou um leve silvo de prazer e fechou os olhos. "É. Caralho." A voz dele saiu rouca.

"No corpo todo?"

"No corpo todo. Sempre. Pode fazer isso por mim?"

"Opa, com prazer."

Seu sorriso era algo feito de mercúrio mudando de forma com o tesão. "Ótimo."

Ela ergueu a camisa dele, passando as unhas em seu peito no processo, expondo-o centímetro por centímetro. "Hum... Continua me lambendo. Espera... posso tirar isso? Espera... você me lamberia em outro lugar?"

Jacob riu de leve contra a pele dela, depois passou a língua em seu peito de novo antes de murmurar: "Não consegue se decidir, fofura?".

"Acho que quero tudo."

"E vai ter." Ele fez uma pausa. "Só que é meio complicado tirar minha camisa. Melhor só desabotoar por enquanto."

Eve deu uma risadinha e Jacob se endireitou para permitir que ela executasse a tarefa. Ela abriu bem a camisa e tentou não babar diante da potência do tronco longo e esguio de Jacob, enquanto ele se esticava até a mesa para pegar — ai, meu Deus — o vibrador. Também conhecido como M'Baku. Não que ela fosse admitir que tinha lhe dado um nome.

"Então", Jacob disse, se arrastando no sofá-cama, "você mete isso em si mesma".

Ela sentiu a garganta fechada ao responder: "É".

"Só isso, nada mais?"

"É." A resposta saiu tensa e ofegante, porque Jacob estava puxando o elástico da cintura da legging. Puxando para baixo, para baixo, para baixo. Quando a calça não desceu fácil, ele puxou mais forte, com uma impaciência que fez Eve gemer. Ela se apressou em ajudá-lo na remoção, chutando a calça e rindo quando ele literalmente a jogou de lado.

"E você gosta disso?", Jacob perguntou, se acomodando entre as coxas dela. Seu rosto pairava sobre a boceta protegida pelo algodão, e tudo que Eve queria era agarrá-lo pelos cabelos e enfiar a boca dele em seu clitóris, com vontade. Só que Jacob tinha recuperado o foco, o que também era bom. Estava focado nela, em suas palavras, seus olhos azuis fitando a boca dela. "Você gosta de meter isso e nada mais?", ele repetiu, sua voz um grunhido. "Isso te faz gozar?"

"Quando meto forte o suficiente", ela sussurrou. "E fundo o suficiente."

Jacob grunhiu, fechando os olhos com força. Eve sentiu o sofá-cama balançar com a pressão dos quadris dele. "É?"

"É", ela sussurrou, observando-o fascinada. Ele estava... perdendo o controle. Perdendo o controle de uma maneira que ela nunca havia visto antes, as mãos tremendo enquanto brincavam com a renda do elástico da calcinha. Perdendo o controle por causa dela.

Deus, aquilo era uma delícia. Era tão excitante que ela achou que ia morrer.

"Vou fazer isso", ele disse, quase para si mesmo, "depois vou te deixar sozinha".

Ela mordeu o lábio. "E se eu não quiser ficar sozinha?"

Ele tensionou o maxilar. "Existem certas... regras, Eve. Regras sociais. Sei quais são. Aprendi todas elas."

"Eu também", ela retrucou. "Mas talvez não me importe."

"De tanto que me quer?", ele perguntou, sarcástico. Como se aquele não pudesse ser o motivo e ele não estivesse disposto a ouvir nada diferente. Antes que Eve pudesse começar a formular uma resposta adequada, antes mesmo que ela pudesse identificar quão errada era aquela atitude, Jacob prosseguiu. "Eu nem devia estar fazendo isso, mas..." Sua voz falhou quando ele finalmente olhou para a boceta dela. "Olha só pra você. Vou só..."

"O quê?", ela quis saber, sem ar, seus quadris se erguendo sem permissão, perseguindo o convite macio e inchado da boca dele.

"Vou só te ajudar um pouquinho", ele disse, como se esse fosse um jeito perfeitamente razoável de descrever que vai foder alguém com um vibrador roxo gigante. Ela tinha certeza de que a intenção dele era fodê-la com o vibrador roxo gigante. Porque Jacob o colocou com cuidado ao seu lado, como se fosse precisar dele depois, enganchou um dedo no tecido úmido da calcinha e o puxou para o lado, só o bastante para expor sua boceta desesperada. "Vou deixar você preparada", ele murmurou, "e depois dar uma ajudinha".

"Jacob..."

Ele inclinou a cabeça e pressionou a língua na boceta dela. Eve quase gritou, de tão intensa que foi a onda de prazer. Parecia se desdobrar, desdobrar e desdobrar exatamente a partir do centro dela, até dominar todo seu corpo. Violentamente.

"Hum...", ele murmurou, e o som reverberou através dela. Então ele a abriu com a língua. Devagar e com cuidado, Jacob lambeu o clitóris inchado.

"Ah, nossa", Eve gemeu, e suas mãos caíram para agarrar o cabelo dele. "*Deus.*" Ela o puxou, quase brutalmente, e ele gemeu.

Então ele a lambeu de novo. Nessa hora talvez ela tenha soltado um gritinho.

Ele olhou para ela com um sorriso travesso e satisfeito no rosto, os lábios brilhando com a umidade dela. "É melhor você me dizer o que quer."

"*Jacob.*" Ela levou uma mão ao peito e apertou com força, fingindo que era ele. Só precisava dele.

"Me diz exatamente o que você quer. Me diz", ele ordenou, "e aí vou aprender isso também".

"Caralho", ela conseguiu dizer, "por que você é tão... *gostoso*?".

"Por sua causa", ele disse, "é claro".

Ela ficou com um pouco de vontade de estapeá-lo, mas de um jeito sexy. Na verdade mais do que isso... "Quero que você me coma."

"É mesmo?", ele perguntou, baixo, levando a cabeça até a boceta de novo. Sua boca, terna e firme, roçou as dobras dela enquanto ele falava. "Me deixa adivinhar. Você quer algo gostoso, comprido e grosso dentro de você. Aqui." Ele enfiou a ponta da língua na entrada sensível, e Eve sentiu o corpo todo sacudir, como se tomasse um choque de prazer.

"Agora", ela arfou, os nervos zunindo com a urgência de... de agarrá-lo, colocá-lo de pé e arrancar sua calça jeans.

Jacob pegou o vibrador e disse: "Ainda bem que temos isso aqui".

Foi estranho, o jeito como sua pulsação pareceu acelerar por antecipação enquanto o coração murchava um pouco. "Quero *você*."

"Estou bem aqui", ele disse, seu olhar preso no dela; em seus olhos havia algo de solene e mais sério do que ela jamais tinha visto. "Me deixa fazer isso. Tá bom, Eve?"

Fragmentos de realidade se insinuaram dentro dela. Como o fato de que o que estavam fazendo ia complicar as coisas, e Jacob odiava complicações. Ou o fato de que *ela* não deveria ter *tempo* para complicações, porque estava ocupada aprendendo a tomar decisões adultas e sensatas, em vez de decisões bagunçadas motivadas pelos hormônios.

Os dois flutuavam juntos em uma bolha de luxúria, apenas uma película frágil os protegia de perguntas difíceis como "O que isso significou?" e "O que nós somos agora?". Talvez Eve não fosse a única que havia aprendido a temer as inevitáveis respostas negativas a questões desse tipo.

Ela passou uma mão pelo cabelo dele e perguntou: "O que você quer, Jacob? De verdade?".

Ele fechou os olhos por um momento antes de responder com a voz doendo de sinceridade: "Muita coisa. Mas, mais do que tudo, quero te conhecer assim".

Aquelas palavras foram uma surpresa tão doce que Eve riu, sua excitação voltando a crescer e se afastando das preocupações. "Por que tudo que você diz tem que ser tão sexy?"

Ele pareceu primeiro surpreso, depois satisfeito. "A conversa costuma ser meu ponto fraco."

"Então me dá um aviso antes que a gente chegue nos seus pontos fortes, ou acho que vou desmaiar."

"Tá", ele disse. "Estou avisando agora." Com o dedão, ele abriu Eve, pressionou bem sua boceta e meteu lá dentro. De repente, não havia nada além de plenitude e pressão, uma pressão que se transformou em energia vibrante e transbordante quando ele encontrou o ponto G dela e começou a acariciá-lo com círculos lentos.

"Ah, porra", Eve disse, com a voz falha. O prazer fazia suas veias pulsarem enquanto ele inclinava a cabeça e chupava — chupava mesmo — o clitóris dela, com delicadeza e insistência. O tempo virou um borrão. Em algum momento, Jacob trocou o polegar por dois dedos e meteu mais fundo e mais forte, e depois de novo. O clitóris foi ficando cada vez mais sensível, e ele o lambeu em vez de chupar, dando alguns toquinhos leves quando ela estremecia. A cada segundo inebriante que passava, o desejo descontrolado dentro dela piorava, ou talvez melhorasse, dependendo da perspectiva.

"Pronto", Jacob disse, baixo, olhando para o lugar onde estava metendo. Eve não conseguia ver lá embaixo, os músculos de seu abdome não estavam funcionando no momento, então não podia se sentar e ter uma visão completa. Mas ela conseguia ver a expressão de Jacob, os olhos escuros como uma tempestade, o desejo óbvio na curva inchada e satisfeita da boca. Ele assistia aos dedos grossos entrando e saindo da boceta dela, desfrutando daquilo.

Quando os retirou de vez, ela gemeu em protesto, e ele riu. "Tenha paciência, fofura." Antes que Eve conseguisse encontrar uma boa resposta na poça derretida que era seu cérebro, Jacob fez algo que transformou o resto das funções motoras dela em fumaça. Pegou o vibrador e passou a língua — a mesma língua que a havia devastado com tanta facilidade — em toda a extensão do brinquedo.

O ar deixou os pulmões de Eve em uma lufada longa e cheia de tesão. Através das pálpebras pesadas, ela viu a boca maravilhosa de Jacob preparar o silicone roxo até que ele brilhasse à meia-luz.

Então Jacob olhou para ela e disse, com voz baixa e áspera: "Abre mais as pernas".

Sim, senhor. Ela obedeceu, corando um pouco com o som de sua própria umidade e sentindo o ar fresco contra a pele.

"Ótimo", ele disse. "Agora dobra os joelhos."

Ela corou ainda mais, mas nossa, não achava que seria fisicamente capaz de desobedecer à sua voz determinada. Enquanto se expunha, Eve não pôde evitar balbuciar: "Desse jeito você vai conseguir ver o que eu comi no jantar".

Ele arqueou uma sobrancelha. "Não é assim que a anatomia funciona, Eve."

"Eu *sei*..."

"Na verdade, o que eu consigo ver é cada centímetro da sua boceta molhadinha implorando." Jacob pressionou a cabeça lambida do vibrador contra a abertura dela. "Que é exatamente o que eu queria." Então a penetrou.

O som que Eve fez naquele momento era menos parecido com palavras e mais um emaranhado confuso tipo AimeuDeusJacobnãosimputamerda. Era como se ele tivesse ouvido tudo que Eve havia dito e um pouco mais, as partes secretas, as partes não declaradas, as partes em que ela queria aquela abertura abrupta, a sensação de plenitude sendo forçada nela. Porque Jacob havia metido o vibrador enorme dentro dela sem hesitar, e quando ela se contorceu de prazer, ele apoiou o braço direito em sua barriga para segurá-la no lugar.

"Quer que eu pare?", ele perguntou, em uma voz que revelava saber muito bem que a resposta seria não.

"Ai, meu Deus", foi tudo o que ela conseguiu dizer. Cada nervo de seu corpo terminava em um fogo de artifício. "Ai, meu Deus."

"Não. Fala meu nome."

"*Jacob*."

"Melhor assim." O vibrador chegou ao fundo dela, e Jacob olhou para baixo. "Você é tão linda, Eve. Quero muito entrar em você."

Ela mal conseguia pensar àquela altura, movendo os quadris desesperadamente como se pudesse fazer tudo sozinha, embora soubesse que ele não ia deixar. "Quer mesmo?"

"Claro que sim. Olha só como você é perfeita." Ele continuava olhando para a boceta dela enquanto balançava o corpo contra o sofá-cama. "Olha só como você quer." Tirou o vibrador devagar, depois voltou a enfiá-lo sem aviso. "Olha só como você recebe isso", ele disse, e, nossa, ela nunca tinha ouvido um homem soar acadêmico e cheio de tesão ao mesmo tempo. "É uma delícia", Jacob disse. "Você é uma delícia." Ele gemeu e voltou a lamber o clitóris dela, como se não conseguisse evitar, enquanto a penetrava com o vibrador, e *puta merda*.

Absolutamente ninguém ficou surpreso quando as pernas de Eve se sacudiram, sua voz falhou e ela gozou um monte no rosto dele.

15

Ver Eve gozar era como ver a aurora boreal, só que melhor. Porque Jacob podia explicar a aurora boreal, o que para ele tirava um pouco da beleza da coisa. Mas não podia explicar aquela mulher. Não podia explicar por que tudo nela o levava ao limite, à beira de um abismo perigoso. Não podia explicar por que já temia o momento em que se levantaria e a deixaria sozinha no quarto — porque Jacob ia mesmo deixá-la, por mil razões válidas, e porque era o que costumava fazer: deixar antes que pudesse ser deixado.

Mas Jacob não conseguia explicar por que, dessa vez, pensar em seus procedimentos costumeiros o fazia querer morrer.

Ele não conseguia explicar nada.

Então simplesmente desfrutou o gosto de Eve em sua língua, a expressão de puro êxtase em seu rosto e o som do nome dele em seus lábios. *Jacob, Jacob, Jacob*, regular como a batida de um coração.

Quando Eve terminou, Jacob deixou o vibrador de lado, beijou a coxa dela e se sentou. Encontrou os óculos, cobriu o corpo lânguido, nu e lindo dela e tentou pensar na coisa certa a dizer. Era incrivelmente difícil, não só porque seu pau estava mais duro do que nunca e tudo que ele queria era sentir aquela boceta maravilhosa apertada em volta dele... *Não*. Aquela linha de pensamento não o ajudaria em nada.

Eve abriu os olhos e se virou para olhar para ele. Havia uma pitada de resignação em seu sorriso. "Você vai ficar esquisito por causa disso, né?"

"Não esquisito", ele respondeu, mas até sua voz estava superesquisita, rouca e grossa, então não foi a declaração mais convincente que já havia feito. O problema era que, quando Jacob fazia sexo, era sempre sob circunstâncias muito específicas. Ou ele já tinha saído com a mulher de cinco a dez vezes, decidido que gostava dela e confirmado que ela sentia o mesmo, ou...

Na verdade, ele *só* fazia sexo naquelas condições, seguindo sempre o mesmo padrão. Os dois transavam, Jacob ligava no dia seguinte e a mulher atendia e eles saíam de novo, ou não atendia, mas de vez em quando mandava mensagens tarde da noite o convidando para ir à sua casa.

Quando Jacob era mais jovem e mais esperançoso, ambos os arranjos acabavam terminando porque ele era "excessivo". Agora que era mais velho e mais sábio, terminavam porque ele era "emocionalmente distante" — ou, como ele gostava de chamar, sensato. Qualquer que fosse o caso, quando se tratava de mulheres, ele sempre sabia exatamente o que estava acontecendo. E como as coisas iam terminar.

Mas com Eve era diferente.

Ela era sua funcionária, para começar, e também era meio que sua inquilina, o que significava que ele tinha se metido em um potencial campo minado ético. Mas Eve também era...

Também era sua amiga, e amigos eram preciosos para Jacob. Às vezes, quando estavam trabalhando juntos, era meio como se Eve fosse sua parceira. Ela era *permanente*, ou melhor, ele queria que fosse. Mas os relacionamentos de Jacob nunca eram permanentes. Fossem eles namoros ou só sexo à uma da manhã, eles nunca, nunca eram permanentes.

Portanto, se eles fizessem isso, se ficassem próximos demais... sua experiência ensinava que mais cedo ou mais tarde aquilo acabaria, e ela iria embora.

O que era simplesmente inaceitável.

Jacob pigarreou. Agora sabia o que dizer. Só esperava não foder tudo. "Obrigado pela noite. Por tudo. Você... você é uma ótima amiga."

Ela deu uma risadinha. "Ai."

Ótimo. Ele já tinha fodido tudo. "O que foi? Por que 'ai'?"

"Você tem ideia de que 'você é uma ótima amiga' significa 'não quero ir pra cama com você de novo'?"

Ah. "Bom, sim, tenho, mas o que eu quis dizer é que a gente não *deveria* ir pra cama juntos, não que não tenho vontade."

Eve mordeu o lábio, puxou as cobertas para cima do peito e se sentou. "Ah. Tá. Bom... tá. Acho que você deve estar certo mesmo. Quer dizer..." Ela riu, embora o brilho usual tivesse sumido de seus olhos. "Por que fizemos isso, né? Não é como se a gente pudesse começar a namorar."

Aquelas palavras não deviam parecer um soco no estômago, mas pelo visto Jacob estava ridiculamente entregue a essa mulher, então era como se fossem.

"É", ele concordou sem jeito, quando o que queria era perguntar: *Por quê? Por que a gente não poderia começar a namorar? Sou tão inadequado assim? Ou está pensando nos mesmos problemas que eu? Ou...*

Não importava. Jacob não podia perguntar. Se ela dissesse algo doce, inteligente e muito Eve, talvez ele jogasse a cautela para o alto e fizesse o que quer que fosse para torná-la sua... pessoa. E ela não podia ser a pessoa dele, porque as pessoas dele nunca ficavam por muito tempo.

"Bom.. Então estamos de acordo", conseguiu dizer. "O problema é que, a gente estando ou não de acordo, provavelmente vamos continuar sentindo atração um pelo outro." Jacob estava impressionado consigo mesmo por conseguir dizer um eufemismo desses com o rosto sério. "E passamos tanto tempo juntos que erros podem ser cometidos." Uma solução se apresentou enquanto falava, óbvia e muito conveniente. Com a mente ainda girando, ele disse devagar: "Mas há um jeito simples de reduzir o risco". *Um jeito simples de deixar você fora do meu alcance, pelo menos por parte do tempo.*

"É?" Eve arqueou uma sobrancelha, mas ele não conseguia se livrar da impressão de que as expressões dela agora tinham menos vida que antes, eram um pouco mais mecânicas.

Claro que não podia ser o caso. Porque, se tivesse algo de errado com Eve, ela... bom, ela diria. Ela sempre dizia. Era maravilhosamente direta, mesmo agora, na conversa mais desconfortável que já tiveram. O mais provável era que Jacob só estivesse vendo o que queria, que sua mente estivesse procurando provas de que ela também estava morrendo por dentro, como ele.

Mas era evidente que não estava, Jacob estava sendo insensato por se sentir desse jeito, ninguém razoável faria isso. Não em tão pouco tempo e com tão pouco encorajamento. Por Deus, uma semana antes os dois se odiavam.

"Vamos lá, então", Eve disse, sua voz estranhamente cortante. Já devia estar irritada com ele, sem dúvida. "Qual é essa solução mística?"

Ele pigarreou. "Bom... semana passada a gente concordou que você não podia ficar aqui pra sempre." Então ela o havia encantado de tal forma que Jacob se esqueceu de se importar com o fato de que ela estava dormindo em sua sala. Mas agora ele se importava bastante. Por motivos totalmente diferentes. "Talvez a melhor opção seja você se mudar. Eu... tenho algumas acomodações alternativas em mente." Nas quais havia pensado nos últimos dez segundos. "Podemos ir dar uma olhada..." Jacob folheou sua agenda mental enquanto os pedaços de seu plano improvisado se encaixavam, de tão desesperado que estava para evitar a tentação. "Quinta. Não tem nenhum check-in na quinta. Podemos sair pra procurar uma casa."

Pronto: isso significava que ele só precisaria morar ao lado dela, saber que estava sozinha no quarto à noite, com nada além do vibrador que ele usara para fazê-la gozar, por mais quatro dias.

Deus, ia ser um inferno.

"Ok.", Eve disse, depois de uma pausa. "Ok. Combinado. Quinta. Se é o que você quer."

Ele obrigou as palavras a saírem de sua boca: "Isso. Quinta. Certo".

Ela ergueu o queixo. "Certo."

Os olhos dele se fixaram em sua boca, Jacob se lembrou de quando a beijou e quis reviver o beijo de novo e de novo e de novo, pelo resto da vida.

"É melhor eu ir", ele disse, tenso.

Ela não o impediu.

Eve prendeu a respiração e contou até dez. A porta se fechou atrás de Jacob antes que ela chegasse no quatro, porque ele não era dado a olhares longos e persistentes, e mesmo que fosse, não teria dado um a ela.

Ai, ai...

Ela tentou dizer a si mesma que não importava, porque não importava mesmo. Ou melhor, não deveria importar. Ela mal conhecia o cara, e não podia tê-lo mesmo. Era uma escolha ruim, é claro: era seu empregador. Seu empregador temporário. Um homem impossível, gelado, despótico, que provavelmente acabaria se casando com uma mulher severa e composta, e... pelo amor de Deus, por que ela estava pensando em casamento? A questão era: dormir com Jacob tinha sido uma das muitas escolhas terríveis, impensadas e imaturas de sua vida, e ela devia agradecer por ele ter posto um fim tão definitivo naquilo.

Era patético e sem sentido desejar que Jacob tivesse dito algo completamente diferente. Desejar que ele tivesse lhe pedido algo que ela não poderia dar ou não devia querer. Eve repetiu o mantra para si mesma milhares de vezes, até que aquilo ganhasse certo ritmo em sua mente, um ritmo que ela se sentia vazia demais para conseguir cantar. Então ouviu o som vago do chuveiro ligando mais adiante, e em vez de sorrir porque sabia muito bem o que Jacob faria ali, seu lábio inferior estremeceu perigosamente, porque ele não o faria com ela.

Eve olhou para o cômodo que no começo da noite estivera tão cheio de esperança e alegria, depois tesão, e agora decepção, e meio que se desfez.

Foi assim que ela se viu sentada sem roupa à janela, chorando bem baixinho, à espera de que sua avó atendesse o telefone.

Eve voltou a si quando ouviu a voz de Gigi dizer: "*Meu docinho*. Tem algo pegando *fogo*?".

"Ah, nossa", Eve disse, enxugando as lágrimas da bochecha. "Deve ser supertarde..."

"Não, não se preocupe. Vani e eu estávamos vendo *Sangue de pantera*."

"Desculpa." ela fungou. Sua voz era um sussurro, porque Jacob podia sair do banho a qualquer minuto e ouvi-la.

"Por que está sussurrando, meu bem? Tussa duas vezes se tiver sido sequestrada."

Eve riu, mas em algum momento sua voz se confundiu e o riso se transformou em soluço.

"Shivani", ouviu Gigi dizer, a voz ligeiramente abafada. "Preciso fazer um intervalo. Sim. Não, meu amor, não se preocupe."

Ai, Deus. Agora a avó estava interrompendo o programa com a namorada para lidar com a neta soluçando ao telefone. Eve ficou horrorizada por ter retrocedido a esse comportamento infantil. Se recompôs e disse depressa: "Não, por favor, não quero atrapalhar".

"*Docinho*, está na cara que você precisa conversar. Então vamos conversar."

"Não... não é... desculpa, Gigi, de verdade. Acho que te liguei por hábito, mas sou adulta e posso resolver meus próprios problemas." Ela nem tinha um problema, pelo amor de Deus: só estava um pouco chateada com uma decisão que fazia todo o sentido.

Talvez também estivesse ligeiramente irritada com o fato de que a decisão não tinha sido *dela*. Por Jacob tê-la tirado de suas mãos de maneira tão sagaz e decisiva. Não era preciso que duas pessoas decidissem que não podiam dormir juntas: bastava uma. Mas certamente era necessário que duas pessoas concordassem sobre a necessidade urgente de Eve se mudar, não? Ia matá-lo discutir isso com ela em vez sair dando ordens como se eles... bom, como se eles estivessem trabalhando?

A tristeza em seu peito de repente se transformou em uma faísca de irritação inesperada.

"Querida, você está me ouvindo?", Gigi perguntou.

Ah, nossa. Não só tinha incomodado a pobre avó no meio da noite como devaneara no meio da conversa. "Estou. Claro. Desculpa, Gigi."

"Não precisa pedir desculpa. Sei como você fica quando está pensando. Mas tenho que dizer, minha fofinha, que não posso permitir que pense que ligar para mim quando está chateada seja o mesmo que ter um chilique infantil."

Não era comum que Gigi a censurasse. Seu tom severo foi estranho o bastante para chamar a atenção de Eve. "Hum... não pode?"

"Não. Fico feliz que esteja assumindo as rédeas da própria vida e tudo o mais, mas isso não implica renunciar a toda conexão humana e se tornar algum tipo de monja invulnerável vivendo no meio do mato. É perfeitamente razoável ligar para alguém em quem confia quando algo te incomoda."

"Ah. Bom", Eve disse, devagar. "Vendo por esse lado, acho que sim." Sem dúvida ela não pensaria que as irmãs estavam sendo infantis se a procurassem para conversar sobre um problema ou apenas por não estarem num bom dia. Na verdade, gostaria que elas fizessem isso com mais frequência. Ambas eram muito autossuficientes, mas também sofriam com algumas coisas por mais tempo que o necessário porque se recusavam a pedir ajuda.

Eve raramente fazia outra coisa que não fosse pedir ajuda. Estava na lista de atitudes que queria mudar. Mas agora se dava conta de que o segredo era manter o equilíbrio.

"Obrigada, Gigi", disse, baixo. "Acho que você está certa."

"Claro que estou, minha princesa. Agora, o que te deixou chateada a esta hora da noite?"

Eve abriu a boca, então percebeu que: (1) não queria discutir sexo incrível com a avó, ainda que esta avó fosse aprovar totalmente; e (2) na verdade, nem precisava. Eve sabia como se sentia, o que queria e que opções tinha. Só de falar com Gigi já estava mais tranquila e seus pensamentos frenéticos já haviam se desemaranhado.

"Acho", ela disse, devagar, "que não preciso falar a respeito. Acho que só queria ouvir sua voz".

"Você é mesmo uma preciosidade, Eve."

Ela sempre podia contar com Gigi para encerrar uma ligação telefônica deprimente fazendo-a rir.

Quando Jacob desligou o chuveiro, Eve já tinha dado um tapa no quarto, devolvido o vibrador à caixa, guardado a caixa na gaveta, para não ter mais que botar os olhos nele, e vestido o pijama. Ordem. Rotina. Coisas muito importantes para uma mulher que se sentia ferida por dentro, mas queria parecer normal e observar.

Eve ia fingir que estava bem até que estivesse mesmo — porque, apesar de seus sentimentos, os fatos eram claros: ela queria algo impossível. Se Jacob quisesse o mesmo que ela, talvez Eve fosse valente o bastante para arriscar. Mas ele não queria, e ela não tentaria.

As coisas voltariam a ser como tinham sido até o dia anterior, e Eve tentaria ficar tão satisfeita quanto estivera então.

Essa devia ser a escolha adulta, porque ela não estava gostando nada da ideia. Nem um pouquinho.

Era impressionante como a quinta-feira havia chegado rápido, apesar das noites insones de Jacob.

O café da manhã continuou ocorrendo tranquilamente durante a semana, assim como o chá da tarde. A arrumação não era mais tão tranquila, pelo menos para Jacob — porque se controlar, e controlar seus *pensamentos*, quando estava perto de Eve Brown era como dar uma volta numa montanha-russa. De todo modo, ele conseguira executar aquela nova coreografia, bastante rígida, sem surtar. Nunca a tocava enquanto trabalhavam e não falava além do necessário, porque qualquer conversa poderia levá-lo a sucumbir aos encantos de Eve. Então talvez devesse considerar que havia sido bem-sucedido.

Agora, eles seguiam a pé até a casa de tia Lucy para começar a busca por uma acomodação próxima e em conta, e ele devia considerar isso mais um sucesso.

Devia mesmo.

O fato de que continuava profundamente fascinado por Eve e não conseguia esconder, entretanto, não era um sucesso. Agora mesmo, os olhos de Jacob estavam fixos à frente e seus pés caminhavam obedientes pela rua, passo a passo, mas sua mente estava fora de controle, totalmente concentrada em Eve. Ele achava que sentia o calor dela enquanto caminhavam lado a lado, um pouco mais quente que a tarde amena. De vez em quando, acreditava ter uma sensação luminosa causada pelo olhar dela quando se voltava para ele. Como se ela lhe desse olhadas de esguelha e ele estivesse tão em sintonia com cada um de seus movimentos que pudesse senti-los.

Mas eram apenas fantasias: na verdade, só podia escutá-la. Para a sorte dele, ela nunca ficava em silêncio. Depois de alguns momentos de silêncio desconfortável logo que saíram, Eve começou a cantarolar uma musiquinha estranha, a mesma melodia repetida várias vezes, de diferentes maneiras. Era um hábito dela, um tique vocal ao qual Jacob tinha se acostumado. Mas, agora, a caminho da tia Lucy — a caminho de perdê-la, pelo menos um pouco —, Jacob se viu desesperado para compreender tudo que ela fazia, em vez de apenas aproveitar.

Levado pela curiosidade que não pôde controlar, perguntou: "O que está fazendo?".

Eve ergueu os olhos na mesma hora. Quase como se tivesse feito algo errado. "Desculpa", ela disse. Estava sempre à flor da pele agora. Desde que... bom, desde que. Era culpa de Jacob, é claro, e essa consciência afetou os pulmões dele.

O aperto no peito e a falta de ar fizeram com que as palavras dele saíssem entrecortadas. "Não era pra pedir desculpa. Perguntei o que você está fazendo."

Como era de esperar, seu tom brusco afastou o constrangimento dela. Agora Eve só parecia irritada com ele, e ele preferia assim. "Você disse que eu podia cantar. Disse até que era melhor eu cantar que usar fone de ouvido. Eu *avisei* que seria irritante."

"Não acho irritante." Era verdade. Ele achava... familiar.

"Não acha irritante?", ela repetiu, cética, com uma sobrancelha arqueada.

"Foi o que eu falei." Jacob fez uma pausa para pensar no que diria. Não estava certo de que deveria seguir em frente. Afinal, a vida dela não era da sua conta, não como queria que fosse. Inquieto, até pegou o celular, procurando uma distração que o impedisse de falar. Não havia nenhuma notificação na tela. Nada particularmente interessante acontecia na pousada, a julgar pelas imagens das câmeras. Ok.

Guardou o celular. Quando viu, a pergunta que estava evitando tinha escapado. "Você já ouviu falar em comportamento autoestimulatório?"

Ela chutou um graveto para o caminho gramado ao lado, inclinou a cabeça e apertou os olhos na direção do sol baixo. "Não sei. Talvez. O que é mesmo?"

Jacob se permitiu observar por um momento como o cabelo dela caía, o modo como uma trancinha lavanda ficou enrolada no espaço macio entre o pescoço e o ombro. Então desviou o rosto. "É um tipo de... ação repetitiva, para reconfortar, focar ou se autoestimular. Muitas pessoas autistas fazem isso."

"Ah", ela disse. Fez uma pausa. "Bom, se você quiser... fazer isso, vá em frente. Não ligo. De jeito nenhum."

Jacob piscou e estreitou os olhos. Ela achava... achava que estava lhe dando permissão para...? Ele não sabia se ficava feliz ou puto.

Feliz, não. Você não pode ficar feliz.

Certo, então ficaria puto. "Não preciso da sua permissão pra ser eu mesmo, e nunca pediria isso a você." Ele tinha superado aquilo da pior maneira.

Ela bufou. Cruzou os braços. Lançou um olhar indecifrável para

Jacob. "Então... você acha que..." Parou de falar e pressionou os lábios um contra o outro. "Então por que tocou no assunto?"

Boa pergunta. Os sentimentos dele deviam estar lhe causando uma espécie de hemorragia cerebral, porque aquela conversa não era apropriada. Não se pode dizer a uma mulher que ela se comporta com frequência de uma maneira que pode ser lida como autista. A menos que fosse o terapeuta comportamental dela. Havia regras, ou... limites éticos, ou... alguma coisa. Ou talvez não tivesse; Jacob não sabia. Tinha apenas doze anos quanto tia Lucy lhe dissera que iam ao médico verificar uma coisa, que na verdade não era importante, mas faria com que a escola ficasse mais fácil se os outros tivessem a confirmação daquilo de que ela já desconfiava, só isso.

Portanto, ele não sabia como funcionava quando se tratava de adultos. Sabia que podia estar enganado e que já havia ultrapassado os limites com esta mulher, de modo que era melhor parar o quanto antes.

"Não é nada", ele disse finalmente. "Só... não é nada."

Ela pareceu murchar, embora Jacob não entendesse o motivo. "Tá. Tanto faz." Pouco depois, ele viu o mau humor dela passar, como as nuvens diante do sol — porque ela era Eve, e Eve nunca ficava do mesmo jeito por muito tempo. Ela voltou o raio dourado de sua atenção para o alto enquanto andavam pela avenida ladeada de velhos carvalhos. A luz do sol, através das folhas verdejantes, formava padrões na pele dela e realçava seus olhos escuros. Eve soltou um suspiro que o atirou de volta ao fim de semana anterior, à respiração trêmula dela quando ele a beijara entre as coxas.

Ele se forçou a voltar ao presente antes que seu pau pudesse reagir. Caminhar pelas ruas de Skybriar com o pau duro não faria bem à sua reputação, profissional ou pessoal.

"Ah, olha", ela disse, apontando. "Um anúncio do festival."

Jacob olhou para o banner que anunciava o Festival do Biscoito de Gengibre. Em vez da ansiedade de sempre para que tudo saísse perfeito no evento, o que ele sentiu foi uma confiança tranquila em Eve. Não era um sentimento que o levava a se importar menos com ela, por isso o reprimiu e apenas grunhiu.

"Essa cidade é muito fofa", ela murmurou. "Não sei como você pode ser tão rabugento morando aqui."

"Tenho muita força de vontade", ele respondeu.

"É a primeira vez que passo por essa rua. É bonita."

"Você nunca passou...?" Ela não devia mesmo ter passado. Jacob sabia que Eve tinha saído para fazer compras e que às vezes ia ao mercado, mas fora isso...

"Não tenho muito tempo pra passear", ela disse. Suas palavras saíram leves e uniformes. Era apenas a simples afirmação de um fato, mas ainda assim aquilo atingiu Jacob como uma martelada de culpa. Quanto mais pensava a respeito, mais a pousada parecia um campo de trabalho forçado, nos últimos tempos.

"Sinto muito", ele soltou. Era verdade. Quando era pequeno, ele prendeu uma borboleta dentro de um pote de vidro. Embora Jacob tivesse aberto buracos para que ela respirasse e a alimentado de acordo com a seção de fatos rápidos de sua enciclopédia de insetos, a borboleta morreu.

Tia Lucy disse a ele que borboletas precisavam ser livres para voar. E Eve era igual.

Eve olhava para Jacob um pouco surpresa, provavelmente porque ele não pedia desculpas muito mais que umas três vezes ao ano. "Tudo bem", ela disse. "Eu poderia sair, se quisesse. Depois do chá, ou..."

"Só que em geral você está morta de cansaço porque faço você trabalhar como uma condenada."

Ela riu alto. "Você é tão dramático."

"Me diz que estou errado."

"Você está errado, Jacob."

"As coisas vão mudar quando meu pulso estiver curado. Em quatro semanas, prometo que sua carga de trabalho vai ser bastante reduzida."

Ela se virou e lhe lançou outro olhar que ele foi incapaz de decifrar, um que parecia completamente desprovido de frivolidade ou mesmo de sarcasmo. "Certo", ela disse, baixo. "Quatro semanas." Então engoliu em seco e se virou, seguindo um pouco à frente dele. "Aposto que você faz essas promessas pra todos os seus servos voluntários."

Ele desdenhou, depois notou um movimento familiar mais acima. Sem pensar, passou um braço pela cintura dela e a puxou para si. No instante em que sua bunda redonda e macia tocou a coxa de Jacob, cocô de pássaro se espatifou no chão onde Eve estava antes.

Eve gritou, previsivelmente. Foi só um gritinho, mas mesmo assim. "Não exagera", ele murmurou.

"*Cocô!*"

"É. Bem-vinda ao interior. O que você estava dizendo sobre cidades muito fofas?"

Ela riu. "Vai se foder."

Jacob notou sua própria boca se curvar em um sorriso, em uma resposta automática. Mas logo a obrigou a voltar a ser uma linha fina de novo, porque tinha lido muitos livros ao longo dos anos, um deles sobre como não ceder à tortura. Os torturadores começariam com coisas pequenas, concessões simples para que você se acostume a cooperar. Se Jacob se permitisse sorrir quando Eve era encantadora, e ela era encantadora com bastante frequência, sabia que logo estaria rindo com ela e tendo uma conversa de verdade. O próximo passo certamente seria levá-la para o quarto e comê-la em sua cama. Ele podia até imaginar os sons que ela faria, ou o modo como suas mãos percorreriam a pele dele, como se só de tocá-lo ela já ficasse com tesão. Quando se permitia fazer isso, podia imaginar *tudo*.

Motivo pelo qual Jacob não podia ceder nem um pouco quando se tratava de sorrir.

Ele revirou os olhos e a soltou. Bom, quase. Dois dedos engancharam no passante de trás da calça jeans dela e ficaram ali. Mas só, Jacob disse a si mesmo, porque alguém precisava guiá-la. Estavam em terreno desconhecido. Com cocô de pássaro caindo. Era responsabilidade dele zelar por ela.

E Eve claramente concordava, porque se manteve próxima a Jacob enquanto caminhavam.

O primeiro lugar na lista de possíveis acomodações de Jacob era a casa da tia.

Lucy morava em um lugarzinho lindo, um chalé praticamente devorado por glicínias de um jeito que Eve adorou. Ela tinha um quarto sobrando — o quarto que Jacob e o primo tinham dividido quando pequenos e que agora era mantido imaculado. Aparentemente, Eve poderia alugá-lo por um valor simbólico.

"Então ele te botou pra fora", Lucy disse da porta, enquanto Eve olhava educadamente o espaço. "Você o deixou assim puto?"

Eve tentou não se deixar intimidar pela expressão impassível da outra mulher ou pelas suas botas de trabalho terrivelmente maduras (totalmente pretas, sem uma costura amarela que fosse, ou coraçõezinhos ou margaridas desenhados em marca-texto fluorescente. Meu Deus).

"Prefiro não comentar", Eve disse, e deu uma olhada para Jacob, que se mantinha taciturno num canto. Ela não tinha certeza de que história iam contar, uma vez que não podia dizer à tia Lucy que ele a havia chupado no sofá e não confiava em si mesmo para não voltar a chupá-la.

Infelizmente para Eve, ele parecia não estar ouvindo a conversa. Continuava taciturno em seu canto, calado.

"Não deve ter sido tão ruim", Lucy disse. "Ele estaria fazendo muito mais escândalo se você o tivesse deixado puto."

"Ou talvez eu o tenha deixado *tão* puto que ele já despejou toda a sua fúria em mim."

Lucy voltou o olhar bruscamente para Eve e estreitou os olhos gelados. Eles a avaliaram por um segundo tenso, como se procurassem zombaria ou julgamento em sua expressão. Mas não deviam ter encontrado nada, porque depois de um momento a frieza dela se esvaiu e foi substituída por um sorriso divertido. "Pode ser. E o que está achando? Do trabalho?"

"Jacob acha que está me fazendo trabalhar demais."

Lucy revirou os olhos. "Ele é muito preocupado com questões trabalhistas e direitos humanos."

No seu canto, Jacob piscou. "Estão falando de mim?"

"Imagina", Eve disse. "Pode voltar a se ensimesmar."

Ele grunhiu e voltou a olhar para a parede. Parecia que tinha decidido seguir a sugestão de Eve. Impressionante. Bom, cavalo dado não se olha os dentes.

"Estou gostando", Eve disse a Lucy. "Gosto de cozinhar para os outros." Ela sempre soube disso, claro, mas nunca lhe ocorrera que algumas coisas podiam ser ainda mais recompensadoras quando feitas profissionalmente. Agora ela ficava ansiosa para recomeçar o trabalho pela manhã, para cuidar dos outros, não porque não tivesse nada melhor para fazer, mas porque era seu trabalho. Havia passado dias esperando que aquele sentimento passasse.

Mas só ficava cada vez mais forte.

"Acho que fazer as pessoas felizes é meio que... meu combustível", ela disse. "Gosto de trabalhar duro para oferecer coisas a elas. E gosto de ver que elas gostam dessas coisas. É uma mistura de gentileza, desempenho e criação, tudo ao mesmo tempo."

"Hum", Lucy murmurou, parecendo satisfeita. "Então você só vai se mudar pra se livrar de Jacob mesmo."

"Na verdade, é ele que está tentando se livrar de mim", Eve retrucou, brincando também.

O olhar distante de Jacob de repente se voltou para Eve. "Desculpa", ele disse, abruptamente. "Com licença, tia Lucy. Só preciso..." Ele deixou a frase no ar, talvez porque não soubesse como dizer: *Só preciso pegar Eve pela mão e arrastá-la para dentro daquele armário.* Que foi exatamente o que ele fez.

Eve se deixou ser arrastada, claro. Na verdade, ficou radiante por ser arrastada — seu sistema nervoso era um traidor. Sentiu a mão grande e cheia de calos de Jacob na dela e a segurou com firmeza. Ele a puxou para o armário, fechou a porta e os dois ficaram ali no escuro.

Um xingamento leve pairou entre eles. "Esqueci", Jacob disse. "O interruptor fica do lado de fora."

"Não tem problema", Eve murmurou, e não tinha mesmo, porque ele continuava segurando a mão dela.

Um momento de ridículo se passou. "Olha", ele disse. "Desculpa te arrastar até aqui, mas... Eve... você não acha mesmo isso, né?"

Ela precisou de um minuto para entender do que ele estava falando. Então a faísca de irritação que estava em seu peito, aquela que Eve vinha ignorando desde domingo, se transformou em uma pequena chama. "Bom, sim." Ela franziu a testa. "É claro que acho que você está tentando se livrar de mim. Porque você está mesmo."

Ele segurou a mão dela com mais força, depois relaxou. "Não", disse com firmeza, como se a palavra sozinha tivesse o poder de transformar a realidade. "Não."

"Ah, por favor, Jacob", ela sussurrou, só que o sussurro soou preocupantemente como um silvo. Um silvo muito suave e baixo, mas ainda assim. "A gente... as coisas foram longe demais entre a gente. Sei disso. E aí, do nada, você se lembrou de que me queria desesperadamente fora de casa. Beleza. A decisão é sua. Eu concordei. Mas não pode fingir que não tem nada a ver com isso."

Houve uma longa pausa antes que Jacob dissesse, devagar: "Você está brava. Está brava comigo".

"Não estou, não", Eve disse, meio brava. Isso a fez pausar e examinar a chama irritada em seu peito. Ela se deu conta de que estava mesmo brava, apesar de ter decidido superar a coisa toda.

Eve não estava acostumada a ficar brava, muito menos por tanto tempo. Ela tinha plena consciência de que a maioria das pessoas não a queria por perto o bastante para enfrentar conversar difíceis, ou reclamações constantes. Estava acostumada a reprimir seus sentimentos e substituí-los por um sorriso. A desempenhar o papel que haviam lhe dado.

Mas *estes* sentimentos eram enormes, espinhosos, afiados. Acumulavam-se em seu estômago, e ela queria botá-los para fora.

"Tá", soltou. "Tá, talvez eu esteja brava, sim. Talvez eu esteja brava com você porque... porque achei que fôssemos iguais, ainda que você seja meu chefe, mas assim que me fez ter um orgasmo você decidiu agir como meu senhor supremo e benevolente." Eve ignorou o ruído estrangulado e alarmado que Jacob soltou quando ela falou em orgasmo. "Sei que isso é desconfortável pra você. Eu entendo. E se quiser me botar pra fora pra se sentir menos desconfortável, tudo bem. Mas não aja como se fosse tudo pelo meu bem, e não aja como se você não tivesse me obrigado a fazer isso, em vez de me *perguntar* o que eu queria."

Assim que todas as palavras saíram, Eve se sentiu um pouco como uma lagoa vazia, com suas profundezas antes ocultas de repente expostas à luz. Sentiu as bochechas queimando. Tinha feito aquele discurso porque queria sinceridade, autonomia e todas aquelas coisas ótimas de que Dani sempre falava. Mas agora estava preocupada que tivesse parecido que ela só queria *Jacob*. Que tivesse de algum jeito revelado em seu discurso o quanto ela ainda o queria.

Quando vários segundos se passaram sem uma resposta dele, Eve endireitou a coluna e abriu os ombros. E daí se ele tinha visto aquela parte triste, com tesão e apegada demais dela? Quem se importava? Às vezes ser conveniente em vez de verdadeira era exaustivo. Então talvez ela parasse de fazer isso de agora em diante.

"Não tem nada a dizer?", ela perguntou, e se surpreendeu que sua voz saísse tão cortante e superior quanto a de sua irmã mais velha. Isso fez Eve se sentir bastante autoritária. Se ao menos Jacob não estivesse ainda segurando a mão dela — ou melhor, se ela não estivesse ainda segurando a mão *dele* —, sua transformação em mulher fodona estaria completa.

Então ele estragou tudo dizendo baixo: "Eve. Desculpa".

Palavras curtas e simples. Que não deveriam ser capazes de minar o ultraje dela daquela maneira, mas Eve era claramente mole.

"Desculpa", Jacob repetiu, com a voz tão fervorosa quanto um sussurro permitia. Que, pelo visto, era bastante fervor. A mão dele apertou a dela, então sua outra mão se juntou, com gesso e tudo, e de repente Jacob a segurava como se fosse um cavalheiro do século xix prestes a fazer uma declaração do fundo do coração. "Não te dei escolha porque entrei em pânico, mas foi errado da minha parte e... eu fui um merda. Você tem razão de estar brava comigo. Mas, por favor, por favor, não pensa que quero me livrar de você. É a última coisa que eu quero. Acho que *nunca* vou querer isso. Você é incrível, Eve, e me faz sorrir todo dia, várias vezes ao dia." Ele parecia genuinamente chocado. "Não consigo acreditar que você ficou segurando isso a semana toda em vez de me bater."

Eve decidiu que era melhor que não conseguisse ver Jacob ali, porque ouvir a voz dele já era ruim o suficiente. A velocidade de sua fala, o modo como suas frases falhavam no começo e no fim, o tom de desespero, como se ele realmente precisasse que ela compreendesse, com urgência, já eram ruins o suficiente.

"Fala alguma coisa", ele murmurou com a voz rouca. "Por favor."

"Eu..." Ela inspirou fundo. Tinha uma vaga ideia de que devia continuar brava apesar do pedido de desculpas, apenas por uma questão de princípios, só que... não estava mais brava. Ele tinha feito a raiva dela estourar como se fosse um balão e a substituíra por milhares de bolhas felizes e esperançosas. Ninguém deveria ter o poder de alterar o humor dela tão depressa.

Mas, ao que tudo indicava, Jacob tinha.

Droga.

"Tá", Eve sussurrou. "Tá. Acho que entendo. E você pede desculpas muito bem." Fez uma pausa. "Se quiser me elogiar um pouco mais antes de fazermos as pazes, fica à vontade."

Para surpresa dela, Jacob tomou a brincadeira como uma sugestão muito séria. "Você é extremamente doce, uma ótima cozinheira e muito, muito bonita", ele disse, sem hesitar. "E... tem um ótimo senso de humor."

"Rá! Eu sabia que você me achava engraçada. *Sabia.*"

"Talvez eu só esteja puxando o seu saco", ele disse, mas voltou a apertar a mão dela, e Eve sentiu um puxão de prazer na barriga como resposta.

"Acho que puxar o saco não é seu estilo, Jacob Wayne", ela disse, suave.

"Se alguém puder me levar a fazer isso, é você", ele respondeu.

Naquele momento, ela decidiu que deixar essas coisas passarem podia ser o que um adulto faria, mas extravasar seus sentimentos era o estilo de vida oficial de Eve Brown. Que ela preferia de longe.

"Então", Jacob disse, depois de um instante. "Como nunca te perguntei... o que você quer fazer? Em relação a tudo?"

Essa era a questão. Seu instinto era responder: *Quero voltar para casa e me divertir de novo com você.* Mas Eve tinha passado a semana toda pensando nos motivos pelos quais aquela não era uma boa ideia. Em primeiro lugar, e o mais importante: ela tinha uma desconfiança preocupante de que, se passasse tempo demais com as mãos naquele homem, ia acabar se recusando a tirá-las dele. E não podia se recusar a tirá-las dele, quando Skybriar era apenas uma parada temporária em sua jornada para se tornar uma pessoa melhor. Ela tinha um trabalho como organizadora de festas a fazer. Tinha que deixar seus pais felizes, de uma vez por todas. Tinha um plano maduro e adulto a seguir, e ficar ali, naquela cidadezinha de conto de fadas, com um lobo mau encantador, não fazia parte dele. Não podia acontecer, por mais que ela quisesse.

De qualquer maneira, Jacob não estava propondo um relacionamento. Estava perguntando como fariam para não transar, que era meio que o oposto, portanto era melhor ela segurar suas esperanças tolas e secretas com rédea curta.

Se fosse esperta, Eve ia querer o mesmo que Jacob: distância. No entanto, a ideia a deixava triste como o céu cinza em dia de chuva.

"Olha", ela disse, devagar. "Estou numa jornada de autoa... autoa..."

"Autoatualização."

"Exato", disse. "Sei que ir pra cama com meu chefe emocionalmente indisponível não é a escolha mais madura e sensata, portanto não vou fazer isso de novo." Mesmo que tivesse cada vez mais dificuldade de aceitar a ideia de que Jacob fosse uma escolha ruim.

Só que ele não era uma escolha possível, então não importava.

"Mas ainda quero ficar *perto* de você", ela prosseguiu. "Tudo bem? Só quero ficar perto de você. Por isso sugiro que a gente continue como antes, a gente vai esquecer completamente a parte sexual inapropriada e vai ficar tudo bem." Era o que ela esperava.

Depois de um longo silêncio, Jacob disse: "Entendi". Então, em um ímpeto repentino de ação, falou "Vamos", abriu a porta e a empurrou para fora.

Lucy estava recostada à parede oposta com os braços cruzados e uma sobrancelha erguida. Parecia estar achando graça quando perguntou: "Acabou a reunião?".

"Sim", Jacob disse. "Desculpa, Lucy, mas não precisamos do quarto. Desculpa mesmo. É que... é mais conveniente Eve ficar na pousada. Por causa do horário. E da comida na faixa. Não pago o suficiente a ela, sabe?"

"Sei", Lucy disse, seca. "Imagino que não."

"Bom, já vamos indo."

Lucy pigarreou.

"Ah." Jacob soltou a mão de Eve e foi até a tia. "Obrigado, sério. Desculpa pela perda de tempo. A gente se vê no jantar no fim de semana. Tchau." Ele se inclinou para beijar o cabelo grisalho dela.

"Não tem problema. Te amo", Lucy disse, e deu um tapinha no ombro de Jacob quando ele já se afastava.

"Hã... tchau", Eve disse, animada. Foi tudo que conseguiu falar antes que Jacob pegasse sua mão de novo e a levasse embora.

16

Jacob se recostou na cadeira espaçosa de couro, o telefone pressionado ansiosamente contra a orelha. "Mont? Você está bem? Parece que está hiperventilando."

"E *estou*." Mont voltou a falar, agora parecendo mais embasbacado e confuso que com falta de oxigênio. "Você acabou de... Jacob... você me ligou, todo casual, para dizer que foi pra cama com Eve no domingo à noite?"

"Depende da sua definição de 'foi pra cama com'."

"Minha definição envolve orgasmos."

"Ah." Agitado, Jacob afastou a cadeira e se levantou. "Nesse caso, acho que sim." Ele soou seco e distante, como se de fato a situação fosse tão casual quanto Mont alegava. Mas não era verdade, motivo pelo qual Jacob havia cedido e confessado tudo a seu melhor amigo. Uma semana inteira tinha se passado desde o incidente com o vibrador, e Jacob estava desmoronando como um penhasco muito antigo, porque, meu Deus, puta merda e *meu Deus*, ele queria tocá-la de novo. Abraçá-la, prová-la, sentir que ela era sua.

Jacob ficara muito próximo de confessar isso na quinta, na escuridão do armário de tia Lucy. Se Eve tivesse insistido — um pouquinho que fosse —, ele teria abandonado o bom senso e a comido como, quando e onde ela quisesse. Mas ela deixara claro que não queria nada do tipo — por sorte, antes que ele fizesse papel de idiota.

Sei que ir pra cama com meu chefe emocionalmente indisponível não é a escolha mais madura e sensata...

Aquela simples afirmação de um fato não deveria ter doído tanto.

"Ela sabe que você só vai pra cama com uma mulher se...", Mont começou.

"Cala a boca", Jacob o interrompeu, ríspido.

"... estiver louco por ela, quiser se casar e se entocar com ela para todo o sempre?", concluiu.

"Você está exagerando." Jacob começou a andar pelo escritório pela septuagésima quinta vez naquele dia, torcendo para estar certo. Infelizmente, Mont é que estava: Jacob demorava a gostar de alguém, mas, quando gostava, sempre ia longe demais, rápido demais. Ele precisava se segurar, precisava ser cauteloso.

Não que tivesse sido remotamente cauteloso com Eve. E isso estava claro.

Por exemplo, no café da manhã daquele dia. Se Jacob não estivesse esgotado depois de mais uma noite de insônia passada repreendendo a si mesmo e pensando demais, poderia ter beijado aquela boca laranja brilhante entre bocados de pain au chocolat, e aí o que aconteceria? Ficariam atolados em críticas horrorizadas no Trip Advisor e, o mais importante, pegariam o caminho traiçoeiro que os levaria de uma longa e segura amizade a um romance perigoso e difícil. Que Eve não queria. Por isso, nem valia a pena pensar a respeito.

"Bom, não posso dizer que não tenha percebido sinais."

Jacob quase tropeçou sozinho. "*Quê?*"

"Ah, cara. Você devia saber que isso ia acontecer."

"Repito: *quê?*"

Mont riu ao telefone. "Deixa pra lá. Deixa pra lá. Então você foi pra cama com a mulher bonita de quem não para de falar há semanas. Estou chocado."

"Eu... não..." Jacob interrompeu seus gaguejos indignados, focou um ponto vazio da parede e respirou fundo. "Relatar o desempenho cada vez melhor de uma funcionária não é o mesmo que não parar de falar dela. E para de brincar com a situação, Montrose. É um problemaço."

"Por quê? Você gosta dela. E acho que ela gosta de você. Chama a Eve pra sair."

"*Não*", Jacob estourou, porque ele era sensato, lógico e não se deixaria levar pela chocante postura casual de Mont quanto às relações humanas. Mont não entendia essas coisas. Era encantador, inerentemente flexível e tinha uma beleza clássica. Não se enrolava com as coisas mais ínfimas, e Jacob estava certo de que Mont nunca tinha ouvido de uma mulher que ele era ótimo na cama, mas um pouco intenso demais fora dela.

Jacob havia ouvido isso milhares de vezes, e não queria ouvir de Eve. Na verdade, estava estranhamente certo de que, se ouvisse isso dela — acompanhado daquelas caretas-sorrisos piedosas —, ele acabaria tocando fogo na pousada.

"Nossa, cara, para de ser tão esquisito e fala logo pra ela que você... espera aí." Mont se interrompeu no meio da frase, baixou a voz e falou com alguém do outro lado da linha. "Só um segundo, Tess."

"Está falando com Jacob?" Era a voz de Tessa Montrose.

"É."

"Ele está surtando?"

"Sim."

"Foi atropelado pela mulher de novo?"

Mont riu. "Bom, mais ou menos. Agora cai fora."

"Mas você sabe onde...?"

"Não, não sei onde está sua pistola de cola. Cai fora. Desculpa, Jake. O que você estava dizendo?"

"Não lembro", ele mentiu. "Pode colocar Tess na linha? Quero falar com ela." Algo na voz da irmã de Mont tinha lhe dado uma ideia. Uma ideia que faria Eve sorrir, um objetivo que ele se via cada vez mais disposto a alcançar. Ela fazia *todo mundo* sorrir, com tanta frequência e facilidade. Jacob podia fazer o mesmo por ela, não?

Esperava que sim, porque Eve merecia.

"Você quer falar com *Tess*? Que simpatia", Mont disse. "Por quê? Quer que ela conserte alguma coisa?"

"Só coloca sua irmã na linha e para de me fazer perguntas."

"Por que eu faria isso, se posso continuar fazendo perguntas e te irritando?"

Jacob murmurou um insulto e foi até a janela que ficava atrás da escrivaninha. Eve estava no jardim, limpando as mesas vazias de ferro forjado, camuflada entre as flores com suas tranças lavanda e camiseta cor-de-rosa. Agora serviam o chá da tarde lá fora quando o tempo estava bom. Ideia dela. E, nossa, por que Jacob se sentia estranhamente quente e... *fofinho* por dentro quando ela se comportava como se aquele trabalho, como se aquela pousada, também fossem sua paixão?

Eve saiu da sombra de um carvalho, e foi como assistir ao sol nascer.

Sua boca se movia, mas Jacob não conseguia ouvi-la. Ele segurou o telefone entre a orelha e o ombro e abriu a janela. A voz de Eve inundou o cômodo como um copo de água gelada em um dia sufocante. Ela estava cantando "Special affair", e o som levou Jacob de volta ao domingo anterior. À escuridão prateada e doce e ao corpo dela sob o dele.

"Tess", Mont estava dizendo, "acho que Jake quer falar com você. Deus sabe por quê."

Ele mal registrou as palavras. Estava ocupado demais tentando controlar seu pau e seus pensamentos. E se lembrando de que de jeito nenhum o mundo o deixaria ficar com uma mulher como Eve. Ela acabaria indo embora. No fim, tudo e todos acabavam indo embora, certo?

Jacob sabia que o pensamento não era muito preciso, mas ele *sentia* que sim. Sentia que era um fato inescapável.

"Deixa", disse em voz alta. "Deixa, Mont. Ligo pra Tessa depois. Tenho que ir."

"Quê? Não. Você está surtando com alguma coisa, não é?"

"Não. Tchau", Jacob disse e desligou. Do jardim, Eve olhou para cima, como se tivesse ouvido a voz dele. Seus olhos se encontraram, como se atraídos por uma força magnética. Ela sorriu e acenou. E Jacob...

Jacob foi atingido por uma onda de afeto tão profunda que perdeu mesmo o ar.

De alguma maneira, conseguiu acenar de volta, sem muito jeito. Depois deu as costas e voltou ao esconderijo seguro da cadeira de escritório. Ficou ali sentado sabe Deus por quanto tempo, congelado e confuso, o peito se expandindo e contraindo, os pensamentos voando. O sol se pôs, e ele continuou ali. A brisa que entrava pela janela aberta ficou fresca, quase fria, e ele continuou ali.

Mas, não importava o quanto aguardasse, o sentimento não passava.

Puta merda. Ele estava apaixonado por Eve.

Que coisa mais inconveniente.

* * *

Até onde Eve podia dizer, as coisas tinham voltado ao normal com Jacob depois da conversa na casa de Lucy. À versão deles de normal, pelo menos.

O constrangimento que havia abafado a amizade deles já havia desaparecido quando se puseram a caminho de casa. Ainda discutiam pela manhã, durante o café, ainda se provocavam enquanto arrumavam as camas à tarde. Jacob começou a levar o laptop para a cozinha, onde ficava digitando com foco enervante enquanto Eve preparava chá e bolo para os hóspedes.

Era só em noites como aquela — uma noite tranquila de quarta-feira, em que Eve se retirara para o quarto cedo e se sentara no sofá-cama barulhento em que quase *nunca* se masturbava pensando em Jacob — que ela notava uma leve tensão entre eles. Um fogo mal contido. Porque, assim que subiam para os aposentos privados da pousada, Jacob ficava rigidamente em silêncio.

Quando seus caminhos se cruzavam no corredor, ele só fazia um aceno tenso de cabeça. Respondia ao boa-noite dela com um grunhido vago. Eve queria decifrar aqueles grunhidos, mas receava que compreender aquele lance do maxilar cerrado pudesse levá-la a seduzi-lo acidentalmente. Mulheres adultas e maduras não seduziam o chefe acidentalmente, nem ficavam obcecadas pelos grunhidos deles, como adolescentes com uma paixonite gigante.

Mulheres adultas e maduras focavam na introspecção e no crescimento pessoal. Eve devia mesmo estar amadurecendo, porque, naquela noite, em vez de reviver a melhor chupada de sua vida pela milésima vez, ela estava ocupada com uma pesquisa pessoal.

Na semana anterior, Jacob havia perguntado se ela já tinha ouvido falar de comportamento autoestimulatório. Depois da explicação dele, ela quis esclarecer uma coisa. Quis perguntar: *É isso que eu faço? Estou tendo um comportamento autoestimulatório agora mesmo?*

Mas ela também queria descobrir isso sozinha.

Pegou o tablet, se acomodou nas almofadas e digitou algumas palavras na ferramenta de busca. "Autismo em adultos" levou a inúmeros links.

Por um momento, Eve se sentiu um pouco sobrecarregada, então fechou os olhos e pensou: *O que Chloe faria?*

Chloe selecionaria fontes confiáveis e importantes. Assim como Jacob. Assim como Dani. Os três tinham muitas semelhanças naquele sentido, mas Eve e Jacob tinham *outras* semelhanças, semelhanças bobas que não deviam significar nada. No entanto, essas semelhanças continuavam mordiscando seu cérebro, como ratinhos insistentes com dentes afiados.

Eve clicou em dois links, um do Serviço Nacional de Saúde e outro da Sociedade Nacional para o Autismo. O Serviço Nacional de Saúde apresentava uma lista abrupta de "sintomas": sinais de autismo que a fizeram sorrir, porque a faziam pensar em Jacob. Eram os mesmo sinais bastante conhecidos, que Eve via em personagens de programas de TV e que não se aplicavam nem um pouco a ela. Nunca a consideravam insensível ou rude. Ela não achava nem um pouco difícil expressar como se sentia. E rotina nunca tinha sido seu forte.

Então Eve leu as palavras: *Notar pequenos detalhes, como padrões ou sons, que outros não notam.*

Bom. Isso não quer dizer muita coisa. Ainda que o coração dela tivesse dado um salto de reconhecimento nervoso. Ainda que a ideia de que pudesse haver um motivo para aquela ligeira diferença — a diferença que levou à sua obsessão por música — fizesse Eve se sentir estranhamente... compreendida.

Ela passou a língua por trás dos dentes e continuou lendo.

Situações sociais podem deixar a pessoa muito ansiosa. Ela pode ter dificuldade de compreender "regras" sociais ou de se comunicar com clareza. Pode ter dificuldade de fazer amigos.

Pode ser mais difícil diagnosticar o autismo em mulheres.

Eve sentia a pulsação no pescoço, o que era ridículo. Não era como se isso a incomodasse — ela estava sorrindo, pelo amor de Deus, apesar de não conseguir explicar o motivo. A surpresa tomou conta dela. Tudo que Eve queria era pegá-la nas mãos, como uma estrela quente e brilhante, e mantê-la consigo até conseguir absorvê-la. Ler aquilo era como subir centímetro por centímetro até o alto de uma montanha-russa; dava um friozinho na barriga de antecipação, assim como uma pontada de medo diante do desconhecido. O tipo de medo vertiginoso e incerto que só deixava a queda repentina ainda melhor.

Ela passou para o outro site e encontrou a abordagem mais pessoal e detalhada da Sociedade Nacional para o Autismo, que discutia os benefícios do diagnóstico e o que ele significava. Também encontrou uma seção chamada "Fazendo as pazes com seu autismo", com a qual não conseguiu se relacionar. Já havia "feito as pazes" com o fato de que surtos hormonais não estavam limitados à adolescência (o que era terrivelmente injusto, na opinião dela), mas não precisava fazer as pazes com os sinais de autismo listados naquele site. Sabia muito bem quem ela era e quem não era, e já havia levado um tempo longo e difícil aprendendo a gostar de si mesma apesar de suas diferenças. O fato de que elas talvez tivessem uma explicação não mudava muita coisa.

Tampouco conseguia se ver seguindo os passos da página que descrevia como chegar a um diagnóstico. Embora muitas outras pessoas talvez quisessem fazê-lo. Talvez fosse diferente para cada um.

Na verdade, era quase certo que sim.

Satisfeita, Eve deixou o tablet de lado e guardou as novidades a salvo em seu coração. Continuava ruminando o que havia descoberto — enquanto pintava as unhas dos pés, claro, que era a melhor maneira de ruminar — quando alguém bateu à porta uma hora depois. Jacob. Contaria a ele?

Não. Ainda não. Por ora, até que explorasse melhor seus pensamentos, eles ficariam só com ela.

Tendo decidido isso, Eve se levantou do sofá, os dedos dos pés bem espalhados para ter máxima segurança e o mínimo de borrões, e seguiu até a porta.

Ela se abriu para revelar uma mulher absurdamente alta e preocupantemente bonita com um cabelo que lembrava uma tempestade, ou uma cantora dos anos 1950, ou uma cantora dos anos 1950 que também era uma tempestade. *Não* era Jacob, afinal. A mulher jogou as ondas escuras e indomadas por cima do ombro largo e disse, em voz baixa e rouca: "Oi".

Eve piscou. Nossa. Ela chegou muito perto de dizer *Você é bonita*, como uma criança impressionada.

"Viemos levar você pra sair", disse a cantora tempestade dos anos

1950, decidida. A julgar pelo maxilar determinado e pelo brilho em seus olhos de corça, não era um convite.

"Pelo amor de Deus, Tess, você parece uma matadora de aluguel", disse uma voz irritada vinda do corredor. "Talvez seja melhor começar dizendo que somos irmãs de Mont." A deusa foi empurrada para o lado por uma mulher igualmente alta de pele morena com cabelo raspado e olhos estreitos. Enquanto a primeira mulher — Tess? — usava um vestido dourado justo com lantejoulas suficientes para confundir o trânsito aéreo (Eve aprovava), a segunda usava jeans e uma camisa branca que a deixava bastante elegante. "Oi. Sou Alex Montrose, e esta é Tessa. Seu nome é Eve, né?" Ela estendeu uma mão com dedos compridos. O cérebro de Eve precisou de um segundo para se reconectar com seu... outro cérebro e indicar que ela devia cumprimentar a mulher.

"Hã...", Eve fez. "É." Ela apertou a mão de Alex com apatia e murmurou: "Encantada". Depois se perguntou por que diabos havia dito aquilo. Bom... Tinha ficado alarmada e sobressaltada, e o esmalte de seus dedos dos pés continuava úmido. Sob tais circunstâncias, não era culpa sua se fosse um pouco ridícula.

Alex arqueou as sobrancelhas, uma das quais era dividida por uma cicatriz pálida, antes de continuar. "Estamos aqui pra tirar você de casa."

"Bom, da pousada", Tessa complementou.

"Que é uma casa, Tess."

"Se eu chamasse um trailer de *carro* você ficaria horrorizada."

"Eu estaria pouco me fodendo", Alex disse, tranquila, e de algum modo passando por Eve e entrando no cômodo.

"Mentirosa", Tessa disse, jogando o cabelo para trás de novo, e a seguiu. Ela se virou para Eve, que continuava de pé à porta, um pouco atordoada. "Gostou do meu cabelo? Fiz com bobes. Precisei de vinte e quatro horas e sete tutoriais diferentes no YouTube! Tive que dormir com o troço. Um pesadelo. Enfim, se arruma."

"Você está fazendo tudo errado", Alex disse a ela. Tinha se acomodado no banco de musculação de Jacob, entre todos os lugares. Estava deitada de costas, com um joelho dobrado, as mãos sobre a barriga e olhando para o teto. Tinha uma cicatriz grossa e escura que envolvia seu pulso como um bracelete.

"*Eu* estou fazendo tudo errado? Você já se deitou", Tessa disse, mas àquela altura Eve já tinha notado que as alfinetadas delas não eram sérias. Era como se as irmãs ficassem se cutucando só por diversão. "Bom, Eve, sei que aparecemos do nada, mas Jacob disse que você precisava urgentemente socializar, e somos as únicas amigas dele além de Mont..."

"*Amigas?*", Alex zombou.

Eve percebeu que tinha franzido a testa. "Jacob está no quarto ao lado. Deve estar ouvindo tudo."

"Ótimo." Alex sorriu e levantou a voz. Com isso Eve percebeu que ela estava brincando e não odiava Jacob de verdade, e se sentiu meio boba.

"Bom", Tessa prosseguiu, pensativa, "talvez não sejamos as *únicas* amigas dele. Jacob se dá bem com aquela senhora do balcão de queijos do mercado, e com o cara que lava as lixeiras, mas você entendeu o que eu quis dizer. Ele queria que você se divertisse e decidiu que éramos a melhor opção. Óbvio". Ela voltou a jogar o cabelo para trás, espalhando o aroma de hibisco e óleo de coco no ar, depois abriu um sorriso cativante. "Então... topa?"

Eve topava? Àquela altura, não sabia nem se estava consciente. "Hã... tenho que admitir que estou um pouco confusa por vários motivos. *Jacob* quer que eu me divirta?" Ela já se divertira com ele. Muito. E com *muito* entusiasmo, recordou, com as bochechas corando. E, mais importante, ele não estava ali para levá-la para se divertir, então por que aquilo?

"Jacob não é muito fã de sair pra dançar", Tessa disse.

"Quem diria?", Alex comentou.

"Mas ele achou que você talvez fosse, e que talvez você fosse gostar de falar com alguém além dele, pra variar, por isso nos falou tudo sobre você e nós decidimos que você parece ótima e que com certeza devíamos sair juntas."

O coração de Eve começou a vibrar, o que era preocupante, mas totalmente compreensível, considerando tudo. "Ele falou de mim pra vocês? O... o quê, exatamente?" Ela tentou esconder o prazer hesitante em sua voz, mas, a julgar pelo sorriso de Alex, não tinha sido bem-sucedida.

"Ele disse que você era engraçada e fofa", Alex disse, sorrindo, "então teve uma embolia com o excesso de elogios e se recusou a continuar, só terminou com: *Seja legal com ela, Alexandra, ou vou te matar enquanto dorme*".

Eve mordeu o lábio, tentando reprimir um sorriso. Primeiro ele lhe proporcionara o maior orgasmo da história. Depois ficara totalmente confuso a respeito. Agora estava tentando animá-la com uma surpresa. Era tudo tão *Jacob* que ela podia desmaiar.

Pelo amor de Deus, como Eve ia resistir? Era louca por ele. Era uma verdade inequívoca que mulheres maduras e sensatas não iam pra cama com o chefe, mas ficava dolorosamente claro, naquele momento, que Eves maduras e sensatas não podiam deixar passar homens como Jacob Wayne.

Ela não ia deixar. Simplesmente *não ia*. Talvez tivesse feito escolhas ruins no passado, mas estava mudando. Ia seguir todos os sentimentos que tinha por aquele homem e, se tudo acabasse em lágrimas, encararia as consequências como a mulher crescida que era.

Tomar essa decisão tirou um peso de seus ombros. Um sorriso lento se espalhou por seu rosto. Eve teve vontade de ir até Jacob e se jogar em seus braços no mesmo instante, mas antes...

Bom, andava sentindo falta das irmãs, e as duas mulheres à sua frente eram caóticas o bastante para preencher pelo menos um quarto daquele vazio.

"Tá bom", Eve disse, afinal. "Vou sair com vocês."

"Eba!" Tessa bateu palmas, e Alex abriu um sorriso surpreendentemente doce. Naquele momento, vendo as covinhas idênticas na bochecha direita de cada uma e seus olhos castanhos calorosos, a ficha de Eve finalmente caiu.

"Ah! Vocês são gêmeas!"

Alex arqueou uma sobrancelha, achando graça. "Hã... somos idênticas. Não me diga que só notou agora."

"Não seja chata, Alex. E daí se ela só notou agora? Anda, Eve, se troca. Adorei seu cabelo. A gente vai ao pub."

"*Talvez* a gente vá ao pub", Alex corrigiu. "Nem sabemos se ela bebe."

"Se não beber, pode pedir uma limonada e comer amendoim. Não tem outro lugar legal por aqui."

"Podemos comprar comida tailandesa e comer no parque, como delinquentes respeitáveis."

"Acha que vou sentar na grama usando Cavalli vintage?", Tessa retrucou.

213

"Espera aí", Eve disse. "Tem um restaurante tailandês aqui?"

"Viu?" Alex sorriu, triunfante.

"Não, Eve, não se deixa seduzir pela comida tailandesa." Tessa se aproximou e apoiou as mãos nos ombros de Eve. Só então Eve percebeu que ela parecia extremamente alta porque estava usando saltos enormes. Mas depois olhou para Alex, que usava sapatos oxford baixos e brilhantes, e concluiu que as duas eram muito altas independente de qualquer coisa. "Olha", Tessa disse, com a voz baixa e urgente, como se dividisse segredos de Estado de relevância internacional, "podemos comprar comida tailandesa quando você quiser. Mas acabamos de nos conhecer e temos que nos tornar melhores amigas...".

Alex soltou uma risada alta.

"O que significa que precisamos ficar bêbadas juntas ou tomar decisões terríveis juntas. Estou aberta a ambas as opções. Mas o negócio é: precisamos sair e fazer alguma coisa muito vergonhosa pra forjar uma amizade duradoura, porque..."

"Por que você precisa de uma amizade duradoura?", Alex perguntou.

"Você tem uma irmã gêmea."

"Porque", Tessa prosseguiu, determinada, "trios são perfeitos. É só pensar nos três mosqueteiros e nas *Três espiãs demais*. Alex e eu precisamos de você. E porque você está deixando Jacob maluco, tenho que te dar os parabéns por isso, e também porque vi você no mercado três dias atrás usando uma camiseta que dizia DESFODA-SE, OU SEI LÁ, e preciso desesperadamente saber de onde era".

"Bom", Eve disse, meio atordoada. "Minha nossa."

"Eu não devia ter deixado você abrir aquele rosé", Alex disse, seca.

"Eu, hã, não recebo muitas ofertas imediatas de amizade verdadeira", Eve admitiu.

"Então realmente precisa aceitar esta", Tessa disse, sensata.

Eve se pegou sorrindo. "É, acho que você tem razão."

17

O pub de Mont, Rose and Crown, era uma mistura aconchegante de madeira escura e veludo verde que parecia totalmente apropriada à região dos lagos e ao próprio Mont. Eve o viu assim que entrou de braços dados com as gêmeas. Ele estava servindo, com muita prática, um copo de gim enquanto conversava com um cliente grisalho que parecia muito um motoqueiro.

"Mont é um gato, não acha?", Tessa disse por cima de "From the ritz to the rubble", que tocava nos alto-falantes.

Eve piscou, pega de surpresa. "Hã... a gente não estava falando sobre macramê?"

Alex revirou os olhos. "Tess acha que se fizer perguntas do nada às pessoas elas vão ficar confusas e acabar dizendo a verdade."

"Ah. Bom. Sim, seu irmão é um gato."

"Perfeito." Tess sorriu. "Quer sair com ele?"

"Não, ela não quer sair com ele, gênia", Alex respondeu. "Fora que é pra gente estar se conhecendo, e não falando de homens. É chato."

Tessa soltou um suspiro sofrido. "Tá bom. Tá bom! Vamos. Eve, limão--taiti ou siciliano?"

Eve franziu o nariz enquanto se aproximavam do bar. "Você vai ter que ser mais específica. No geral? Na bebida? Na aparência? Como base para um bolo cítrico?"

"Opa, todas as anteriores."

"Tá, bom, acho que limão-taiti fica melhor na bebida, porque é mais forte. O siciliano é mais bonito. Mas o taiti fica melhor em bolos, a menos que seja um cheesecake."

"Qual a melhor cor para uma Suzuki GSX?", Alex perguntou.

"Não tenho ideia do que é uma Suzuki, mas vou chutar verde-limão."

"Incrível", Alex disse. "Você nem sabe do que estamos falando, mas acertou tudo."

Eve riu, se sentindo estranhamente... leve. Nunca tinha estado numa situação como essa, de conhecer pessoas novas com o objetivo de ficar amiga delas, sem sentir o peso esmagador de se sentir envergonhada de si mesma. Com todo mundo, tirando as irmãs, ela sentia certa pressão para se comportar de determinada maneira, a fim de esconder as partes mais irritantes de si para que gostassem dela.

Não foi o caso com Jacob, porque a princípio ela nem fazia questão de que ele gostasse dela. Talvez agora Eve tivesse perdido o hábito, porque esqueceu de fazer isso com as gêmeas. Ou talvez não estivesse mais preocupada em não ser irritante, porque não se irritava consigo mesma já fazia um tempo.

Ali, em Skybriar, Eve não precisava servir a amigos que a achavam mais útil do que querida. Não precisava se lamentar em seu diário sobre erros que nem se dera ao trabalho de consertar. Não precisava evitar os olhares de decepção dos pais, fingindo que não os tinha visto ou que não os merecia. Não precisava desistir na primeira dificuldade que encontrava. Ultimamente, Eve se sentia como uma pessoa que seguia em frente, e estava gostando de ser essa pessoa, por isso não se importava tanto se os outros gostavam dela ou não.

Interessante.

"Eve", Mont disse, tirando-a de seus pensamentos ao aparecer diante das banquetas em que tinham se sentado. "O que é que você está fazendo com essas duas?"

"Somos melhores amigas agora", Eve explicou. "Tipo as *Três espiãs demais.*"

Mont revirou os olhos. "Alex já te contou que ela se recusa a ser a Alex? Ela acha que é a Sam."

"*Eric* te contou que ele se recusa a ser a Clover?", Tessa o cortou.

"Hã, porque não sou uma menininha branca."

"Não seja tão careta. Bom, você está sendo expulso do trio. Agora Eve é a Clover. Não é perfeito?"

Mont riu. "Claro. O que vocês vão beber?"

"Limonada", Eve disse com firmeza. "Só limonada pra mim. Belvoir, se você tiver." Ela havia decidido no trajeto que não podia ficar bêbada. Nem mesmo altinha.

Porque tinha planos para quando chegasse em casa, e se Jacob decidisse não embarcar naqueles planos, não seria por questões relativas a consentimento.

"Sim, senhora." Mont deu uma piscada e foi para a geladeira.

"Hum, oi?" Alex acenou para ele. "E a gente? Você tem que melhorar esse serviço."

"Vocês podem esperar", Mont disse. "Vai fazer bem, até."

Alex fez um beicinho e lhe deu as costas, focando em Eve. À direita, Tessa fez meio que a mesma coisa. De repente, Eve se deu conta de que nunca havia conhecido gêmeas idênticas. Era meio doido vê-las tão de perto, apesar das diferenças de cabelo e maquiagem.

"Então você é chef de cozinha", Tessa disse. "Tenho que confessar que não sei cozinhar."

"Ela não precisa cozinhar", Alex acrescentou. "É a provedora. Só precisa de um marido do tipo caseiro."

"Achei que você tinha dito pra gente não falar de homens."

"Eles são que nem formigas. Se metem em tudo."

Eve viu que aquilo ia longe, então se intrometeu. "O que você faz?"

Tessa deu uma piscadela e beijou seu bíceps impressionante. "Tudo, meu amor."

Alex revirou os olhos e pegou o celular. "Olha, essa é a Tess." Ela abriu um canal do YouTube chamado DIYTessa. Em cima, havia uma imagem de Tessa de batom vermelho segurando uma furadeira pink. "Ela faz coisas. Tipo, constrói móveis, pinta paredes e o que for."

"Crio espaços estéticos", Tessa disse com suavidade. "De projetos para redes sociais a decoração de interiores na região." De repente, ela parecia exatamente o tipo de pessoa que podia ganhar dinheiro falando para uma câmera: confiante, bem apresentada, com o carisma estudado de uma locutora de rádio ou uma âncora de televisão. O momento passou quando Tessa sorriu e se virou para gritar para o irmão: "Anda logo, cabeção!".

Eve pegou o celular de Alex para dar uma olhada nos vídeos. "Incrementando móveis da IKEA", "Paredes de destaque", "Faça seu próprio vaso de macramê" — não era à toa que Tessa tinha exaltado as virtudes da técnica no caminho até lá.

"Uau", Eve murmurou. Tantos vídeos, tantas visualizações, tantos seguidores. A mulher ao seu lado havia construído um império do faça você mesmo, e em vez de ficar com inveja ou de se sentir diminuída, Eve se sentiu inspirada. Queria ter algo do tipo um dia — bom, não *do tipo*, não um canal no YouTube, mas algo dela para mostrar. Provas de seu comprometimento com a própria paixão.

E ela teria. Estava no caminho certo.

Só que de repente se deu conta de que a paixão que estava imaginando era a pousada. Não passar anos organizando festas para antigos colegas de escola que ainda a deixavam desconfortável, e sim criar receitas e servir chás. O que era um problema, já que pretendia ir embora no fim do mês.

Mas só de pensar nisso ela já ficava enjoada. Merda, merda, merda.

Ela mordeu o lábio e devolveu o celular. "Que incrível, Tess. Vou me inscrever no canal."

"Ah, obrigada. Você é um amor."

"O que você faz?", Eve perguntou a Alex, não só porque precisava mudar de assunto para não pensar demais em... bom, em tudo, mas porque realmente queria saber.

Alex passou uma mão pelo cabelo raspado e abriu um sorriso inocente. "Ah, sou mecânica."

"Ela toca a única oficina mecânica da região", Tessa corrigiu, séria. "E remonta carros clássicos."

"A segunda parte é só um hobby."

"Poderia ser um negócio, se ela fosse mais confiante", Tessa cantarolou. Parecia ser uma discussão frequente entre as duas.

Alex acenou para Montrose. "Sério, me dá uma vodca."

Eve riu e tentou não se sentir confortável demais com aquelas pessoas maravilhosas, naquele lugar maravilhoso. Tentou não sentir mais e mais fios enredando sua alma a Skybriar. Tentou e fracassou espetacularmente.

Mas ela ainda planejava ir embora em menos de duas semanas.

"Bom", Alex disse, virando de volta para elas. "E você, Eve? O que você faz?"

"Eu cuido das pessoas", ela respondeu. E nada nunca pareceu tão certo.

Jacob se pegou olhando para o relógio pelo que parecia ser a milésima vez e voltou a arrastar os olhos para o computador. Tecnicamente, ele não precisava atualizar as contas à uma e quinze da manhã de uma quinta-feira. Tecnicamente, não era nem o fim do mês, então ele nem devia estar fazendo isso. Mas Jacob precisava fazer *alguma coisa* enquanto Eve não voltava — alguma coisa que não fosse ficar pensando nela deitado na cama, se perguntando se ela estava se divertindo. Alguma coisa que não fosse ligar para Mont para perguntar o que ela estava fazendo, algo que o amigo com certeza se recusaria a responder, e que transformaria Jacob em um tarado oficial.

Não que ele quisesse *monitorá-la*. Era só que... a cada cinco minutos, ele se perguntava se tinha feito a coisa certa, se aquela noite a tinha deixado feliz, e o desejo de ter certeza meio que o devorava vivo.

Mas ele não ia fazer nenhuma ligação preocupante. Acompanhar as pessoas de perto podia sufocá-las. Tinha aprendido isso quando sua primeira namorada descobriu a planilha em que ele registrava os detalhes do relacionamento e deu o fora nele do lado de fora da biblioteca.

Portanto a contabilidade ia ter que servir de distração. Ele voltou à planilha — desta vez totalmente legítima — e incluiu mais alguns números antes de ouvir o barulho da chave na fechadura. Era a chave reserva para os aposentos privados que ele havia dado a Eve pouco depois de descobrir que ela estava morando ali também.

Ela tinha voltado.

Ele não ia sair para recebê-la. Seria esquisito. Seria como dar a alguém um presente inesperado e sem motivo, depois ficar esperando enquanto a pessoa o abria para saber se ela tinha gostado ou não. Jacob também não ia sair do quarto porque havia prometido a si mesmo que não ficaria sozinho com Eve à noite. Não podia confiar em si mesmo. Estava certo disso.

Digitou qualquer coisa na planilha, fodendo completamente os cálculos, enquanto ouvia o ranger de passos no corredor. *Ignora. Ignora. Ig...*

Ouviu uma batida na porta do escritório.

Ah, merda.

"Jacob?", Eve chamou, baixinho. "A luz está acesa."

Ela tinha odiado. Tinha odiado a noite toda e ficado horrorizada com a presunção dele. Tinha se sentido obrigada a sair e socializar, como se fosse uma criança, o que, francamente, era o pior pesadelo de Jacob...

"Posso entrar?"

Para dar uma tijolada nele, ele apostava. Bom, era melhor encarar as consequências de seus atos, como um homem. "Pode", falou, com a voz rouca de... exaustão. Provavelmente.

Quando a porta se abriu, Eve não parecia prestes a dar uma tijolada nele. Para começar, não tinha um tijolo na mão. Só um par de All Stars brancos com cadarços neon multicoloridos — que devia ter tirado dos pés, que agora estavam descalços. E nada indicava que ela pretendia atirar o tênis nele, porque estava sorrindo. Sorria tanto que suas bochechas saltavam e os cantos de seus olhos se enrugavam, fazendo o coração dele começar a martelar de modo frenético contra as costelas.

"Oi", ela disse, se recostando à porta. Deus, Jacob preferia que ela não fizesse isso. Estava usando um vestidinho branco tomara que caia de seda, com pontos aleatórios de cor, que se agarrava a cada uma de suas curvas. E eram muitas. Seus quadris esticavam tanto o tecido que daria no mesmo se estivesse nua. Ela se inclinou um pouco para a frente, seus movimentos eram preguiçosos e soltos, e os peitos quase saltaram do decote. O vestido era minúsculo, para dizer o mínimo. Era dever de Jacob, como a autoridade mais próxima, vigiar os peitos dela tão de perto quanto possível. No minuto em que eles saltassem, Jacob entraria em ação e... os colocaria para dentro de volta? Não, não parecia certo.

"Sei o que você fez", ela murmurou, e ele pensou imediatamente naquela manhã, quando havia batido uma debaixo do chuveiro enquanto ela cantava "Good morning Baltimore", dentre todas as músicas, do outro lado da parede.

Mas, claro, não era disso que Eve estava falando.

"Jacob Wayne", ela disse, finalmente entrando no cômodo, "você é o homem mais fofo do mundo".

Ele se retraiu. "Não."

Eve se sentou na cadeira em frente à escrivaninha. "É, sim." Ela levantou as pernas e apoiou os pés na escrivaninha. Tinha passado esmalte pink cintilante nas unhas dos pés. Também usava gloss pink cintilante. Forte, brilhante e horrível pra cacete. Ele queria ver o próprio pau lambuzado naquele gloss.

"Você organizou esta noite porque estava cansado de mim e queria me ver longe daqui?"

"Não", ele repetiu, mais alto e mais rápido que antes.

Eve abriu um sorriso presunçoso. "Foi o que achei."

Merda. Jacob só se dava conta agora de que Eve o conhecia bem o bastante para adivinhar seus motivos. E seus motivos eram que ele estava ridiculamente apaixonado por ela e estava disposto a fraturar de novo seu pulso, ou, no caso, pedir um favor a Theresa e Alexandra Montrose, só para deixá-la feliz. "Eu só queria que você fizesse amigas pros meus ouvidos poderem descansar um pouco."

"Você adora a minha falação."

"Você é um ser muito social. Fiquei preocupado que pudesse morrer em cativeiro."

"Nisso eu acredito", ela disse. Ele sentiu um alívio momentâneo antes que Eve continuasse. "Você estava cuidando de mim, não é? Você faz bastante isso."

Merda, merda, merda. "Não", ele disse, curto e grosso. "Por que alguém cuidaria de você? É uma mulher adulta."

"Você faz isso bastante também." Os lábios com gloss se abriram num sorriso. "Esse lance de dizer que 'me respeita'."

"Não é... um lance."

"Eu sei. É por isso que me deixa louca." Então ela abriu as pernas.

Puta que o pariu.

Para Jacob, tudo aconteceu em câmera lenta. Os pés dela na escrivaninha, se separando devagar. A visão direta de toda a extensão de suas pernas, o modo como suas coxas grossas se distanciaram até que ele conseguisse ver tudo embaixo da saia. Ela estava sem calcinha. Sua boceta estava nua e lindamente exposta, tão insinuante e brilhante quanto a boca perversa dela, e só de vê-la o pau dele se transformou na porra de um pé de cabra.

Jacob segurou o braço da cadeira de escritório com a mão boa e sentiu o couro ranger sob os nós dos dedos brancos. *"Eve."*

Ela bateu os cílios. "Sim, Jacob?"

"Você está bêbada."

"Nem um pouco", ela respondeu, com um sorriso doce. "Sabe, já faz um tempo que venho me esforçando muito pra não atacar você, e tenho conseguido. Mal. Apesar de você ser tão fofo e tão..." Ela deu uma rosnadinha que o atingiu em cheio, esquentando o que esquentou a garganta dele e fez ainda mais sangue fluir para seu pau. Jacob achou que ia morrer. "Tão *você*", Eve concluiu. "Você é firme, engraçado, ridículo e preciso. Você é você pra caralho, e eu adoro isso."

O coração de Jacob quase saltou pela garganta. Se ele não tivesse fechado a boca, podia ter escapado e aterrissado no colo dela.

"Venho me esforçando mesmo", ela repetiu. "Mas, esta noite, assim que me dei conta de que você tinha se encarregado de arranjar amigas pra que eu me divertisse, ficou claro que não aguento mais. Não quero só trepar com você, Jacob. Quero... quero que você seja meu." Ela se atrapalhou com as palavras, mas não parou de falar. Continuou falando, rápida, determinada e perfeita, perfeita pra caralho. "Não tomei nem uma gota de álcool esta noite. Pode ligar pro Montrose se não acredita em mim. Só bebi limonada porque sabia que ia voltar pra cá e sentar no seu pau. Então... o que acha disso?"

Ele achava que estava pegando fogo. Achava que tinha sido atingido por um raio e que a carga elétrica estava destruindo e acendendo seu corpo ao mesmo tempo, e imploraria para que aquilo se repetisse eternamente se tivesse a chance. Só a ideia de Eve, a noite toda fora, pensando do *nele*, fazendo escolhas com a intenção de terminar ali, podia rasgá-lo em dois. Era o que ele achava.

Mas o que ele disse, com a mandíbula cerrada, foi: "Você falou que não queria fazer isso".

"Mudei de ideia. Uma mulher tem esse direito. Eu estava torcendo pra que você tivesse mudado também, mas a decisão é sua."

"Você não acha que eu... eu..." *Deus, Jacob, não faça essa pergunta.* Ele não tinha nenhum controle em relação a ela. "Não acha que eu sou ruim pro seu, hã, crescimento pessoal e tudo mais?"

Ela lambeu os lábios e se ajeitou um pouco, e os olhos de Jacob foram atraídos de volta para o tesouro entre as coxas dela antes que ele pudesse desviá-los. *Olho no olho.* Se quisesse fazer boas escolhas, o tipo de escolha que não estragava tudo, precisava se concentrar.

Infelizmente, Eve escolheu aquele momento para dizer: "Acho que você não seria ruim pra mim nem se tentasse".

Depois disso, foi bem difícil não atirar o bom senso pela janela e atacá-la por cima da mesa. Por sorte, Jacob tinha uma vida inteira de autocontrole à qual recorrer naquele momento de grande necessidade. "Preciso deixar claro que eu não..." Engoliu em seco para superar o desconforto de dizer a verdade nua e crua. "Não quero só transar com você. Quero tudo. Preciso que seja real. É melhor não começarmos nada se for terminar com você entediada, indo embora." *Por favor. Por favor, não vá embora.*

"Ótimo", Eve disse, com suavidade. "Para de esperar que eu vá embora, Jacob. Eu não vou a lugar nenhum."

Ele não podia tomar aquelas palavras ao pé da letra — as pessoas diziam aquele tipo de coisa o tempo todo e não como uma promessa que não podia ser quebrada. Mas Jacob entendeu o que Eve estava querendo dizer, entendeu que ela levava aquilo a sério. E essa constatação pulsou em suas veias como algo mais vital que sangue.

Eve se inclinou para a frente e disse: "Há um tempo, você me perguntou o que eu queria da vida. Tenho pensado bastante a respeito, e a resposta fica cada vez mais clara. Quero ser feliz. Quero me sentir eu mesma. Bom, Jacob, você me faz feliz, e sempre sou eu mesma quando estamos juntos, o que... o que significa muito. Significa mais do que você imagina. Por isso, estou pedindo que me toque esta noite, e se você aceitar, não vai ser um erro. Vai ser uma escolha. E vai significar que as coisas vão ser diferentes daqui em diante. Que nós estamos diferentes juntos".

Caralho, ele a amava. A amava, a amava, a amava.

Se ela era corajosa o bastante para escolhê-lo, claro que Jacob ia escolhê-la também.

A noite tinha sido perfeita, mas, ao longo dela, uma urgência silenciosa e constante tinha pesado no peito de Eve. Ela se pegara esfregando o ponto em que o coração se encontra algumas vezes, porque doía fisicamente. Agora que Eve estava com Jacob a dor tinha sido substituída por um calor que preenchia o ar entre os dois.

Ela estava tomando a decisão certa, para variar. Estava absolutamente segura disso. O lugar de Eve era ali com ele, e sua confiança nesse fato era uma libertação por si só.

Então Jacob se levantou e contornou a mesa para chegar até Eve, e os pensamentos conscientes dela deram lugar a impulsos mais básicos. Luzinhas elétricas se espalhavam a partir de seu baixo ventre e lhe davam uma sensação de desejo, sede, necessidade.

Ela soltou o ar, com força, e ficou vendo Jacob se aproximar.

"Vai ser muito péssimo se eu te comer nessa mesa?", ele perguntou, normalmente.

As coxas dela ficaram tensas, os mamilos enrijeceram, os dentes cravaram o lábio inferior. Mas a voz permaneceu leve quando ela disse: "Na minha opinião, não".

"Você sabe como funcionam os semáforos, né?"

"Tipo, que vermelho significa pare?"

"Isso."

"Sei." Eve enfiou a mão no decote e puxou a camisinha que tinha guardada entre os peitos. Sacudindo-a no ar, disse: "Verde".

Jacob parou a menos de um passo de distância e se agigantou perto dela como uma espécie de deus tarado. Por trás dos óculos, seus olhos estavam escuros como céu de tempestade, e o tom framboesa suavizava as maçãs do rosto pronunciadas. "Onde você arranjou isso?", perguntou, tenso.

"Tem um dispenser no banheiro feminino do pub."

"E você..." Jacob passou a mão pelo cabelo com uma expressão quase de dor. "Você realmente passou a noite toda planejando voltar pra casa e transar comigo, não é?"

Eve teve que se esforçar para não ronronar diante da satisfação vertiginosa na voz dele. "Achei que você ia gostar disso."

"Gosto de *você*", ele disse, rouco, dando o último passo até ela. "Eu... Eve..."

"Hum?" Jacob parecia estar se preparando para dizer alguma coisa, mas a atenção de Eve foi capturada pela ereção proeminente dele. Ela tinha tirado as pernas da mesa, e Jacob estava de pé entre suas coxas abertas, com a cintura na direção dos seus olhos. Ela só precisava baixar os olhos um pouquinho para que seu campo de visão fosse dominado pelo volume no jeans dele.

E nossa. *Nossa*. O que ele tinha lá dentro, uma abóbora de pescoço? Era obsceno. Eve estava absolutamente deslumbrada.

"Eve...", ele disse. "Você está olhando pro meu pau?"

"É claro que estou olhando pro seu pau. O que achou que eu estava propondo que fizéssemos?"

"Eu estava torcendo pra que fosse mais que olhar, na verdade. Eu só... acho que tinha esquecido como você olha pra mim."

Ela inclinou a cabeça para trás e fitou os olhos dele, encontrando um mundo de desejos sombrios naquele gelo que já lhe era familiar. "E como eu olho pra você?", sussurrou.

Ele segurou o antebraço dela e a colocou de pé com delicadeza. Então disse: "Assim", e a beijou.

Eve se sentiu sendo consumida.

Jacob a cercava por completo — seu cheiro de limpeza e frescor, seu calor, sua força, o peso do gesso na curva das suas costas, a delicadeza de sua mão esquerda na bochecha dela. Ele segurou o rosto de Eve, inclinou a cabeça dela para trás e mordiscou seu lábio inferior. Quando Eve arfou, ele a beijou com mais firmeza, mais força, mais desespero, chupando a pontinha da língua dela. Ninguém nunca tinha chupado a língua de Eve antes, e ela decidiu que a partir de então isso passaria a ser uma exigência.

Como não conseguia se imaginar beijando ninguém além de Jacob, concluiu que estava tudo acertado.

Ele pressionou o corpo contra o dela, tão apertado, como se quisesse penetrá-la. Ela sentiu o volume do pau dele em sua barriga e se lembrou de que Jacob queria mesmo penetrá-la. Deviam fazer isso em breve. Muito em breve. No momento, Eve se sentia um pouco tonta, derretida e uma porção de outras coisas encantadoras e inebriantes que vinham com um beijo daqueles. A sensação era de que Jacob a adorava. De que tudo que havia entre eles era uma espécie de veneração. De que Eve era mais do que boa o bastante: era a melhor coisa que ele poderia almejar.

"Me come", sussurrou contra os lábios dele e o empurrou contra a escrivaninha.

"Preliminares.", ele argumentou, mas sua própria respiração era rápida e ofegante. Jacob se sentou na escrivaninha e desceu uma mão trêmula da bochecha ao pescoço dela. "Na primeira vez que te vi, quis te tocar bem aqui."

"Antes de eu abrir a boca, você quer dizer."

"Sim. Mas agora você já abriu a boca muitas, muitas vezes, e quero te tocar ainda mais." Com delicadeza, ele envolveu o pescoço dela com a mão e a puxou para mais perto. Então inclinou a cabeça o roçou os dentes na curva suave onde pescoço e ombro se encontravam. Um arrepio brotou entre os peitos de Eve e desceu em espiral até o calor macio de sua boceta. Ela gemeu, e Jacob beijou o lugar que mal havia mordido, quente, úmido e luxurioso.

"Quero aprender cada barulhinho que você faz", ele disse, baixo. "Quero ser a pessoa que te dá prazer. Sempre. Posso?" A mão de Jacob foi do pescoço ao peito dela. Ele passou um dedo pela beirada do tecido por um segundo antes de abaixar a parte de cima do vestido com um movimento decisivo.

Eve perdeu o ar, que formou um suspiro preso em seu peito. Tudo que conseguia ouvir era a batida do próprio coração, tudo que conseguia sentir era o ar fresco e o olhar ardente de Jacob em seus mamilos, tão tangível quanto um toque.

"Diz que sim", ele murmurou, e pegou o peito dela com aquele jeito firme e desavergonhado, como se pudesse passar a vida toda fazendo apenas isso.

"Sim", Eve conseguiu dizer, a palavra saindo trêmula enquanto ela se arqueava na mão dele.

"Diz que agora eu sou seu", ele mandou, baixo, mas decidido. Jacob lambeu o dedão e tocou o outro peito dela. Traçou círculos no mamilo com aquela pressão firme e escorregadia enquanto suas palavras infectavam o sangue dela.

Diz que agora eu sou seu. A sensação era de que ele havia lhe entregue toda sua ternura secreta e pedido que ela cuidasse dela. E Eve faria isso. Não havia outra coisa que ela pudesse fazer. Só que... o momento parecia tão solene que ela sentiu uma pontada de culpa por achar que também era ardente pra caralho.

Não tinha como evitar. Porque ali estava Jacob, avaliando-a com uma intensidade férrea, tocando-a como se a possuísse, pedindo a ela que o possuísse também. Não era de surpreender que ela quisesse arrancar as roupas dele.

"Você é meu", ela concordou, desabotoando a camisa dele, "e é incrivelmente gostoso, Jacob Wayne. Sabia disso?".

Ele deu um sorrisinho, os lábios formando aquela curva cuidadosa que fazia o coração dela palpitar. "Eu tento. Porque sei que você gosta e tal."

"Ah... então você *sabe* que me deixa louca." Eve não pôde evitar sorrir, ainda que fogo pulsasse em suas veias conforme o peitoral dele se revelava, pouco a pouco.

"Sei, sim", Jacob disse, passando as mãos pelas costas dela para abrir o zíper do vestido. "Você é lindamente óbvia. Às vezes você olha pra mim e posso *ver* que está pensando em trepar comigo até não aguentar mais. Você..." Com um sussurro metálico, o zíper cedeu, e Jacob abriu seu sorriso lupino de ansiedade. "Ah, que bom. Agora vamos deixar você peladinha." Ele baixou todo o vestido e, com ela à sua frente, completamente nua, o humor desapareceu de seu rosto. Não restou nada além de desejo puro e explícito enquanto ele mordia o lábio e gemia. Quando Jacob levou uma mão ao pau duro, Eve sentiu o clitóris arder de desejo por ele. Pressionou as coxas uma contra a outra e moveu os quadris, mas não ajudou.

Ela estava molhada, inchada e desesperada por uma única coisa.

Então desistiu de ir devagar e atacou o cinto dele.

18

A prudência forçou Jacob a pegar o pulso de Eve. Uma necessidade palpitante implorava para que ele relaxasse e a deixasse seguir em frente.

Mas, se ele se deixasse levar agora, quando todo o seu corpo tremia com a força do desejo e sua mente estava no limite, não conseguiria fazer com que fosse bom para ela. E Jacob precisava que fosse bom para ela, ao contrário de bom para *ele*, que se resumiria a dez minutos metendo sobre a escrivaninha até que ele gozasse com tanta intensidade que seu cérebro derreteria.

Por isso, segurou o pulso de Eve, olhou nos olhos dela e disse: "Calma, fofura".

Ela inclinou a cabeça, curiosa. "Por algum motivo em particular?"

"Sim. Estou perto demais de te jogar na mesa, e seu entusiasmo evidente não está ajudando." Porque ela estava tão... a fim dele. Tão óbvia e impossivelmente a fim dele. Com as pupilas dilatadas como se estivesse chapada, os lábios úmidos e inchados do beijo, ela esfregava o corpo contra o dele como um gato sempre que tinha a chance. E, porra, que corpo... tirar o vestido de Eve tinha sido um erro de cálculo, mas, em defesa de Jacob, ele só a tinha visto nua no escuro. Não fazia ideia de que a visão dela iluminada — toda maciez, toda a abundância, aquela pele negra aveludada — atrapalharia o desempenho de suas funções cognitivas.

Eve abriu um sorriso animado para ele e disse: "Talvez você *devesse* me jogar na mesa. Tipo agora".

Ele reprimiu um gemido e pressionou a mão dela contra o pau duro. "Não vou simplesmente meter isso em você, Eve. Não adianta choramingar. Seria ruim. Muito ruim. *Preliminares*", repetiu. Ele pretendia soltá-la depois de argumentar, mas em vez disso continuava segurando a mão dela contra o pau. E com força, na verdade, movimentando os quadris, seduzido pela doce pressão. Merda. *Para com isso.*

"Pelo menos me deixa tirar isso", ela murmurou, puxando o passante do jeans. Olhando para Jacob com seus lindos olhos, abrindo um sorrisinho travesso e... *ah, merda.*

"Tá", ele disse, "tá, tá, tá", e logo os dois estavam abrindo o cinto e a braguilha dele, Jacob com uma única mão e o dobro de desespero, e antes que ele percebesse, estava sentado pelado na escrivaninha.

Jacob se lembrou do dia em que havia comprado a mesa e quis rir, porque se alguém tivesse lhe dito: *Oi, eu vim do futuro, e um dia você vai deixar uma mulher brilhante e maravilhosa te transformar numa poça de desejo em cima deste móvel*, ele teria revirado os olhos e achado que era uma pegadinha.

Eve levou uma mão ao rosto dele e passou o dedão pela curva de seu lábio inferior. "Por que está sorrindo?"

"Por sua causa", ele respondeu, sincero, e virou a cabeça para beijar a palma da mão dela.

Eve sorriu de volta. Por um momento, apesar do desejo elétrico que percorria Jacob da cabeça do pau ao saco, que doía, o clima entre eles pareceu inocente e inacreditavelmente doce.

"Pode ficar de óculos desta vez?", ela perguntou com suavidade.

"Essa é a parte em que você confessa que tem um fetiche por óculos?"

Eve riu e jogou o cabelo por cima do ombro. Os olhos de Jacob seguiram a queda cor de lavanda automaticamente. Assistiu às tranças finas roçando o mamilo, cascateando pelas costelas, acariciando as estrias cor de bronze em seus quadris. "Na verdade", ela disse, "só quero ter certeza de que você vai ver tudo".

"Compreensível", Jacob disse, sentindo a língua pesada na boca. "Muita coisa pra ver. É uma bela vista, aliás. Não quero perder nada."

"Hum", ela murmurou, olhando para a virilha dele. "Concordo."

Jacob também olhou para baixo e ficou vermelho ao se ver. Sabia que estava com o pau muito duro — conseguia sentir isso no próprio crânio, àquela altura —, mas ver a prova era diferente. Ou, pelo menos, era quando do Eve corria um dedo delicado pela cabeça gorda e brilhante até a base grossa, acompanhando suas veias como se fosse um mapa. "Posso ter isso agora ou preciso te seduzir mais?", ela perguntou.

O peito dele subia cada vez que inspirava o cheiro de Eve. "Senta", ele conseguiu dizer, "e me deixa te chupar de novo".

"Depois", ela disse. "Me fode com vontade e depois dá um beijinho pra sarar."

A cabeça dele caiu para trás, seu abdome se contraiu e seu pau pulou ao toque dela. "*Eve.*"

"Sei que você gosta de ser convencido." Ela escorregou as mãos pelos ombros dele, depois subiu na mesa e montou em seu colo. Jacob não tinha certeza de como continuava respirando. Viu a boca linda dela se mover, mas por um momento não conseguiu ouvir nada por cima do sangue pulsando em seus ouvidos.

A boceta quente e molhada dela estava aberta diante do pau dele. As coxas grossas dela abraçavam os quadris dele, e tudo que Jacob pôde fazer foi se apoiar na escrivaninha com uma mão e aceitar. Aceitá-la. Ou melhor, deixar que ela o aceitasse. Ele revirou os olhos quando Eve movimentou os quadris. Era uma tortura escaldante e sedosa, roçando contra a pele hipersensível. Porra. "*Porra.*"

"Pode mandar", ela disse, pegando a camisinha que havia deixado na beirada da mesa.

Jacob soube então que em dez minutos estaria enterrado até o talo nela, mas decidiu continuar discutindo mesmo assim. Era o que os dois faziam, afinal: discutiam, e era uma delícia. "Você sabe que tem um lance sobre paus grandes demais, né?", ele disse. Que era verdade. Jacob tinha pesquisado longamente sobre o tópico na adolescência e concluíra que, se quisesse fazer sexo com penetração, o que definitivamente queria, teria que ser sempre muito cuidadoso. Sim, era realmente sério aquele lance de paus grandes demais — grandes demais para serem convenientes, pelo menos.

Eve devia concordar, porque assentiu animada. "Eu sei", falou. "E gosto deles."

Agora estava se lembrando daquela noite em que a fodera com gosto usando o vibrador roxo de trinta centímetros e ela implorara por mais. A Eve de suas lembranças e a Eve do presente o encurralaram. Jacob respirou fundo, olhou para baixo e engoliu em seco com a visão dos dois juntos: as dobras inchadas e bem abertas de Eve em torno de seu pau duro; o clitóris brilhante e projetado; a barriga redonda e a pele nua gritando mais alto que qualquer outra coisa por intimidade.

Ela era dele. Eve era dele e, sinceramente, Jacob ia fazer o que ela quisesse, porque ele também era dela.

Jacob estava prestes a pegar a camisinha quando ela agarrou um punhado de seu cabelo com força — força suficiente para que um prazer prateado descesse a espinha dele e fosse direto para o saco. Então ela pressionou a boca contra a dele, e Jacob não foi mais capaz de pensar, raciocinar ou tomar decisões. Era puro... corpo. Eve o transformara em um corpo com tesão e extasiado, sentindo o peso dela e o toque dela, que fazia tudo parecer em Technicolor. A porra da vida inteira ele nunca tinha se sentido daquele jeito.

"Eve", ele arfou, mas o som se perdeu no movimento lento da língua dela. "Eve", grunhiu, e ela o beijou no pescoço, desceu as unhas pelo peitoral, esfregou o clitóris contra seu pau. "Eve", Jacob repetiu, várias vezes, mas o que ele queria dizer — o que ainda não conseguia dizer, mas queria — era *Eu te amo. Eu te amo, Eve Brown.*

Ela abriu a camisinha e a colocou nele tão depressa que Jacob ficou um pouco tonto. Ele sentiu a pressão da mão dela desenrolando o látex, tão boa que os quadris dele se projetavam, como se Jacob quisesse foder seu punho, mas pouco depois ela não estava mais lá. Jacob sentiu um rosnado se formando no fundo da garganta e engoliu, mas não podia engolir a urgência de entrar no corpo macio dela. Era forte demais.

Então ele cedeu. Ajeitou o corpo, apoiou um pé no chão e outro na cadeira. Envolveu o corpo dela com o braço direito, apesar do gesso, e pegou o queixo dela com a mão esquerda, para forçá-la a olhar em seus olhos. Às vezes, o contato visual o deixava desconfortável. Agora, parecia que despia Eve e revelava tudo que havia dentro dela, e era exatamente isso que Jacob queria.

"Então vem", ele disse, baixo. "Já que você quer tanto. Vem sentar no meu pau."

Ela soltou um longo suspiro, batendo os cílios. Cada sinalzinho de que ele a afetava ia direto para o pau, e daquela vez não foi diferente. Ele já estava gemendo antes mesmo que a boceta dela beijasse a pontinha do pau. Então ela fez contato e...

"Caralho," ele arquejou, o prazer forçando-o a fechar os olhos por um momento. Ele simplesmente não conseguia deixá-los abertos. As sensações o tomavam, como se estivesse drogado, tirando todo o controle dele. Jacob resistiu o bastante para abrir os olhos de novo e sustentar o olhar de Eve enquanto ela se ajustava devagar à extensão dele.

Isso. *Isso* era a perfeição. A perfeição que Jacob tinha procurado a vida toda, mas nunca esperara encontrar desse jeito.

Ele notou as pupilas de Eve se dilatando à medida que sua boceta se apertava. Viu os lábios dela se entreabrirem conforme recebia seu pau, centímetro a centímetro, devagar e com cuidado. Ele *sentia* Eve à sua volta, facilitando sua entrada naquele aperto quente e úmido, até ficar difícil respirar. As coxas dele se tensionaram com o esforço do autocontrole; seus quadris queriam se mover, meter, foder. Mas não ainda. Jacob deixaria que Eve se abrandasse em volta dele primeiro, até que o corpo dela não estivesse mais estrangulando seu pau, só o segurando com firmeza.

Então, quando Eve estivesse desesperada, implorando, ele treparia com ela como um animal.

A respiração de Eve acelerou. Jacob pegou um punhado de tranças na mão e a puxou para mais perto ainda. Até que cada palavra trocada entre eles fosse praticamente um beijo. "Tudo bem?"

"Tudo bem." Ela assentiu, movendo os quadris. Aceitando mais dele. Jacob soltou o cabelo dela, desceu a mão por seu corpo e tocou seu clitóris. A resposta dela foi um gemido lento e sensual, então ele repetiu, traçando círculos firmes e lentos, sentindo a boceta apertadinha dela se abrir mais um pouco para ele.

"Viu?", Jacob disse, baixo. "Preliminares."

"É melhor quando você está dentro de mim", ela disse, deixando a cabeça cair para a frente e bater de leve contra a dele.

"É. É, sim." Seus dedos deslizaram pelas dobras dela até ele encontrar o ponto em que os dois estava conectados. Traçou a pele macia e necessitada de Eve, fazendo-a gemer, depois penetrou-a mais fundo, até que seu saco pesado roçasse as curvas gêmeas da bunda dela.

Os gemidos dos dois se emaranhavam como se formassem o mesmo fio. Ele a beijava faminto, desajeitado, e ela fazia o mesmo. "Me come", Eve sussurrou entre os encontros quentes e apressados dos lábios deles. "Ah, Jacob, me come. Você devia ter me jogado na mesa. Espera, por que não estamos na *cama*?"

Ele soltou uma risada contida e trêmula. "Depois. A gente devasta a cama depois." Ele se segurou no quadril dela e a manteve firme enquanto começava a meter. Não era exatamente fácil. Na verdade, não era nem um pouco fácil. Mas ele achava bom que não fosse: se concentrar na logística o impedia de gozar. Se a estivesse comendo na cama, se estivesse deitado sobre toda essa maravilha, metendo nela em um colchão, provavelmente já teria terminado.

Do jeito que estavam, Jacob já conseguia sentir a onda de alívio chegando, uma tempestade elétrica de prazer se formando na base de sua espinha. Ele cerrou os dentes e meteu com mais força, desfrutando a sensação da pele dela, da maciez dela, do som dos gritinhos dela. "Eve", ele gemeu, enterrando o rosto no pescoço dela. Em algum lugar no fundo de sua mente, lhe ocorreu que os óculos — os óculos de reserva — iam ficar detonados, mas, sinceramente, não estava nem aí. "Nossa, Eve."

"Fala comigo." Ela arfou, se balançando desesperadamente contra ele, afundando as unhas nas costas dele. "Fala comigo."

"Gostoso pra caralho." A voz de Jacob saiu estrangulada. Ele sabia que existia algo chamado gramática, mas tinha se esquecido de como usá-la, e agora parecia algo desnecessário. "Porra, Eve, delícia. Quer mais? Me diz do que precisa."

"Isso", ela gemeu. "Mais. Mais forte."

Jacob não saberia dizer como conseguiu — uma força descomunal induzida pelo sexo ou coisa do tipo —, mas ele a levantou sem que se separassem, e ambos viraram até que Eve estivesse deitada de costas na mesa, e ele por cima. A escrivaninha rangeu. Arquivos caíram dramaticamente no chão, assim como o teclado. A luminária caiu também, com um baque alto, e de repente toda a luz no cômodo vinha de trás deles. Jacob conseguia ver a expressão extasiada no rosto dela mesmo assim, então estava pouco se fodendo.

Ele segurou a beirada da mesa, atrás da cabeça de Eve, e meteu com força.

Ela soltou um ruído que só poderia ser descrito como incoerente, ou perfeito, ou ambos, e então se segurou nele e soluçou: "*Jacob*". Seu corpo se arqueou em um convite, suas pernas se abriram ainda mais, e ele sentiu o estremecimento inicial e tenso do orgasmo iminente. Se Jacob achava que não podia ficar melhor, que não podia sentir ainda mais ardor, tinha se enganado redondamente: agora, ele todo estava em chamas.

"Gostou assim?", perguntou, só pela satisfação de ouvi-la ofegar.

"*Sim.*"

Ele meteu mais fundo, mais forte, e ela o recebeu, até que os dois estavam se desmanchando juntos em uma confusão de grunhidos, gemidos, suor e suspiros, até que os ruídos ofegantes dela deram lugar a gritinhos cada vez mais agudos e seu corpo macio e dócil ficou rígido sob o dele. Mal houve um segundo de imobilidade antes que ela se desfizesse, tão lindamente como da outra vez, as mãos puxando o cabelo dele e seu corpo estremecendo em volta dele. Jacob a observou com uma dor no peito tão intensa que o fazia estremecer também. De repente, a dor estava em toda parte, e ele gemeu e gozou muito, muito, muito.

Tonto. Ele estava tonto. Mas sentiu Eve arfando sob seu corpo, ouviu sua risada sem ar, viu — quando abriu os olhos, ainda que não tivesse notado que os havia fechado — aquele sorriso, como a estrela polar que ele costumava ver da estrada.

Cara, ele amava Eve.

Mas tudo o que disse foi: "Caralho, isso foi muito bom".

Eve tinha surpreendido a si mesma inúmeras vezes nas semanas anteriores. Ao fazer a entrevista para aquele emprego, por exemplo. Ao atropelar uma pessoa — porque, independente do que Jacob gostasse de sugerir, isso nunca havia acontecido antes. Em geral, ela só atropelava cones e cercas.

Então Eve surpreendeu a si mesma de maneiras cada vez melhores: mantendo sua palavra e trabalhando na pousada, sem estragar tudo, se aventurando naquela história de ser chef de cozinha e se orgulhando de seu cargo. E fazendo amigos, se estabelecendo e começando a ver Skybriar como algo próximo de um lar.

Mas ela nunca tinha se chocado tanto consigo mesma como nos momentos que se seguiram ao sexo fantástico com Jacob em cima da escrivaninha. Quando ele a beijou, abriu um sorriso tímido e disse: "Vou dar um jeito na camisinha".

"Com 'dar um jeito na camisinha' você quer dizer tomar um banho?", ela perguntou, se espreguiçando languidamente.

Ele soltou o ar com uma risada e admitiu: "É. Mas vai ser rapidinho".

Ela abriu a boca para responder, e as palavras *eu te amo* quase escaparam.

Ela fechou o bico na mesma hora, assombrada. Por sorte, Jacob não notou nada. Estava ocupado demais olhando para os peitos dela por cima do ombro ao deixar o escritório. Abençoada mente unifocal de Jacob.

Abençoada também era a bunda deliciosa dele, que se flexionava a cada passo.

Quando Jacob afinal desapareceu no corredor, o feitiço maligno de seu traseiro foi quebrado, e Eve pôde retornar ao momento do *eu te amo*. Hum. Interessante. Ela provavelmente deveria investigá-lo. Seu instinto lhe dizia para voltar para o quarto e vestir um pijama gostoso — para acalmar sua mente e facilitar o exame de seus sentimentos —, mas Eve se deu conta de que não conseguiria deixar o escritório sem antes arrumar a escrivaninha. Ou pelo menos tentar. Eles meio que tinham zoneado tudo.

Enquanto recolhia a papelada, em uma vaga tentativa de ordenar as coisas, e colocava a luminária em pé, ocorreu a Eve que aquele tipo de comportamento meio que correspondia às palavras que ela quisera dizer. Afinal, amor parecia ser o único motivo razoável para arrumar a escrivaninha de outra pessoa quando você mesmo estava pouco se fodendo para a coisa.

Claro que era possível que seu amor pela pousada tivesse inspirado aquela preocupação toda e que Eve só tivesse sentido uma onda de amor momentânea porque Jacob havia acabado de presenteá-la com um pau impecável.

Por outro lado, a onda de amor momentânea na verdade não tinha sido momentânea, porque assim que Eve pensou em Jacob, voltou a senti-la: uma onda de ternura e afeto, delicada, mas poderosa o bastante para engolir cidades inteiras. Familiar, mas ampliada. Conhecida, só que mais intensa. O tipo de amor de que os livros falavam.

Depois de duas semanas. De jeito nenhum. Puta merda.

No entanto, depois que Eve já tinha terminado de arrumar o escritório, se arrastado de volta para o quarto e vestido o pijama, o sentimento, delicado mas forte, continuava ali.

Não era que a ideia de amar Jacob a incomodasse. Na verdade, quando pensava a respeito, ela se pegava sorrindo tanto que suas bochechas doíam, seus olhos se apertavam e suas orelhas meio que saltavam, e ela se sentia meio boba, como se pudesse se jogar na cama com um suspiro de cinema e passar as novecentas horas seguintes só pensando nas qualidades excelentes dele.

Mas havia uma parte de Eve, uma parte pequena, mas barulhenta e bastante briguenta, que insistia para que ela fosse razoável. Racional. Adulta. Não era possível que já estivesse apaixonada por Jacob. Era uma tolice. Imprudente. A definição de imaturidade, prova absoluta de que ela tinha voltado a fazer escolhas ruins. Só que, quando tentava pensar em Jacob como um erro, Eve se deparava com uma parede mental impenetrável que a impedia de continuar aquela linha de pensamento absurda.

Por fim, decidiu seguir o conselho de Gigi. Porque não havia problema em pedir uma ajudinha quando se tentava ser adulta.

Eve tentou ouvir o barulho do chuveiro aberto mais adiante no corredor. Quando conseguiu, satisfeita que Jacob ainda estivesse ocupado, ajustou o lenço de seda que prendia suas tranças, pegou o telefone e abriu o grupo de mensagens que tinha com as irmãs. Depois de escrever tudo errado três vezes seguidas, decidiu que digitar era um problema a mais para sua mente já confusa e começou a gravar uma mensagem de voz.

"Oi. Tenho uma dúvida e preciso de respostas; nada de perguntas intrometidas, tá? Como a gente sabe que está apaixonada de verdade? Por exemplo, como a Bela sabia que estava apaixonada pela Fera e que não era só a síndrome de Estocolmo falando? Ou, Chloe, como você sabia que estava apaixonada pelo Red, e não só pelo cabelo maravilhoso dele? Ou, Dani, como *você* sabia que estava apaixonada pelo Zaf e não só pelo cabelo maravilhoso dele? Sim, essa é a pergunta. É o que eu quero saber. Responde, por favor, Danika." Satisfeita, mandou a mensagem.

Demorou um pouquinho para que tiques azuis e três pontinhos aparecessem no grupo, mas depois que apareceram, as respostas começaram a chegar uma depois da outra.

DANI: Eu não percebi que estava apaixonada pelo Zaf, lembra? Foi você que me falou.
CHLOE: Essa pergunta é muito suspeita.
CHLOE: Quem está te fazendo sofrer de síndrome de Estocolmo?

Eve revirou os olhos e mandou outro áudio. "Ninguém. Foi só uma comparação."

DANI: Tá, mas por quem você está apaixonada?

Eve começou a gravar uma mensagem, abriu a boca e parou quando se deu conta do que estava prestes a dizer. Ela ia mesmo falar, em voz alta: *Estou apaixonada por Jacob*, e estaria sendo sincera.

O que não acabava com suas dúvidas, considerando que tinham mais a ver com ela mesma, com quem era e quem queria se tornar, e quão grande era a distância que entre aqueles dois estados. Mas com certeza ajudava.

Ela se pegou sorrindo de novo. *Estou apaixonada por Jacob.* A frase soou tão bem em sua cabeça, tão pura e preciosa. Eve ia mantê-la ali por mais um tempo, até se sentir confiante o bastante para dizê-la em voz alta.

"Você estava falando com alguém?" A voz de Jacob atravessou o quarto um momento antes que ele entrasse, como se tivesse sido conjurado por seus pensamentos.

Pingando.

De toalha.

"Meu Deus", Eve disse. "Você tem que parar de fazer isso."

"Fazer o quê?", ele perguntou, tranquilo, mas com o canto da boca ligeiramente inclinado e uma languidez intencional nos movimentos conforme avançava pelo quarto, passando a mão pelo cabelo molhado. Jacob sabia exatamente o quê, então ela nem se deu ao trabalho de responder.

Ele era claramente péssimo em se secar, porque ela podia ver as gotículas de água brilhando em sua pele clara. Elas o faziam parecer uma deliciosa lata de coca-cola em um dia abafado, suando sedutoramente. O caminho de pelos loiros que descia até seu... bom, até seu pau, fazia o coração de Eve trabalhar tanto quanto o bíceps de um professor de aeróbica muito empolgado e seu clitóris latejar como a cabeça depois de uma ressaca de tequila. A boca de Eve ficou seca. Talvez porque toda a umidade de seu corpo tinha se acumulado rapidamente na boceta.

"Com quem você estava falando?", Jacob perguntou, baixo.

"Hum?" Eve tentou recolher os próprios sentidos, que havia derrubado no chão. "Ah. Hã, com minhas irmãs."

Ele se aproximou, seus olhos pareciam uma tempestade elétrica. "Legal. Agora deixa esse telefone pra lá."

Só então Eve percebeu que continuava segurando o botão para gravar. "Sim, senhor." Ela o soltou, bloqueou o celular e se levantou.

"Você devia vir pro meu quarto", ele disse.

Ela piscou. "Sexo na cama? Que luxo."

"Não, não sexo na cama. Quer dizer..." As narinas dele se abriram e sua boca se curvou em um sorriso autodepreciativo. "Bom, na verdade, sim. Sexo na cama. Mas eu estava sugerindo que você viesse dormir comigo." Ele pegou a mão dela. "Se quiser. Claro."

"Ah", Eve disse apenas, e ali estava o amor de novo, correndo por suas veias, cintilante, dourado, transformando tudo em seu caminho em creme. "Ok. Sim. Ótimo. Eu quero, sim."

Jacob sorriu e a puxou pela mão, conduzindo-a do quarto dela para o seu. Eve mal teve tempo de processar a mudança de ambiente antes que ele a deitasse na cama e subisse em cima dela. Seu corpo todo começou a vibrar de novo, vivo e exposto. Ele a pressionou, deslizando a coxa forte por entre as dela com uma segurança que fez Eve arfar. Pressão, muita pressão, insistente e exigente como seu Jacob era.

"Fala comigo, Eve", ele murmurou. Ela se deu conta de que estava prendendo o ar e...

E de que a ideia de falar com ele não a incomodava como a tinha incomodado com outros homens. Eve não ficava preocupada com a possibilidade de dizer a coisa errada, de irritá-lo com seus pensamentos aleatórios. Não precisava se concentrar em fingir que era perfeitamente divertida em vez de ser imperfeitamente estranha. Porque, por trás da carranca e dos padrões muito altos, Jacob era determinado o bastante para receber tudo o que ela era e ainda dizer: *Na verdade, acho que quero um pouco mais.*

Só que Eve devia ter passado tempo demais pensando, porque depois de um momento a expressão de Jacob ficou incerta, e ele fez menção de se erguer de cima dela. "Desculpa, estou...? Sei que às vezes exagero um pouco nessas situações."

Eve o pegou pelo ombro e o puxou de volta para cima dela, respondendo de maneira voraz e instintiva. "Não. Você é divino. Não tem como exagerar. Talvez algumas pessoas discordem, mas essas pessoas não importam, porque você é meu." Assim que as palavras escaparam, Eve ficou um pouco chocada com sua própria malícia. Mas não se arrependeu.

Especialmente depois de Jacob abrir um sorrisinho lento e sem dúvida tímido. "Ah. Bom. Entendido." Então ele a beijou, com um gemido fraco que revelava que ele não conseguia se conter. Por mais que Eve tivesse aprendido a gostar do controle de Jacob, ela gostava ainda mais de senti-lo perder esse controle e entregar-se a ela como uma oferenda. Sua boca se moveu fervorosa colada à dela, como se ele temesse que Eve pudesse sumir. Sua língua provou o limite do lábio inferior dela, o canto da boca, a pontinha vulnerável da língua, e seu pau pressionou o clitóris de um jeito que deixava Eve cem por cento confortável. Em êxtase, na verdade. Era como se o pau dele massageasse o clitóris dela, mesmo sem estar duro. Eve daria cinco estrelas em sua avaliação quando terminassem.

"Não vai rolar agora", ele disse, entre beijos. "Sério. Faz só uns dez minutos e estou acabado. Não tenho ideia por que motivo estou fazendo isso."

"Poderíamos transar se sua boca não estivesse cansada demais", ela o corrigiu.

"Eve", ele disse, sério, o que a deixou com ainda mais tesão. "Você tem noção de que a gente devia conversar agora, né? Discutir o que aconteceu e voltar à nossa negociação sobre consentimento e tal."

"Cala boca, Jacob", ela disse, animada, e voltou a beijá-lo. Suas bocas se encontraram suavemente, suas línguas se tocaram preguiçosamente. Eve enlaçou o quadril de Jacob com uma perna e se esfregou um pouco contra a coxa dele. No fim, a boca dele não estava cansada demais. Nem o pau, depois de um tempo.

* * *

    Uma hora os dois acabaram sossegando.
    Jacob se recostou nos travesseiros, encasulado pelos cobertores quentes e pelo cheirinho de limão e baunilha de Eve. O gesso estava apoiado em um travesseiro à sua direita, como sempre. À esquerda, ele sentia a presença da mulher com quem passara as últimas horas fazendo coisas inomináveis, e ainda assim a perspectiva de tocá-la agora o deixava nervoso. Talvez porque Jacob não queria sexo — queria abraçá-la como se ela fosse algo muito precioso e nunca mais soltar.
    Apesar de a noite ter sido uma verdadeira montanha-russa, Jacob ainda não tinha certeza de que uma ação como essa não estragaria tudo.
    Mas talvez a fizesse mesmo assim.
    No fim, não teve a chance, porque Eve era corajosa o bastante pelos dois. E quente o bastante para manter a chama acesa quando o pessimismo de Jacob ameaçava apagá-la. Ela se virou e passou um braço pelo peitoral nu dele, aconchegando a bochecha em seu ombro. "Você consegue dormir assim?", Eve perguntou. "Achei que pudesse gostar."
    Eve estava sempre cuidando dele. Jacob fechou os olhos e mergulhou no momento como se fosse uma cama de plumas. "Consigo", disse, um pouco rouco. "Quer dizer, posso... sim... fica." Era aquilo, no fim das contas. Jacob queria que Eve ficasse e precisava que ela soubesse disso. Porque desconfiava que no passado outros tinham deixado Eve ir embora com facilidade demais. E que, como ele, ela às vezes se sentisse insegura.
    "Você sabe que estou firme, né?", Jacob falou rápido.
    "*É mesmo?*" Ela levantou a cabeça com um sorriso safado no rosto. "E eu achando que você estava cansado."
    Ele revirou os olhos. "Para com isso. Sua tarada. O que estou querendo dizer é... falei sério antes. Você é minha agora."
    "Hum, bem homem das cavernas", ela murmurou.
    Jacob decidiu ignorar o comentário. "Você é minha, o que significa que não precisa se preocupar que eu vá sumir ou... rejeitar você, ou... Bom, estou firme", repetiu, porque estava se embrenhando no território da linguagem emocional e duvidava que conseguiria se expressar direito. "Tenho certeza. Por você. De você. E tal."

Ela voltou a levantar a cabeça, dessa vez sem um sorriso safado no rosto. Dessa vez, Eve o olhou nos olhos, as pupilas cor da meia-noite envoltas em chocolate, e piscou rapidamente. "Ah", ela disse, com voz baixa. Com aquela única sílaba, as suspeitas de Jacob se confirmaram. Eve não estava acostumada a se sentir segura.

Ele se identificava.

"Me fala uma coisa?", Jacob pediu.

Ela voltou a se deitar, sua cabeça era um peso confortável no peito dele. "Qualquer coisa."

A resposta deixou o coração dele apertado. "Por que veio aqui?"

Eve hesitou. Ele esperava por isso. No dia em que se conheceram, Jacob chegara à conclusão de que ela era um tornado irresponsável varrendo o interior à procura de entrevistas para destruir. Uma ideia ridícula, claro. Mas, em sua defesa, ele estava sob muita pressão e não a conhecia de verdade.

Agora ele a conhecia. Sabia que Eve adorava as irmãs — tanto que vivia falando delas —, e que as amigas não a mereciam, embora ela falasse das travessuras absurdas daquelas riquinhas com carinho. Também sabia que ela era perfeitamente capaz de dar duro e se sair bem no trabalho, se lhe dessem espaço para isso.

O que levava à pergunta: por que Eve tinha deixado sua antiga vida para trás e aceitado o primeiro trabalho que encontrara ali? No começo, Jacob não tinha se importado o suficiente para perguntar, depois havia passado a achar que não tinha o direito. Mas agora... bom, agora Jacob era o homem para quem Eve Brown falaria *qualquer coisa*. O que fazia com que ele se sentisse em uma das cinco posições de maior poder no mundo.

Portanto ele esperou, e depois de um momento ela resolveu falar. "Não é uma história muito lisonjeira. Pra mim, digo."

"Você já deveria saber que não vou te julgar", ele disse, puxando Eve para ainda mais perto.

"Jacob Wayne, seu grande mentiroso."

"Tá, que só vou te julgar um pouquinho", ele se corrigiu. "E que vou..." Ele parou de falar, como se as palavras *continuar a te amar* tivessem sido puxadas para fora do palco com um gancho em volta do pescoço.

Ainda não. Sério, ainda não. "... continuar gostando de você", Jacob concluiu. Boa. Tão sutil quanto creme de amendoim crocante.

"Ah, que bondade a sua", ela brincou.

"Sou mesmo conhecido pela minha bondade."

"E se eu tiver matado alguém?"

"Eu não ficaria surpreso. E te visitaria na prisão, se necessário."

Ela arfou, fingindo ultraje. "Você não ia se oferecer pra me ajudar a esconder o corpo?"

Os cantos dos lábios de Jacob se ergueram sem permissão. "Faz um tempo que você está aqui, fofura, e a polícia não parece estar te procurando. Imagino que você já o tenha escondido muito bem sozinha."

"Bom. É. Isso aí." Ela se orgulhou da ideia de que podia ser uma assassina eficiente, porque era uma ideia ridícula. Jacob beijou a testa dela, porque não tinha outra escolha, não quando Eve era fofa daquele jeito.

"Agora para de me enrolar", ele disse. "Conta logo."

Ela suspirou. "Meus pais estavam bravos comigo."

Ele esperou um momento antes de cutucá-la. "Você atropelou os dois?"

"Metaforicamente, acho que atropelei minha mãe muitas vezes." O tom dela era seco, mas seus dedos tamborilavam um ritmo rápido nas costelas dele. "Ela quer tanto que eu seja bem-sucedida. Em qualquer coisa. E por um tempo, eu desisti de tentar. Acho que, pra ela, fracassar era uma coisa, mas desistir... era ir longe demais. Eles ficaram muito decepcionados comigo, e eu não consegui aguentar, então... fui embora, determinada a encontrar algo pra fazer. Pra provar que eu consigo, sabe? E... aqui estou! Tentando não estragar tudo outra vez."

Não era uma explicação totalmente inesperada, e o modo como Eve falou de si mesma era até familiar. Ela dizia aquele tipo de coisa o tempo todo: que era um fracasso, uma decepção, que estava tentando se sair bem, mas não tinha nenhuma confiança em sua capacidade. Jacob não saberia dizer quando exatamente as palavras tinham começado a mexer com ele, mas cada vez que as ouvia a sensação era pior. E agora, ali, o desconforto chegara ao ápice.

Ao que tudo indicava, ele não suportava que Eve Brown fosse criticada. Nem por ela mesma. "Obrigada por ter me contado", ele disse, porque era importante ser educado e ele havia lido em algum lugar que era sempre bom começar de uma maneira positiva antes de dar uma bronca em alguém. "Mas, Eve, acho que é hora de termos uma conversa séria sobre..."

"Xi", ela o interrompeu. "Você sabe que odeio conversas sérias."

"Não", ele disse, cortante, se virando para olhar para ela. "Você não odeia. Não aja como se odiasse. Mesmo as coisas mais leves e animadas que você diz têm substância."

Ela ficou em silêncio por um momento, claramente surpresa. "Eu... bom..."

"E era exatamente sobre isso que eu queria falar. Eve..." Ele a envolveu com um braço e apertou, encurralando os próprios sentimentos para que saíssem palavras que pudessem ser úteis. Às vezes a presença dela facilitava esse tipo de coisa, mas às vezes, quando ele estava se afogando em todas as emoções que sentia por ela, era extremamente difícil. "Eve", ele repetiu, "sei que você acha que precisa melhorar, crescer, ou o que quer que seja. Mas não tem nada de errado com você. Você só é... um pouco diferente. Sensível o suficiente pra que o mundo pareça rápido e barulhento demais. E você... você se magoou, acho. E se acostumou a recuar pra não se magoar de novo. Sou que nem você, ainda que por motivos diferentes. O fato é: você é inteligente, criativa, dedicada e você *se importa* com as pessoas. Faria qualquer coisa por qualquer pessoa, mesmo que isso te deixasse aterrorizada, desde que fosse a coisa certa a fazer. E o que pode ser mais importante que isso? Me diz uma coisa, sinceramente: o que pode ser mais importante que isso?". Expressar tudo isso tinha sido um pouco como procurar ouro. Jacob havia se esforçado pelo que pareceram horas (mas na verdade não tinham sido mais que trinta segundos), e agora estava exausto e exultante, porque...

Pronto. Ali estava seu ouro: o sorriso de Eve.

"Você está muito elogioso esta noite", ela murmurou. "Por que será?"

Jacob revirou os olhos.

Depois de um momento, ficou séria, como ele sabia que ficaria. "Obrigada, Jacob", ela disse, baixo. "Se você tivesse me dito algo do tipo mês passado, não sei se eu teria acreditado. Mas estou começando a ver lados meus que eu nem sabia que existiam. Então talvez eu acredite em você no fim das contas." Eve estava brincando, mas, por trás de seu sorriso, ele identificou uma confiança crescente. Não nele, mas em si mesma. "Eu... acho que nunca tinha pensado que fazer coisas legais pros outros pudesse ser uma habilidade. Pelo menos não até vir pra cá e você se oferecer pra me pagar por isso."

"Bom, fico feliz que esteja pensando diferente", ele disse, "porque é, sim, uma habilidade. Posso garantir, eu tenho que me esforçar muito pra fazer isso".

Ela riu, e foi como se bolhinhas de luz estourassem em contato com a pele dele.

"Suas habilidades têm a ver com coisas que as pessoas muitas vezes negligenciam", ele disse, devagar. "Por isso você acabou se convencendo de que elas não existiam. Mas você é inteligente e capaz, e se as pessoas não veem isso, é problema delas, não seu." Jacob não tivera a intenção de entrar no assunto seguinte, mas as palavras escaparam de sua boca sem permissão. "Sabe, Eve, você... a gente... é diferente. E..." Ele pigarreou e começou de novo. "Você *sente* que as coisas são diferentes quando está comigo? Quando se comunica comigo?"

"Bom, sim", ela disse, com atrevimento. "Acho que foi assim que acabamos na cama."

Ela não estava errada. "Não foi isso que eu quis dizer. Tipo... você gosta de como sou direto. Diz isso o tempo todo. Outras pessoas... te parecem menos diretas?"

Jacob achou que a deixaria confusa, que ela responderia com mais perguntas ou... outra reação comum. Mas ela não era comum. Era Eve. E é por isso que ela o deixou totalmente chocado ao responder, com toda tranquilidade: "Ah, entendi. É diferente, sim. É mais como quando falo com minhas irmãs. É mais fácil e familiar. Provavelmente porque nós dois estamos no espectro autista."

Num instante a surpresa dele se transformou em risada. "Você já sabia."

"Bom, não", ela o corrigiu. "Não antes de conhecer você. Mas você me fez ficar mais atenta ao meu próprio comportamento. Aí fiz uma pesquisa e cheguei à conclusão óbvia. É provável que eu seja autista, como você. Suponho que a maior parte da minha família também seja, o que explicaria por que quase todo mundo acha a gente tão estranho. É interessante, mas também..." Ela abriu um sorrisinho e ficou olhando para o teto enquanto falava. "Eu sei quem eu sou e como sou. Na verdade, estou aprendendo mais sobre isso a cada dia. É bom dar um nome pra essas coisas. Só isso."

Jacob absorveu o que ela disse por um momento enquanto reprimia um sorriso. "Você é tão..."

"O quê?", ela perguntou, se apoiando em um cotovelo para olhar para ele. Suas tranças cor de lavanda se espalharam sobre o peito dele. Seus olhos pareciam uma noite estrelada. "Sou tão o quê?"

"Perfeita", Jacob concluiu. "Eve Brown, você é absolutamente perfeita pra mim."

Ela sorriu, tão evidentemente feliz que o fez sentir um aperto no coração. Então o beijou, o que foi perfeito também. Os dois eram perfeitos juntos durante esses dias, e a maior parte de Jacob acreditava que sempre seriam.

Mas uma partezinha dele — a parte jovem, fria e inútil — ainda não estava convencida. Era a parte das lembranças mais antigas, e que estava tomada pela perda.

Jacob decidiu que trabalharia naquela parte. Faria isso por ela.

19

Eve estava cantando.

Vinha cantando direto desde a noite anterior e se divertindo muito com isso. Naquele dia, em vez de só entoar os refrões distraídos de sempre, ela transmitia cada grama de sua alegria na voz, criando sua própria trilha sonora. Por sorte, Jacob não parecia se importar.

Ela tirou os olhos do bolo de limão e blueberry que estava decorando e os focou nele, com adoração. Felizmente Jacob estava estudando o mapa do Festival do Biscoito de Gengibre que havia levado para a cozinha, de modo que não notou os coraçõezinhos nos olhos dela. Eve aproveitou para explorar o rosto dele, que agora lhe era bastante familiar: o brilho dourado de seu cabelo com risca bem-marcada, as rugas profundas em sua testa adoravelmente franzida, os cílios da cor do sol escondendo seus olhos acinzentados. Que homem lindo. Teve vontade de arrastá-lo escada acima até o depósito para tirar uma boa casquinha dele antes da hora do chá.

De novo.

Quando ela começava a cogitar a ideia a sério, a porta da cozinha se abriu, interrompendo seus pensamentos. Eve deu um pulo e derrubou o saco de confeiteiro em cima do bolo quase pronto. "Ah, droga", disse, com um longo suspiro.

Jacob viu o desastre em que estava o bolo e se levantou na hora, com a expressão determinada. Parecia acreditar que podia salvá-la de ter arruinado o glacê, como um cavaleiro de armadura. Ela achou que poderia ser uma boa deixá-lo tentar, só para ver o que aconteceria.

Então Mont, que estava recostado no batente da porta aberta com um sorriso no rosto, finalmente falou. "Hum. Olha só. O que está fazendo aqui, Jake?" Havia mais que triunfo na voz dele.

Jacob franziu a testa para o amigo. "Para com essa história de Jake." Suavizou o tom para falar com Eve. "E o bolo?"

"Ah, você sabe", ela respondeu, bastante irritada consigo mesma, enquanto tirava o saco de confeiteiro de cima da cobertura. "Lambuzado. Um pouco amassado. Apetitoso." Eve mordeu o lábio inferior, olhando para o relógio e considerando suas opções. "Talvez eu possa cobrir o amassado com alguma coisa."

"Algo como isso?", Jacob perguntou, se esticando por cima do ombro dela para pegar o vaso de lavandas frescas que ela havia colocado à mesa naquela manhã.

Eve ficou olhando para as flores por um momento antes de um sorriso lento se abrir em seu rosto. "É. Algo como isso. Obrigada, você é um fofo." Ela ficou na ponta dos pés e deu um beijo nele — um beijo rápido e doce na boca, que já parecia natural depois de um único dia. Então se lembrou de Mont, congelou e recuou na mesma hora — ou tentou. Jacob a segurou pelo quadril, com uma mistura de surpresa e prazer nos olhos.

Eve corou. Não estava constrangida nem nada. Só sentia calor quando ele a olhava daquele jeito.

Jacob a segurou por mais um instante e inclinou a cabeça para sussurrar no ouvido dela: "Você me beijou".

"Eu sei", ela sussurrou de volta. "Te beijei várias vezes desde ontem à noite, caso tenha esquecido."

A voz dele desceu uma oitava. "Não esqueci."

"Continuo aqui, pessoal", Mont disse da porta. "Lembram de mim?"

"Cala a boca", Jacob o cortou, antes de voltar a se concentrar em Eve. "Você me beijou *em público*."

"Mont conta como público?"

"Boa pergunta", Mont comentou.

Jacob, que pelo visto tinha decidido ignorar o melhor amigo, continuou. "Gosto de te beijar em público. A gente devia fazer mais isso. Sempre que quiser. Como um casal. Concorda que a gente é um casal?"

Eve deu uma risadinha suave e deixou a cabeça cair para a frente, no ombro dele. Ela meio que achava que a noite anterior já fazia deles um casal — não por conta do sexo, mas de todas as coisas fofas que ela tinha conseguido fazê-lo dizer. Claro que Jacob precisava que as coisas fossem mais preto no branco. Precisava que as palavras fossem ditas com todas as letras, e ela faria isso de bom grado.

Mas, para Eve, até o ar entre eles era tudo. Era tão absolutamente tudo, que já havia decidido, de uma vez por todas, que ia ficar em Skybriar. Ia mandar Florence à merda — só que com mais profissionalismo, uma vez que estava ligada à pousada e precisava obedecer a certo padrão de comportamento — e ia esquecer a porcaria da festa de aniversário de Freddy.

Depois ia passar em casa e pedir desculpas pessoalmente aos pais; contaria a eles que estava mudando e que agora acreditava em seu potencial. Diria que as coisas que ela fazia — alimentar e ajudar as pessoas, fazer com que se sentissem bem — eram tão importantes quanto contar dinheiro ou redigir contratos. Diria que ela respeitava suas habilidades o suficiente para usá-las, sem temer o fracasso.

Ela informaria os pais, com toda sinceridade, que havia encontrado algo que amava. (E alguém também, mas era mais provável que por ora mantivesse essa parte para si.)

Talvez eles não acreditassem — às vezes nem *ela* acreditava direito —, mas Eve sabia que era verdade. Porque, quando pensava em ir embora da pousada, em transformá-la em um lugar de passagem em sua trajetória, algo dentro dela dizia, com tranquilidade e firmeza: *Não*.

E quando ela pensava em deixar Jacob, a voz ficava cem vezes mais alta.

Então ela sussurrou no ouvido dele: "Sim. A gente com certeza é um casal".

Ele sorriu para Eve como se ela tivesse desinfetado e reabastecido sozinha todos os banheiros da pousada, pegou-a pela cintura como se tivessem passado seis anos separados, puxou-a contra seu corpo e a beijou até deixá-la sem ar.

"Minha nossa", Mont disse, mas na verdade sua voz soou muito satisfeita.

Soou menos satisfeita um momento depois, quando pigarreou e disse: "Hã, não quero interromper, mas parece que tem um ganso lá fora".

* * *

Eve tinha aprendido muitas coisas desde que chegara à pousada, mas parecia que sua educação estava longe de ser concluída. Por exemplo: ela não tinha ideia da grave ameaça representada por certa ave aquática, até que Jacob a arrastou para fora e disse, muito sério: "Patos são uns merdinhas. Gansos são piores. Cisnes, piores ainda".

"Ah", ela disse, "ok.". Ainda estava um pouco tonta por causa dos beijos quase em público — e, é claro, porque Jacob fizera questão de deixar claro que eles eram um casal, o que Eve achara adorável.

Ser feliz daquele jeito devia ser ilegal. Nem mesmo um ganso seria capaz de acabar com seu bom humor.

Mas sem dúvida estava acabando com o bom humor dos hóspedes da pousada, a julgar pela cena que se passava na entrada de cascalho. Um ganso cinza enorme se aproximava do sr. Packard, que chegara naquela mesma manhã com a esposa e ocupava o quarto Margarida. Mais cedo, ele se apresentara como um homem tranquilo e simpático, usando uma camisa xadrez bonita. Agora, era um homem vermelho e nervoso subindo no capô do próprio carro.

"Pega ele!", o sr. Packard gritou, depois apontou para o ganso, como se alguém pudesse se confundir sobre o que ele estava falando.

"Gansos são perigosos?", Eve perguntou, para ninguém em particular. Ela nunca havia pensado muito a respeito antes, mas o sr. Packard parecia prestes a se mijar nas calças, e ela se viu forçada a elucubrar.

"Às vezes", Mont falou, sorrindo, enquanto Jacob dizia, sombrio: "Gansos são um grande risco para a paz e a dignidade do meu estabelecimento".

"Um ganso pode quebrar o braço de alguém, se ficar muito agitado", Mont prosseguiu. "Mas o de Jacob já está quebrado, então beleza."

Eve ficou horrorizada. "Ele tem dois braços!"

"É, mas quebrar os dois seria *muito* azar."

"Para de assustar a Eve", Jacob o repreendeu. "Ele não vai quebrar meu braço. É só um ganso. E não está no território dele. Não tem motivo pra quebrar meu braço, e tenho certeza de que até mesmo gansos podem ser razoáveis." E saiu correndo atrás do animal, determinado.

"Se você tem certeza", Eve gritou para ele. "Boa sorte, querido. Sucesso e tudo mais."

Ele acenou para ela.

"Então", Mont disse, enquanto assistiam a Jacob se aproximar da criatura. "Você e Jacob, hein?"

Ela sentiu que corava. "Pois é."

"Fico feliz, pra ser sincero."

"Eu sabia que gostava de você."

"Anda", Jacob gritava, agitando o gesso como um aríete. "Vai embora!"

"Só tenha uma relação séria com ele", Mont disse, baixo.

Eve tirou os olhos do ganso quase fugindo do braço quebrado de Jacob. "Hum?"

"Ele não é tão durão quanto parece." A voz de Mont era baixa e seus olhos estavam no ganso, mas era óbvio que sua mente estava em outro lugar. "Só isso. Ele não é tão durão quanto parece."

O ganso saiu pelo portão e seguiu para a direita. Eve abriu a boca para dizer a Mont que ela sabia, que seria muito cuidadosa, que o esplendor frágil de Jacob estava seguro com ela.

Então uma voz familiar chegou até ela. Familiar, mas impossível, é claro.

"É aqui?", a voz perguntou. "Minha nossa. Aquilo era um ganso, Martin?"

Eve ficou tensa, mas se forçou a relaxar. Sua mãe não podia estar ali. A voz só podia ser de outra mulher. Uma mulher acompanhada por um homem que tinha o mesmo nome que seu pai.

Foi o que disse para si mesma, até a mãe dela passar pelo portão de entrada da pousada, erguer os óculos escuros Dolce & Gabbana na cabeça, levar uma mão ao peito e gritar: "Eve!".

Depois o resto da família — *ai, meu Deus* — surgiu atrás dela. O pai, claro, Gigi, Shivani, e até Chloe e Danika estavam ali. Sua família tinha armado uma verdadeira emboscada e, na experiência de Eve, isso não era um bom sinal.

Não podia ser um bom sinal.

"Ah, droga", ela disse.

Ao lado de Eve, Mont apertou os olhos para Gigi. "Aquela é Garnet Brown?!"

* * *

    Jacob não sabia muito bem o que tinha esperado da família de Eve, mas aquilo... Bom, ele pensou, enquanto olhava para o restaurante lotado da pousada, na verdade aquilo não o surpreendia nem um pouco.

    A família de Eve tinha um ar intocável de glamour e segurança, o brilho saudável e atraente que rodeava pessoas que tinham acesso ao melhor de tudo — comida, roupa, o que quer que fosse. Jacob já tinha visto muita gente assim antes, mas o que o deixou desconcertado foi: eles pareciam *gostar* uns dos outros. Era difícil dizer como ele sabia disso. Tinha a ver com o modo como se movimentavam em grupo, abrindo espaço um para o outro, os passos quase sincronizados, parecendo mais uma matilha do que um grupo de familiares. Ou o jeito como tinham se alfinetado em meio aos cumprimentos desajeitados e feito comentários estranhos uns aos outros enquanto Jacob os conduzia para dentro, como se fossem ovelhas.

    Qualquer que fosse o caso, Jacob era capaz de ver o amor que havia entre eles, como o calor tremeluzindo no ar. Fazia sentido, claro, que Eve tivesse sido criada no coração de uma família como aquela. Ela tinha aprendido sua doçura em algum lugar, afinal.

    Agora, Jacob os examinava, uma vez que não sabia o que falar depois do "oi" inicial e Eve não estava ali para incluí-lo na conversa. A mãe estava sentada rígida perto da janela, usando um terninho impecável, vistoriando cada centímetro do cômodo com olhos argutos cor de avelã. Provavelmente à procura de falhas, o que não deveria preocupar Jacob. Seu estabelecimento não tinha falhas, a não ser pela ocasional invasão de uma ave aquática. Ainda assim, ele estava levemente nervoso, porque, bom... era a mãe de Eve, e ela tinha a mesma agudeza de tia Lucy, o que sugeria — entre outras coisas — padrões bastante elevados.

    E ali estava o pai, que irradiava cordialidade e parecia nunca sair do lado da esposa. Careca de bigode, não se parecia muito com Eve fisicamente, mas... passava a mesma sensação que ela. Tinha assentido e sorrido quando Jacob os levara lá para dentro. E, agora, mantinha uma mão no ombro da esposa, como se pudesse transmitir calma através do toque, do mesmo jeito que Eve transmitia felicidade com seus sorrisos.

À direita de Jacob estavam as irmãs, que eram bonitas, diferentes e próximas. Sussurravam no canto, lançando olhares desconfiados na direção dele. A de óculos azuis parecia particularmente assassina. A de cabelo roxo aparentava uma curiosidade distante, como uma cientista que seria capaz de dissecá-lo se achasse que valeria a pena.

E tinha a avó e a outra mulher mais velha que parecia ser companheira dela. Eram as únicas que não o ignoravam deliberadamente. Jacob preferiria que não fossem exceção.

"Então", a avó disse. Usava óculos escuros enormes e, ao contrário da mãe de Eve, não se dera ao trabalho de tirá-los. "Este lugar é seu, querido?"

"Sim, senhora."

"Ah, meu bem. Que adorável. Você ouviu, Shivani? Não, por favor, pode me chamar de Gigi. Esta é minha querida Shivani, aquela ali, tendo uma embolia, é Joy, aquele é Martin, tendo uma embolia mais tranquila, e ali no canto, encolhidas como um par de bruxas, são Chloe e Danika. Pronto, fomos todos apresentados e somos íntimos agora." Gigi abriu um belo sorriso, uma beleza que era toda dentes brancos e ossos finos, antes de tirar um cigarro de... algum lugar. Jacob não sabia de onde. "Tudo bem se eu fumar aqui, querido?"

"Eu preferiria que..."

Ela levou o cigarro aos lábios e a outra mulher — Shivani — apareceu com uma caixa de fósforos. O cigarro foi aceso com pompa, como em um filme hollywoodiano.

"Momentos de grande estresse pedem por isso", Gigi disse a ele, em tom conspiratório. "Na verdade, parei de fumar em 1979. Mas agora me diga seu nome."

"Hã... Jacob."

"Fabuloso, fabuloso." Deu uma bela tragada. "Jacob, querido, você de alguma forma anda tratando mal minha netinha?"

Em seu canto, Joy ficou tensa. "*Gigi*."

Shivani — uma mulher de meia-idade com uma cascata de cabelos grisalhos — revirou os olhos. "Ah, Garnet, seu aríete desajeitado."

"Você diz as coisas mais meigas, querida."

Nesse ponto, Jacob conseguiu se recuperar da pergunta que o tinha desestruturado. "Se eu *o quê*?"

"Bom", Gigi disse, depois de uma baforada de dragão, "fui arrastada até aqui pela crença de que minha queridinha havia se metido em algum tipo de encrenca, ou no mínimo caído nas garras de alguém indesejado. Agora aqui estamos nós, você me parece um homem perfeitamente razoável, e Eve... bem, talvez eu esteja confusa, mas me parece que Eve nos deixou esperando aqui e foi servir *bolo* para *desconhecidos*. O que sugere, me corrija se eu estiver errada, querido, que não tem nada de sinistro acontecendo, e ela simplesmente trabalha neste lugar".

"É... é... é hora do chá", Jacob conseguiu dizer. *Sinistro?* Por que alguém desconfiaria de algo sinistro? Ele estava prestes a fazer essa pergunta quando Eve apareceu na porta e foi mais rápida.

"Do que está falando, Gigi?", ela perguntou, e Jacob quase desmaiou de alívio ao vê-la. Porque sabia muito bem como se comportaria se qualquer outro grupo de babacas refinados aparecesse fumando em sua pousada e começasse a bisbilhotar, como se ele tivesse algo a esconder, a fazer perguntas grosseiras e a incomodar: gritaria um pouco, xingaria um pouco e colocaria todo mundo para fora.

Mas aquela era a família de Eve, e não só ela se importava com eles como estava dolorosamente claro que eles se importavam com ela. Eve tinha ido parar ali porque estava com vergonha de tê-los decepcionado. Eles eram importantes. E Jacob a amava. O que queria dizer que ele estava dividido entre sua irritação geral — e crescente — e o desejo de... bom, de não ser odiado. Uma posição em que ele não costumava se encontrar desde que tinha adentrado a vida adulta.

E da qual não gostava nem um pouco.

Mas aguentaria mais um pouco, por ela.

"E o que vocês estão fazendo aqui?", Eve perguntou, entrando e fechando a porta. "Melhor ainda: *como* vieram parar aqui? Não contei a ninguém onde eu estava."

A entrada dela pareceu encher o cômodo de energia. Todos se levantaram, com exceção de Gigi, que estava ocupada relaxando e fumando, e de sua querida Shivani, que estava ocupada suspirando e revirando os olhos. E que também parecia ter tirado uma garrafinha de chá fumegante de algum lugar. Pelo menos alguém ali era sensato.

"Bom", uma das irmãs disse — Chloe, se ele havia compreendido bem as indicações vagas de Gigi. "Lembra quando nós duas fomos de carro ao balé em Birmingham, mas nos perdemos, e Danika teve que ir buscar a gente? Você ativou sua localização pra que ela pudesse nos encontrar. E, bom, ninguém pensou em desativar depois."

Eve abriu e fechou a boca como um peixe, antes de dizer: "Vocês me *rastrearam?*".

"Ela teve que fazer isso", quem falou agora foi a mãe de Eve, Joy, que remexia as mãos e parecia estar de algum modo sofrendo. "Seu pai e eu sabemos que fomos duros com você. Mas você desapareceu e se recusou a dizer onde estava."

"Então vocês decidiram aparecer aqui e... e me hifenizar?"

"Acho que você quer dizer infernizar", disse a outra irmã, Danika. "Mas não, não foi por isso que viemos. Não só. A gente ia te deixar em paz, mas Chloe e eu ficamos um pouco... preocupadas."

"Preocupadas? Por quê?"

Houve uma pausa. Jacob sentiu mais alguns olhares apreensivos sendo lançados em sua direção antes de Chloe falar. "No começo, sempre que a gente ligava ou mandava mensagem, você só falava de como seu trabalho e seu chefe eram horríveis."

Jacob tentou não fazer uma careta. Afinal, ela havia dito "no começo", e ele imaginou que era merecido.

"Depois você nunca podia falar, porque você e seu chefe estavam sempre superocupados", Chloe prosseguiu, meio sem jeito. "Com todo tipo de... reunião fora do expediente. *Aí* ontem à noite você mandou, hã, aquela mensagem de voz."

"Que mensagem de voz?", Eve perguntou, seu rosto parecendo o retrato da confusão. Jacob notou o momento em que ela compreendeu do que as irmãs estavam falando. Ele compreendeu também.

No dia anterior, quando ele entrara no quarto de Eve, ela estava falando ao telefone. Jacob perguntara o que ela estava fazendo e depois a arrastara para seu quarto.

Ah, merda.

"A gente achou que talvez você tivesse se juntado a alguma seita sexual", Danika disse com brusquidão. "Isso acontece, sabia?"

"Uma seita sexual?", Eve repetiu. "Em uma pousada?"

"Bom", Gigi entrou na conversa, "claramente nossas preocupações eram infundadas, porque parece que só tem você e Jacob aqui, e seitas sexuais costumam requerer muito mais gente. A menos que aquele jovem vigoroso que vimos lá fora também esteja envolvido. Nesse caso, meus parabéns".

"Mãe", o pai de Eve suspirou, com cansaço na voz.

"O que foi, Martin? Espero que não ache que estou levando isso na brincadeira. Só estou examinando os fatos."

Joy falou por cima de todo mundo, com firmeza. "A questão é: não tínhamos ideia do que estava acontecendo, por isso decidimos vir checar se você estava bem. Só isso. Tínhamos a intenção de lhe dar espaço e esperar você voltar pra casa na semana que vem..."

"Semana que vem?", Jacob a interrompeu. Ele não pretendia ter falado em voz alta, mas... bom, aquilo estava errado. Tudo que havia sido dito nos últimos dez minutos estava errado, mas também era compreensível. Aquele comentário, no entanto, chamou sua atenção. Eve não podia estar planejando ir para casa na semana seguinte, porque no fim de semana seguinte era o Festival do Biscoito de Gengibre.

"Ou na outra semana?" Joy fez um gesto displicente. "Bom, sei lá. Quando você pretendia voltar pra casa pra começar a trabalhar com organização de eventos. Mas você sabe que tem uma tendência a escolher homens, hã, um pouco inapropriados, por isso achamos melhor dar uma passadinha só pra ver se estava tudo sob controle."

Trabalhar com organização de eventos. Jacob imaginava que devia se concentrar no fato de que a mãe de Eve tinha acabado de chamá-lo de "um pouco inapropriado" — ou ela tinha insultado as escolhas de vida de Eve de modo geral? Uma das duas coisas. Normalmente, ele teria ficado muito puto com qualquer uma das opções. Mas seu cérebro tinha travado na frase *trabalhar com organização de eventos* e tentava sem sucesso absorvê-la, deixá-la passar, entender o que queria dizer.

Ele olhou para Eve, esperando que ela esclarecesse as coisas. Ela evitou seu olhar e disse à mãe: "Jacob não é *inapropriado*, mãe. Ele é extremamente... bom. E muito... bem-sucedido. E muito mais inteligente que...". Ela balbuciou, desconfortável. "Ah, esquece. O lance da organização de eventos só começa *depois* do outro fim de semana."

"*O quê?*", Jacob perguntou, e sua voz saiu mais dura do que pretendia. Não conseguiu evitar. De repente, se sentiu confuso e ferido, constrangido, tolo e pego de surpresa. Tudo que ele mais odiava.

Porque, pelo visto, Eve ia embora, e a única pessoa ali que não sabia era ele.

Martin lhe lançou um olhar com uma força surpreendente. "Olha, filho, acho que essa conversa não diz respeito a você."

Jacob se endireitou, sentindo-se gelar por dentro. "Sou chefe da Eve. Onde ela vai estar durante o período de maior movimento na pousada com certeza me diz respeito."

"Bom", Martin retrucou, "nossa Eve tem uma oportunidade lucrativa de trabalhar com eventos a partir de setembro, então talvez você não vá ser o chefe dela por muito mais tempo".

Aquelas palavras foram um balde de água fria para Jacob. Ele cerrou os dentes até quase pulverizá-los, tentando se agarrar às sobras da alegria daquele dia — mas não conseguia. Não conseguia. Porque, de repente, Jacob estava inseguro, tinha se tornado um estrangeiro em seu próprio porto seguro, e a mulher que deveria ficar com ele — a mulher que deveria ficar *sempre* com ele — planejava ir embora. Ele se deu conta de que, o tempo todo, Eve planejava ir embora. Quando se virou para olhar para ela, a culpa estava estampada em seu rosto. As sobrancelhas estavam muito próximas uma da outra, os olhos estavam arregalados e brilhantes, os dentes, cravados no lábio. Ele queria ir até ela e abraçá-la, reconfortá-la.

Ele queria que ela *o* abraçasse. Ele era tão frio, ela era tão quente. Ela melhoraria tudo.

Só que, agora, Eve era o problema. E o havia feito de idiota.

"Jacob", Eve disse, com cuidado, "depois que fiz a entrevista aqui, concordei em organizar uma festa pra uma velha amiga".

"Organizar uma festa?", Joy repetiu. "Não diminua suas conquistas, querida. Seu pai e eu ficamos muito impressionados quando a sra. Lennox nos disse que você ia planejar o aniversário de vinte e um anos do Freddy. Ela me segurou na linha por meia hora ontem de manhã. Você se saiu muito bem."

"Eu só ia começar *depois* do festival", Eve disse, ainda olhando para Jacob.

Pronto, ali estava. A confirmação final. Jacob sentiu a garganta se fechar, o estômago se revirar, a pele se esticar dolorosamente sobre os ossos. Claro que ela planejava ir embora. O que ele estava pensando? Que aquele perfeito furacão tinha entrado em sua vida para ficar? Que ela ia se apaixonar por ele? Em vez de ir embora do mesmo jeito que tinha chegado?

Jacob não deveria ficar surpreso com o sumiço tão rápido dela. Era fácil deixá-lo para trás; ele tinha aprendido isso desde cedo. O que doía — não, o que o deixava *furioso*, tão furioso que sentia os olhos arderem e o sangue ferver, era o fato de que Eve quase o convencera de que ela ficaria. Por que havia feito aquilo? *Por quê?* E por que ele ficara tão louco por ela depois de não muito mais que cinco segundos? Àquela altura, Jacob já devia saber que as outras pessoas não funcionavam como ele, não eram intensas como ele, mas ela parecia tão certa, tão familiar, que ele...

"Merda", Jacob murmurou, e de repente não suportava mais ficar no mesmo cômodo que todas aquelas pessoas, todos aqueles estranhos. Passou rápido por Eve e bateu a porta do corredor, atraindo olhares sobressaltados de dois hóspedes que seguiam para a escada.

Com o coração martelando e a respiração acelerada demais, Jacob tentou se recompor e abriu um sorriso que o fez parecer um predador mostrando os caninos. O sobressalto dos hóspedes não diminuiu. Na verdade, pareceram subir as escadas um pouco mais depressa.

"*Merda*", repetiu, então a porta atrás dele se abriu. Era Eve.

Seus dedos voaram para o ombro dele. "Jacob..."

"Não encosta em mim." Era como se a mão dela fosse uma pedra. Ele se afastou e se virou para encará-la, e se forçou a ignorar a expressão em seu rosto.

A expressão que mostrava que ela estava se despedaçando.

Ele claramente não podia confiar em suas próprias interpretações quando se tratava daquela mulher. Claramente, ele a tinha entendido de um jeito totalmente errado, sempre.

"Por quê?", Jacob perguntou. "Por que você..." Ele nem sabia o que dizer.

"Você não me ofereceu o trabalho." As palavras dela saíram rápidas e atrapalhadas, e ela mexia nas pontas das tranças com frenesi. "A princípio. Eu... você não... quando eu te atropelei, você ainda não tinha me oferecido o trabalho. Aí Florence me ligou e me ofereceu um trabalho. Mas eu precisava ficar, porque tinha te atropelado e você precisava da minha ajuda. Então pensei em ficar até passar o festival. O trabalho..."

"Estou pouco me fodendo pro trabalho", ele rugiu, e naquele segundo era a verdade absoluta. "Você..." *Você disse que me queria. Era pra você ficar comigo, e não fazer planos pelas minhas costas e ficar aqui por obrigação. Você ainda ia embora, depois da noite de ontem?*

Ele não podia perguntar isso. Porque sua experiência indicava que a resposta seria sim.

Mas só crianças choramingavam quando eram deixadas, só crianças esperavam, noite após noite, que as pessoas que amavam mudassem de ideia. Jacob não era mais criança. Tampouco era alguém patético que implorava por uma explicação depois de ser abandonado. Ele não era nem um pouco patético.

Ainda que tivesse sido tolo, se apaixonado perdidamente por essa mulher e sonhado com um futuro enquanto ela tinha se jogado na cama dele já pronta para pular fora.

Jacob respirou bem fundo e voltou a se sentir ele mesmo. Voltou a sentir que estava no controle.

"Jacob", ela disse, baixo. "Não faz isso. Você... Não faz isso."

Ele sabia exatamente do que ela estava falando, mas a ignorou. Era bem melhor ser daquele jeito, distante e seguro, do que... o que quer que ela o tivesse tornado. Era bem melhor mesmo. "Agradeço seu comprometimento com o trabalho aqui", disse, frio. "Compreendo que tenha se sentido responsável pelo que aconteceu. Mas não preciso de você."

Ela recuou um passo e inspirou fundo. "Estou me atrapalhando toda, né? Sei que sim. Jacob, eu não ia embora. Mudei de ideia. Tá? Eu quero ficar. Aqui. Na pousada."

O coração murcho de Jacob deu um salto com aquelas palavras e tentou correr para ela — mas trombou com o muro da experiência. Ele fechou os olhos, porque seria incapaz de processar tudo aquilo olhando para ela. Eve era linda e preciosa, e era óbvio que estava tentando tranquilizá-lo, dizendo o que precisava ser dito porque seu coraçãozinho mole não suportaria vê-lo em ruínas. Dizendo exatamente o que ele queria ouvir. Como sempre havia feito.

E tinha sido mentira esse tempo todo.

Ele abriu os olhos e repetiu, sem emoção: "Você mudou de ideia".

"Sim." A palavra saiu depressa, mais ar que substância.

"E você contou pra alguém?"

Ela ficou olhando para ele. "Como assim?"

"Você contou pra alguém?", repetiu, sua espinha como aço, mas seu estômago estava embrulhado. "Pras suas irmãs ou, sei lá, pra pessoa que te contratou pra organizar a festa? Você tomou mesmo essa decisão? Ou começou a se sentir mal, a *pensar* em ficar, e agora precisa resolver o que está acontecendo e por isso está pensando em voz alta?"

"Eu..." Ela gaguejou, piscando rápido e parecendo tão cabisbaixa que partiu o coração dele. Ou talvez o coração dele estivesse se partindo por outro motivo. Era difícil dizer.

"Você precisa que tudo seja sempre um mar de rosas", Jacob disse. "Você não quer que eu fique puto. Não quer que eu acabe com isso." Ele conseguia ver que não. Seria um idiota se não visse. Eve parecia prestes a chorar, o que acabava com a determinação dele. Havia algo novo, cru, no peito de Jacob, rosnando, arranhando, exigindo que ele deixasse aquela história de lado e ficasse com ela do jeito que fosse. Que se aferrasse a isso.

Mas Jacob sabia como isso terminava. Terminava com a outra parte largando mão dele e o afastando, de modo vergonhoso. Ele estava com trinta anos e sabia do que precisava. Precisava de sinceridade e simplicidade, não mais ser encurralado em situações como essa porque seu relacionamento era um momento de pena que saiu do controle. E, mais do que tudo, Jacob precisava de alguém que ficasse. Alguém como ele.

Portanto, Jacob ficou frio, frio, frio. Que pena que todo aquele gelo não o deixasse entorpecido. "Não se preocupe comigo. Não preciso de você", ele repetiu. "Nunca precisei, Eve." *Nunca precisei de ninguém.* "E, sinceramente, fico feliz que tenha outra opção. Talvez você leve mais jeito pra... organizar festas do que pro trabalho aqui."

Ela enrijeceu o maxilar e estreitou os olhos. "Eu sou boa no que faço aqui, Jacob."

Ele não seria capaz de mentir nesse nível, não sabendo o quanto ela se preocupava com a possibilidade de fracassar. Ainda que, àquela altura, não devesse se importar. "Sim, você é boa. Mas não é insubstituível." Ele se sentiu um pouco enojado ao dizer isso, mas teve que dizer. Afinal, Eve achava que a vida dela ali era substituível.

Embora ela não reagisse como se fosse. Não exatamente. Ela recuou ao ouvir o que ele disse, como se Jacob tivesse lhe dado um tapa, depois deu um passo à frente, com os punhos cerrados, e disse: "Sério? Então se eu apenas... fosse embora... você ficaria bem. É isso que está dizendo?".

Ela devia saber que a resposta era *claro que não*, mas ele não ia se humilhar dizendo isso em voz alta. Jacob a olhou de cima a baixo, tão distante quanto era capaz. A camiseta de Eve dizia SEJA DOCE, com abelhinhas bordadas em volta. Ele tinha tentado ser doce e acabou sendo picado.

O tempo todo, a porra do tempo todo, ela só ficara por obrigação. E, o que quer que tivesse mudado entre eles, não tinha mudado o suficiente, não de uma maneira que realmente importasse. Não de uma maneira que dissesse alto, sem dúvida: *Esta pessoa é minha.*

Jacob teria gritado aquilo na rua por ela. Sabia que era irracional, mas esse era seu jeito. Não podia mudar.

"Eu estava bem sem você", ele disse, "e vou voltar a ficar".

As palavras deveriam tê-lo deixado satisfeito. Mas, quando Eve se encolheu toda, deu meia-volta e voltou correndo para a família, enquanto eles reuniam as coisas dela, botavam-na no carro e iam embora para longe...

Jacob não conseguia ignorar a sensação incômoda de que havia acabado de fazer uma cagada gigantesca.

20

Era engraçado quanta coisas podia mudar em vinte e quatro horas.

De acordo com o relógio do escritório de Jacob, era pouco mais de uma da manhã, e ele estava absolutamente certo de que naquele mesmo horário no dia anterior ele vivera um estado de pleno êxtase com Eve. Ou talvez só estivesse dormindo ao lado dela, o que dava no mesmo. De qualquer maneira, Jacob estivera feliz, sem saber que ele e a pousada eram uma obrigação temporária. Que ele estava fazendo papel de palhaço. Que os sentimentos que despertava nos outros nunca estariam à altura absurda de seus próprios sentimentos.

Se hoje não havia felicidade, tampouco havia ilusão. Ele passara o dia todo andando pela pousada para remover qualquer sinal da Inimiga Pública Número Um, esfregou a cozinha de cima a baixo, devolveu as coisas às prateleiras mais altas, agora que não precisavam mais ficar nas prateleiras ridiculamente baixas que a altura encantadora — e *irritante* — dela exigia, lavou os próprios lençóis e quaisquer outros que Eve tivesse lavado, porque um leve aroma de baunilha permanecia neles (Jacob havia conferido), e por aí vai.

Depois de toda essa atividade, ele devia estar dormindo como uma pedra, mas não conseguia nem cochilar — não com a ausência de um certo peso no lado esquerdo do colchão. Jacob estava determinado a não sentir falta de Eve, mas o corpo dele ainda não tinha acompanhado a decisão. Típico. E irritante pra caralho. Então ali estava ele, sentado no escritório, olhando para planilhas até os olhos saltarem das órbitas. Desnecessário dizer que não estava melhorando em nada seu humor.

Jacob xingou baixinho e abriu a gaveta da escrivaninha em busca de distração, só para encontrar...

Um fone de ouvido. Bem ali, entre suas revistas de sudoku cuidadosamente organizadas, pousado sobre um post-it em forma de coração que só poderia ter vindo de uma pessoa. Sentiu o estômago se revirar e bateu a gaveta na hora. Soltou o ar com força. Ficou olhando para a parede e reprimiu todos os sentimentos proibidos que se insinuavam em seu peito... até que um escapou de suas defesas e sussurrou em seu ouvido.

Ela não te deixou. Foi você *que a mandou embora.*

Bom, sim. A ideia tinha sido essa mesmo: mandá-la embora antes que ela *pudesse* deixá-lo. Jacob tinha aprendido muito cedo na vida que a obrigação não mantinha ninguém com ele. No fim, Eve não teria ficado com ele de qualquer forma, quer ela se desse conta disso ou não. Portanto era melhor... porra, era melhor tirá-la logo da cabeça.

Mas, em vez disso, Jacob voltou a abrir a gaveta, com uma mão trêmula. Pegou o fone de ouvido e o post-it, colocou-os sobre a mesa e leu o que Eve havia escrito.

> Jacob,
> O fone está sincronizado com meu celular. Fica com um, aí a gente pode ouvir as mesmas músicas enquanto faz a arrumação!
> Beijos,
> Fofura

Ele não aguentou o "fofura". Ficou olhando para o bilhete por vários minutos, as lembranças passando por sua mente como um filme antigo. Jacob viu os olhos de Eve brilhando enquanto ela lhe devolvia insultos e comentários sarcásticos. O sorriso incontrolável de Eve diante de sua irritação. A voz de Eve praticamente cantarolando o nome dele, como se fosse sua palavra preferida no mundo.

Os sentimentos indesejados vieram mais rápido e com mais intensidade, até que eram tantos que Jacob não conseguia afastá-los. Eles o envolveram em uma onda de calor desconfortável e desejo impossível, sussurrando esperanças desvairadas em que ele não podia acreditar, nem em um milhão de anos. Mas ele queria acreditar. Seu coração se contorceu e quase se partiu ao meio, de tanto que ele queria acreditar. As esperanças inundavam a terra arrasada que havia dentro dele, como uma onda suave, purificadora, e de repente ele viu tudo com outros olhos.

Jacob, eu não ia embora. Mudei de ideia. Tá? Eu quero ficar.

Ela havia dito isso a ele. Havia dito isso em voz alta, e ele não dera valor, porque...

Porque não acreditara nela. Não havia sido capaz de acreditar nela. Eve não estava falando sério, só não queria magoá-lo. Qualquer outra interpretação havia parecido impossível — ainda parecia. O coração de Jacob se fechara por causa dos velhos medos, medos que insistiam que ele precisava tomar cuidado, ou acabaria se machucando.

Mas, em vez de focar nisso — na ameaça de sua própria dor —, Jacob agora focava a dela. A de Eve. Ela parecera triste pra caralho. E depois tão magoada. Porque... o que ele havia dito?

Você contou pra alguém?

Como se ele não confiasse nela. Bom, ele não tinha confiado mesmo. Só agora se dava conta do tamanho daquela ofensa. Só agora se dava conta de que pensar tão mal de seu próprio valor tinha implicado pensar mal de Eve. E Jacob se recusava a fazer isso. Prometera a ela que não faria isso. Meu Deus, ele tinha dito a ela que estaria ali e, no primeiro sinal de problema, recuara.

Era como se ele tivesse uma balança interna oscilando de lá para cá como uma gangorra, deixando-o enjoado. De um lado estavam suas dúvidas sobre si mesmo, o peso da ideia de que ninguém conseguia ficar com ele. Do outro lado estava a própria Eve. A mulher que ele conhecia. Doce, reluzente, um pouco caótica — e inteligente, atenciosa, *real*.

Eve podia fazer qualquer coisa. Jacob realmente acreditava nisso. O que significava que, se ela quisesse, podia escolher ficar com ele.

Mas só se ele deixasse para trás a balança, as dúvidas e todas as coisas que o tinham levado a afastá-la. Só se ele também acreditasse em si mesmo.

Jacob se levantou, pegou o bilhete e o fone e os enfiou no bolso. Olhou para o relógio e deixou o escritório. Conseguiu se controlar até sair da pousada para a noite fresca. Então correu até o Rose and Crown.

"Você está bem, cara?"

Jacob estava na entrada do pub, com uma mão na coxa e o corpo dobrado, respirando com dificuldade. Não corria desde que havia fraturado o pulso, e de acordo com as recomendações médicas não devia mesmo fazer isso. Mas era uma emergência.

Recuperando o fôlego, ele olhou para Mont, que estava com os olhos arregalados, surpreso e alarmado. Ele tinha um esfregão e um balde nas mãos, e, atrás dele, Katy, que atendia no bar, secava copos — ou melhor, tinha congelado no meio do processo de secar um copo e também encarava Jacob.

Ele considerou por um instante arrastar Mont para um lugar reservado onde pudessem conversar, depois decidiu que não havia tempo. Se não conseguisse respostas logo, ele poderia morrer. De dúvida. De amor. Ou de arrependimento. Pelo menos uma dessas coisas devia ser mortal, senão as três.

Ele se endireitou e botou tudo para fora. "Eu amo Eve e não falei isso pra ela. Você acha que eu devia ter falado?"

Mont piscou rápido. Do bar, Katy soltou um barulhinho estrangulado antes de deixar o copo de lado e pegar o celular, num movimento que ela deve ter pensado que era muito sutil. Adolescentes do caralho.

"Eu... não sei, cara", Mont disse, afinal. "Talvez. Provavelmente. A gente vai conversar agora sobre por que ela foi embora?" Mont tinha insistido desde o dia anterior para que conversassem a respeito. Tia Lucy também. Por Deus, até mesmo Liam, que nunca ligava nem mandava mensagem, tinha enchido o saco de Jacob lá dos Estados Unidos.

"Ela foi embora porque eu mandei ela embora", Jacob explicou. "Ela planejava ir... no futuro... então eu disse pra ir logo. Porque achei que ela iria de qualquer maneira. Tipo, eu realmente acreditei nisso, Mont, e na hora me pareceu a coisa certa, juro que sim, mas agora estou começando a me perguntar se foi mesmo, e não sei qual metade do meu cérebro é a inteligente e qual é a toda emocional e o cacete."

Mont suspirou e passou uma mão pela barba por fazer. "Jacob. Cara. Talvez a metade inteligente *seja* a metade toda emocional e o cacete."

Jacob desabou na mesa mais próxima. "É, eu estava com medo disso." E com medo de encarar o fato de que tinha fodido tudo e magoado Eve com suas inseguranças. Merda. *Merda.*

Ele precisava consertar aquilo. De qualquer jeito. Mesmo que não quisesse mais nada com ele depois da merda que tinha feito, ela precisava saber exatamente quão vital, poderosa e perfeita ela era. Jacob precisava garantir que ela soubesse, ainda que o desprezasse. Ainda que ele tivesse matado a magia incipiente que havia entre os dois.

"Acho que você nem precisa que eu te diga nada, Jake", Mont falou. "Acho que você só quer que eu confirme que não está completamente iludido antes de você ir embora e fazer uma loucura."

Sim. Era verdade.

"Então pergunta", Mont prosseguiu. "Pergunta logo."

Com a voz rouca, Jacob conseguiu fazer a pergunta mais difícil de todas. "Você acha que Eve pode me amar? Se eu disser que sinto muito e que ... eu confio nela e ela... me der outra chance?"

"Claro que sim, gênio. Independente de qualquer coisa, você é digno de amor, porra."

Uma parte de Jacob quis ignorar aquelas palavras, descartá-las como improváveis ou impossíveis. Mas aquela parte não mandava nele — não mais. Estava velha, surrada e ferida. Era tóxica e lhe dizia mentiras totalmente críveis. Pertencia a uma versão muito mais jovem sua, e pertencia a seus pais. E o pior de tudo: tinha magoado Eve.

Jacob decidiu esmagar aquela parte dele.

Sem dúvida ela voltaria, mas Jacob ficaria feliz em esmagá-la novamente, sem dó, em nome da análise equilibrada que ele tanto valorizava.

"Tá", ele disse. "Tá. Valeu. Tchau." E se virou para ir embora.

"Ei." Jacob sentiu uma mão firme em seu ombro. "Só um lembrete de que são duas da manhã."

Jacob murchou um pouco. "Ah. Sim. É." Ele não podia falar com Eve naquele momento. Falaria com ela depois. Não importava. Tinha a sensação de que agora conseguiria dormir, o que já era alguma coisa. "Valeu, Mont. Tchau."

Não importava o quanto tentasse, Eve não conseguia se sentir em casa em seu antigo quarto. Todas as coisas que ela costumava fazer ali — ficar deitada até o meio-dia vendo pornô, comprar camisetas pela internet porque estava entediada com as frases das muitas outras que já tinha, reclamar dos "amigos" no diário — pareciam bobas, sem sentido e erradas. O que, por sua vez, fazia o cômodo parecer bobo, sem sentido e errado, porque não oferecia nenhuma outra distração. Ela não conseguia nem se concentrar em seus romances preferidos, já que a ideia de ler sobre amor agora revirava seu estômago.

Era uma pena, porque ela não podia simplesmente se levantar e sair do quarto. Se o fizesse, podia encontrar um membro da família perambulando preocupado pela casa, e ela ainda não havia decidido o que queria dizer a eles. Eve sabia que estava puta com o comportamento deles no dia anterior, mas não conseguia articular o motivo.

Estava ocupada demais pensando em Jacob.

Pensando em Jacob com "Through the rain", da Mariah Carey, tocando alto, o já mencionado diário nas mãos e um lencinho usado na mesa de cabeceira. Ela tentava escrever algo horrível e mordaz sobre ele, mas não conseguia. Sempre que colocava a caneta no papel, se lembrava de algo terrível, como a maneira como ele se forçava a dizer coisas gentis e delicadas quando ela mais precisava, ou o modo como ele corria para salvá-la de pequenos desastres causados por sua falta de jeito, e então chorava um pouquinho. De novo.

Embora, àquela altura, Eve já estivesse ficando cansada de chorar. Porque, sim, Jacob era fofo e blá-blá-blá, mas também fora um cretino monumental no dia anterior, e na verdade ela também estava bem puta com isso. Quanto mais pensava a respeito, mais suspeitava que estivesse furiosa.

Ela se lembrou da expressão férrea dele ao perguntar: *Você contou pra alguém?*, e quis gritar: *Não é um jogo de xadrez, caralho. Para de tentar me pôr em xeque.*

Eve sabia que tinha errado. Tinha mentido, perdido a confiança dele, colocado o dedo numa ferida mal cicatrizada sem ter tido a intenção. Mas ele havia feito o mesmo, tinha agido como se ela só se importasse consigo mesma. Como se ela não fosse mais que uma menina mimada, mesmo depois de tudo que haviam passado.

Então, sim: Eve estava puta.

Satisfeita, agora que havia identificado o que estava queimando em seu diafragma, ela deixou a caneta de lado e folheou o diário, dando uma olhada nas outras ocasiões em que estivera puta. Porque esse era o tema, Eve percebeu, conforme passava por datas aleatórias. Algo acontecia, ela não gostava e remoía aquilo em silêncio.

Oi, meu bem.
Olívia foi uma megera hoje, por isso coloquei coentro no bolo de limão dela e bloqueei seu número.

Oi, meu bem.
O coordenador do festival me chamou de imbecil por ter afixado os mapas errado, dá pra acreditar? Ele que se vire agora pra consertar tudo, porque vim embora pra casa e aquele festivalzinho chinfrim agora tem uma voluntária a menos. Eu nem queria conhecer as Dixie Chicks mesmo.

Bom dia, meu bem.
Já se passaram oito dias desde o casamento de Cecelia. Sinto muito por não ter escrito antes, mas você é um objeto inanimado, então não tem problema.

Eve se lembrava de quando havia escrito a última anotação, assim como se lembrava do casamento em si. Do barato do sucesso, que rapidamente azedara, do dedos familiares do medo, quando tudo começou a dar errado. Parecera mais fácil simplesmente desistir em vez de encarar outro fracasso. Tinha sido um alívio voltar para casa, escrever no diário e esquecer o que havia acontecido.

Só que Eve não sentia mais o mesmo alívio. Agora, lendo o que havia escrito, ela queria ligar para Cecelia, pedir desculpas pelo vestido e exigir que a reclamação contra a Eve Antonia Casamentos fosse retirada da internet, porque aquelas pombas realmente precisavam ser resgatadas, e tirando isso Eve tinha feito um bom trabalho.

A princípio, sua mente se confundiu um pouco com aquelas palavras. Mas, quanto mais as repetia para si mesma, com mais facilidade elas saíam. *Ela tinha feito um bom trabalho.* Sabia que sim. Havia dado o seu melhor, fora organizada e eficiente, se desdobrara para tornar os sonhos de outra pessoa realidade. Ela se saíra bem.

Assim como se saíra bem na pousada, independente do que Jacob tivesse dito.

Sim, você é boa. Mas não é insubstituível.

A velha Eve talvez aceitasse esse comentário. A nova queria atirar uma cadeira nele.

Como Jacob ousava pensar o pior dela depois de tê-la tratado como se fosse incrível? Como ele ousava afastá-la depois de fazê-la se sentir necessária? Como ousava agir como se ela fosse a mesma mulher assustada e imprudente do primeiro dia, quando àquela altura já devia saber que Eve era muito mais do que isso? Se ele tivesse lhe dado a chance de se explicar, ela poderia ter falado de sua paixão pela pousada, poderia ter dito que seu comprometimento significa alguma coisa.

Embora... de repente ocorreu a Eve que, apesar da devoção de Jacob à pousada, talvez não fosse sobre o comprometimento dela com o lugar que ele quisesse ouvir.

Hum.

Hummm.

Era cedo demais para revelar a ele a sementinha de amor que brotava no peito dela, criando raízes profundas e delicadas. Tinha que ser cedo demais. Pelo menos era o que Eve tinha pensado.

Mas e se estivesse errada?

Uma batida na porta a tirou de seus pensamentos confusos. "Sou eu, querida", Gigi falou, como havia feito na noite anterior.

"Pode entrar", Eve disse, mas sua mente continuava girando, repassando a última conversa incerta e nervosa que tivera com Jacob. Tudo entrara em choque sem aviso, os dois lados de sua vida, com os quais ela estava aprendendo a lidar separadamente, e ela ficara sem saber qual seria a melhor atitude a tomar.

"Shivani fez o café da manhã pra você", Gigi disse, fechando a porta depois de entrar. "Omelete com queijo e tomate seco, sua sortuda. Pra *mim* ela sempre faz de espinafre."

"Fala obrigada por mim", Eve murmurou, distraída, por puro reflexo. Ela tinha achado... ela tentara deixar claro para Jacob que não estava de brincadeira, no que se referia ao trabalho, então ele havia dito para ela cair fora e, sinceramente, partido seu coração. (Bem, Eve achava que a dor latejante em seu peito era do coração partido. Se não, talvez fosse o início de um problema cardíaco.) Quando ele havia se livrado dela com tanta facilidade, Eve se sentira como se seus ossos fossem frágeis demais para carregá-la. Ela precisara ir embora. Tivera que correr. Só que agora se perguntava se tinha sido mesmo fácil para Jacob se livrar dela.

A frieza repentina dele a magoara tanto que Eve se esquecera o que aquela frieza significava. Se esquecera que aquele arame farpado era só uma forma desesperada de se proteger.

"Você pode agradecer pessoalmente, querida", Gigi disse. "No treino da manhã. Ela está morrendo de saudade, e eu também."

Eve finalmente olhou para a avó, que estava sentada na beirada da cama usando um macacão azul bebê comprido e justo. "Hã... eu... acho que não vou no treino da manhã."

"Poxa", Gigi disse. "Você parece um pouco pra baixo, querida. Talvez devesse fazer uma consulta com o dr. Bobby. Ele me falou de umas vitaminas incríveis que vêm dos Estados Unidos. Iam te devolver o ânimo na hora."

"Não precisa, obrigada", Eve murmurou, saindo de baixo do dossel de seda de sua cama de princesa. "Tenho planos."

"É mesmo? Que bom. Me conte." Gigi pegou um pedacinho do omelete que havia acabado de deixar na mesa de cabeceira e comeu.

"Vou ter uma conversinha séria com a família", Eve disse, enquanto seguia para o banheiro, "depois vou voltar pra Skybriar e informar Jacob que ele não pode me demitir sem motivo, ou vou entrar com um processo, e também que eu o amo, e se ele quiser se livrar de mim, vai ter que dizer algo definitivo sobre isso".

Houve um momento de silêncio antes que Gigi dissesse, do quarto: "Ah, Eve. *Isso*. Isso mesmo. Tome um banho, querida. Eu escolho sua camiseta".

"Tenho algo a dizer!", Eve anunciou ao entrar na cozinha. Então parou, surpresa, fechou a boca e piscou para a ilha lotada. "Ah. Hã. Oi, gente."

Ela esperava que os pais estivessem por ali, porque folgavam às sextas, mas não estava preparada para se deparar também com as irmãs e seus namorados. Mas isso não ia impedi-la. Eve ergueu o queixo e cumprimentou os dois. "Olá, Redford, Zafir. Como vocês não invadiram meu refúgio de autoatualização, estão isentos da tempestade que vem agora."

Red sorriu e se recostou na parede da cozinha, o cabelo comprido e rebelde contrastando com o azulejo cor de creme. "Boa."

Chloe revirou os olhos.

Enquanto isso, Zaf estava ocupado em acariciar as costas de Danika com sua mãozorra e uma intensidade solene — mas reservou um segundo para voltar os olhos escuros para Eve e grunhir. Era um de seus grunhidos neutros, que ela imaginou que quisesse dizer: *Beleza, vai em frente*. Por isso Eve foi.

"Em primeiro lugar..." Ela se virou para Gigi, que a havia seguido até a cozinha, depois para Shivani, que estava sentada à bancada. "Vocês duas deveriam ser a voz da razão nesta casa." Ela ignorou o som agudo do ultraje da mãe. "Que raios vocês estavam fazendo em Skybriar?"

"Decidi que era melhor irmos junto", Shivani disse, sua atenção voltada para o próprio omelete, "caso sua mãe perdesse a calma e ameaçasse processar alguém".

Ela fraquejou. "Ah. Hum. Bom, acho justo."

"Eve!", a mãe disse, ainda mais ultrajada.

Mas Eve não estava com paciência para aquilo. A ultrajada ali era *ela*, muito obrigada, e nos últimos vinte minutos, enquanto se preparava — encorajada por Janelle Monáe cantando "Make me feel" em seu ouvido —, decidira que tinha o todo o direito de se sentir assim. Portanto, disse com firmeza: "A preocupação de Shivani era claramente justificada, porque seu comportamento foi péssimo, mãe".

"Querida...", o pai começou a dizer.

"O seu também. Tão ruim quanto o dela!"

O pai fechou a boca, surpreso.

"Reconheço que não lidei bem com as coisas recentemente." Eve engoliu em seco enquanto pensava em suas próximas palavras. "Incluindo fugir para outro condado porque tinha levado uma bronca e estava chateada. Vocês tinham toda razão de me cobrar, porque eu estava deixando meu medo infantil me limitar por tempo demais, e isso não era justo comigo nem com vocês."

Os pais de Eve pareciam ao mesmo tempo desconcertados e aliviados, como se quisessem ouvir aquelas palavras havia muito tempo, mas nunca tivessem acreditado que isso aconteceria. A reação deles a incentivou a continuar, mais que qualquer outra coisa. Eve tinha de fato passado anos demais evitando quaisquer responsabilidades, mas isso acabaria agora. Acabaria naquele dia. O que implicava que ela se expressasse totalmente, sendo aberta e sincera, sendo a melhor pessoa que podia para si mesma e para as pessoas que amava. Para as pessoas que a amavam.

"O problema é", ela continuou, "que o que aconteceu na pousada não era de nenhum modo necessário . Não é como se eu tivesse desaparecido por completo. Mantive contato com Chloe e Dani e sou uma mulher adulta, faixa marrom em karatê".

Ela ouviu Zaf murmurar no canto da cozinha: "Hã... ela é o quê?".

Eve seguiu em frente. "Suas preocupações eram válidas, mas, em vez de falar comigo, vocês pularam direto pro nível... DEFCON 5 de ataque."

"Na verdade", Chloe interrompeu, "segundo o Departamento de Defesa, é o DEFCON 1 que...".

"Cala a boca, Chloe! Isso se aplica a você também, aliás. E a você, Dani. Obrigada por terem se preocupado com meu bem-estar. Mas não podiam ter me *perguntado* sobre a situação antes de aparecerem todos juntos e fazerem a maior cena no meu local de trabalho? Um de vocês não podia ter dito: *Ei, Eve, temos algumas dúvidas e preocupações quanto a X, Y, Z. Podemos fazer uma visita?* Ou nenhum de vocês acreditava que eu responderia de uma maneira razoável e adulta? Que eu compreenderia e daria as informações que precisavam pra se sentirem confortáveis?" Eve aguardou por um momento com o maxilar tenso.

Ninguém disse nada, mas a mãe teve a decência de parecer envergonhada. O pai se mexeu, desconfortável — o que era bom, porque a mãe nunca fazia nada sem que ambos concordassem antes, e, apesar de ser mais calado, ele apoiava fortemente os frequentes surtos dela e parecia gostar deles.

Olhando para os pais, Eve disse: "Se querem que eu me comporte como adulta, precisam me dar espaço pra isso. Só que vocês me trataram como uma criança. Eu consegui um emprego por conta própria. Um trabalho com o qual estava comprometida e que... e que amava...". Ah, não, a voz dela tinha começado a falhar. *Para de pensar em Jacob. Para!* Ela pigarreou e prosseguiu. "Fiz exatamente o que me pediram. Mas *vocês* interferiram de uma maneira que prejudicou meu... minha carreira."

"Sua carreira, é?", o pai perguntou, parecendo estranhamente satisfeito.

Eve queria tanto dizer que sim, que sentiu um pouco da sua ansiedade habitual. Às vezes (tá bom, com frequência) ela sentia que querer muito alguma coisa significava se condenar ao fracasso. Mas Eve queria *Jacob* mais do que qualquer outra coisa, e os dois não podiam estar fadados a dar errado. Ela se recusava a continuar aceitando essa ideia. Se recusava sequer a considerá-la.

Tinha vivido com medo do fracasso por tempo demais.

"Sim", Eve disse, depois de um momento. "Sim. Minha carreira." Cozinhar para que as pessoas começassem bem o dia, cuidar das pequenas coisas que faziam um lugar parecer um lar, conversar com hóspedes diferentes todos os dias, perceber seu charme como algo que podia ser relevante, em vez de uma perda de tempo espetacular. Aquela era sua carreira, ou seria, em breve. Eve sabia o que queria e não estava com medo.

"Sempre serei grata pelo que fizeram por mim", ela disse aos pais, baixo. "Pelos privilégios e redes de segurança que me proporcionaram, pelo modo como me apoiaram quando eu não sabia quem eu era e até por me forçarem a cair na real e mudar. Estou me esforçando ao máximo pra deixar vocês orgulhosos e sempre vou me esforçar. Mas nunca vou ser como as outras pessoas. Nunca vou ser nem como o restante da família, por mais que ame todos vocês. Sou uma pessoa diferente, preciso de coisas diferentes, trabalho de um jeito diferente... e tudo bem."

Ocorreu a Eve que aquela poderia ser uma boa oportunidade para mencionar suas descobertas recentes em relação ao autismo, mas não queria introduzir o assunto durante uma discussão em família na cozinha. Queria que fosse algo que ela mencionaria de um jeito simples e familiar um dia, casualmente, que todos respondessem de um jeito relativamente casual, que tudo ficasse bem e ninguém olhasse para ela por muito tempo, e talvez Jacob estivesse junto, segurando sua mão.

Então, não. Não seria aquele dia. Porque esse conhecimento era seu, e ela podia fazer o que quisesse com isso.

Em vez de falar aquilo tudo de uma vez, ela só concluiu seu discurso com outra verdade. "Estou mudando. Estou me descobrindo. Vocês precisam respeitar esse processo e deixar que ele continue, porque eu *sou* adulta, e já faz um tempo. Mesmo que nem sempre tenha agido como tal. Certo?"

Fez-se um silêncio pesado, durante o qual Eve receou que tivesse fincado o pé com mais força do que pretendera. Ela chegou a se perguntar o que Jacob 1, o rei dos limites, faria.

Até que a mãe engoliu em seco e assentiu. O cabelo curto e arrumado roçou suas maçãs do rosto quando ela deu um passo à frente. "Você tem razão, querida. Claro. Desculpa."

O pai foi em seguida. Pegou as mãos de Eve e as apertou de leve. "Desculpa, Eve. De verdade. Só estávamos preocupados com você. Mas você está certa."

"Estamos muito orgulhosos de você", a mãe disse, apertando os lábios da maneira que significava que estava escondendo um sorriso.

Eve não se deu ao trabalho de esconder o seu. "Maravilha. Fico feliz em ouvir isso. Foi uma reunião muito emotiva e tal, mas agora tenho que correr pra recuperar o Jacob e tudo mais, então... Tchau!" Ela beijou os pais, deu meia-volta e se mandou da cozinha.

"Eve, espera!" Ela mal havia atravessado o corredor quando ouviu a voz de Dani. Parou à porta da frente, pegou os sapatos e se virou para a irmã — não, para as irmãs. Dani corria em sua direção, seguida de perto por Chloe.

"O que foi? Tenho um monte de coisa pra fazer." Na verdade, Eve só tinha três coisas a fazer:

1. Encontrar Jacob.
2. Insistir que ela nunca ia deixá-lo.
3. Não o deixar, independente dos protestos dele.

Ela se distraiu ligeiramente — só ligeiramente — de seu plano ao notar a expressão nervosa pouco característica das irmãs. Chloe talvez estivesse até suando. Chloe! Suando!

"Você está bem?", Eve perguntou. "Quer que eu abra as janelas? Está tendo uma oscilação? Quer..."

"Estou bem." Chloe fez um gesto com a mão para indicar que não era nada e suspirou pesadamente. "Só estou me sentindo superculpada."

Eve piscou. "Ah. Hum. Entendi."

"O que estamos tentando dizer é: desculpa", Dani explicou. "Fomos invasivas, e você está absolutamente certa. Devíamos ter feito mais perguntas pra você antes de chegar à conclusão da seita sexual."

"Agora você se encrencou no trabalho, e é culpa nossa", Chloe disse.

"Não só", Dani acrescentou. "Também é culpa do Zaf."

"Segurança primeiro", disse uma voz sombria e estrondosa que chegava pelo corredor. Eve virou a cabeça e viu que os namorados das irmãs tinham se unido à turma da culpa.

"Ah, que maravilha", Eve disse. "Então todo mundo se meteu. Vocês são uma derradeira gangue."

"Você não quis dizer verdadeira?"

"Eu quis dizer o que eu disse!", Eve retrucou, perdendo o controle por um segundo. Jacob nunca perguntava o que ela queria dizer. Só prestava atenção, se concentrava no que realmente importava e seguia em frente, sem fazer com que ela se sentisse tola, frívola ou infantil — o que era compreensível, porque Eve não era nenhuma dessas coisas. Ou melhor, Eve não era *só* aquelas coisas. Era ela mesma, tinha exigido que ele respeitasse isso — *tudo* isso — e agora ia exigir que os outros respeitassem também.

"Claro." Chloe fez uma careta. "Desculpa. Eu só achei que devia admitir que... bom. Que talvez tenha sido eu quem começou essa história da visita. E não mamãe e papai."

Bom, *aquilo* era inesperado.

"Basicamente", Red disse, mais atrás no corredor, "Chloe ouviu a mensagem de voz e decidiu que você corria grave perigo".

"E *eu* disse: perigo de quê?", Dani interrompeu. "De transar até morrer?"

"Aí Zaf disse que relacionamentos em que uma pessoa é superior à outra eram um terreno perigoso", Chloe prosseguiu, "propício à coerção, e já que a gente nem conhecia o cara era melhor fazer alguma coisa".

Zaf cruzou os braços enormes na frente do peito enorme e fez cara feia. "Na verdade, eu disse que aquilo era meio esquisito e que a gente devia dar uma ligada."

"Aí acabei pedindo a opinião de Gigi", Dani retomou, "e ela contou pra tia Mary, que contou pra mamãe, e aí já era".

Já era mesmo.

Eve suspirou e apertou o nariz. "Quer saber? Não importa quem começou. A família inteira é uma causa perdida, e amo muito todos vocês, mas depois conversamos. Preciso voltar pra Skybriar."

Dani sorriu. "Você está loucamente apaixonada pelo seu chefe? Zaf acha que sim."

Eve estreitou os olhos e apontou para Zafir. "Para com isso."

Ele abriu um sorriso chocantemente bonito. "Isso quer dizer que sim."

"Ah, me deixem em paz, todos vocês. Tenho que ir." Ela pegou a chave do carro e abriu a porta.

"Hã, só um segundo", Zaf disse, erguendo as sobrancelhas, alarmado. "Você não atropelou uma pessoa na última vez que dirigiu?"

Eve olhou feio para ele. "Na penúltima vez."

"Ainda assim. E não está com pressa?"

"Estou, por isso seria ótimo se vocês..."

"Beleza", Red a cortou, endireitando o corpo — ele passava o tempo todo recostado? — e passando por ela e pela porta. "Isso é fácil de resolver", disse, se aproximando da Triumph azul brilhante estacionada na entrada de cascalho da casa dos pais dela. "Considerando tudo, Eve, que tal eu te dar uma carona?"

21

"Você só pode estar brincando comigo, porra", Jacob rosnou.

Tessa olhou para ele do banco do motorista. "Não fala palavrão pra mim, Jacob. Sou uma dama."

"Acho que ele estava falando do trânsito, na verdade", Alex comentou, do banco de trás.

"É", Jacob falou entredentes. Achava que aquilo fosse óbvio. Fazia mais de uma hora que tinha deixado a pousada nas mãos de Mont, e ainda estavam apenas cento e vinte quilômetros mais perto do endereço que constava na ficha de Eve, o endereço de Chloe Brown.

O plano inicial de Jacob tinha sido acordar cedo, entrar no carro e dirigir ou, se possível, voar até a casa de Chloe para descobrir onde Eve estava — ou encontrá-la no quarto de hóspedes, o que seria ideal — e então... hã... consertar tudo. Aquela parte ainda estava um pouco nebulosa, mas ele tinha a paixão e a determinação necessárias, e ia arranjar um buquê no caminho para poder se ajoelhar e pedir desculpas profusamente, como Eve merecia. Sério. Ele ia se matar de se desculpar, depois ia se desculpar mais e mais, só para deixar o ponto bem claro.

Bom, era o que ele tinha planejado. Mas as coisas começaram a correr terrivelmente mal a partir do momento em que Mont apontou que Jacob não podia dirigir sozinho, por causa do pulso fraturado. Dali em diante, o plano tinha ido ladeira abaixo.

"Por outro lado, talvez o palavrão seja pra você, sim", Alex continuou, pensativa. "Com o Jacob, nunca dá pra saber."

Ele se virou para olhar feio para ela. "Por que você veio mesmo? Tenho certeza de que basta *uma* Montrose pra dirigir este carro."

Alex sorriu, ficando irritantemente parecida com o irmão. "Vim pro caso de você ter um colapso nervoso, Jake."

"Até parece. Você veio porque adora um drama."

"Quem, eu?" Ela levou a mão ao peito e fez cara de chocada. "Tenha um pouco de fé."

Tessa riu.

Jacob deixou a cabeça cair contra o encosto do assento. "Vou morrer de frustração antes de ver Eve de novo."

"Foi uma piada sexual?", Tessa perguntou.

Alex riu. "Guarda essas pra Eve, cara."

"Talvez ele esteja praticando."

"Rá! Talvez ele..."

"Obrigado por me trazer, Tess, de verdade", Jacob disse. "Mas será que vocês duas podem calar a porra da boca?"

"Nossa. Que sensível." Tessa sorriu, pisou no freio pela milésima vez nos últimos dez minutos e puxou o freio de mão. À frente deles havia uma fileira de carros parados, para-choque com para-choque, que parecia se estender por quilômetros sob o sol da manhã. Fazia um dia bonito, Jacob pensou, desanimado. Era uma pena que ele não pudesse desfrutá-lo depois que sua cabeça inevitavelmente explodisse.

"Você está pensando em Eve de novo, né?", Alex cutucou. "Já pensou em, sei lá, *ligar pra ela?*"

Bom, era uma ideia genial. Só que... "Estou tentando ser romântico. Que nem nos livros, sabe? Ela gosta dessas coisas", ele murmurou. "E você sabe que me saio melhor ao vivo."

"Ah, é. Bem pensando", Alex concordou.

"Eu acho fofo", Tess disse. "Acho que ela vai adorar."

O coração de Jacob saltou. "É?"

"Claro. A menos que ela esteja te odiando por ter sido mandada embora. Nesse caso talvez ela ria da sua cara e te expulse de lá."

O coração de Jacob afundou. "Ah."

Tess fez uma careta. "Não, Jake, eu estava brincando! Desculpa. Era brincadeira."

Infelizmente, o que ela havia sugerido parecia provável. Mas Jacob não conseguia imaginar um cenário em que ele não se esforçasse ao máximo para recuperá-la, e se isso significava se sujeitar à rejeição mais brutal de sua vida, bom... Ele supunha que ia ter que lidar com isso.

"Deixa o cara em paz, Tess", Alex ordenou, se inclinando entre os dois bancos. "Ei, vocês ouviram isso? Que motor irado." Ela olhou para a estrada. "É uma Triumph?"

"Eu não poderia estar cagando menos pra isso, Alexandra", Jacob disse. Mas ele viu a moto — não tinha como não notar o borrão azul vindo no sentido contrário, guiado por um cara magro de jaqueta de couro, costurando o trânsito com uma velocidade invejável. Ainda assim, quando o farol ficou vermelho daquele lado, o motoqueiro teve que parar como todo mundo.

Jacob suspirou e fechou os olhos. Talvez ele devesse mesmo ligar para Eve. Porque, a cada segundo que passava sem que ele resolvesse a situação, a única coisa em que ele conseguia pensar era a expressão no rosto dela quando a mandara embora. E, se pensasse demais nisso, seu coração ia quebrar que nem a droga do pulso.

Ir de moto com Red acabou sendo uma excelente ideia, porque eles pegaram o maior trânsito a caminho da região dos lagos. Eve fechou bem os olhos, manteve a respiração curta para não inalar muita fumaça e tentou não morrer de nervoso.

Gestos grandiosos tinham que ser realizados imediatamente, para que a pessoa não ficasse presa a emoções violentas. Como o medo crescente de que palavras talvez não bastassem, e a necessidade de ver Jacob agora, agora, agora, de qualquer maneira.

Então, do nada, ela o *viu*. Isto é, viu Jacob. Olhou pelo visor do capacete quando pararam no farol e notou o carro dele do outro lado dos cones, com Tessa no volante e Jacob no banco do passageiro.

"Ai, meu Deus." O vento levou suas palavras. Motivo pelo qual, em vez de gritar para que Red parasse, ela teve que beliscar o tronco dele. E só depois gritar. "Para, para, para, para, para..."

O semáforo ficou verde. Em vez de acelerar, Red dirigiu com cuidado até o acostamento e desligou o motor. "O que foi?", perguntou, tirando o capacete. "Está morrendo ou algo do tipo?"

Eve mal ouviu. Suas tranças se espalharam sobre os ombros quando ela tirou o próprio capacete e o empurrou para Red antes de descer da moto. O sinal logo abriria do outro lado, e Jacob iria embora. Ele não podia ir embora. Ela se concentrou nas linhas nítidas do perfil dele, o reflexo dos óculos, o brilho de seu cabelo arrumadinho, e correu...

Só que não, porque Red segurou seu pulso com firmeza e a puxou de volta. "*Eve!* Cuidado com a estrada! Se for atropelada enquanto está comigo, sua irmã vai me matar."

Eve se virou e olhou feio para ele. "Eu estava prestando atenção! Mais ou menos." Ela realmente não estava.

"E aonde é que você ia? Achei que a gente fosse procurar o cara..."

Uma voz monótona e impenetrável soou mais alto que o barulho do tráfego. "*Solta ela.*"

Eve se virou e viu Jacob ao seu lado, como uma coluna de gelo e fúria. A julgar por sua expressão, se Red não respondesse da maneira correta, Jacob podia matá-lo à beira da estrada em nome da honra dela. O que era muito romântico. Ela quase desfaleceu, mas decidiu que perder a consciência não a ajudaria a recuperá-lo.

As sobrancelhas cor de cobre de Red se ergueram enquanto ele encarava Jacob. Então sua surpresa se transformou em um sorrisinho, e ele soltou o pulso dela. "Beleza, Eve?"

"Hum... É. Belezinha. Tudo ótimo. Obrigada pela carona. Tchau!" Ela pegou o braço de Jacob e o arrastou dali.

A estrada era longa e estreita, com vegetação dos dois lados. Trechos de grama pontilhada de margaridas e enormes árvores antigas acompanhavam o asfalto, e foi para a sombra de uma dessas árvores que Eve conduziu Jacob, que aparentava uma tranquilidade incomum. A docilidade que lhe era pouco característica podia ser um bom ou um mal sinal — Eve ainda não tinha decidido qual das opções cabia no momento. De todo modo, ela estava se esforçando para pensar direito o bastante para tomar alguma decisão. Tudo que conseguia fazer era olhar para o homem à sua frente, desde o colarinho engomado da camisa perfeitamente passada até o crachá em seu peito, que dizia oi, meu nome é jacob, com muito mais animação do que ele seria capaz de oferecer a um estranho. Ela engoliu, e sua garganta estava mais seca que um deserto desesperador.

Agora parecia o momento perfeito para dizer as inúmeras coisas que havia ensaiado no caminho. Só que seu coração derretia como chocolate no verão, escorrendo dentro de sua caixa torácica e se acumulando no estômago, e a sensação a distraía bastante.

Jacob contraiu o maxilar e passou o peso de uma perna para outra, inquieto. Fez menção de levar a mão aos óculos, mas hesitou e a deixou cair. Então a levantou de novo, passou pelo cabelo que já estava ajeitado e a deixou cair de novo. Abriu a boca e fechou. Eve se perguntou se ele estava tendo dificuldade para lhe dizer que não queria vê-la nunca mais e que, agora que tinha se certificado de que ela não havia sido sequestrada por um motoqueiro tatuado gigante, ela devia ir embora.

Ela se sentiu desabar.

Então ele mordeu o lábio e disse: "Eve, eu... eu ia te dar flores".

O queixo dela caiu o bastante para deixar moscas entrarem e um ruído confuso sair. "Ia? Mas..." Então ela começou a entender tudo, devagar, e se viu sorrindo de maneira incontrolável. "Que engraçado. Eu estava correndo pra te dizer que você foi um tremendo babaca ontem" — Jacob pareceu murchar diante dos olhos dela —, "mas também que ia precisar de muito mais que aquilo pra se livrar de mim. Porque eu escolhi você, Jacob, e confio na minha escolha. Então você precisa confiar também. Se não puder...".

Ela respirou fundo, tamborilando nas coxas, querendo que houvesse música em seu ouvido para conduzi-la. Torcia para que não tivesse lido mal a situação.

"Se não puder", prosseguiu, "então não vai dar certo. Porque sou uma mulher adulta e preciso que as pessoas à minha volta respeitem minhas decisões. E não", ela acrescentou com firmeza, "que me afastem. A questão é: confio em você. Acredito em você. Acho que isso pode dar certo e quero muito tentar, muito mesmo. Então...". Eve pressionou os lábios um contra o outro, nervosa. "O que você acha?"

Depois de um momento imóvel de choque evidente, Jacob abriu um sorriso lento e resplandecente. "Acho que vou fazer o que você quiser e tudo que precisar, se isso significa ter uma chance com alguém tão incrível quanto você. Acho..."

As palavras dele foram sufocadas por uma repentina torrente de buzinas. Os dois se viraram e viram o carro de Jacob sendo lentamente conduzido por Tessa para a grama, enquanto os veículos de trás arrancavam no sinal verde.

"Tenham paciência!", Alex gritou da janela de trás. "Meu amigo está tentando reconquistar a namorada, é uma longa história, e a gente não pode ir embora, porque os dois são um desastre no trânsito, então..."

Eve se virou para olhar para Jacob. "Hã..."

"Ignora", ele disse, com firmeza. "Deixaram ela cair quando era pequena. Mais de uma vez, imagino."

Eve riu, mas o som saiu meio... molhado. Ela não sabia o motivo até que Jacob lhe lançou um olhar sofrido e pegou seu rosto nas mãos. Ele a puxou para perto e disse: "Ah, não chora, fofura". Então beijou sua testa, e ela ficou tão aliviada que quase desfaleceu.

"Eu *sabia* que você não estava falando sério", ela disse, num quase soluço. "Foi um babaca me mandando embora daquele jeito..."

"Desculpa", ele disse. "Desculpa mesmo, Eve. Você tem razão. Achei que tudo entre nós tinha sido... outra coisa, e só eu não estava entendendo. Achei que era um idiota por querer tanto você, com tanta vontade, e pirei. Não devia ter feito isso. Preciso... lidar com meus problemas, e vou fazer isso. Porque o que a gente tem pode ser especial. O que a gente tem *é* especial, e não vou me permitir atrapalhar."

Os quase soluços de Eve estavam perigosamente perto de se tornarem soluços inteiros. Mas Jacob estava sendo tão sincero, ela o amava tanto, e não importava o que pensasse, a culpa não era só dele. "Eu me atrapalhei toda na hora de falar, eu sei", ela balbuciou. "Estava tentando... te deixar seguro, porque eu sabia que você ia ficar chateado, claro que sim, mas achei que estava mais preocupado com as minhas intenções em relação à pousada que em relação a você, por isso comecei por elas..."

"E eu devia ter deixado você falar em vez de presumir o pior, porque não quero mais pensar o pior de você", Jacob disse. "Juro que isso acabou. Sempre acabo me dando mal com isso, e o mais importante: você não merece. Você é incrível, e mais do que digna da minha confiança, e... É a única coisa em que sei que posso confiar, Eve. Pode ser rápido demais e até ridículo, mas é verdade. É você."

Nossa. Ela não estava preparada para aquilo. Tampouco estava preparada para o tsunami absoluto de amor, corações e arco-íris que a arrastou quando olhou para Jacob. Meu Deus, ela tinha sentido falta dele, e agora Jacob estava ali, e ela quase não conseguia lidar com aquilo.

Então ele tornou tudo mil vezes pior dizendo: "Minha única desculpa é... que eu te amo. Te amo muito, e fiquei morrendo de medo, porque, quando a gente ama alguém, tudo machuca mil vezes mais. E tenho um monte de merda na cabeça, coisas que surgem nos piores momentos e me fazem achar que é o fim do mundo. Às vezes tenho dificuldade de acreditar que uma pessoa possa me querer tanto quanto eu. Ainda mais alguém incrível como você. E acabei me deixando levar por esse receio. Mas estou trabalhando nisso, porque magoei você, e a única coisa que me *recuso* a fazer é magoar você". As palavras saíam rápidas e evidentemente nervosas. As maçãs do rosto pronunciadas de Jacob estavam um pouco rosadas.

Mas ele não parou.

"Acho que vou ter que examinar meus sentimentos e tudo mais", ele disse, com um desgosto óbvio, "para ter certeza de que nunca mais vou te magoar. Mas vai valer a pena, porque eu te amo. Mesmo que você só fique aí, olhando pra mim, sem dizer nada". Jacob ofereceu um sorriso que era quase uma careta, enquanto sua mão acariciava o rosto de Eve, o calor de seu corpo próximo do dela. Ele era perfeito. Ele era absolutamente perfeito, e Eve não conseguia nem encontrar as palavras para lhe dizer aquilo.

Mas ia tentar.

Quando Eve finalmente abriu a boca, Jacob se encheu de esperança. Mas o único som que ela emitiu foi outro soluço aturdido, então ele voltou à sua morte lenta.

O lado positivo era que ela o deixava tocá-la. E mencionara que estava voltando para Skybriar para encontrá-lo, o que era bom. Era excelente, na verdade. O lado negativo era que sem querer ele havia admitido que a amava, e podia ter sido cedo demais, talvez a fizesse mudar de ideia quanto a voltar e em vez disso ela começasse a pensar em pedir uma ordem de restrição contra ele.

De qualquer maneira, esconder os sentimentos não tinha funcionado muito bem para Jacob da última vez, portanto, daquela vez, ele ia se ater à verdade. "Acho que meu coração está tendo um troço, e ver você chorar não ajuda muito, então se puder pelo menos me dizer como parar..."

Eve não lhe disse nada, mas secou os olhos com as mãos e sorriu. O que talvez tenha piorado a situação do coração dele.

Então ela falou de uma vez: "Você é tão corajoso, tão lindo, e estou tão feliz que esteja aqui, e qualquer pessoa que não te quiser tanto quanto você a queira é uma *imbecil*, Jacob, porque você é o homem mais desejável do planeta Terra".

Ele piscou devagar, sentindo a pulsação nos ouvidos. Seus olhos ardiam um pouco. Merda. Nossa. Ele engoliu em seco.

Então a introdução de "Breathless", de Corinne Bailey Rae, começou a tocar ao fundo, e os dois se viraram para olhar para o carro de Jacob. Do banco do motorista, Tessa fez sinal de positivo para eles, depois apontou para o rádio.

"Excelente escolha de música", Eve comentou.

Embora concordasse, Jacob disse apenas: "Essa mulher é uma ameaça".

Eve sorriu. "Você fica muito sexy quando é rabugento."

E, simples assim, o resto do nervosismo dele passou. "Eve..." Jacob riu, seu corpo estremeceu e sua cabeça caiu para a frente até que o nariz de ambos se encontrasse. "Por favor. Estou tentando ser romântico aqui."

"Mas *foi* romântico", ela argumentou. "Ressaltar que você é muito sexy é romântico se eu também te amar enquanto faço isso."

Eve disse isso casualmente, em meio ao fluxo de palavras sorridentes. Quase como se soubesse que se dissesse diretamente poderia causar um curto-circuito nele.

"É... verdade?", ele perguntou, hesitante, sua mente abordando o conceito com cuidado, examinando-o devagar. Ainda que Jacob quisesse pular com aquelas palavras, era difícil se livrar dos velhos hábitos. "Você me ama? Você..."

Ela esticou o braço e levou uma mão ao cabelo de Jacob, que nem se importou com o fato de que ia bagunçá-lo. Eve ergueu o rosto dele gentilmente para que seus olhos se encontrassem e murmurou: "Sim, Jacob. Eu te amo. Desculpa não ter contado sobre meus planos, mas, pra ser sincera, eles foram ficando cada vez mais irrelevantes com o passar do tempo. Conforme comecei a confiar em mim mesma e a descobrir o que realmente valorizo. A verdade é que a pousada é minha paixão, adoro meu trabalho e quero ficar lá. E além disso, eu te amo. Não queria deixar você. Continuo não querendo".

Jacob sentiu uma leve vertigem. "Mas... você *pode* me deixar. Se quiser. Se precisar. Só tenho que saber que, quando você ficar, quando estiver comigo... é de verdade. E sei que é. Talvez esqueça às vezes, mas eu sei, porque te conheço. Eve..."

"Ei!" Um carro buzinou, fazendo com que a sensação vertiginosa passasse. Bom, não totalmente, porque isso seria impossível. "Vão pro motel!", alguém gritou.

"Vai se foder", Jacob gritou de volta, sentindo que seu coração estava entalado na garganta. Era engraçado o que um homem e seus vários órgãos com o funcionamento prejudicado podiam fazer quando o ser humano mais maravilhoso do planeta estava envolvido.

Então o ruivo com quem Eve havia chegado desceu da moto em que estava montado a alguns metros de distância e começou a se aproximar da fila de carros atrás de Alex e Tessa. Jacob ouviu aquele homem estranho dizer, em um tom ridiculamente amistoso: "Olha, cara, sei que você tem que ir a algum lugar e que esse trânsito é um pesadelo, mas...". A voz dele sumiu conforme se afastou. Jacob ficou esperando mais gritos e buzinas, mas, para sua surpresa, nada aconteceu. O ruivo ficou ali, debruçado na janela do carro, rindo junto com seus ocupantes.

"Hum. Ele é bem útil, né?", Jacob disse.

"Você está ficando mole."

"Isso te incomoda?"

Eve abriu aquele seu sorriso maravilhoso e luminoso. "De jeito nenhum."

"Ótimo." Porque, com ela por perto, Jacob imaginava que ia amolecer ainda mais. "Bom, à luz das últimas declarações, se puder me dar um segundo para..."

Ela gesticulou. "Ah, claro, o que precisar."

"Obrigado." Ele soltou Eve, se virou, foi um pouco mais adiante e pegou um punhado de margaridas do chão. Tinha planejado fazer tudo aquilo de maneira organizada e profissional, mas... paciência. Ia ter que improvisar. Seguir o fluxo. Eve fazia aquele tipo de comportamento parecer magnífico com tanta frequência que ele se contentaria em pelo menos chegar perto disso.

Alguns segundos depois, Jacob voltou carregando um buquê assumidamente escasso, que ofereceu a ela.

"Ah." Eve piscou, como se fosse a última coisa que esperasse. "Ah. Jacob." Ela fungou e piscou mais.

"Eve, já falamos disso. Sem choro."

"Cala a boca e aceita, seu bebezão."

"Eu poderia dizer o mesmo a você." Jacob sacudiu as flores para ela, que finalmente as aceitou. Terminada a transferência de flores, ele pegou a mão livre dela e olhou em seus olhos. "Ótimo. Recapitulando: eu te amo. Você me ama. Vamos pra casa agora. Pra nossa casa. E tudo vai ficar bem", ele disse, com firmeza, mantendo o olhar nela, "porque vou confiar em você, acreditar em você e te dar o que você precisar".

"E eu vou ficar", ela respondeu, baixo. "Vou ficar, vou te amar e vou tentar. Você me ensinou o quanto isso é importante."

As palavras queimaram em Jacob como um incêndio florestal, mas deixaram nele o oposto da destruição. Porque o amor de Eve não machucava. Se os sentimentos de Jacob podiam servir de indicativo, na verdade ele curava.

"Só pra deixar claro", ele disse, ríspido, depois de um momento para se recompor, "ao aceitar essas flores você concordou formalmente que somos um casal, estamos comprometidos um com o outro e tal".

"Ah, era isso que as flores significavam?" Ela riu.

"Claro." Jacob hesitou, depois arriscou, porque ela o amava. "Alguma reclamação?"

"Não."

Ele sorriu.

Então Eve largou as margaridas, agarrou a bunda de Jacob e o beijou com tanta vontade que quase derrubou os óculos dele. Tessa colocou a música no último volume. Alguns carros buzinaram, talvez ultrajados, mas Jacob preferia acreditar que era em apoio. De qualquer maneira, nada o faria parar de beijar aquela mulher. Ele enlaçou a cintura macia dela, a puxou para mais perto e mergulhou na doçura familiar daqueles lábios.

Ainda estava sorrindo quando eles pararam para respirar.

Epílogo

Um ano depois

"Nem consigo acreditar que você fez a mamãe usar redinha no cabelo."

Eve ergueu uma mão para proteger os olhos do sol do fim da tarde e os voltou na direção de Joy. "Mais ou menos." Joy tinha colocado a redinha em ângulo por cima do cabelo imaculado, mais como uma boina que como um item de proteção.

"É melhor fazer alguma coisa", Danika disse, seca, "antes que Jacob veja e diga alguma coisa".

"Acho que papai tem tudo sob controle", Chloe murmurou. As três irmãs observaram o pai abandonar seu lugar ao lado de Montrose e tia Lucy na churrasqueira, ir até a esposa e dizer alguma coisa que a fez rir, enquanto ajeitava delicadamente a redinha na cabeça dela.

Joy revirou os olhos, mas não protestou. Em vez disso, abriu um sorriso perfeito para a próxima pessoa na fila do Festival do Biscoito de Gengibre e anotou seu pedido. Acima dela, havia um banner em vinho e dourado com os dizeres: CAFÉ DA MANHÃ DA POUSADA CASTELL COTTAGE.

Era o segundo ano seguido que Jacob conseguia um lugar no festival. Daquela vez eles tinham uma barraca maior, já que haviam feito um tremendo sucesso na edição anterior. Eve tinha pensado em contratar ajudantes temporários, mas seus pais haviam se voluntariado para ajudar, o que tinha sido chocante.

E Jacob aceitara a ajuda — o que era igualmente chocante —, apesar do que ele havia chamado em particular de *grave falta de qualificação e ex-*

periência dos dois. E apesar de ter sido acusado por eles de ser parte de uma seita sexual.

"Por que está sorrindo, Eve?", Chloe perguntou.

"Provavelmente alguma coisa relacionada a Jacob", Dani respondeu.

Eve nem se deu ao trabalho de se defender. Estava ocupada alongando os ombros depois de ter passado horas servindo ovos mexidos, inclinando-se para trás para sentir o sol nas bochechas e aproveitando o momento de modo geral. As irmãs estavam ao seu lado, os pais estavam sendo supervisionados e Jacob estava em algum lugar ali perto, procurando por limonada com morango. As vendas estavam indo fabulosamente bem, com uma fila constante na barraca o dia todo. Meia hora antes, ela tinha visto uma criança provar seu bolo floresta negra, sorrir e depois enfiar o rosto — o rosto *inteiro* — nele. Definitivamente era um indicativo do sucesso.

Em resumo, estava tudo bem no mundo de Eve. Tudo absolutamente perfeito.

Apesar de que — ela abriu um olho para verificar as horas em seu relógio favorito, rosa cintilante, presente de aniversário de Tessa — seu intervalo ia terminar em cinco minutos. Onde Jacob tinha se metido?

"Olha só pra vocês três", Gigi comentou, surgindo do nada, em meio a uma nuvem de Chanel nº 5 e usando cílios postiços. "Tomando um solzinho enquanto seus pais se matam de trabalhar. Dou todo meu apoio." Ela abriu a boca como se fosse continuar falando, mas então Shivani apareceu com um sorvete de casquinha gigante, exigindo sua atenção.

"Olha, Garnet, é do tamanho da minha cabeça. Tira uma foto."

"Ah, excelente, meu amor." Gigi pegou sua Polaroid rosa bebê e tirou uma foto. O anel de diamantes em sua mão esquerda refletiu um raio de sol que poderia cegar alguém. "Você nunca vai conseguir tomar tudo."

"Você vai ver", Shivani provocou.

Gigi riu e passou o braço pela cintura dela.

"Eu também quero um sorvete desses", Chloe murmurou, quando o casal foi embora.

Como se tivesse ouvido sua deixa, Red apareceu com as mãos cheias. "Ótimo, porque comprei um pra você."

Eve piscou com a aparição repentina, depois olhou para Gigi e Shivs. "É impressão minha ou nossa família inteira voltou num intervalo de trinta segundos?"

"Ah, que beleza", Zaf disse, quando também ele surgiu do nada. "Se esqueceu de mim?"

Ela revirou os olhos. "Eu já tinha antecipado sua chegada. Você nunca deixaria Danika ficar sem ter o que comer em lugares assim."

A boca de Zaf se curvou em um de seus sorrisinhos sutis. "Hum. Agora você me pegou." Ele segurava duas casquinhas gigantes, igual a Red, e deu uma para Dani. "Vamos, linda."

Eve franziu a testa. "Oi? Aonde vocês vão?"

"Embora", Dani disse, misteriosa, mexendo as sobrancelhas roxas. Como estava de férias, tinha experimentado pintá-las da cor do cabelo. "Se anima, Eve. Tenho certeza de que logo mais você ganha um sorvete também."

"Ah, sim", Chloe concordou enquanto Redford a ajudava a se levantar. "Provavelmente só depois que..."

"Ok., Botões, agora vamos", Red disse, e a arrastou dali.

Suspeito. Muito suspeito.

"Hã...", Eve começou.

"A gente se vê depois!" Dani acenou por cima do ombro enquanto ela e Zaf iam embora.

"Hã...", Eve repetiu.

"Não se esquece da postura, minha queridinha", Gigi falou de longe, sacudindo a câmera.

"Oi?"

"Psiu", Shivani fez, depois ela e Gigi viraram as costas.

Eve ficou sentada na mesa subitamente abandonada por uns bons minutos, se sentindo um pouco atordoada. À sua volta, o Festival do Biscoito de Gengibre prosseguia: carros alegóricos projetados pelas crianças da escola passavam lentamente pela rua cercada à sua esquerda, todos centrados em temas da história local. À sua direita, estavam as outras barracas: de sorvete, restaurantes e, claro, de biscoito de gengibre.

Atrás de Eve...

Atrás de Eve estava o homem que ela sempre *sentia* antes de ver, como se um fio dourado a puxasse pela barriga sempre que ela sentia o aroma de limão e eucalipto dele.

"Jacob", Eve disse, baixo, inclinando a cabeça para trás.

Ele sorriu para ela, com um sorvete em cada mão. "Oi, fofura."

"Eu *sabia* que você ia me comprar um", ela disse, sorrindo.

"Baunilha e framboesa." Ele lhe entregou uma casquinha. "De nada."

"Você está em alta comigo. Vem se sentar aqui", ela ordenou, "pra gente ficar olhando um pouco todo esse esplendor".

"Você não está falando do seu cunhado logo ali, né?", ele perguntou, já se sentando.

Eve riu. "Boa."

"Obrigado. Eu tento." Eles ficaram praticamente um em cima do outro, os corpos colados do ombro ao quadril e à coxa. Um braço de Jacob encontrou seu lugar de sempre na cintura dela, enquanto a outra mão continuava segurando a casquinha. Ao contrário de Eve, que já estava devorando seu sorvete com entusiasmo, Jacob ainda não havia começado a tomar o dele.

Só a observava.

Seus olhos pareciam gelo derretido atrás das lentes dos óculos. Seu lábio inferior cedeu à pressão dos dentes. "Eve", Jacob disse. "Preciso te perguntar uma coisa."

Ela engoliu o sorvete que tinha na boca e olhou para a barraca da pousada, de onde seus pais os observavam. Gigi estava ao fundo, com a câmera a postos.

"Hã", disse. "Você não vai me pedir em casamento, né? Porque ainda estou com a redinha de cabelo. Sem falar que eu posso acabar me empolgando e derrubar o sorvete em você."

Jacob a encarou sem expressão por um momento, e ela se sentiu uma onda de constrangimento. Opa. Ela não devia perguntar à outra pessoa se ia ser pedida em casamento. Por outro lado, aquele era Jacob, e se o ano anterior a havia ensinado alguma coisa, era que ela podia lhe perguntar o que quisesse. Podia lhe dizer o que quer que passasse por sua cabeça. Fazer o que desejasse. Desde que o amasse, ele a amaria para sempre — e o amor de Jacob era, acima de tudo, reconfortante.

Portanto, Eve deixou o constrangimento de lado.

Finalmente, ele piscou e voltou à vida, soltando uma risadinha surpresa. "Não", disse. "Não, eu não ia te pedir em casamento. Mas, hã, só pra saber... se eu fosse, e você não estivesse usando redinha no cabelo, e não estivesse segurando uma casquinha..." Um tom encantador de vermelho se espalhou pelas bochechas dele. "Você diria sim?"

Ela sentiu um prazer vertiginoso salpicar seu estômago, como tomar champanhe em um jet-ski. "Hã... Correndo o risco de parecer ansiosa demais, acho que sim."

"Ótimo." Jacob pareceu muito satisfeito. "Espera um segundo." Ele tirou o celular do bolso de trás da calça, abriu o aplicativo de notas e começou a digitar. Por cima do ombro, ela o viu anotando: NADA DE SORVETE.

Então ele fechou o aplicativo e resmungou: "Ei! Nada de bisbilhotar".

"Jacob, você está planejando como me pedir em casamento?"

"Nada de *bisbilhotar*", ele repetiu, mas estava sorrindo. "Agora, como eu estava dizendo, antes que você interrompesse os procedimentos..."

"*Jacob*." O sorriso de Eve era tão largo que seu rosto doía, e a culpa era toda daquele homem.

"Eve", ele retrucou, arqueando uma sobrancelha com seriedade. "Me ouve."

"Tá, tá!" Ela assumiu uma expressão neutra e pigarreou. "Sim, sr. Wayne? Como posso ajudar?"

"Você já me ajuda, srta. Brown. Motivo pelo qual arranjei isso." Ele deixou o celular de lado, enfiou a mão no bolso e tirou de lá... um crachá? Era cor de vinho e dourado, como o que ela costumava usar. Jacob o colocou na palma aberta de Eve e deixou que ela o examinasse mais de perto.

Sim, o crachá era igualzinho ao que Eve usara o ano todo, com uma única diferença. Sob a frase familiar OI, MEU NOME É EVE, havia uma palavrinha minúscula:

GERENTE

Ela ficou sem palavras e olhou para Jacob. "Isso..."

Ele abriu o sorrisinho mais doce do mundo. "Já tocamos tudo juntos. Então estava pensando se você não gostaria de oficializar as coisas."

As velhas dúvidas — em suas habilidades, nela mesma, se ela merecia ou não algo que queria muito — se esforçaram ao máximo para voltar do mundo dos mortos. Mas, com a tranquilidade adquirida em um ano de prática, Eve as mandou de volta para o túmulo e se deixou inundar pela alegria do momento.

"Você quer que eu seja gerente", ela disse.

"Quero", Jacob respondeu.

"Como você", ela disse.

"*Comigo*", ele disse. "Sempre comigo."

"Porque você me ama?"

"Porque você é boa nisso", Jacob a corrigiu, com calma e firmeza, "e porque preciso de você. De suas ideias, sua energia, seu cuidado. De tudo. Você não é apenas minha fofura, você é tudo pra mim. Torna a pousada melhor. Faz dela sua".

A essa altura, Eve derrubou o sorvete e beijou Jacob com tanta vontade que eles quase caíram do banco.

"Fabuloso, querida!", Gigi gritou, e Eve ouviu o barulho da câmera à distância.

Playlist deste livro

"Don't rain on my parade", Barbra Streisand
"Big for your boots", Stormzy
"Hometown", cleopatrick
"Remember", KATIE
"Bad blood", NAO
"Papaoutai", Stromae
"Honor to us all", Lea Salonga
"Sticky", Ravyn Lenae
"Hometown glory", Adele
"Curious", Hayley Kiyoko
"Special affair", The Internet
"From Ritz to Rubble", Arctic Monkeys
"Through the rain", Mariah Carey
"Make me feel", Janelle Monáe
"Breathless", Corinne Bailey Rae

Agradecimentos

As irmãs Brown me conduziram em uma bela jornada. Fico muito feliz por ter ousado escrever sobre elas.

Agradeço a vocês, leitoras antigas e novas, por me deixarem exultante sempre que me mandam um e-mail, me marcam no Instagram ou compram meus livros. Agradeço à minha agente, Courtney Miller-Callihan, e à minha editora, Nicole Fischer, por tornarem tudo isso realidade. Obrigada a Imani Gary e Jes Lyons por apresentarem esta série ao mundo de um jeito tão divertido e atencioso, e a Laurie McGee, por ter polido esta história até que estivesse brilhante.

Agradeço a meus queridos amigos, que renovam minhas energias quando preciso desesperadamente, que me dão conselhos e fazem críticas quando peço e que me inspiram com seu trabalho, suas ideias e maravilhosidade. Divya, Laila, Maz, não sei o que eu faria sem vocês. Dylan, Kennedy, Therese, KJ e inúmeras outras pessoas que foram muito gentis comigo e me apoiaram muito: vocês tornam este trabalho ainda mais mágico.

Finalmente, agradeço a minha mãe, Sam e Tru. Escrever este livro durante a quarentena permitiu que vocês acompanhassem assustadoramente de perto meu, hum, "processo criativo". Não foi bonito. Então... acho que agradeço por não terem me matado. E por me manterem viva e me fazerem sorrir.

Este livro não existiria sem minha família.

TIPOGRAFIA Adriane por Marconi Lima
DIAGRAMAÇÃO acomte
PAPEL Pólen Soft, Suzano S.A.
IMPRESSÃO Gráfica Bartira, agosto de 2022

A marca FSC® é a garantia de que a madeira utilizada na fabricação do papel deste livro provém de florestas que foram gerenciadas de maneira ambientalmente correta, socialmente justa e economicamente viável, além de outras fontes de origem controlada.